W0399729

Eine Art zu lesen
Eine Art zu fliegen

GOYA

Das Buch
Zwischen hipper Kunstszene und herrschaftlichen New Yorker Brownstones tut sich ein Abgrund auf: Brooklyns Untergrund inklusive Drogengeschäften und organisiertem Verbrechen. Hier versucht Shecky Keenan den Kopf über Wasser zu halten. Gemeinsam mit seinem Neffen Henry und seiner Nichte Kerasha hat er ein funktionierendes Geldwäschenetzwerk aufgebaut. Doch die drei geraten zunehmend in Bedrängnis: Konten werden unerwartet geschlossen, Autos parken zu seltsamen Zeiten in der Nähe ihres Hauses, und Emil Scott, ein aufstrebender Künstler und neuer Kurier für Bargeldtransporte, verschwindet spurlos – mit ihm 250 000 Dollar Schwarzgeld. Henry folgt den Spuren und weiß schon bald nicht mehr, wem er noch vertrauen kann.
Nachtarbeiter ist eine Familiensaga und ein Roman Noir mit literarischer Tiefe, viel Liebe für seine Figuren und deren Umstände.

Der Autor
Brian Selfon arbeitet seit fast zwanzig Jahren in der Strafjustiz, mehr als fünfzehn davon bei Strafverfolgungsbehörden in New York. Als leitender Ermittlungsanalytiker bearbeitete er für den Bezirksstaatsanwalt von Brooklyn Fälle, die von Geldwäsche bis zu Mord ersten Grades reichten. Inzwischen lebt er mit seiner Familie in Seattle, wo er als Ermittler für die öffentliche Verteidigung tätig ist. *Nachtarbeiter* ist Selfons erster Roman.

Die Übersetzerin
Sabine Längsfeld übersetzt seit über zwanzig Jahren Literatur aus dem Englischen ins Deutsche. Ihr Gespür für Zwischentöne und ihr Feingefühl für Dialoge hat schon manchem Titel in die Bestsellerlisten verholfen. Zu den von ihr übertragenen Autorinnen und Autoren zählen u. a. Roddy Doyle, Glennon Doyle, Chan Ho-kei und Simon Beckett.

BRIAN SELFON

NACHTARBEITER

ROMAN

Aus dem amerikanischen Englisch
von Sabine Längsfeld

GOYA

Für meine Familie

ERSTER TEIL

Die Familie quasi

1

Als er Emil Scott zum ersten Mal begegnet, ist er sofort verliebt.

Eine Vernissage in Bushwick, dem neusten Brooklyn-Turf der Künstler und Möchtegerns. Mehr als eine Stunde lang sind Henry Vek und Emil Scott unbewusst umeinander rumgeschlichen. Was dann kommt, erinnert an alte Liebeskomödien. Quer durch den Raum treffen sich ihre Blicke, und sie wenden sich ab. (Es ist 2014, sie sind beide eigentlich hetero, und man muss sich abwenden, so lautet die Regel.) Dann bahnen sich beide, wie zufällig, den Weg zum selben Bild. Und hier, direkt vor dem Gemälde, direkt nebeneinander, tippt Emil an seine linke Gesäßtasche und fragt Henry, ob er was kaufen will, Heroin.

»Jesus, fuck, spinnst du? Nicht hier!« Er legt Emil warnend die Hand auf die Brust – schon die erste Berührung. »Wir treffen uns draußen.«

Fünf Minuten später treten sie aufs Dach. »Halt mal die Tür«, sagt Henry, geht, kommt mit einem losen Ziegelstein wieder, blockiert den Ausgang. Aus dem Treppenhaus fällt ein Streifen Licht ins Freie. Henry bringt Papers, eine Tüte Gras, zwei Pappbecher und eine Flasche Jim Beam zum Vorschein, die er unten hat mitgehen lassen. Sie kiffen zusammen, und als sie sich vorstellen, muss Henry husten. Emil Scott? Scheiße, die Bilder von dem Typen hängen auf der Metropolitan Avenue in jedem zweiten Coffeeshop. Und: Der Typ ist gut.

Henry spürt in seinem Inneren ein Zittern, das sich zu was Lebenserschütterndem auswachsen könnte.

Emil ist groß und langgliedrig, wie Henry, aber ohne Muskeln, und der rundliche Bauch deutet auf den Hang zu spätabendlicher Pizza hin. Mit der kräftigen Nase und dem Schlafzimmerlächeln ist er attraktiv, doch was Henrys Aufmerksamkeit im Moment auf sich zieht, sind die Farbspritzer. Gelb auf den Händen, Lila auf der Hose – ein *Arbeitstier.* Ein Kribbeln sagt Henry, dass sich da vielleicht was draus machen ließe.

»Du hast doch die Riesenleinwand im Thirsty Bear hängen.« Henry reicht Emil den Joint. »Diesen lila Oktopus? Mit dem Babyoktopus? Hat mich total geflasht.«

Emil zuckt die Schultern.

»Na, komm schon. Mach dich nicht kleiner, als du bist.« Henry senkt die Stimme, beugt sich vor. »Ich male auch, okay? Ich versuch's zumindest. Mach ich, seit … seit meine Mom gestorben ist. Sie war Malerin. Sie war echt gut. Und ich? Kack voll ab. Aber du? Du hast was. Tu nicht so, als wär das egal. Ich sag dir was. Das ist definitiv nicht egal.«

Henry hebt die Hände. Lange Finger, flache Kuppen, Schwielen. Die Knöchel sind vernarbt, und über die linke Handfläche zieht sich frischer Schorf, wie von einer schlecht abgewehrten Klinge. Und, ja, Farbe, genau wie bei Emil.

»Ich weiß auch nicht«, sagt Henry. Die Stimme tief und verletzlich. »Da ist was … ich krieg's einfach nicht aus mir raus.« Ein Seufzen, dann verhärtet sich etwas in ihm. Er hebt den Blick und sieht Emil an. »Aber du. Du kriegst es aus dir raus. Und du kommst mit Leuten in Kontakt. Deine Arbeit verkauft sich ganz gut, oder?«

Emil leert den Becher, zieht ein Whiskeygesicht. »Manchmal.«

»Besser als nichts. Du bist ein echter Künstler.« Henry schenkt Emil nach. »Was soll dann die Kacke mit dem Heroin?«

Bis zu diesem Moment war Emils Attitüde irgendwo zwischen cool und überheblich. Jetzt bröckelt die Fassade. »Fentanyl«, sagt er. »Mit Laktose gestreckt. Nur für die Miete – das ist alles.«

»Scheiße! Schon klar.« Henry nickt. Kleine Mengen. Hinterzimmerdeals. Die ewige Gratwanderung. Wir müssen alle essen. Ein Lächeln umspielt Henrys Mund, während er über die seltsame Verwandtschaft nachdenkt, die er und Emil unten offensichtlich gewittert haben. Wenn Emil zu zirka neunzig Prozent Künstler ist und zu zehn Prozent Krimineller, dann gilt das auch für Henry, nur umgekehrt. Womit sich erklärt, was Henry inzwischen begriffen hat: Emils Arbeiten hängen deshalb überall, weil er ranklotzt – und er klotzt ran, weil er die Kohle braucht. Wir können füreinander *nützlich* sein, denkt Henry, und wenn das mal keine Basis für eine Beziehung ist ... Henry mustert den Künstler, vergewissert sich, dass er kein aus Schnaps und genmanipuliertem Gras geborener Nachtalb ist. Keine Hufe, keine Hörner. Henry schüttelt den Kopf und grinst. »Mein Onkel hatte recht.«

Emil schaut ihn an. »Womit?«

»Du kennst einen Menschen erst, wenn du deine Nase in seine Kohle gesteckt hast.«

Henry spürt Emils Blick über sich gleiten, spürt den Schrecken und die Freude, gesehen zu werden. »Dein Onkel?«, fragt Emil.

»Der hat ständig so Sachen auf Lager«, sagt Henry. »Gibt ab und zu richtig krassen Scheiß von sich, und ich brauch 'ne Woche, bis ich's gerafft hab.«

Emil stellt den Whiskey weg und holt einen Bleistiftstummel aus der Tasche, dazu ein kleines Skizzenbuch. »Erzähl mir von ihm.« Der Bleistift tanzt übers Papier, Emils Blicke kehren immer wieder zu Henry zurück.

Der sich nach hinten lehnt, in den Schatten. »Boah! Du zeichnest mich nicht.«

»Du hast gerade so perfekt ausgesehen.« Emil lächelt über Henrys Reaktion. »Als du von deinem Onkel gesprochen hast, hat sich dein Gesicht total verändert.« Er legt die Handflächen zusammen. »Bitte! Ist auch nur für mein Skizzenbuch.«

Henry schüttelt den Kopf, beugt sich aber doch wieder vor. »Dein Ernst?«

»Klar«. Endlich steckt Emil den Bleistift weg. »Aber *meine* Art von Ernst.«

Henry durchfährt ein tiefes Gefühl. Es ist Sehnsucht, es ist Dankbarkeit, es ist Angst – ein *Zwischending*, ein Gefühl, das er in sich hat und nie richtig zu fassen bekommt. »Okay. Mein Onkel.« Tiefer Atemzug, er rollt die Schultern zurück. »Er ist meine Familie. Ich meine ... alles, was noch übrig ist.«

Emil greift erneut zum Stift. »Was ist mit deinen Eltern?«

»Tot. Beide. Meine Mom war Malerin, wie gesagt. Ich meine, keine *professionelle*, nicht so wie du. Sie saß im Union Market drüben in Park Slope an der Kasse. Und dann: Autounfall.« Henry schaut jetzt hinaus in die Nacht, seine Stimme ist belegt. »Ein paar Jahre später starb mein Dad. Geplatztes Aneurysma. Ich war zehn.« Noch ein Schluck Whiskey. Die Gefühle sind zu stark, er findet nicht die richtigen Worte. Doch Emils Aufmerksamkeit ist offenbar auf seine Hände gerichtet. Detail Nummer eins fällt Henry selbst auf: Sie sind zu Fäusten geballt. Detail Nummer zwei: die Narben auf den Knöcheln.

Scheiß auf den Whiskey. Er stellt den Becher weg, zündet den Joint wieder an, nimmt einen tiefen Zug und reicht ihn an Emil weiter. Ein Moment der Anspannung, dann sagt er: »Onkel Shecky nimmt mich also zu sich, und er führt mich ins Familiengeschäft ein. Und ihm ist egal, dass ich erst zehn bin, dass ich fünfzehn bin, dass ich jetzt zweiundzwanzig bin. Es ist immer dasselbe. Er bringt mir was bei.«

»Und was bringt er dir bei?«

»Alles Mögliche. So Zeug wie variable Darlehen, tilgungsfreie Darlehen.«

»Er kümmert sich um Hypotheken?«

»Und um Familienunternehmen und Einmannshows und um profitable Non-Profits.« Henry lächelt, kommt in Fahrt. »Und um Durchlaufkonten und um Offshore-Konten – lauter krassen Scheiß. Was immer der Klient braucht. Mein Onkel ist ein Genie.« Henry nimmt Emil den Joint ab. Drückt ihn aus und sagt: »Onkel Shecky ist völlig verrückt und abgedreht. Und dabei zieht er keine Show ab. Er ist toll, und er ist anders, und er weiß es nicht mal.«

»Und ich hab über dich gerade dasselbe gedacht«, sagt Emil.

Ihre Blicke treffen sich, Henry schaut weg. Als er wieder hochsieht, ist seine Stimme klar, die Fäuste haben sich gelöst. »Jetzt du. Heroin, Fentanyl – wie läuft das?«

Emils Lächeln wirkt gequält, als würde er seinem Arzt von einem peinlichen Jucken erzählen. »Hatte irgendwie gehofft, wir könnten uns das Thema sparen.« Die Hand verschwindet in der engen Jeans, zum Vorschein kommt ein Ziplock-Beutel. Darin: Minitütchen, vielleicht ein Dutzend. »Ich kaufe für zehn und verkaufe für zwanzig.« Ein Schulterzucken, als wäre nichts dabei, aber es ist ihm offensichtlich unangenehm. »Nur ein Nebenjob.«

»Was soll ich sagen? Wer im Glashaus sitzt …«, sagt Henry.

»Aber?«

»Opioide verticken ist Kacke. Seit das Zeug in der Vorstadt angekommen ist, fahren die Gerichte einen knallharten Kurs. Leichen mit Überdosis findet man inzwischen überall – ich meine, Scarsdale, da leben die Richter. Es passiert praktisch bei denen im Vorgarten. Deshalb werden diese irren Strafen verhängt. Fazit?« Henry beugt sich vor und legt Emil schwer die Hand auf die Schulter. Spürt, wie Hitze in ihn eindringt, sich in seinem Körper verteilt. »Lohnt. Sich. Nicht.« Er lockert den Griff. »Da gibt's bessere Möglichkeiten.«

Emil senkt die Stimme. »Ich bin offen für Vorschläge.«

Mit einem Raubtiergrinsen stößt Henry Emil sanft den Ellbogen in die Rippen. »Du arbeitest in Zukunft für mich.«

* * *

Der nächste Tag, eine Baustelle. Die Sonne scheint. Henry hält schützend die Hand über die Augen. Emil zieht sein Skizzenbuch raus, das, wie Henry bei Tageslicht sehen kann, einen geblümten Einband hat.

Emil fragt: »Was sehe ich?«

»Einen Klienten.« Henry winkt einem der Bauarbeiter zu, der Mann winkt zurück – zögernd, als wäre er über Henrys Besuch überrascht. Misstrauisch. Er mustert Henry eine Zeit lang, dann wendet er sich wieder seinen Gerätschaften zu.

»Die meisten unserer Klienten sind anständige Leute«, sagt Henry. Er holt ein Tütchen raus, dreht sich einen Joint. »Zwei Drittel sind kleine Ladenbesitzer. Ganz normale Brooklyner, die keinen Bock drauf haben, dass ihnen das Finanzamt in die Tasche greift. Also nehmen wir ihr Geld und laden es auf Amex-Karten. Oder wir zahlen mit der Hilfe großzügiger Verwandter ihre Rechnungen – die fetten Studiengebühren und so weiter.«

»Ihr habt Kontakt zu deren Verwandten?«

»Die sitzen im Ausland«, sagt Henry. »Und außerdem sind sie erfunden.«

Emil hat aufgehört zu zeichnen und schüttelt bewundernd den Kopf. Dann macht er sich wieder an die Arbeit.

»Das ist also Szenario A, der Steuertrick. Und manchmal ist es andersrum.« Henry versucht, den Joint anzuzünden, aber der Wind bläst die Flamme aus. »Die wollen keine Steuern vermeiden.« Er dreht ein zweites Mal am Rad, und der Joint fängt Feuer. »Die *wünschen* sich Steuern.«

Wieder lässt Emil das Skizzenbuch sinken. »Die wollen Steuern zahlen?«

»Tun wir mal so, als ginge es um Mel.« Henry deutet zu dem Bauarbeiter rüber, dem er eben zugewunken hat. »Sagen wir, er ist ein Subunternehmer, ohne Lizenz, inoffiziell. Und er kassiert schwarz, unterm Tisch. Ein Traum, oder? Keine Steuern, keine Sorgen. Aber dann wird ihm die Leine angelegt.« Henry tippt sich an den Ringfinger. »Frau, Baby. Sie brauchen Platz. Und die Bank so: Was wollt ihr? Einen Immobilienkredit? Dann präsentiert uns erst mal ein regelmäßiges Einkommen.«

Emil gibt auf und steckt das Skizzenbuch weg. Nimmt Henry den Joint ab. »Und wie funktioniert das?«

»Schritt eins ist derselbe. Wir nehmen das Geld. Und dann legen wir eine dicke, fette Fährte, ganz klassisch auf Papier.« Henry gibt Emil Feuer. »Handelsregisterauszug, Bescheinigungen für dies und das, Aufträge, Rechnungen, Zahlungseingänge.« Steckt das Feuerzeug weg. »Jetzt hat Mel ein regelmäßiges Einkommen. Und wenn Mel möchte, drucken wir ihm noch ein paar hübsche Steuerbescheide dazu. Damit kann Mel zurück zur Bank laufen und bekommt seinen Kredit. Frau glücklich, Mel glücklich. Und nichts anderes wünschen wir für unsere Klienten.«

In der Nähe: das schrille Piepen eines zurücksetzenden Lastwagens. Sie warten, bis es vorbei ist.

»Okay, also zwei Drittel eurer Klienten sind Mels«, sagt Emil. »Und kleine Ladenbesitzer.«

»Richtig.« Emils Augen blitzen. »Und die anderen?«

Henry nimmt den Joint wieder an sich, sein Gesicht ist ein abweisendes Pokerface. »Nicht dein Problem. Nicht dein Bier.« Einen Moment herrscht Stille, dann sagt er etwas netter: »Nichtwissen ist ein Segen. Sagt Onkel Shecky. Was wir hier tun – in diesem Augenblick, auf dieser Baustelle –, werden wir nie wieder tun. Du wirst niemals einen Klienten zu Gesicht bekommen. Nichtwissen ist *Sicherheit*. Für die, für dich. Hör zu.« Er schnippt die Glut weg und steckt den Joint zurück in die Tüte. Er nimmt Emil am Arm und verlässt mit ihm die Baustelle. »Die Dunkelheit ist dein Freund. Ich bin in meiner Familie für die Kuriere zuständig, und eins kann ich dir versprechen.« Er beugt sich vor – sein Mund, Emils Ohr – und sagt: »Ich kümmer mich darum, dass du im Dunklen bleibst.«

* * *

Die Gasse liegt im Schatten. Es ist kühl. Henry führt Emil bis ganz nach hinten durch. Bleibt vor einem Müllcontainer stehen. Hier riecht es unerwartet frisch, der Geruch von Sägespänen. Aus dem Container ragen kaputte Latten und abgebrochene Sperrholzplatten heraus.

Emil zückt sein Skizzenbuch. »Was sehe ich?«

Henry breitet die Arme aus. »Deinen Arbeitsplatz.«

Emil wirft Henry einen Blick zu – *Willst du mich verarschen?* –, und Henry tritt lächelnd an den Container, packt eine der Latten und stochert damit im Müll herum. »Normalerweise sind die Abholstellen nicht so sauber, aber das ist nun mal der erste Part des Jobs. Also: Es läuft so.« Er beugt sich vor, greift in den Container und zieht einen Müllsack heraus. Hält ihn für Emil hoch. »Das ist deine Ware.«

Emil starrt Henry an: *Geht's noch?*

Zum ersten Mal in Emils Gegenwart – es kommt ihm vor wie zum ersten Mal im Leben – fängt Henry schallend an zu lachen.

Einen Fußmarsch, eine U-Bahn-Fahrt, einen Bus später betreten sie eine Western-Union-Filiale.

»Und das ist deine Abgabestelle«, sagt Henry und reiht sich mit Emil in die Warteschlange ein. »So einfach. Du holst die Ware, du lieferst die Ware, ich bezahle dich. Leicht verdientes Geld. Höchstens eine Stunde Arbeit. Für eine normale Tüte gibt's fünfzig. Für eine große hundert. Du steigerst dich langsam.« Die Schlange kriecht an einem Stehtisch mit einem Stapel Überweisungsformulare vorbei. Henry nimmt sich eins, zeigt es Emil. »Das füllst du aus. Du bekommst vorab die Kontonummer. Und die Bankleitzahl. Manchmal musst du die Ware aufteilen – auf verschiedene Konten. Oder du musst zu verschiedenen Filialen oder Banken gehen. Postämter, Drugstores – die machen inzwischen alle Geldtransfers. Ich sag dir immer genau, wo du hinmusst. Du bekommst klare, eindeutige Anweisungen.«

Emil zeichnet, was sonst? Er hebt kaum lange genug den Blick, um zu sagen: »Wir geben den Klienten also ihr Geld zurück …«

»Damit sie es ausgeben können«, sagt Henry. »Manchmal geht es ins Ausland und von dort wieder zurück. Manchmal ist es eine direkte Bareinzahlung. So wie die hier.« Er raschelt mit der Tüte. »Das geht direkt auf mein Bankkonto. Das ist meine Tüte. Mein Geld. Die hab ich selbst dort deponiert. Zu Demonstrationszwecken.«

»Deine Tüte?« Emil lässt das Skizzenbuch sinken. »Und der Bauarbeiter …«

»Irgendein Typ.« Henry zuckt mit den Schultern. »Noch nie gesehen.«

Emil wirkt ein bisschen verletzt. »Du hast mich verarscht.«

»Dir was beigebracht.«

»Und woher soll ich wissen, was wahr ist und was nicht?«

Henry sieht ihn herausfordernd an. Lächelt. »Du musst mir eben vertrauen.«

In den folgenden Wochen absolviert Emil seine Ausbildung. Henry bringt ihm Codewörter bei und wie man anonym telefoniert und selbstlöschende Nachrichten verschickt. Wann man Einwurfkästen benutzt und wann man direkt am Schalter einzahlt. Wie man einen Verfolger erkennt – und wie man ihn abhängt. Er lehrt ihn die Kunst der Geduld. Die Lage der Notverstecke – Orte, an denen man schnell verschwinden kann, falls Plan A den Bach runtergeht.

»Ich hätte es nicht erwartet«, sagt Emil eines Nachmittags, »aber das macht Spaß.« Es ist Mai, und Brooklyn ist schön wie nie. Emil ist jetzt offizieller Kurier. Die Arbeit, sagt er zu Henry, beflügelt seine Kunst: »Ich gehe jetzt mit offenen Augen durch die Stadt.« Ahornbäume und Platanen, Plastiktüten in den Zweigen wie wehende Wimpel. Unkraut, das im rissigen Asphalt des Gehsteigs blüht. Mädchen in Röcken, Babuschkas mit blau getönten Haaren. »Ich habe mit einer neuen Serie begonnen. Hier und da etwas Farbe, aber hauptsächlich Kohlestift. Und keine festen Konturen. Alles fließend und dynamisch – und ausschließlich Motive aus Bushwick.«

Henry kann es kaum erwarten, Emils Arbeiten zu sehen. Er liebt das, die Fachsimpelei, die Verbindung zu einem arbeitenden Künstler – ihn zu unterstützen, gewissermaßen. Und er merkt, wie auch seine Arbeit sich unter Emils Blick entwickelt.

Im Juni erhält Emil den Auftrag, im Thirsty Bear eine ganze Wand zu gestalten, und nimmt sich bei Henry eine Auszeit. Doch schon im nächsten Monat ist er als Kurier wieder am Start, und von da an arbeitet er regelmäßig für ihn. Wöchentliche Treffen. Whiskey. Nächtliche Gespräche über Twombly, Gespräche über Haring.

»Ich arbeite an was Neuem«, verkündet Emil eines Abends.

»Die Kohle-Serie?«

»Hat sich weiterentwickelt«. In Emils Stimme schwingt was seltsam Schweres mit. Er hat Schatten unter den Augen, wirkt irgendwie gehetzt. »Ich nenne sie ›Origins‹.«

»Wessen Ursprünge sind gemeint?«

»Keine Ahnung«.

»Du weißt es nicht?«

Auch diese Frage lässt Emil unbeantwortet, und als sie sich trennen, beschleicht Henry ein ungutes Gefühl.

Am nächsten Tag soll Emil wieder eine Tüte Bargeld befördern, sein erstes Schwergewicht. Doch er kommt an der Abgabestelle, dem MoneyGram in der Jay Street, nie an, und als Henry ihn endlich findet, ist seine Leiche längst kalt.

2

»Also, mal sehen«, sagt die Perücke. »Sie werden wieder bei Ihren Eltern einziehen. Richtig?«

Es ist Juni, ein Monat vor dem Mord, und Kerasha Brown sitzt ihrer Bewährungshelferin gegenüber. Wenn das Freiheit ist, denkt Kerasha, war ich im Franklin besser dran. Sechs stumpfsinnige Jahre, ein Viertel ihres Lebens, aber nicht ein einziges Mal – und dieser Trost kommt leider zu spät, wie das Trost nun mal so an sich hat –, nicht ein einziges Mal musste sie im Knast den Anblick dieser strähnigen Perücke ertragen. Igitt! Die Frau fummelt in bunten Schnellheftern. Leckt sich nach jeder umgeblätterten Seite den Zeigefinger. »Also, mal sehen«. Ihr Sprachtick. Diese Frau sieht *gar nichts*, das steht fest. Die Strähnen, die Schnellhefter – diese armselige Kreatur ist absolut blind.

Kereshas Vater war vor zwanzig Jahren plötzlich tot umgefallen, Herzinfarkt, und sie war kaum richtig in Franklin angekommen, als sich Mama den goldenen Schuss setzte. Also nein, Miss Perücke, Sie sehen *nicht*, und das *stimmt* so nicht. Aber Keresha sagt nichts. Schweigen und ein dämliches Grinsen auf dem Gesicht, hat sie festgestellt, sind ihre schärfsten Waffen gegen stumpfsinnige Bürokraten. In Wahrheit läuft ihr Verstand grundsätzlich auf Hochtouren, bremst kaum jemals ab, und jetzt, in diesem Augenblick, geht ihr eine Zeile von Paul Laurence Dunbar durch den Kopf: *Wir tragen die Maske, die grinst und lügt.*

»Also, mal ... Ah, hier ist ja Ihre Akte.« Strahlend schwenkt die Frau den Schnellhefter. Kerasha ist neidisch auf die Leichtigkeit, mit der dumme Menschen Stolz empfinden. Hofft, dass im Umkehrschluss das Elend ihres eigenen Lebens ein Beweis für Intelligenz ist. Ein armseliger Ausgleich, aber sie ist eine vollverwaiste Ex-Knacki und der Gnade einer gesträhnten Perücke ausgeliefert. Armselig muss reichen.

»Ach, richtig. Sie werden bei Ihrem Onkel leben. Und er hat für Sie als ...« Halblaut murmelnd ackert sie sich durch die Akte. Kerasha lässt den Blick durchs Zimmer schweifen. Als geborene Diebin entdeckt sie auf Anhieb ein halbes Dutzend Stellen, in die sie mal kurz reingreifen könnte, wenn sie Lust hätte. Die riesengroße, pinke Geldbörse der Perücke. Mit halb offenem Reißverschluss, keine Armeslänge von ihr entfernt. Der beigefarbene Aktenschrank hinter ihr, mit Stickern beklebt, hauptsächlich Feen und Frösche. Das Schloss würde nicht mal einem Zahnstocher standhalten. In dem Schrank: Bewährungsakten. Kerasha hat zugesehen, wie ihre eigene, zerfledderte Akte – ihr zerfleddertes *Schicksal*, besser gesagt – der zweiten Schublade von unten entnommen wurde. Bewährungsakten bedeuten Namen, Geburtsdaten und Sozialversicherungsnummern. Nicht nur die Daten von auf Bewährung Entlassenen, sondern auch die Daten von denen, die für sie die Kaution gestellt haben. Der Straßenverkaufswert einer ungeschwärzten Bewährungsakte liegt bei hundertfünfzig Dollar. Was man im Franklin so alles lernt.

Die Perücke liest, als wären Worte nur Geräusche. Dann schiebt sie Kerasha ein paar Formulare über den Tisch zu. »Unterschreiben Sie bei den Post-it-Klebern. Die hab ich Ihnen extra da hingemacht.« Ihr Lächeln sagt Kerasha, dass der Moment für Dankbarkeit gekommen ist. Kerasha kennt dieses Lächeln von Schwester Xenia, der Oberschwester in dem Rehazentrum, in dem sie den letzten Monat verbracht hat. Die Formulare sind ein farbloser Regenbogen aus Durchschlagpapier. Sie riechen nach Schießpulver.

Wir tragen die Maske, die grinst.

»Die Kleber sind echt praktisch«, sagt Kerasha. »Danke sehr!« Sie unterschreibt die Papiere. Schiebt sie über den Tisch zurück. Die Perücke mischt sie neu, klemmt manche mit Büroklammern zusammen, heftet andere. Ordnet sie zu drei Stapeln. Nuschelt irgendwas von »Haftentlassung auf Bewährung« und »Auflagenverstoß«, und Kerasha wünschte, sie wäre in der Lage zuzuhören. Weiß, dass sie zuhören müsste, aber sie ist abgelenkt, zappelig, nervös, kann es nicht erwarten – und das verwundert sie selbst –, endlich zurück zu den Barmherzigen Schwestern zu kommen. Heute Abend gibt es farblose Gemüsesuppe und labbrige Butterbrötchen – das ist schon mal kein Anreiz. Aber unter der durchgelegenen Matratze, die sie sich mit einer verhinderten Selbstmörderin teilt, wartet eine hinreißende Ausgabe der *Bekenntnisse* des heiligen Augustinus. Erst gestern Abend hat sie das Buch aus Schwester Xenias verriegelter Bibliothek befreit. Blieb wach, las, wie Augustinus eine Frau in seiner Kirche von hinten fickte und ihre Schreie synchron zum Läuten der Kirchenglocken timte. Genau so muss man's machen, denkt sie. Wenn du weißt, dass dir die Rettung gewiss ist, lass dich vorher fallen, und zwar bis ganz nach unten.

Bei »Ihr Termin« zerplatzt der Tagtraum von ihrem Lieblingsheiligen. *Konzentrier dich, Kerasha.* Es gilt Regeln zu befolgen. Erstens: Nie wieder erwischen lassen. Zweitens: Wenn du einen Termin hast, geh hin. Das Franklin war nicht die Hölle, bei Weitem nicht. Aber sie hat auf dem Weg nach draußen die Wärterin beklaut, und wenn's um Rache geht, können Wärter einen erstaunlichen Eifer an den Tag legen. Wieder einfahren ist keine Option.

Auf dem Weg zur Tür nimmt sie den Terminzettel vom Tisch. Dr. Andrew Xu, morgen, sechzehn Uhr. Offensichtlich ist jetzt eine ärztliche Untersuchung an der Reihe, bei *Andrew* – natürlich ein Typ. Der sie mit seinen Schwitzgriffeln überall betatschen wird. Danach muss sie sich entscheiden: Ihn anzeigen und weiter zum nächsten Grapscher oder ihm den Pimmel abreißen und zurück in den Knast gehen. Fick dich, Andrew Xu. Fick dich und deine klebrigen Hände.

Jetzt schon vergewaltigt, fängt sie an, Rachepläne zu schmieden.

Andrew Xu stellt sich als schmächtiger, kahl werdender Mann mit dünnem Pferdeschwanz heraus, der ihm bis auf den Rücken fällt.

Stellt sich doch tatsächlich als Psychiater raus, dieser Wichser.

Er deutet mit kleinen, mädchenhaften Händen auf die Couch gegenüber von seinem Sessel. Dr. Andrew Xu wird zur größten Herausforderung ihres Lebens werden. Das ist Kerasha augenblicklich und mit absoluter Gewissheit klar. Das flüstert ihr der heilige Sankt Augustinus persönlich ins Ohr.

Sie muss an die Perücke denken und weiß, dass dieser Mann ihre Rache ist. Natürlich ungeplant, aber in einem Akt kosmischer Gerechtigkeit, an die Kerasha eigentlich nicht glaubt. Rache dafür, dass Kerasha sie beklaut hat. Einen halben Block entfernt von der grässlichen, nuschelnden Aktenfresserin spürte Kerasha etwas Schweres in ihrer Tasche. Griff hinein und ertastete einen Tacker. Sie hatte nicht vorgehabt, das Teil mitgehen zu lassen, hatte es nicht mal bewusst mitbekommen. Manchmal erledigen eben die Hände für einen die Arbeit.

Dazu hat Dr. Xu mit Sicherheit was zu sagen. Falls sie's ihm erzählt.

Falls sie ihn reinlässt.

3

Familie. Shecky Keenan glaubte lange, er würde nie eine haben. Aber am Tag vor Emils Ermordung kommt er nach Hause, wischt sich den Schweiß von der Stirn, und da sitzen sie, bei ihm zu Hause, um den Esstisch versammelt. Zwei Vollwaisen, Cousin und Cousine, und obwohl alle gemischter Abstammung sind, gelten Henry und Shecky als weiß und Kerasha als schwarz. Für Shecky ist genau das der Beweis. Es belegt, dass sie drei die Familie sind, die er zusammengeschweißt hat. Shecky würde keine andere wollen.

Henry, hochgewachsen, sehnig, drahtig, ist für Shecky wie ein Sohn. Seine Mutter Molly war Sheckys Cousine ersten Grades. Als Teilzeitmalerein und Vollzeittrinkerin soff sie sich via Autounfall zu Tode. Henry war damals sieben Jahre alt. Sein Vater Alessandro gab drei Jahre später den Löffel ab, starb *mit* einem Hirntumor und, rein technisch, *an* einem Aneurysma. Armes Schwein. Alessandro verbrachte sein letztes Jahr in der Geschlossenen, weil der Tumor den sanftmütigen Mann in ein Monster verwandelt hatte.

Und wie Henry sich verändert hat. Als er bei Shecky in der Hart Street einzog, war er ein pummeliger Fünftklässler. Konnte nachts nicht allein schlafen. Zu Hause ständig am Heulen, in der Schule ständig am Prügeln. Shecky schaudert, wenn er an die Geschichten zurückdenkt. Der Stift, den Henry einem anderen Kind in die Hand rammte, das Zahlenschloss, das er einem Klassenkameraden ins Gesicht drosch. Zu seiner Ehrenrettung muss gesagt werden, dass Henry nie der war, der anfing, und dass er Prügeleien mit Kleineren aus dem Weg ging. Aber ein Arschloch, das es nicht anders verdient hatte, brachte Henry sofort auf Touren. Sozialarbeiter und Lehrer waren sich einig: Henrys Schlägereien waren blutig und brutal – auf die Augen, in die Eier, Handkantenschläge gegen den Kehlkopf. Von der Hälfte der Vorfälle erfuhr Shecky kein Wort. Henry kam einfach nur mit zerrissenen Klamotten und frisch bandagiert nach Hause. Und sagte keinen Ton, weil er keine gewaltfreie Möglichkeit kannte, seinen Gefühlen Ausdruck zu verleihen. Ein wahres Wutbündel. Und jetzt sieh ihn sich einer an. Er ist in seine Wut hineingewachsen. Ein kräftiger Kerl, breite Schultern, breite Brust. Knapp eins neunzig groß, die Beine ruhen unter dem Tisch auf dem Stuhl gegenüber. Man würde nicht auf die Idee kommen, dass Henry und Shecky dieselbe DNA teilen. Aber scheiß auf Äußerlichkeiten, der Beweis liegt vor ihm, direkt auf dem Esstisch.

Der Zeichenblock ist größer als ein Pizzakarton. Henry sitzt davor, einen Bleistift in der Hand. Das Zeug besorgt er sich in dem Laden für Künstlerbedarf drüben auf der Myrtle Avenue. Wie viele Biere man dafür hätte kaufen können, würden andere Kids wahrscheinlich denken. Es ist fast ein Witz: Ein starker, körperbetonter Junge wie Henry sitzt schuftend – und das ist das richtige Wort dafür – schuftend – über Skizzen. Die Gemälde stehen unten bei Henry im Keller, aber seine Skizzen sind im ganzen Haus verteilt. Auf der Veranda zum Hinterhof hat Shecky Blätter gefunden mit Zeichnungen von dem Kater, der in der Gasse jagt und fickt. Oben im Arbeitszimmer, wo Henry ihm inzwischen immer öfter zur Hand geht, findet Shecky den Schreibtisch übersät mit Skizzen von Gesichtern und Hinterzimmern, die Henry über den Familienbetrieb kennengelernt hat. Der Junge mit der gewalttätigen Ader sitzt hier und versucht, diesen Hang irgendwie in Schönheit zu verwandeln. Und vielleicht auch, seiner toten Mom gerecht zu werden.

Shecky liebt es, darüber nachzudenken, über die künstlerische Ader in seiner Familie. Er selbst war vier Jahre Mitglied der Theatergruppe an der Bushwick Highschool, davon zwei

Halbjahre als Kassenwart. (Die Theatergruppe *be*klaut hat er viel seltener als für sie *ge*klaut, obwohl er denen weiß Gott die ganze Bude hätte leer räumen können.) Immer noch begeisterter Theatermime, hat er in der jährlichen Aufführung der Watts-Community-Theatergruppe erst letztes Jahr den Geist der zukünftigen Weihnacht gespielt. Er hat also Verständnis für Henrys Bedürfnis, etwas Großes und Wahres auszudrücken. Kennt die Macht dieses Drangs, die darin verborgene Gewalt, und weiß, dass man nicht dagegen ankommt, wenn dieser Drang sich regt. Man selbst ist nur das Fahrzeug, und etwas Krasses hält das Steuer in der Hand.

Henry lebt jetzt seit zwölf Jahren bei ihm – *zwölf* –, und jedes Jahr ist wie im Flug vergangen. Kaum zu glauben. Das ist die Kehrseite des Glücks, das, was das Leben einem dabei nimmt. Die Zeit löst sich auf, einfach so. Aber Shecky wird den Preis bezahlen, sogar den doppelten, wenn's sein muss. Er, der in Elend und unsagbarer Brutalität aufwachsen musste, der zwischen drei grausamen Onkels rumgereicht wurde wie ein schmutziger Joint. Onkel Samuel, der ihn verprügelte, ihm mit einem Rohr die Fußgelenke zertrümmerte. Onkel Joseph, der Sheckys Namen und seine Sozialversicherungsnummer benutzte und Sheckys Sozialhilfe versoff. Über Onkel Thomas kein Wort.

Henry dreht den Zeichenblock um neunzig Grad. Nimmt sich einen anderen Blickwinkel vor. Das Gesicht konzentriert in Falten gelegt, der rechte Handballen schwarz von Graphit. Vielleicht wird der Junge sich wieder prügeln, aber in diesem Augenblick – und Sheckys Jahre der Einsamkeit haben ihn die Kostbarkeit von Augenblicken gelehrt – ist Henry Künstler.

Shecky sieht zu Kerasha, seinem zweiten Schützling. Das Wunder ihrer Ankunft letzten Monat ist noch frisch, und es kommt vor, dass er, wenn er gedankenverloren die Küche betritt, bei ihrem Anblick erschrocken zusammenzuckt. Oder sich, wenn er ins Bad geht, über den Lavendelduft wundert und einen

Moment braucht, ehe ihm klar wird, dass es der Duft ihrer Körperlotion ist. Kerashas Bad übrigens – er und Henry sind mit ihren Siebensachen ins Erdgeschoss umgezogen. Sie ist schön, Kerasha mit den scharfen Augen, den stillen Füßen, den flinken Fingern. Gut möglich, dass Shecky voreingenommen ist, aber *seiner* Meinung nach sind sie drei eine absolut wunderbare, perfekte Brooklyner Familie – eine Gemeinschaft von Außenseitern.

»Ich hab Neuigkeiten«, sagt Kerasha. »Von meinem kleinen Forschungsprojekt.«

»Warte noch«, sagt Shecky. Er nickt Richtung Henry, der, zum Glück, nicht von seinem Block aufgesehen hat. Kerasha schenkt ihm das schmallippige Lächeln einer Mitverschworenen: Wir reden später. Sie wendet sich wieder ihrem Buch zu.

Man muss dem Mädchen zugutehalten, dass sie vom ersten Tag an mitgearbeitet hat. Und nicht mal mit der Wimper zuckte, als er ihr erklärte, das Grundprinzip ihres Familienunternehmen sei die strikte Aufgabentrennung. »Ich vertraue dir genauso, wie ich Henry vertraue«, sagte er zu ihr. »Aber wenn's ums Wegsehen geht, musst du *mir* vertrauen.«

Wie entspannt, wie *ganz bei sich* sie wirkt, lässig hingefläzt in den Ledersessel, den Shecky in der Ecke stehen hat. War früher mal sein Lieblingsplatz, wenn er gerade nicht am Tisch aß. Inzwischen würde er den Sessel ohne Erlaubnis nicht mal mehr anfassen. Und Shecky ist froh darüber, froh, dass Kerasha in seinem Haus einen Platz für sich reklamiert. Sie hat einen Fuß auf der Fensterbank, der andere schaukelt im Takt zu – Moment mal, was liest sie da? –, ach du Scheiße, Sophokles, Jesus Christus! Von wegen leichte Kost. Heute morgen war es noch ein Gedichtband. Sie hat jeden Tag ein neues Buch in der Hand, manchmal sogar zwei, und das bereitet ihm Kopfzerbrechen.

Die Bücher sind alle geklaut.

Sie kann sie zurückbringen.

Dem Knast ist es egal, dass sie hauptsächlich Taschenbücher mitgehen lässt, die heutzutage weiß Gott nichts mehr wert sind.

Der Knast weiß nur eins: *Willkommen zurück!*

Aber das wird Shecky nicht zulassen.

Du meinst, du wirst es nicht *noch mal* zulassen, flüstert eine grausame Stimme in seinem Kopf.

Die verschwommene Erinnerung an die versiffte Wohnung seiner Cousine Paulette, in der Shecky genau ein einziges Mal war, an ein kleines Mädchen mit riesengroßen Augen, dürr und blitzschnell. Die riesengroßen Augen hatten ihn fixiert, waren bis in sein Innerstes gedrungen – bis er schließlich den Blick abwandte und von da an immer weiter wegsah. Jahrelang. Und dann hatte er irgendwann gehört, sie sei verhaftet worden. Höchststrafe im Jugendarrest, zusätzlich verlängert wegen diverser Ausbrüche. Und plötzlich hatte er an nichts anderes mehr denken können als an den lange verdrängten Besuch in Paulettes Wohnung. Die Erinnerung an das Mädchen mit den Riesenaugen ließ ihn nicht wieder los. Ihr Blick, auf ihn gerichtet, herausfordernd. Verletzlich.

Ich bin schlauer, ich bin schneller, sagte sie stumm. Du hast keine Ahnung, wozu ich in der Lage bin. Du hast keine Ahnung, was ich getan habe. Ihr Blick war wie ein gereckter Mittelfinger gewesen, aber er hatte die Sehnsucht dahinter gespürt. Sie hatte gewusst, dass er ihrem Blick nicht standhalten würde, aber sie hatte sich so sehr jemanden gewünscht, der es versuchte.

Und als er sich jetzt auf seinen Platz am Esstisch setzt, denkt Shecky wieder an den Tag, als er den Antrag stellte, Kerashas Bewährungsbetreuer zu werden – genau hier hatte er die Unterlagen unterschrieben, auf diesem Stuhl. Er erinnert sich, wie er ein allerletztes Mal die Seiten durchblätterte, alle Angaben noch einmal prüfte und wie ihm bewusst geworden war, dass er so gut wie gar nicht hatte lügen müssen. Es ging fast gegen seine Berufsehre, ein offizielles Dokument so einzureichen. Ohne

Gewinn. Doch er hatte das Gefühl und hat es noch, dass dieser Antrag ein Versprechen war.

Du hast hier ein Zuhause, sagt er in Gedanken zu Kerasha, die ihn quer durchs Zimmer ansieht. Das hier ist dein Zuhause, und ich bin deine Familie.

Solange du mich haben willst.

Kerasha, die verfluchte Gedankenleserin, schenkt ihm beim Umblättern ein flüchtiges Lächeln.

»Mein Zuhause, meine Familie«, sagt Shecky laut, hört seine zittrige Stimme, hofft, dass die Kids ihn deswegen nicht auslachen. Meine Familie – was davon übrig ist.

Eines Tages wird er ihnen von Dannie erzählen, seiner großen Schwester. Er will Henry von dem Mädchen erzählen, das, so wie er, immer schnell mit den Fäusten war. Und Kerasha würde vielleicht die Tatsache interessieren, dass Sophokles in ihrer Familie kein Unbekannter war – Dannie hatte an der Highschool die Antigone gespielt. Und vielleicht würde Kerasha lachen, wenn sie hörte, dass Shecky – damals noch ein kleiner Junge –, als auf der Bühne Antigones Selbstmord verkündet wurde, so laut und so unablässig geweint hatte, dass er aus dem Saal getragen werden musste.

Was Dannie wohl denken würde, wenn sie jetzt hier wäre. Der Kunstvollstrecker mit seinem Skizzenblock. Die Diebin und ihre Poesie. Und Shecky selbst, ein grau gewordener Geldwäscher, der in dem Versuch, in Dannies Fußstapfen zu treten, stümperhaft Theater spielt. Ja, wenn Dannie jetzt hier wäre, würde sie ein Wunder sehen. Ein *Zuhause*. Eine *Familie*. Wenn es noch heilige Worte gibt, dann diese.

Und Herrgott, Scheiße, Shecky braucht den Trost dieser Worte, und wie. Denn es gibt durchaus auch unheilige Worte, und die fliegen ihm gerade um die Ohren.

Vor dem Haus: Ein Motor springt an. Shecky zuckt zusammen, geht zum Fenster – sieht nur noch das Heck eines Wagens um die Ecke biegen, war zu spät, um irgendwas zu erkennen. Nervös und mit gezwungenem Lächeln kehrt er zurück an den Tisch.

»Alles okay?« Kerashas Augen deuten zum Fenster zurück. Sie will eindeutig endlich ihre Neuigkeiten loswerden, aber er ist noch nicht bereit dazu, und außerdem sitzt Henry mit am Tisch.

»Nur ein Auto. Hab mich erschreckt.«

Doch in Wirklichkeit ist Shecky weit mehr als erschrocken, und dafür gibt es Gründe. Die E-Mail von der Bank of America letzten Mittwoch: *Überweisung abgelehnt.* Dann, Samstag, ganz altmodisch, ein Brief von Chase: *Interne Überprüfung.* Und dann, erst gestern, der Brief von Capital One in seinem Drugstore-Postfach: *Kontosperrung.*

Was Definitives hat Shecky nicht gehört, und nachforschen kann er nicht so einfach, weil die Konten nicht auf seinen Namen laufen. Doch seither quält ihn eine Frage, die der Teufel selbst ihm eingegeben haben muss. Die Frage hat Shecky heute morgen um drei aus dem Schlaf hochfahren lassen, hat ihn vor Angst husten lassen, bis ihm die Augen tränten.

Jetzt tränen sie wieder.

Verschwommen sieht er Henry seinen Bleistift spitzen. Sieht er Kerasha umblättern. Sieht er den leeren Stuhl, auf dem Dannie niemals sitzen wird. Und Shecky kann sie nicht mehr länger ignorieren – die Frage, die schon die ganze Zeit in ihm flüstert.

Sind sie mir auf den Fersen?

Shecky steht auf und geht in die Küche. Heizt den Backofen vor. Öffnet die Schränke, nimmt Teller heraus, Gläser. Denkt währenddessen darüber nach, wie wenig die Kids im Grunde wissen – über ihn, über alles.

Sie sind viel zu jung.

Für sie ist es unvorstellbar, dass man beim Aufstehen zwanzig Jahre alt ist und, wenn man sich zum Mittagessen hinsetzt, plötzlich achtundfünfzig. Dass es möglich ist, an die Hälfte seines Lebens keine richtigen Erinnerungen zu haben, dass die Zeit *in* einem verschwinden kann und dass ein einsames Herz schrumpfen und erkalten kann.

Und doch: Wie warm sein eigenes Herz in diesen Tagen schlägt, doppelt so schnell, wie es rast, verlorene Zeit wiedergutmacht, sobald er ins Zimmer tritt, sobald er seine Familie sieht. Die Zeit seiner kalten, einsamen Stille ist inzwischen über zwölf Jahre her. Es kommt ihm vor wie tausend.

Backofen vorgeheizt, Hühnchenapfelfrikadellen rein. Die Rigatoni ins kochende Wasser. Eine Prise Salz dazu. In den Wok: Olivenöl, grüne Paprika, rote Paprika, in Scheiben geschnittene Auberginen. Shecky, der in seinen Zwanzigern auch mal gekellnert hat, kommt mit Tellern, Gläsern und Besteck ins Esszimmer zurück. »Wie geht's uns heute?«, fragt er und deckt den Tisch. »Was haben wir gemacht, wen haben wir gesehen?«

Schweigen, Kerasha lächelt ihn vielsagend an: Willst du wirklich wissen, was ich gesehen habe? Jetzt?

Shecky schüttelt verneinend den Kopf, sie zuckt die Schultern und kehrt zu Sophokles zurück.

Small Talk mit den beiden ist nicht zäh. Selbst zähes Fleisch hat man irgendwann weich gekaut. Es ist eher wie auf Granit beißen. Aber drauf geschissen, er wird sie immer lieben, er wird für sie da sein, auch wenn sie ... Schluss damit. Denk nicht daran, dass sie irgendwann gehen werden. Häng dem Gedanken nicht nach, lass ihn nicht mal in deine Nähe kommen. Aber die Sache mit der Zeit ist die: Man kann ihr den Rücken zuwenden, sie reißt trotzdem alles mit sich.

Der Tisch ist gedeckt. Shecky stattet dem Bad im Erdgeschoss einen kurzen Besuch ab, öffnet das Milchglasfenster und späht in die Gasse. Bestandsaufnahme: Mülltonne, Recyclingtonne. Zwei rostige Fahrräder, ein kaputter Plastikschlitten, ein Stapel lose Bretter. Keine Spur vom Kater, kein Anzeichen von Gefahr – nur ein ganz normaler Sommerabend.

Shecky möchte es so sehr glauben.

Er schließt das Fenster. Spült, lässt Wasser laufen, immer schön so tun, als ob. Verlässt das Bad, geht zurück ins Esszimmer, und da sitzen sie, jetzt beide am Tisch – seine Kids.

»Kommt schon, Kinder, ich hab den ganzen Tag auf Tabellen gestarrt. Gebt mir irgendwas. Ein Grunzen. Irgendwas. Bitte, Leute.« Mit Verzweiflung in der Stimme: »Hallo? Jemand zu Hause?«

Das Geräusch von Henrys Bleistift. Augenrollen bei Kerasha, aber auch ein kleines Aufwärtszucken im Mundwinkel.

Kinder, denkt er und schüttelt über sich selbst den Kopf. Henry ist zweiundzwanzig, Kerasha dreiundzwanzig. Sie sind erwachsen, sie ziehen aus, sie ziehen weiter. Das ist doch dein größter Wunsch für sie – muss er sein –, und wenn der in Erfüllung geht, bist du wieder allein.

Shecky geht zurück in die Küche. Sieht nach den Frikadellen, dreht die Flamme unterm Gemüse runter. Kehrt mit Bier für alle ins Esszimmer zurück.

Guinness aus der Flasche – sein Vater würde brüllen, toben, um sich schlagen. Verdammter Frevel, würde er sagen und ihn gleich noch mal verstoßen. Aber das ist okay, Shecky ist schließlich nicht wie sein Vater. Zum einen – er ist *am Leben*, Gott sei Dank! Zum zweiten – er ist da, wo sein Vater nie zu finden war: zu Hause bei seiner Familie. Trotzdem fragt Shecky sich, was das Rassistenschwein zu den beiden Promenadenmischungen gesagt hätte.

»Schluss mit dem Small Talk«, sagt Shecky, als wäre er nicht der Einzige, der spricht. »Reden wir übers Geschäft.« Geschäft: Er hat das Wort kaum ausgesprochen, da haben die Kids schon die Blicke gehoben, schauen ihn an, Henry legt sogar den Stift weg. Geld kann eine Familie auseinanderbringen, aber in diesem Haus bedeuten Gespräche übers Geschäft Trost und Sicherheit.

»Morgen haben wir zwei Schwergewichte.« Er sieht Kerasha an, um sicherzugehen, dass sie weiß, wovon er spricht.

Sie zieht eine Augenbraue hoch: Im Ernst, Onkel Shecky, du stellst mich auf die Probe?

Shecky lächelt entschuldigend, aber er hat erst letzte Woche mit ihrem Training begonnen. Ihr beim gemeinsamen Gemüseschnippeln erklärt, dass ein *Schwergewicht* ein Haufen loser Scheine ist, zehntausend oder mehr, der in Buchgeld verwandelt werden muss – sauber, seriös, pseudonymisiert.

»Das erste Schwergewicht sind grob zweihundertfünfzig Lappen«, sagt Shecky. »Das zweite Schwergewicht sind exakt dreihunderttausend Frische.« Wieder wirft er Kerasha einen Blick zu: Kommst du noch mit?

Jetzt gehen beide Augenbrauen hoch.

Shecky lächelt wieder entschuldigend, dabei tut's ihm überhaupt nicht leid. Man kann nicht vorsichtig genug sein. Ihr Schnitt von den zwei Schwergewichten morgen bedeutet eine Hypothekenrate für die Familie. Also, ja – Kerasha sieht alles, hört alles, sie ist in der Lage, einen Raum zu erfassen wie ein Scanner. Trotzdem ist es wichtig, dass sie lernt, einen Klienten an den Scheinen zu erkennen, die er liefert: die Schreibtischtäter mit ihren »frischen« Scheinen, glatt und sauber und wie neu. Die Straßenkunden, für deren speckige, dreckige, zerknitterte, labbrige Scheine man Gummihandschuhe braucht.

»Ein großer Tag für die Familie«, sagt er und schlägt mit dem Löffel an die Flasche. Bringt die Kids dazu, ihn anzuschauen. »Eine Tüte Frische, eine Tüte Lappen. Wie wär's mit 'ner Runde Klientenraten? Was gehört wem? Und der Preis ist ...«

»Die Lappen kommen von Red Dog«, fällt Henry ihm ins Wort. »Die Frischen vom Paradise Club.« Er gibt Shecky nicht mal die Chance zu bestätigen, dass er richtigliegt – was natürlich der Fall ist. »Und wo wir gerade von Red Dog sprechen ...«

Henry hebt mit zögerlichem Lächeln den Blick. »Eine Freundin hat mich da auf was gebracht.«

Shecky erstarrt. Die Ideen von Henrys Freunden sind selten gut, und es gibt da eine bestimmte Freundin – eine durchgeknallte Irre –, die, wenn es nach Shecky ginge, nichts verloren hat auf dem Familienfoto.

»Wir haben uns unterhalten, also wegen Red Dog ...« Henry leckt sich die Lippen, wie um seinen Mund auf die Worte vorzubereiten, die als Nächstes kommen. »Also, na ja, schließlich habe ich das Geschäft an Land gezogen ...« Er muss husten, fühlt sich sichtlich unwohl in seiner Haut. Und verdammt noch mal zu Recht. Henry ringt sich ein gezwungenes Lächeln ab und presst schließlich heraus: »Ich finde, ich sollte einen Schnitt kriegen.«

Shecky holt tief Luft, schnaubt. »Du hast mit deiner Freundin über unsere Arbeit gesprochen?«

»Nicht im Detail«, sagt Henry schnell. »Nur über grundlegende Dinge. Also, dass ich für meine reguläre Arbeit auch regulär bezahlt werde. Wie ein Angestellter eben. Aber wenn ich Klienten ranschaffe – vor allem so einen fetten wie Red Dog –, macht mich das doch eigentlich ...«

Kerasha ergänzt den in der Luft hängen gebliebenen Satz. »Zum Partner.«

Es ist, als wäre ein Weinglas runtergefallen: Niemand bewegt sich, die Luft schreit Alarm! Aus der Küche ertönt das Piepen der Küchenuhr, das Gemüse ist fertig. »Das ist ein bisschen früh«, sagt Shecky zu Henry und steht auf. Seine Stimme ist tonlos, kalt und klingt stärker, als er sich fühlt. Ruhig und gefasst geht er in die Küche. Und dort, erst dort, lässt er sich gegen die Anrichte sinken und erlaubt sich, das ganze Gewicht dieser Herausforderung tatsächlich zu fühlen.

Henry als Partner. Der nicht mehr zu Shecky aufsieht, sondern neben ihm steht. Kein Kind mehr ist. Nicht mehr sein Junge ist.

Wie soll ich ihn dann noch beschützen?

Mit trockenen Augen und ruhigen Händen trägt Shecky drei große Servierplatten ins Esszimmer. »So, bitte sehr, ist genug für jeden da.« Er verteilt Frikadellen auf die drei Teller, das Gemüse, die Nudeln. Endlich setzt er sich. Die Kids haben die Blicke auf ihn gerichtet, warten diszipliniert auf seinen Segen. »Danke dafür, dass ihr bei mir seid«, sagt er schließlich. »Danke dafür, dass ihr meine Familie seid.«

Die Kinder danken ihm ebenfalls, dann fangen sie an zu essen.

Das Schweigen, das die Mahlzeit eröffnet, ist schrecklich. Sie warten auf seine Reaktion.

Shecky lässt sich nichts anmerken. Nimmt sich noch einen Moment Zeit, um sich zu sammeln. Ein eigener Anteil für Henry – ein persönlicher Anteil, unabhängig von dem Schnitt für die Familie –, was hieße das, wohin würde das führen? Dazu, dass Henry aufsteigt? Oder aussteigt? Diese leeren, stillen Nächte, diese leeren, stillen Jahre – Shecky drängt sie beiseite, zwingt sich zu einem Lächeln. »Hey, wir leben alle zusammen unter diesem Dach.« Es fühlt sich an, als würde das Lächeln sich einen Kampf mit seinem Gesicht liefern. »Was uns gehört, gehört uns allen zusammen.«

»Mit Verlaub«, sagt Henry, »ich meine ja nur, dass sich meine Rolle verändert hat. Und dass wir das vielleicht berücksichtigen sollten.« Er wendet sich an Kerasha. »Du bist objektiv. Du bist unbeteiligt. Was sagst du dazu?«

Kerasha hätte fast gelacht. »Ich? Ringrichterin in *diesem* Kampf?« Langsames Kopfschütteln. »Das Erste, was man im Bau lernt – schlag dich nie auf eine Seite, bevor du weißt, wer die Klinge in der Hand hält.«

Shecky hat jetzt genug gelächelt. Hat genug von dieser ganzen beschissenen Unterhaltung. »Hey, das ist hier keine *Ausschusssitzung.* Es gibt nur eine Art, unsere Geschäfte zu führen, und die lautet – nicht jeder für sich.« Davon ist er überzeugt. Das müssen die Kids doch kapieren. Okay, Henry ist unreif. Er neigt zu Gewalt, und, noch schlimmer, er hat *künstlerische Ambitionen.* Also das Gegenteil von Geschäftssinn. Aber unterm Strich ist Henry durchaus verantwortungsbewusst. Mehr noch – machen wir uns nichts vor –, er ist unentbehrlich. Sein aufbrausendes Temperament, die Kraft seiner Arme und Fäuste, seine Bereitschaft, sich zu prügeln – tun dem Familienbetrieb *gut.* Mitbewerber machen Rückzieher. Säumige Zahler kommen in die Pötte. Und obwohl Gewalt niemals Sheckys erste Wahl ist, ist es doch gut, diese Wahl zu haben.

»Was wir verdienen, gehört der Familie«, sagt Shecky. »Wenn du willst, sehen wir uns die Zahlen an und …«

»Okay, machen wir das.«

»*Nach* den zwei Schwergewichten. Nachdem wir wissen, dass das Geld durchs System durch ist. Der Nächste ist – wann fällig? Am zehnten? Dann sind wir seit drei Monaten mit Red Dog im Geschäft. Ein volles Vierteljahr. Und du hast recht – er ist ein Großkunde. Das wird gefeiert.« Shecky geht in die Küche und kommt mit Whiskey und drei Schnapsgläsern zurück. Er schenkt ein und verteilt. »Morgen erledigen wir den nächsten Waschgang für den Klienten. Und Ende der Woche haben wir ein besseres Gefühl dafür, wie viel Umsatz er tatsächlich für uns bedeutet.« Er hebt das Glas. »Sláinte.«

Lange spürt Shecky Henrys Blick auf sich. Dann nickt der Junge, kippt den Whiskey, und im Zimmer ist wieder Luft zum Atmen. Henry hat einen Rückzieher gemacht, weiß wieder, wo sein Platz ist. Chaot. Ich lieb ihn über alles.

»Beide Transaktionen müssen morgen über die Bühne gehen«, sagt Shecky, nachdem er den Kids eine ruhige Minute zum Essen gelassen hat. An Kerasha gewandt, fügt er hinzu: »Nicht ideal, aber so ist es eben.« Henry fragt er: »Hast du Kuriere?«

»*Einen* Kurier«, sagt Henry. »Meinen Donnerstagsmann.«

Shecky lässt die Gabel sinken. »Was ist mit deinen anderen Leuten?«

»Na ja, ich hatte Donnerstag und einen Back-up. Back-up hat irgendwann angefangen, Spielchen zu spielen, wurde nachlässig, hat ab und zu lange Finger gemacht. Ich musste ihn an die Wand klatschen.« Er dehnt und reckt die Finger. »Seine Visage hat meine Hand verletzt.«

Shecky zuckt mit den Schultern. »Solange du deinen Job machen kannst. Nur das zählt.«

»Das ist nicht *alles*, was zählt. Nicht für mich.«

Und damit ist das Gespräch für ihn beendet, er versenkt sich wieder in seine Zeichnung. Er hat Glück, dass ich so ein Weichei bin, denkt Shecky. Er hat Glück, dass ich ihn liebe, weil – Herrgott, scheiße – bei dem Job geht's eben nicht nur ums Geld, es geht um *uns*! Diese Stühle, dieser Tisch. Dein Bett, in das du dieses Mädchen zerrst. Unser Zuhause, deine bescheuerten Malutensilien. Liebe hat einen Preis. Überleben hat einen Preis. Wie kannst du davon leben und nicht kapieren, wo's herkommt?

Noch nicht, flüstert Dannie ihm zu. *Warte auf dein Stichwort.*

Obwohl sie seit Jahrzehnten tot ist, ist sie immer noch seine Schauspiellehrerin. War sie damals wirklich, als sie starb. Auch sie war bei einer Laienspieltruppe. Er saß in den Proben, hörte sie sagen: »Geduld. Dein Einsatz kommt gleich, aber du musst die anderen ausreden lassen.«

Shecky gönnt Henry einen Moment, um ihm das Gefühl zu geben, dass er ihn gehört hat. Dann sagt er: »Hier geht's nicht um deine Kunst. Es geht um deinen Donnerstagmann. Er kann nicht beide Abholstellen übernehmen. Wir können einen Kurier nicht zwei Tüten liefern lassen. Das Risiko …«

»Tut mir leid, Onkel Shecky«, sagt Henry. »Aber das musst du mir überlassen.« Henry richtet sich auf, und es sieht aus, als würde sein Brustkorb in die Breite wachsen. Seine Hand umklammert den Bleistift, zitternd vor unterdrückten Gefühlen, und Shecky fixiert mit den Augen die Spitze. »Seit dem Winter kümmere ich mich um die Kuriere«, sagt Henry. »Das ist mein Job. Ich weiß, was ich tue.«

Die Bleistiftspitze ist der Mittelpunkt der Welt – alles andere verschwimmt.

Achte auf das Stichwort, sagt Dannie. *Warte auf den richtigen Moment. Gib einstweilen nach, zieh dich zurück. Der Junge ist zu unausgeglichen und du viel zu angepisst, um heute Abend dieses Gespräch zu führen.*

»Lass Donnerstag die Frischen machen«, sagt Shecky. »Wir können ihm vertrauen.« Frische sind immer verlockend, neue, saubere Scheine. Einer von Henrys ersten Jobs – inzwischen Jahre her, damals galten noch andere Regeln – bestand darin, Shecky dabei zu helfen, das Geld für den Paradise Club zu zählen. Henry erinnert sich mit Sicherheit noch heute an die blauweißen Banderolen, die der Klient benutzte, an die ordentlichen Stapel in den ledernen Aktenkoffern. *Wunderschön* – Shecky weiß noch, wie überwältigt Henry damals war – dass er tatsächlich die Hand hob, wie um sich die Augen zu beschirmen, als Shecky zum ersten Mal einen Paradise-Club-Koffer für ihn öffnete. *Als wäre er voller Licht.*

»Das mit den Frischen ist also geklärt«, sagt Shecky jetzt. »Aber die Lappen muss jemand anders übernehmen.«

Henry runzelt die Stirn, beißt sich offensichtlich auf die Zunge. Aber einen Augenblick lenkt er ein – legt den Stift weg, Gott sei Dank – und geht die Möglichkeiten durch. Oder eher die fehlenden Möglichkeiten. Ein Altgedienter ist nicht im Lande, ein anderer Veteran hat sich in einer Bar über den Haufen schießen lassen, ein dritter ist …

»Dann nimm einen Frischling«, sagt Shecky. Und als er den Ausdruck freudiger Überraschung auf Henrys Gesicht registriert, sagt er schnell: »Aber nicht deinen Kumpel. Den nicht.«

Henrys Lächeln versiegt zu einem wütenden Strich. »Warum nicht?«

Weil du ihn zu sehr magst.

»Sorry«, sagt Shecky und schneidet mit mehr Verzweiflung als Appetit in seine Frikadelle. Henrys Frust senkt sich auf ihn wie eine Wolke giftiger Chemikalien. Shecky denkt daran, wie er zum ersten Mal von diesem Freund hörte, wie sehr Henry versuchte, ihn zu pushen. Und wieso auch nicht? Henry hat den Typen vor Monaten angelernt, und laut Sheckys Kontenbuch, das er oben in seinem Arbeitszimmer verwahrt, hat der Frischling nicht einen Penny verloren oder geklemmt. Daran ist nichts ungewöhnlich, Henry hat Talent in Sachen Personalführung. Ungewöhnlich war Henrys Frage gewesen, ob der Frischling zum Abendessen kommen dürfe. »Er heißt Emil«, hatte er gesagt. »Er ist anders.«

Henry bekommt nicht oft Besuch. Hatte noch nie viele Freunde – und nein – *dieses Mädchen* zählt nicht. Der uralte Fluch der Waisenkinder: Die Bedürftigkeit der Einsamen schreckt Menschen oft ab. Und als Henry wissen wollte, ob Emil vorbeikommen dürfe, hätte Shecky am liebsten »Na klar!« gesagt, »wie wär's gleich heute Abend?«.

Aber: ihre Regeln.

»Unsere Regeln sorgen für Sicherheit«, hatte Shecky gesagt. »Und zwar nicht nur für unsere.« Ihre Klienten waren darauf angewiesen. Genau wie die Kuriere. »Du musst auch an *seine* Sicherheit denken. Die von deinem Kumpel.« Es gab Grenzen, die man mit den Typen, die die Tüten transportierten, nicht überschreiten durfte. »Du tust ihm keinen Gefallen«, sagte Shecky, »wenn du ihn zu nah an dich ranlässt.«

Damals war Henry nur enttäuscht gewesen, aber Shecky spürt, dass sich diese Enttäuschung heute Abend zu etwas anderem verhärtet. »Ich versuche, dir was klarzumachen«, sagt Henry. »Dieser Freund ist mir wichtig. Er ist nicht nur ein *Kumpel.* Er bringt mir Dinge bei, und – und – du lässt mich nicht mal ausreden!«

Henrys Stuhl schrammt über den Boden. Er steht auf, greift nach dem Block, und dann ragt er in voller Größe über Shecky auf. Schaut auf ihn runter. Dreht sich um und ist mit vier langen Schritten in der Küche und dann an der Kellertür. Zögert. Schaut zurück.

»Wenn ich meine unterschiedlichen Lebensbereiche nicht unter einen Hut bringen kann«, sagt Henry, »kann ich nicht versprechen, dass ich mich für diesen entscheide.«

Die Kellertür knallt ins Schloss. Ein langer Nachhall. Die Erde hat gewackelt, und jetzt ist es still, aber Shecky weiß, dass sich nicht sagen lässt, ob das große Beben noch kommt.

Shecky reibt sich abwesend die Hände, das Kinn, wärmt sich an Kerashas Anblick, die ein aufgespießtes Stück Frikadelle schwenkt. »Selber schuld«, sagt sie. »So was gibt's im Franklin nicht.«

Zuneigung, Dankbarkeit – Shecky inhaliert beides wie Sauerstoff. Gott dem Herrn sei Dank für dieses Mädchen, denkt er und greift zur Serviette. Wischt sich über die Augen. Wie albern, innerlich so zusammenzubrechen – ein alter Ganove wie er, der schon viele schlimme Sachen gesehen und gehört hat. Selbst schon ein paar schlimme Sachen getan hat. Aber Verletzbarkeit ist der Preis für Familie. Auf Nimmerwiedersehen, ihre Jahre der Einsamkeit, doch dafür gibt es jetzt jeden Tag einen blauen Fleck.

Es ist nicht das erste Mal, dass Henry so davonstürmt. Aber es bringt Shecky jedes Mal förmlich um – *killt ihn*, wie Henry in seinen krasseren Zeiten zu sagen pflegte. Das gemeinsame Abendessen ist seit jeher eine der wichtigsten Familienregeln. Ob Zweierfamilie oder jetzt Dreierfamilie, die Regel ist geblieben: Alle zusammen an einem Tisch. Guinness für ihn, was auch immer für die Kids. Ein frischer Laib Brot von Regina's Bakery, der Fang des Tages von Katti's Fish Market. Oder auch ein Stück Fleisch, geschnetzelt und gesotten oder angebraten und geschmort oder auch »mit der 80°-Methode butterweich im Rohr gegart«. Gebratenes Gemüse und Backofenkartoffeln oder Yucca und geröstete Samen, jede Mahlzeit auf der ausreichend sauberen Tischdecke serviert. Die Vorhänge bleiben geöffnet, bis das letzte Orange der Dämmerung verschwunden ist. Und: kein Fernseher, keine »Hintergrundmusik« – Shecky weiß noch, wie sehr Dannie Geräusche nur um der Geräusche willen verabscheute. »Wir brauchen Stille«, sagte sie. »Die Stille lockt uns heraus.«

Und du hattest recht, Dannie, sieh uns an. *Hör* uns an. Die Familie ist das einzige Geräusch. Unsere Tage, unsere Geschichten. Missstände werden beigelegt, Fäden neu geknüpft. Das Brot wird geteilt. Diese Dinge zählen.

Während Shecky Henrys Teller in die Küche trägt, ihn mit Frischhaltefolie abdeckt und in den Kühlschrank stellt, wünschte er, Dannie wäre hier, und wenn auch nur als Geist. Wünschte, sie könnte ihn mit den Kids erleben, könnte das gemeinsame Abendessen sehen (natürlich nicht das heute Abend), und sie würde wissen, wie genau er ihr zugehört hatte.

Sie hatte in der Schultheatergruppe gespielt, war anschließend Kellnerin und Spielleiterin im Laientheater gewesen, und dann war sie plötzlich tot, ermordet, an seinem Geburtstag. Das war Dannies ganze Geschichte. Ein beschissener Einakter.

Aber ist es tatsächlich vorbei? Ganz und gar vorbei? Ist in Wahrheit nicht *dies hier* ihr nächster Akt – die Kinder und ich? Alles, was sie mir beigebracht hat, wie sie sich um mich gekümmert hat, mich geliebt hat, als es sonst keiner tat – tue ich jetzt nicht dasselbe für die Kids, und ist sie nicht in diesem Haus lebendig, solange sie hier sind?

Shecky macht den Kühlschrank zu, kocht Espresso und kehrt ins Esszimmer zurück. Zwei Tassen kommen auf den Tisch, die dritte trägt er zu Kerasha rüber. Sie sitzt wieder in dem alten Sessel, friedlich, gemeinsam mit Sophokles. Henrys Stuhl ist leer. Shecky schaut rüber in die Küche, zur Kellertür. Er denkt an Henrys Abgang, erinnert sich daran, wie ein anderes Haus erzitterte, als Dannie zum letzten Mal davongestürmt war. Weil Onkel Josephs Freund einmal zu oft vorbeigekommen war und versucht hatte, sie zu begrapschen. Und Dannie schließlich »Drauf geschissen« sagte und zu ihrem Freund zog. Und Shecky bei ihrem Onkel allein zurückließ.

Und diese dröhnende Stille setzt sich fort, bis Kerasha, den Blick immer noch auf Sophokles, sie mit ihrer Hiobsbotschaft bricht.

»Er ist wieder da.«

So also lauten ihre Neuigkeiten. *Er ist wieder da* – ganz nebenbei, als hätte es nichts zu bedeuten. Aber Kerasha muss seine Unruhe bemerkt haben, ständig raus aus dem Zimmer und wieder rein. Seine verstohlenen Blicke zu ihr rüber, seine Anläufe, den Mund aufzumachen, um sie zu fragen, und es dann mit einem schnellen Seitenblick auf Henrys leeren Stuhl doch sein zu lassen. *Er* darf noch nichts davon erfahren, erst wenn Shecky bereit dafür ist.

Doch die Familie ist längst in den Händen des Teufels.

Shecky stochert auf seinem Teller rum. Gabel spießt Frikadelle auf, Messer schiebt Frikadelle wieder runter. Es ist sinnlos. Er bringt keinen Bissen runter. Schließlich zwingt er sich zu sagen: »Erzähl mir, was du weißt.«

»Beim letzten Mal«, sagt sie, »stand der Chevy auf unserer Straßenseite. Diesmal stand er gegenüber. Weiter weg, aber der Blick war besser. Kein Baum im Weg.«

»Besserer Blick auf *uns*«, sagt Shecky. Das Lückenfüllen gehört zur Unterhaltung. »Ein Typ?«

Sie lächelt zwar nicht, aber ihr ist anzusehen, dass sie stolz auf sich ist. »Ich hatte einen ganz guten Blick auf ihn.«

»Sah er aus wie ein Bulle?«

Ein Augenbrauenlüpfen, unverbindlich. »Soll ich dir seine Marke besorgen?«

»Im Ernst. Glaubst du, es ist ein Bulle?«

Ein Schulterzucken. »Kann sein. Für einen Straßengangster jedenfalls zu alt.« Sie nippt an ihrem Espresso. »Graues Poloshirt, die Hose konnt ich nicht sehen. Aber die Arme – er trainiert definitiv. Eher klein. Lässt sich nicht genau sagen, aber so wie der sitzt.« Wieder ein Nippen. »Muss ich mir Sorgen machen?«

»Ja.« Shecky steht auf. Trägt das Geschirr in die Küche. Leert Essensreste in den Komposteimer. Stellt die Teller in die Spüle und dreht das warme Wasser auf. Wartet, bis es dampft, spritzt Biospülmittel ins Becken.

Shecky spült die Bierflaschen aus, schenkt sich Whiskey nach. Fuck!

Sie hatte ihn vor ein paar Wochen auf den blauen Impala aufmerksam gemacht. Steht mal in die und mal in die andere Richtung, sagte sie. Manchmal sitzt keiner drin und manchmal *dieser Typ*. Manchmal mit ’ner Brooklyn-Nets-Cap. Verschiedene Stellen, verschiedene Zeiten, aber immer – immer – in Sichtweite vom Haus. Die Bullen?

Aber wir sind doch so vorsichtig, sagte Shecky zu Dannie. Wir haben unser System, unsere Verstecke, unsere Notfallpläne, unsere blickdichten Jalousien.

Oder ein Killer? Aber wer interessiert sich schon für uns? Wer sind wir schon? Ein namenloser Geldwäscher und seine Kinder.

Oder ein …

Jede Antwort klingt falsch, weil die *Anwesenheit* des Typen falsch ist. Shecky hat den Mann verdrängt, sich reingesteigert, hat seinetwegen um drei Uhr morgens ins Klo gekotzt. Aber der Schatten spukt weiter um sein Zuhause herum.

»Ein Zuhause«, sagt Shecky, mehr zu sich selbst als zu seiner Nichte, aber sie hört trotzdem genau zu, Augen und Ohren immer offen, »ist bedeutungslos, wenn man es nicht beschützen kann.«

4

Henry trampelt die Treppe runter, lässt innerlich das Abendessen Revue passieren. »Meine Familie«, hatte Onkel Shecky gesagt, »mein Zuhause.« Hat Henry alles schon x-mal gehört, aber heute Abend klingt es anders. Und was ist mit *mir*?

Henry liebt seinen Onkel, weiß, dass er ihm alles zu verdanken hat. Trotzdem hat er manchmal diese Bilder von einer Zukunft im Kopf, die er nicht will. Stellt sich vor, wie er grauhaarig in dem winzigen Arbeitszimmer hockt. Sich beim Treppabgehen am Geländer festhält, über seine morschen Gelenke jammert. Alt wird in diesem Haus.

Die letzte Stufe und runter auf Betonboden. Vorbei an losen Brettern und Bauholz, Reste von den Bücherregalen, die er vor ein paar Monaten gebaut hat. Vorbei an der Waschmaschine und am Trockner. Er tritt an seinen Zeichentisch und pfeffert den Block hin. Sieht ihn stirnrunzelnd an, kriegt den Blick nicht scharf gestellt. Macht kehrt und geht zurück zum Trockner. Leert die Klamotten in einen Korb, trägt ihn zum Wäschetisch und sortiert alles zu drei Haufen. Befangen bei Kerashas Unterwäsche. Ordentlich und schnell bei den Sachen von sich und seinem Onkel, die leicht zu unterscheiden sind: Henry ist fünfzehn Zentimeter größer, seine Sachen sind alle neu, und die meisten schwarz oder hell. Die Sachen von seinem Onkel sehen müde und traurig aus. Bei der grauen Lieblingshose seines Onkels hält er inne, die Wollhose mit den Bundfalten, die er zu allen Terminen mit den Großkunden trägt. Der Stoff ist abgetragen, über dem linken Knie ist ein blasser Fleck geblieben, und Henry fühlt sich beschissen – einfach nur beschissen – wegen des eben oben Erlebten. Er holt das Bügeleisen vom Regal. Zehn Minuten später, als die meisten Sachen seines Onkels ordentlich gestapelt sind – alles gebügelt, sogar die Unterhemden – hört Henry das *Klopf-klopf.*

Im Keller gibt es zwei große Fenster. Wenn man draußen auf der Straße steht, hat man auf Bodenhöhe ein Fenster vor sich, zwischen diesem und dem Nachbarhaus. Das zweite Fenster, wieder auf Bodenhöhe, geht nach hinten raus. Das ist das Fenster, an das sie klopft, wenn sie ihn besucht.

Er geht zum Fenster, schiebt den Klappstuhl drunter und lässt sie rein.

Lipz.

Sie stützt sich an seiner Schulter ab, an seinem Arm. Die Berührung macht was mit ihm. Mit ihr auch, das weiß er, und schon steht sie vor ihm. Eins fünfzig klein, Dope-Atem und eindeutig leicht durchgeknallt. »Du siehst scheiße aus«, sagt sie. Er folgt ihrem Blick, während sie den Raum scannt, kurz in der Waschecke hängen bleibt, sich dann wieder ihm zuwendet. »Verfickt noch mal! Der lässt dich seine Schlüpfer bügeln?«

Henry senkt den Blick, und tatsächlich, er hält immer noch die Boxershorts von seinem Onkel in der Hand.

»Ach, fuck!« Er schleudert die Unterhose in die Waschecke. »Wir haben gestritten.«

»Lass mich raten.« Sie deutet auf die Unterhose, die jetzt am Boden liegt. »Du hast verloren.«

»Er hat mich nicht gebeten, seine Sachen ... verdammt!« Sie hat sich aufs Bett gesetzt. Zieht den Hoodie aus, trägt nichts darunter, nur einen Sport-BH. Er dreht sich weg, tritt an den Zeichentisch und kommt mit ihrem Telefon zurück. Wirft es neben sie aufs Bett. Vermeidet Hautkontakt.

»Du hast dran gedacht! Ist es ...« Sie schaltet das Handy ein. »Du hast es hingekriegt!«

Sie erwischt ihn beim Starren. Er dreht sich wieder weg. Lipz ist sexy, aber auf fertige Weise. Inzwischen steht sie nur noch auf Gras und Wodka, aber sie war schon mal härter drauf – viel härter. Hart ist auch ihre Geschichte, was dreckige Kriege gegen ihre Ex-Freunde betrifft, außerdem besitzt Lipz ein einmaliges Talent zur Selbstzerstörung.

Sie rutscht auf dem Bett rum. »Und? Was hat dein Onkel gesagt?«

Er entfernt sich ein paar Schritte. Hebt die Boxershorts seines Onkels auf, legt sie zurück auf den richtigen Stapel. »Ich hab's angesprochen. Ich hab gesagt, vielleicht könnte ich ja einen Schnitt abkriegen, und dann ging's irgendwie ab.«

Lipz lacht höhnisch. »Was zum Kack interessiert mich *dein* Schnitt?«

»Darüber haben wir doch ...«

»*Mein* Schnitt. Darüber haben wir gesprochen. Über mich. Ich hab dich zu Red Dog gebracht, also krieg ich auch ein Stück vom Kuchen. Hör mal, ich hab da grade was von Michael Lewis gelesen ...« Sie fängt an, von aktiv gemanagten Investmentfonds zu reden, von alternativen Portfolios. Vermittlungsprovisionen, Prozentpunkten. Sie will mehr als einen, sagt sie: Sie will anderthalb. Henry kommt nicht mit. Für eine Heroindealerin ist Lipz irritierend belesen. Aber sie spielt trotzdem nur in der unteren Liga mit, und Henry hat irgendwie das Gefühl, dass sie Red Dog noch nie persönlich begegnet ist. *Er* hat Red Dog jedenfalls noch nie getroffen, und was sie über ihn erzählt, ist ziemlich vage. Aber Red Dog ist in Bushwick *der* Heroinhändler und inzwischen Großkunde der Familie. Und es stimmt, dass sie Henry mit Red Dogs rechter Hand bekannt gemacht hat. Sie hat die Verbindung hergestellt – sie hat recht, er schuldet ihr was. Er denkt noch darüber nach, als er die Dreckkrümel auf seinem Betttuch entdeckt.

»Mann, Lipz! Deine verdammten Treter!«

Sie schenkt ihm einen »Wer? Ich?«-Blick. Sie schwenkt die Beine herum und lässt einen Stiefel über seinem Kopfkissen schweben.

»Mann, kannst du nicht einfach ... Scheiße! Ich hab's dir gesagt. Du kriegst die Hälfte von meinem Anteil – sobald ich einen Anteil kriege. Das wird kommen. Hat mein Onkel gesagt.«

Lipz verdreht die Augen. »Du bist zu gutgläubig.« Sie schwenkt wieder die Beine, endlich sind die Füße runter vom Bett. »Und wie viel Wäsche musst du noch waschen«, sagt sie, »ehe dein Onkel ... Ach, scheiß drauf, deshalb bin ich gar nicht gekommen.« Sie nimmt eine Zigarette aus der Schachtel. »Sondern wegen Tiger.«

»Ich dachte, du hättest Schluss gemacht.«

Sie zündet sich die Zigarette an, bläst sich den Rauch über die Schulter, schaut Henry direkt an. »Der verfickte Wichser hat mir meinen Vorrat geklaut. Die ganze Tüte.«

Henry sieht ihr beim Rauchen zu und versucht, die Alarmglocke zu deuten, die plötzlich in seinem Kopf losschrillt. Tiger ist Lipz Meistens-Ex. Ein großer, brutaler Typ, ein bedeutungsloser Kleindealer wie Lipz. Ständig am Gewichtestemmen. »Total porno«, wie Lipz sagt – manchmal auch über Henry –, und megaeitel mit seinen Haaren. Wechselt zweimal pro Woche die Frisur: montags frisch rasierte Buzz Lines, freitags gefärbte Streifen oder Punkte. »Mein hässlicher Hübscher«, nennt Lipz ihn ab und zu. Aber heute eindeutig nicht. Der Alarm in Henrys Kopf schrillt immer noch. Tiger ist oder sollte ... was gleich wieder sein?

»Ich brauche meinen Vorrat zurück«, sagt sie. »Und du kommst mit.«

»Sagt wer?«

»Sagen deine Schulden.«

Henry bläst die Backen auf. Er geht zur Waschecke, kommt mit seinem Klamottenstapel zurück, faltet und sortiert die Sachen auf dem Zeichentisch. »Ganz schlechte Idee.«

»Das ist keine Idee. Das wird 'ne Riesensauerei, veranstaltet von dir und mir.«

»Lipz, du kannst nicht einfach losziehen und dich in irgendeine Scheiße reinreiten.«

»Sagt wer?«

»Dein Strafregister.«

Wenn Lipz lächelt, liegt ein unheimliches Leuchten in ihren Augen. »Drauf geschissen.«

»Du hast da *Mord* drinstehen.«

»Angeklagt, aber nicht verurteilt.«

»Das ist kein Sieg, Lipz. Ein halbes Jahr in der Geschlossenen ...«

»Und ich hab mir ständig den Arsch abgelacht.« Die nächste Rauchwolke, ihr Ausdruck verfinstert sich. Offensichtlich eine Erinnerung. »Verfickter Pädo. Den würd ich glatt wieder umbringen, wenn ich könnte.« Es geht um Lipz' Stiefvater, und Henry bereut, dass er das Thema angeschnitten hat. Lipz war damals noch auf der Highschool. Seine Dreckspfoten, und sie mit ihrem Baseballschläger ...

Themawechsel.

»Okay, Tiger ist ein Schwein«, sagt Henry. »Aber du brauchst das doch gar nicht. Was kostet eine Tüte? Dreihundert?« Er greift nach seinem Geldbeutel. »Ich hab ungefähr fünfzig hier, aber in den nächsten Wochen ...«

»Es geht mir nicht um die Kohle.« Lipz drückt die Zigarette an der Stiefelsohle aus. Den Blick immer noch gesenkt: »Hast du mal die Bibel gelesen?«

»Jesus!«

»Nein, ich spreche von der ersten Staffel. Das Buch Hiob. Hast du das gelesen?«

Henry beobachtet, wie sie die Zigarettenkippe Richtung Abfalleimer schnippt. Eine ziemliche Distanz, aber sie landet einen Treffer. »Nein, nicht in letzter Zeit.«

»Also, da ist dieser Typ, Hiob. Er ist Bauer, und seine Pflanzen sterben. Und er ist Ehemann, und seine Frau stirbt. Dann die

Kinder. Und sein Haus stürzt ein. Außerdem hat er die Krätze, total widerlich und scheiße.«

»In der Bibel steht was über Krätze?«

»In der Bibel steht was über *alles*. Nichts Neues unter der Sonne. He!« Sie schnipst mit den Fingern. »Leg die Socken weg. Hör mir zu.«

Henry schaut auf seine Hände runter. Er ist tatsächlich schon wieder mit der Wäsche beschäftigt. »Ich hör dir zu. Das Buch Hiob. Die Kacke ist am Dampfen.«

»Aber das Schlimmste – das Allerschlimmste, das ihm passiert, ist? *Kein Name bleibt ihm weit und breit.«* Mit den Händen deutet Lipz eine kleine Explosion an.

Und Henry denkt: Echt jetzt? *Das* ist das Schlimmste? Nicht die tote Frau, die toten Kinder?

»Kein Name bleibt ihm weit und breit«, wiederholt Lipz. »Die totale Schande. Und genau dasselbe passiert gerade mit mir. Wegen Tiger. Und das ist noch nicht alles.« Ihre Worte nehmen Fahrt auf, sie stellt sich vor ihn hin. Rollt die Schultern, schüttelt die Fäuste, als würde sie sich auf einen Kampf vorbereiten. »Er verzapft Müll. Über mich. Über *dich*. Er sagt, ich gehöre ihm, verfickter Hurensohn. Wem gehöre ich? Nur mir. Das hast du mir beigebracht.« Sie steigert sich rein, Schattenboxen, die Füße im Rhythmus ihrer Worte. »Meinen Stoff klauen? Sicher nicht, fick dich! Den hol ich mir zurück. Aber mir meinen Namen nehmen? Eins kannst du mir glauben, Tiggerlein, ich reiß dir die Eier ab, und dann frittier ich sie in heißem Öl …«

»Okay, okay«, sagt Henry schaudernd. »Was sagt er über mich?«

»Nichts weiter. Immer die alte Leier«, sagt Lipz und winkt ab. »Dass du ein Arschloch bist, eine blöde Schwuchtel.« Dann ändert sich ihr Gesichtsausdruck, ihr Lächeln sagt fast so was wie: *Hab dich*. »Er sagt, du versteckst dich hinter deinem Onkel. *Wie ein kleiner Junge*. Das posaunt er überall rum.«

Henry mustert Lipz. Sich verstecken wie ein kleiner Junge – hat Tiger das wirklich gesagt, oder bildet sie sich das nur ein? Oder hat sie sich das ausgedacht, weil sie weiß, dass es ihn auf hundertachtzig bringt?

Scheißegal. Er wird jemanden an die Wand klatschen.

Mein Name weit und breit. Schwuchtel. Kleiner Junge. Onkel Shecky.

Onkel Shecky gibt ihm keinen Anteil, lässt ihn Emil morgen nicht einsetzen. Lässt ihn nicht *er sein.*

»Scheiß drauf«, sagt Henry. »Den schnappen wir uns.«

»Chill, Killer.« Sie legt die Hände an den Hinterkopf und lässt den Nacken knacken. »Heute Abend ist er bei seiner Tante. Aber morgen ist er wieder da.«

Henry hilft Lipz zum Fenster rauf und raus. Als er es verriegelt, surrt es hinter ihm. Er geht zum Nachttisch und nimmt sein Telefon zur Hand. Eine Nachricht von Emil: *Hast du Arbeit?*

Henry lässt das Telefon sinken. Onkel Shecky hat gesagt: Nimm ihn nicht. Aber der Rauch von Lipz' Zigarette hängt noch in der Luft, und ihre Stimme – die schon so lang zu seinem Leben gehört – erinnert ihn daran, dass Onkel Shecky mit den Kurieren nichts mehr zu tun hat.

Henry hebt das Telefon wieder hoch. *Du bist am Start.*

5

Am nächsten Tag, spätvormittags, erwacht Emil aus einem Traum, in dem das Zuhause seiner Kindheit – der Hof, das winzige Zimmer, in dem seine Mutter einen Schrein für ihren längst verstorbenen Vater errichtet hatte (Bilder, Diplome, Medaillen, sein Gewehr), die zerschlissene Flagge über der Garage, das Etagenbett, das Klein Emil sich mit dem Geist seiner totgeborenen Schwester teilte – aussieht wie in Impastotechnik gemalt. Im Wohnzimmer ist in seinem Traum alles umgestellt, sämtliche Möbel sind zur Wand gedreht, und die Schatten, die sie werfen, wabern hin und her wie grauschwarze Luftballons. Ein unerwarteter Effekt. Eine unerwartete *Lösung*, wird Emil bewusst, der jetzt ganz wach ist. Das kleine Skizzenbuch und der 2B-Bleistift liegen auf dem Nachttisch bereit. Noch im Liegen fängt er an zu arbeiten.

Der Auftrag des Sommers ist ein Riesenprojekt – ein Wandbild, dass die ganze Rückwand im Thirsty Bear bedecken soll. Dafür wird er achttausend Dollar bekommen, vorausgesetzt, er kriegt es hin, aber er hatte von Anfang an Probleme mit den Schatten. Schon in seinem Kopf – schon als Idee für eine mögliche Realisierung – sind die Schatten falsch gewesen. Ein erster Versuch, das Problem zu beheben, bestand darin, die Lichtquelle zu verschieben, der zweite, das Ganze neu zu zentrieren, der dritte darin … Aber bis zu seinem Traum war er nie auf die Idee gekommen, alles neu zu arrangieren, sämtliche Objekte einfach umzudrehen. So drastisch, so simpel. Der Bleistift füllt Seite um Seite. Er muss zweimal anspitzen.

»Es ist Morgen!«, hört er Imani aus dem Bett neben sich. »Musst du unbedingt schon *produktiv* sein?« Imani ist selbst eine Workaholic, sie erfindet im Traum High-Concept-Videospiele für ein Start-up, das noch auf den großen Start wartet. Er vermutet, dass er im Großen und Ganzen einen negativen Einfluss auf ihre Kreativität hat. Früher kamen die Spielideen vom Tequila und der Tequila vom Schlechtdraufsein, aber mit ihm – und das sagt sie ihm ständig – ist sie so glücklich wie noch nie. Sie ist »angekommen«.

Emil gefällt die Vorstellung, eine Art geografischer Ort zu sein. Eine Idee fürs nächste Werk, für danach, wenn die Wand im Thirsty Bear signiert und bezahlt ist: teils Selbstportrait, teils Landschaft. Innen Bäume und Gebäude, Beine und Arme als Berge.

Die Vision verblasst, als Imani ihm das Skizzenbuch aus der Hand nimmt. Ihn auf den Rücken rollt. Morgens riecht Imani wirklich nicht besonders gut, und unter den Nasenlöchern hängt ein bisschen getrocknete Rotze, weil die Klimaanlage die Sommernächte in Herbst verwandelt, aber Emil zuckt nicht zurück. Der weibliche Körper mit seinem Geruch turnt ihn an. Er vergisst den Bleistift. Kennt seine Prioritäten.

Stunden später ist er auf der Straße, unterwegs zu seiner Abholstelle. Sein erstes Schwergewicht – Henry hat ihn seit Monaten heißgemacht. Ihm versprochen, dass es mehr geben würde. Emil checkt sein Wegwerfhandy – alle paar Wochen gibt es ein neues –, und da ist Henrys Nachricht. Kam schon gestern Abend, nur die Ziffer *1*. Das ist Teil des Codes. Henry hat ihm den Geheimcode im Training beigebracht. Die *1* dient nur der Kontaktaufnahme, um zu fragen, ob er bereit für den Job ist.

Mehr, als du denkst, Henry.

Am Straßenrand nähert sich ein Wagen, bremst ab, ein schwarzer Ford SUV. Der Motor läuft im Leerlauf, als würde der Fahrer nach dem Weg fragen wollen. Das Training zeigt Wirkung: Emil wendet sich ab. Nimmt einen Fake-Anruf an, hebt das Handy ans Ohr, sagt »Okay« und »Echt?«. Der Wagen ist verschwunden. Hatte nichts zu bedeuten, natürlich nicht, aber Henry hat ihn gewarnt, vor »Bullen« und »Wölfen«, ihren natürlichen Feinden. Du hast die Paranoia, aber die Paranoia hat dich nicht, so lautete Henrys Versprechen. Wenn man einen klaren Kopf behält, kann man's als eine Art Performance betrachten, als Pantomime. Wenn das Glück einem gewogen bleibt. Ist eine vernünftige Philosophie, findet Emil, aber selbst Henry bleibt ihr nicht ganz treu. Man braucht sich nur anzusehen, wie schnell er Emil in sein kleines Familienunternehmen reingeholt hat. Es war nur eine Zufallsbegegnung, und trotzdem war da von Anfang an totales Vertrauen. Tja, Emil mag Henry auch, und er hat ein schlechtes Gewissen, weil er seine Nachricht von gestern Abend übersehen hat. Gut möglich, dass Henry die ganze Nacht kein Auge zugedrückt hat. Henry ist auf der Straße zu Hause, atmet die Straße, aber er macht sich Sorgen wie eine Mom.

Emil antwortet mit 3, alles klar, dann holt er sich im Muddy Cup wie jeden Tag Kaffee und Banane. Obwohl der Coffeshop in Bushwick ganz neu ist, hängen dort schon ein paar seiner Bilder. Falls sich was verkauft, behalten sie die Hälfte, und bis dahin gibt's Frühstück umsonst. Der Deal ist okay: Sie haben nicht seine besten Sachen.

Wieder vor der Tür scannt Emil die Straße, auf der Suche nach Bullen und Wölfen – performt Paranoia, so wie er's gelernt hat. Lächelt über Henrys Lektionen.

»Hier kommt Regel Nummer eins für den Tütentransport«, zitierte Henry irgendwann mal seinen Onkel. »Niemals vergessen, es könnte dich umbringen.«

Für Emil war das Training mehr als nur Lektionen in Sachen Sicherheit. Henry hat ihm den Blick für eine völlig unbekannte Stadt geöffnet, die unmittelbar hinter der Version versteckt lag, die er kannte. Müllcontainer, Spinde in Fitnessclubs, Toilettenspülkästen in Coffeeshops – offensichtlich ließ sich so gut wie in allem, was einen Hohlraum hat, eine Tüte Bargeld verstecken.

(»Kundengelder«, erklärte Henry. »Wir fragen nicht nach, sie erzählen uns nichts.«) Banken, die es mit Identifizierung nicht so genau nahmen, Geldautomaten, wo klar war, dass die Kamera nicht funktionierte, Postfilialen, wo Geldanweisungen behandelt wurden wie Briefmarkenkäufe. (»Namen und Nummern bekommst du von mir«, sagte Henry. »Du zahlst nur ein und verschwindest wieder.«) Die Thermoskanne Kaffee, die Henry immer für sie dabeihatte, und seine endlosen Fragen über Kunst. Wie genau Henry zuhörte. Und auch Emil, mein Gott, was hatte er bei seinen ersten Botengängen die Hosen voll gehabt.

Jetzt zieht er mit gezücktem Skizzenbuch los. Bleibt zwischendurch immer wieder stehen, um zu zeichnen.

Ladenfronten und Schutt, Absperrkegel und Topfpflanzen, Kids und Mütter und Hipster und jetzt ein Kanalbautrupp, ein paar magere, ein paar bullige Typen. Details fließen durch seinen 2B-Bleistift aufs Papier. Einer der bulligen Typen erinnert Emil an seinen Stiefvater, er war auch Vorarbeiter, stammte ursprünglich aus Ronkonkoma. Klein Emil hatte diesen Ortsnamen geliebt, diese Silben, hart und kindlich zugleich, *Ronkonkoma*. Ein Spielzeugpresslufthammer von Wort. In seiner Erinnerung liegt sein Stiefvater immer auf der Couch, immer dösend vor dem laufenden Fernseher. Und Emil sitzt malend am Küchentisch, während ihm seine Mom mit ewig vor der Brust verschränkten Armen von der Tür aus böse Blicke zuwirft. »Mach nicht so eine Unordnung«, sagte sie immer. Kein Kunstlehrer gab ihm je einen besseren Rat.

Er sollte sich bei seiner Mom melden, wird ihm bei der Erinnerung klar. Solange es noch eine Mom gibt, bei der er sich melden kann – das hat ihn der Schlaganfall seines Stiefvaters gelehrt. Es ist eine Lehre, die er wieder und wieder vergisst, und er vergisst sie auch jetzt wieder. Dann kommt seine Abholstelle in Sicht.

Alan's Happy Falafel liegt auf der Wyckoff Avenue, in der Nähe der Troutman Street. Er ist schon da. Aber um auf den

Hinterhof zu gelangen, muss Emil noch einen halben Block weiterlaufen bis zur Jefferson Street. »Scharf links«, hört er Henrys Stimme, »dann zwischen den zwei Brownstone-Häusern durchquetschen.«

Schließlich steht er im Hinterhof, wo die Müll- und Recyclingtonnen von Alan's Happy Falafel deponiert sind. Alles ist an Ort und Stelle, alles genau, wie Henry es beschrieben hat. Diese Arbeit kann gefährlich sein, ermahnt Emil sich – Bullen und Wölfe –, aber so fühlt es sich nicht an. Die Sonne scheint unbeschwert über Emils kleinem Stückchen Brooklyn, er hat sich nie wohler gefühlt. Und so legt er bei den Mülltonnen eine kleine Pause ein und zeichnet. Nimmt sich einen Augenblick, um – auf Papier – über kompositorische Möglichkeiten nachzudenken, verschiedene Winkel und Schatten. Die beiden Brownstone-Häuser, die zu schmale Lücke dazwischen, die scheinbare Falschheit dieser physikalischen Wahrheit – all das bedeutet ihm nichts, doch für seine Hände existiert nichts anderes.

Dann ist der Bleistift wieder in der Hülle, das Skizzenbuch wieder in Emils Tasche. Die Tonne ganz links steht offen, er zieht halb transparente blaue Müllbeutel voll Plastik, Glas, Metall heraus. Eigenartige Farbtöne, Blau auf weißen Joghurtbechern, schwarze und braune und grüne Flaschen, zerquetschte Dosen. Noch ein Bild zum Abspeichern. Oder auch nicht.

Ganz unten in der Recyclingtonne liegt, wie versprochen, ein schwarzer Müllsack. (Henry wechselt bei den Abholtüten alle paar Wochen zwischen Schwarz und Weiß.) Emil weiß, dass die Tüte vollgestopft ist mit Geldscheinen. Er drückt kurz, spürt die Bündel. Dicht. Fest.

Die Mülltonne wieder gefüllt, der Deckel zu, die Tüte zwischen den Füßen, spürt Emil Henrys Lächeln. Emil ist inzwischen ein alter Hase, wie sein Stiefvater gesagt hätte. Emil schickt Henry noch eine 3. Abholung erledigt, Kinderspiel. Die

Tüte ist größer und schwerer, aber ansonsten ist es auch nur ein Job. Absolut nichts steht einer sauberen, schnellen Lieferung im Weg.

Genauer gesagt, nichts bis auf einen kurzen Abstecher. Sorry, Henry! Dauert nur 'ne Minute. Und obwohl er weiß, dass es ihm heute Abend leidtun wird, kann er sich jetzt nicht damit befassen. Er muss noch was erledigen.

Wieder die Lücke zwischen den Häusern. Raus aus dem Schatten, rein in die Jefferson Street. Und just in dem Moment, wo Emil in den Sonnenschein tritt, öffnet sich irgendwo quietschend ein Tor. Der Wind, wahrscheinlich, und das Geräusch jagt ihm einen Schrecken ein.

Emil geht schneller und fragt sich, wie sich dieses unheimliche Gefühl auf Leinwand bannen ließe. Denkt über Pinselstärken und Lacke nach und kommt dabei dem Mann, der ihm gefolgt ist, einen Moment lang auf zehn Schritte nah.

ZWEITER TEIL

Die Frau mit den verkrüppelten Händen

6

Fast dreißig Jahre vor dem Mord an Emil Scott wird auf den Stufen eines Waisenhauses in Montenegro ein Säugling abgelegt – ein kleines Mädchen, auf einem Zettel der Name Zera, kein Nachname. Zera ist zwölf, als ein gut gekleideter Junggeselle im Waisenhaus erscheint und sagt, er habe sich schon immer eine Tochter gewünscht. Er begleicht die »Verwaltungsgebühren« in bar und verkauft sie von dem Moment an immer und immer wieder.

Die anderen Mädchen in dem dunklen Haus, in dem sie gefangen gehalten wird, sagen ihr, dass sie alles vergessen muss. Augen zu, Kopf aus, nichts hören, nichts sagen. Katja, ein paar Monate älter, wird ihr Überlebenscoach. »Licht aus«, sagt sie und deutet auf ihren Kopf. Aber bei Zera bleiben die Lichter an, sie kann nicht anders. »Willkommen im Paradise House«, hört sie in einem Dutzend Sprachen, wenn die Männer zu den Mädchen kommen, die in dem dunklen Haus gefangen gehalten werden. Sie merkt sich Gesichter, Narben, Tätowierungen, Gerüche. Ihr Verstand ist permanent mit Fluchtplänen beschäftigt, und ihre Augen sind ständig auf Türen und Fenster gerichtet. Haben ständig die Schlösser im Blick, kennen die Verstecke der Schlüssel. Als sie zu fliehen versucht, verprügelt sie der gut gekleidete Junggeselle. Verprügelt sie noch heftiger, als sie es wieder tut. Sie hat Prellungen, Schürfwunden, Narben, manchmal Entzündungen, trotzdem kommen die Männer weiter zu ihr. Manche von ihnen erzählen ihr hinterher, oder davor, von ihren Töchtern. Am dreiundzwanzigsten August, einem Sonntag, sie ist inzwischen siebzehn, bricht sie sich selbst mehrere Finger, um sich von den Handschellen zu befreien. Die Brüche verheilen schlecht, aber sie ist frei. Wenn Zera ihre Hände anschaut, denkt sie an Katja. Sie denkt an die Männer, die sie gekauft und verkauft haben.

Dann kommt der Krieg. Immer wieder werden irgendwo Flüchtlinge aufgenommen, weit weg vom Paradise House, und Zera findet sich in den Fittichen einer Wohltätigkeitsorganisation wieder, einer, die tatsächlich wohltätig ist. Eine Non-Profit-Organisation, die sich um Opfer von Menschenhandel kümmert, mit einer Partnerorganisation in New York. Sie besucht in Greenpoint, Brooklyn, die Highschool, macht an der City University of New York einen Abschluss in Strafrecht. Dann, keine acht Jahre nach ihrer Flucht aus dem Paradise House, sitzt Zera Montenegro, wie sie sich inzwischen nennt, einem fassrunden Alkoholiker in blauer Uniform gegenüber. »Warum wollen Sie zum New York Police Department?«, will er wissen.

Um das dunkle Haus in Schutt und Asche zu legen, denkt sie. Um den gut gekleideten Junggesellen hinter Gitter zu bringen.

»Wegen der Gerechtigkeit«, sagt sie und denkt an Katja.

Anstatt zu schreiben, starrt der fassrunde Alkoholiker auf Zeras verkrüppelte Hände.

7

Es ist Juni, sie wohnt erst seit ein paar Wochen bei Onkel Shecky, und Kerasha sitzt auf einer leicht abgewetzten grauen Couch. Die Kissen bringen ihre Haut zum Kribbeln. Wenn der Teufel nur ein einziges Meisterstück zustande gebracht hat, dann Kunstsamt.

Als Kerasha noch die dürre kleine Kerry war, konnte sie sich selbst eine Gänsehaut bereiten, indem sie an Stoffe wie den hier nur *dachte,* die Fasern wie winzige Finger auf ihrer Haut. Dieses Talent beeindruckte ihre Mama sehr, die, bevor das Heroin das Regiment übernahm, ihrerseits selbst eine Frau mit großer Vorstellungskraft gewesen war. Als Mama noch auf die Highschool ging, hat sie für ihre Gedichte mal einen Burghardt-Preis gewonnen. Und sie bekam ein Stipendium fürs Barnard College – eine junge weiße Frau, die fest entschlossen war, afroamerikanische Literatur zu studieren. Sie heiratete einen älteren schwarzen Professor, der an einem Herzinfarkt starb, als Kerasha noch klein war. Der Wandel von der kämpfenden Witwe zum Totaljunkie vollzog sich so glatt und natürlich wie das Schmelzen eines Eiswürfels.

Aber die frühere Mama, die Gedichte-Mama – Kerasha fragt sich, was sie sagen würde, wenn sie heute hier wäre. Wenn sie wüsste, was von dieser umwerfenden Vorstellungskraft übrig geblieben war.

Wir tragen die Maske, die grinst und lügt …

Was, wenn Mama ihre kluge Kerry jetzt sehen könnte? Keine blitzschnellen, hellwachen Augen, die die geballte Dummheit um sich herum registrieren. Kein fieses Grinsen auf den Lippen. Stattdessen nur diese leere Hülle. Doch genauso sieht die dumpfe Nichtperson nun mal aus, in die Kerasha sich – in erbärmlichen Fünfundfünfzig-Minuten-Abschnitten – verwandeln muss, sobald sie dieses Zimmer betritt. Der Geruch von Potpourri. Der kleine Mann mit dem Pferdeschwanz, der verfickte Kunstsamt. Ihr Gehirn tobt vor Entrüstung, wirft sich von innen protestierend gegen die Schädeldecke, während Dr. Xu sich von Sitzung zu Sitzung neue Demütigungen ausdenkt. Im Franklin gab es die Wärterinnen, und der Hass auf diese Frauen wurde im Laufe der Zeit zu einer eigenen Kunstform. Hier ist sie selbst die Feindin – die Idiotin, die sie spielen muss. Stumpfsinnig. Ohnmächtig.

Das bin nicht ich.

Seit einer halben Stunde haben Dr. Xu und sein Pferdeschwanz Kerasha nun bereits in Geiselhaft, und sie fragt sich, wie viele Patienten schon in diesem Sprechzimmer saßen, auf diesem Kissen, und dasselbe widerliche Potpourri einatmen mussten. Wie viele mitten in der Stunde aufgesprungen sind, um sich das Leben zu nehmen.

»Bring's einfach hinter dich«, hat Onkel Shecky zu ihr gesagt. Sagt es in ihrem Kopf ständig wieder zu ihr. »Du hast sechs Jahre Franklin hinter dir – und davor siebzehn Jahre in den Moses-Blocks. Jeder halbwegs vernünftige Anwalt hätte auf Haftanrechnung plädiert.«

Nostalgie für einstige Gefängnisse, ein gefährliches Gefühl. Aber sowohl in Franklin als auch in den Moses-Blocks war die Feindseligkeit unmittelbar und körperlich spürbar gewesen. Hässlichkeit war eine Form von Ehrlichkeit. Doch beim Pferdeschwanz verkleidet sich diese Feindseligkeit als »Behandlung«. Verkleidet sich als Fragen über ihren Zustand, jede einzelne ein Pisseregen auf ihr Hirn. Kerasha registriert erstaunt, wonach sie sich sehnt, wenn sie hier ist. Die Morgenapelle im Franklin, das Gummibrot, sogar die willkürlichen Zellendurchsuchungen – sie *vermisst* sie.

Bring's hinter dich. Super Ratschlag, Onkel Shecky. Ich versuch's.

Einatmen, ausatmen, wieder einatmen. Die Stimme gehört Kerashas ehemaliger Zellengenossin Nicole, einer Yogalehrerin, die im Studio ihrer Tante fünfzigtausend Dollar veruntreute. Noch mehr weise Worte. So viel Weisheit. Und doch meist nur der x-te Aufguss jener Regeln, nach denen Milliarden Menschen ihren Alltag bestreiten: Bring dich nicht um. Bring deinen Psychiater nicht um. Stinkeinfach, aber Kerasha weiß trotzdem nicht, ob sie dieser Aufgabe gewachsen ist.

Doch Kerasha Brown gilt in der Unterwelt von Bushwick nicht ohne Grund als Berühmtheit, denn sie besitzt von Kindesbeinen an ein außergewöhnliches Talent zur Flucht. Kein Raum, aus dem sie nicht entkommen kann, kein Mensch, an dem sie nicht vorbeikommt. Wächter, Polizisten. Lehrer, Sozialarbeiter – stell dich dumm, mach ein verwirrtes Gesicht, lass sie reden. Über Zäune kann man klettern, Schatten sind Freunde, und auch hier, in diesem Sprechzimmer, hat Kerasha ihre Taktik. Spielt die Dumme, eine Rolle, die ihr dieser sogenannte Doktor nur allzu gern abnimmt. Wiederholt seine Fragen, lässt ihre Zunge über große Worte stolpern. Lange Pausen, leere Blicke. Und lässt währenddessen ihrer Fantasie freien Lauf. Tritt zum Beispiel in Gedanken den Couchtisch um. Die Glasschale kracht auf den Boden, und sie nimmt eine große Scherbe, scheiß drauf, was mit ihren Fingern passiert. Und nimmt mit der anderen Hand den Pferdeschwanz und säbelt den Scheißer einfach ab.

Schön wär's.

Kerashas Blick bleibt an der Schale hängen. Bei ihrem ersten Besuch war sie leer, das weiß sie genau. Heute ist sie mit Murmeln gefüllt.

Zähl die Murmeln. Das hat Onkel Shecky nie gesagt. Kann er gar nicht, sie hat ihm nie was von dem Sprechzimmer erzählt und auch nicht, was dort passiert. Trotzdem hat sie seine Stimme im Ohr. Der Geist seines Ratschlags. *Zähl langsam.*

Der Couchtisch ist riesengroß und verschnörkelt und vollkommen fehl am Platz. Kerasha hat zwar nie in einem Haus mit solchen Möbeln gelebt, aber sie ist schon in viele Häuser und Büros eingebrochen und kennt die Funktion eines solchen Tisches. Es ist ein Angeberteil, etwas, das man in die Mitte eines Angeberzimmers platziert und mit Gemälden und Hochzeitsfotografien umgibt, mit Ikonen und billigen Souvenirs von kostspieligen Reisen. Couchtische wie dieser sind selten für sinnvolle Dinge wie Kaffee und Kuchen da, und in diesem Zimmer sendet der Tisch eine klare und eindeutige Botschaft: Du bist ein Nichts. Solche wie dich kenne ich. Ich weiß Bescheid über schwache Mütter, über verschwundene Väter, über deren Schuld an deinem verkorksten Scheißleben – ich kenne dich, sagt der Couchtisch. Du bist eine …

Stopp! Dr. Xu schaut sie mit schmalen Augen an, sagt irgendwas von Neuinhaftierung.

Scheiße, denkt sie, irgendwas hab ich verpasst.

»Sorry, Doktor«, sagt sie, und sagt dem Mann, der dafür bezahlt wird zu wissen, was sie denkt, zum ersten Mal die reine Wahrheit: »Ich glaube, ich war kurz abwesend.«

Dr. Xu grinst – auch ein erstes Mal für *ihn*, der einzige, echte Ausdruck, den sie auf seinem langen Gesicht bis jetzt gesehen hat. »Die Auflagen besagen, dass Ihre frühzeitige Entlassung von meinem positiven Gutachten abhängig ist.« Er spricht langsam. »Eine erste Einschätzung ist binnen neunzig Tagen nach Ihrer Haftentlassung fällig. Anwesenheit ist einer der zu beurteilenden Punkte. Was das betrifft, so weit so gut. Weitere Punkte jedoch sind Mitarbeit und Fortschritt. Und was das betrifft …«

Der unvollendete Satz. Ein Klassiker. Was für ein Blender!

Kerasha hasst alles an diesem Knirps: die Art, wie er spricht, den Beruf, den er ausübt, seinen Geschmack in Sachen Kissenbezüge und Couchtische. Sie hasst sein Kinn, seine Nase, seine Augen, seinen Stylisten. (Ja, beschließt sie, er hat einen Stylisten.) Am meisten aber hasst sie sein Grinsen und die unverhohlene Freude, die er dabei empfindet, ihre Freiheit in seinen Händen zu halten.

8

Morgen sind zwei Schwergewichte fällig, und Shecky kann nicht schlafen. Als er schließlich doch wegdöst, träumt er von dem blauen Impala. Von dem Streit mit Henry. Völlig erschöpft steckt er am Morgen zehn Hundertdollarscheine in ein Buch: *The Accidental Alchemist.* Schmiergeld. Kommt ihm vor wie in den guten alten Zeiten, als man Polizeibeamte noch mit einem Fünfziger bestechen konnte.

Er klappt das Buch zu, nimmt es mit nach unten in die Küche und legt es oben auf den Geschirrschrank. Aus den Augen. Fürs Erste jedenfalls. Henry ist derjenige mit dem Draht zum Revier. Henry ist derjenige, der rausfinden kann, wie tief sie in der Scheiße stecken. Aber normalerweise darf man Henry nicht um einen Gefallen bitten, ehe er nicht was im Magen hat.

Punkt Zeit zum Frühstück kommt Kerasha gähnend die Treppe runter. Neue Hausschuhe, registriert Shecky, flauschige Dinger im Zebralook, weiß der Himmel, wo sie die wieder geklaut hat. Ihre Freiheit aufs Spiel zu setzen, für derart lächerliche ... Shecky verdrängt den Gedanken. Hat nicht die Kraft, sie zurechtzuweisen, nach allem, was sie durchgemacht hat. »Guten Morgen, Kerry!« Er berührt im Vorbeigehen ihre Schulter.

Grillpfanne auf den Herd: dicke Scheiben Maple Bacon. Fünf Minuten braten lassen, wenden, weiterbraten, Flamme aus. Vollkornbrot aus dem Kasten: mit dem Brotmesser in Scheiben, rein in den Toaster. Pfanne Nummer zwei: Butter, Eier, einen Spritzer Milch. Eine Prise Salz, eine Prise Pfeffer, köcheln lassen. Die elektrische Kaffeekanne gibt Geräusche von sich, als wollte sie umfallen. Becher eins, für Kerasha: Sahne und Zucker. Zwei, für Henry: nur Sahne. In seinen Becher kommt ein Spritzer Whiskey, und Minuten später ist der Frühstückstisch gedeckt.

Kerasha hebt den Kaffee an die Nase. Schließt die Augen. »Der Duft der Freiheit«, sagt sie. Sie schlägt die Augen wieder auf, schenkt ihrem Onkel ein kleines Lächeln und prostet ihm zu. »Daran merke ich, dass ich draußen bin.«

Shecky sieht weg, peinlich berührt, und sein Blick landet auf Henrys Stuhl.

Leer.

Wo steckt er?

Abendessen um acht ist Gesetz. Frühstück, ebenfalls um acht, ist freiwillig, aber Henry verpasst es so gut wie nie. Ist nach harten Partynächten sogar morgens extra wach geblieben. Und wer weiß, verflucht, auch die Möglichkeit besteht. Henry, der in die Wohnung wankt, sich auf den Stuhl fallen lässt und sich mit halb geschlossenen Augen das Frühstück in den Mund schaufelt.

Wo steckt er?

Gestern Abend nach dem Streit hat Shecky Henrys Stuhl wieder an seinen Platz gerückt. Glaubt er zumindest. Doch jetzt steht er schief am Tisch, als wäre zwischen Henry und der Familie was nicht mehr ganz in Ordnung. Aber ist mit Henry an sich alles in Ordnung? Und als Shecky eilig den Stuhl wieder zurechtrückt, fällt ihm plötzlich Kerashas Warnung vom Vorabend wieder ein – der Impala.

Der Impala.

Der Spanner.

Akute Angstattacke. Henry in einem Müllcontainer. Henry in Handschellen. Henry an einen Stuhl oder sonst wie erschreckend gefesselt, Henry ahnungslos woanders beim Frühstücken – mit Absicht. Nachdem er die Familie einem letzten, forschenden Blick unterzogen und auf »Abmelden« geklickt hat.

Er kommt wieder zu dir zurück, sagt Shecky sich. In zehn Minuten kommt er aus dem Keller rauf.

Aber diese Hoffnung ist schal. Schließlich war Shecky gestern Abend noch unten, um Frieden zu schließen. Und fand den Keller leer und dazu eine Zigarettenkippe. Shecky hatte sie aufgeklaubt – immer am Aufräumen, er konnte nicht anders – und die dunklen Lippenstiftspuren auf dem Filter gesehen.

Shecky schaut auf die Uhr. Erst fünf Minuten zu spät. Außerdem ist Frühstück Schlag acht kein Gesetz. Frühstück ist nicht Abendessen, sagt er sich wieder. Abwesenheit hat nichts zu bedeuten.

Außer wenn Abwesenheit alles bedeutet.

Wahrscheinlich liegt Henry irgendwo bewusstlos auf irgendeinem versifften Sofa. Schlechter Geschmack im Mund, getrockneter Schweiß, Arme und Beine verheddert mit *diesem Mädchen*, na und? Ab und zu muss der Junge schließlich mal Dampf ablassen. Bei dem Druck, den Shecky ihm ständig macht, so, wie er ihn ständig fordert, ist es ein Wunder, dass er nicht öfter abtaucht.

Sieben Minuten.

Shecky geht den Laptop holen. Kommt zurück, klappt ihn auf dem Esstisch auf. »Sorry«, sagt er zu Kerasha. »Tut man nicht. Dauert nicht lang.« Login. Eine sichere VPN-Verbindung, eine gefälschte IP-Adresse, und schon ist Shecky in eine Transaktion vertieft. Der Klient, mit dem er sich gestern im Muddy Cup getroffen hat, lebt von Cash. Arbeitet als Subunternehmer, repariert Dächer, repariert Öfen, installiert Wasserboiler. Müsste die Hälfte seiner Leute auf die Straße setzen, wenn er das Geschäft über die Bücher laufen ließe. Aber jetzt fängt seine Tochter an zu studieren, an der Colgate University, und die Rechnung über die Studiengebühren hätte ihm fast »einen beschissenen Herzinfarkt beschert«. »Was soll ich denn jetzt machen?«, fragte der Klient ihn gestern. »Mit einem beschissenen Sack voller Kohle da rauffahren?«

Shecky trank einen Schluck Kaffee. »Du könntest Tante Pitney anrufen.«

»Ich habe keine Tante Pitney.«

Shecky trank noch einen Schluck. Genussvoll, wie Dannie immer, mit Kunstpausen. Dann lächelte er und sagte: »Ich stell sie dir vor. Deine Tante Pitney lebt in Guernsey. Sie ist Witwe und Erbin eines kleinen Vermögens.« Er brach ein Stück Muffin ab. Fuhr mit leiserer Stimme fort: »Ich habe deine Tante Pitney vor zwei Jahren erschaffen. Was immer du mir an Bargeld gibst, transferiere ich zu ihr. Was immer Colgate haben will, transferiert sie dorthin. Und keine Sorge – auf dem Papier ist die Dame absolut echt. Colgate wird sie um eine Spende für die Stiftung bitten, und eins darfst du mir glauben. Die werden ihr Geld mit weit geschlossenen Augen nehmen.«

Wie wir alle, denkt Shecky jetzt. Mit einem Gefühl von Weisheit und Kompetenz fährt er den Computer runter.

Kerasha lächelt in ihr Buch. Shecky erhebt den Kaffeebecher auf den Teufel, der sie zu ihm geführt hat. »Hey, Kid? Wie wär's heute Abend mit Rosmarinhühnchen?«

Sie lächelt ein Ja. Blättert um.

Neunundzwanzig Minuten.

Henry ist mit Sicherheit fuchsteufelswild. Shecky hört ihn lästern, sieht Henrys große Hände durch die Luft fahren, während er sich bei dem schmutzigen Mädchen auskotzt. Mein Onkel dies, mein Onkel das. Keine Prämien, keine Provision für einen Neukunden. Und was, wenn es schlimmer ist als Wut? Was, wenn Henrys Gefühle erkaltet sind, so wie gestern Abend? Wenn Shecky ihm plötzlich egal ist?

Shecky geht in die Küche und räumt das Trockengestell leer. Kippt das Bratfett, zäh, aber noch nicht starr, in den Fetttiegel, den er im Kühlschrank aufbewahrt. Dann wischt er die beiden Pfannen aus, wirft die benutzten Küchentücher in den Komposteimer, wäscht sich die Hände. Wäscht Beeren. Trägt drei gehäufte Schälchen ins Esszimmer, drei kleine Obstlöffel dazu. Kerasha macht große Augen. Sie legt sogar das Buch weg.

Shecky setzt sich mit seinem eigenen Schälchen wieder hin, aber sein Blick ist auf das von Henry gerichtet. Wie verloren es wirkt, vor dem leeren Stuhl.

Zweiunddreißig Minuten. Shecky gibt sich geschlagen.

»Das Frühstück war perfekt«, sagt Kerasha. »Wieder mal.«

Der Klang ihrer Stimme ist irgendwie anders, und er hebt den Blick. Ihr Schälchen ist leer. Ihr Stuhl ist leer. Kerasha ist zurück in der Ecke, in seinem alten Sessel – jetzt ihrem –, und hat wieder ihr Buch in der Hand. Schwenkt das Bein im Rhythmus zu was immer sie jetzt liest. Und hat trotzdem ein Auge auf ihn, das weiß er. Ihre Warnung hängt wieder in der Luft, wie ein verzögertes Echo, und er will sie danach fragen, und sie wartet nur drauf, dass er's tut.

Nicht. Lass sie in Frieden. Sie hat genug durchgemacht.

Shecky räumt die leeren Schälchen vom Tisch, Henrys lässt er neben seinem Teller stehen, auf dem sich immer noch Eier, Speck und Toast türmen. Für alle Fälle. Shecky spült die Pfannen, die Schälchen, das Silberbesteck. Stellt die Sachen ins Trockengestell. Schenkt sich Kaffee nach.

Vierzig Minuten.

In seinem Traum stand der Impala in Henrys Kellerzimmer. Ein Pochen aus dem Kofferraum. Er wusste, dass der Junge da drin war. Ängstlich wie ein kleines Kind lugt Shecky ins Esszimmer. Wirft seiner immer noch lesenden Nichte einen verstohlenen Blick zu. Beruhige mich, ruft er ihr stumm zu. Sie ist immer so gelassen, seine Kerasha. Man könnte ihr Verhalten für Unschuld halten, womöglich für Selbstvergessenheit. Aber die Sache mit Kerasha ist die: Sie hat die Augen immer ganz weit offen.

»Bei Henry war's echt spät gestern Nacht«, sagt sie. »Kurz nach drei.«

Shecky atmet auf. Fühlt, wie sich der Knoten in ihm löst. Eilt zu ihr und fragt: »Und der Impala? Hast du den wiedergesehen?« Die Worte sind raus, bevor er sie gedacht hat. »Kannst du das Kennzeichen rausfinden? Ich meine, ohne entdeckt zu werden?«

Sheckys Erleichterung wegen Henry – wirklich wunderbar, aber schon bedrängen ihn andere Angstmacher. Bank of America: *Überweisung abgelehnt.* Chase: *Interne Überprüfung.* Capital One: *Kontosperrung.* Und der Spanner, dieser Wichser mit der Brooklyn-Nets-Cap.

»Henry hat da 'ne Freundin auf dem Revier«, sagt Shecky. Automatisch geht sein Blick zum Geschirrschrank. Zu dem Buch mit der Kohle. »Sie könnte 'ne Anfrage machen. Uns sagen, wer uns da fickt.«

Die Worte sind kaum raus, da bereut er sie schon. Henrys Freundin ist eine *Quelle.* Die kann man anzapfen, bezahlen und weiterziehen. Kerasha ist Familie. Zwischen ihnen sollte mehr sein als die Frage, wie sie ihm nützlich sein kann. Ihre Beobachtungen, was sie von den Autos erzählt hat – das kam alles von ihr, er hat sie nie um was gebeten. Und jetzt behandelt er sie wie eine …

»Geht leider nicht«, sagt sie. »Der Impala ist weg.«

Er starrt sie an. »Du verarschst mich. Gott sei Dank! Hör zu, ich weiß – ich weiß. Ein Hauch Paranoia schärft den Geschäftssinn. Aber manchmal ist ein Impala auch einfach nur ein Impala.« Seine Erleichterung ist ein Vulkan. Er kommt wieder zu Atem. »Ist er echt weg?«

Kerasha blättert um. »Jetzt ist es ein grüner Mustang.«

Ihm gefriert das Herz. Gleichzeitig schlägt sein innerer Dramaturg begeistert Purzelbäume. *Unfassbar. Dieses Pokerface.*

Es dauert eine halbe Ewigkeit, bis er sich wieder gefasst hat. »Woher weißt du das?«

Sie schaut ihn an, und einen Moment lang ist sie wieder das kleine Mädchen, dem er vor all den Jahren bei Paulette in die Augen sah. Verletzlich. Kindlich. Aufsässig. Der Anblick von dem Kind in diesem Kakerlakennest brach ihm das Herz, aber damals konnte er nichts tun. Er hatte keinerlei Rechte. Lebte sein schales kleines Leben weiter, verbannte sie in den hintersten Winkel seiner Erinnerung, bis er von der Verhaftung hörte. Vom Tod ihrer Mutter, als Kerasha gerade erst eingefahren war. Von Kerashas wiederholten Ausbrüchen, erst aus der U-Haft, dann aus dem Vollzug, und wie man sie wieder und wieder erwischt und ihre Strafe Jahr um Jahr verlängert hatte.

»Hab ich heute Morgen gesehen«, sagt sie. »Derselbe Typ.«

»Fuck!«, sagt Shecky. »Ich muss, keine Ahnung ...« Irgendeinen Scheiß gebaut haben. Aber wie? Und wie die Sache wieder in Ordnung bringen ...

Er geht zu einem Stuhl. Setzt sich, sinkt in sich zusammen, bleibt regungslos sitzen, ein luftleeres Häuflein Elend, minutenlang.

Inzwischen blättert Kerasha Seite um Seite um. Nippt an ihrem Kaffee. »Dein Hemd sieht gut aus«, sagt sie schließlich. »So schön gebügelt.«

In Shecky kommt Bewegung. Er sieht an sich runter. Gebügelt? Wann zum Teufel soll das gewesen sein? Er kann sich nicht erinnern.

»Hör zu«, sagt er schließlich und richtet sich auf. »Ich will nicht, dass du was Gefährliches machst, aber ...«

»Ich besorg das Kennzeichen.«

Er steht auf. Durchquert das Zimmer. Umarmt sie mit einem Arm. Sie rührt sich nicht, aber ihr entschlüpft ein winziges Lächeln.

Bitte mach, dass sie für immer hierbleibt, denkt er. Die Tochter seiner Cousine, Überlebende eines unsteten, versifften Lebens – mach, dass sie sich hier erholt, zur Ruhe kommt. Lass sie bleiben.

Schritte. Der Moment reißt ab, und knarrend öffnet sich die Kellertür. Blinzelnd tritt Henry in die helle Küche.

Sheckys Lächeln ist breit und warm und echt. »Henry. Ich bin so froh ... Dein Frühstück steht auf dem Tisch. Und wenn du damit fertig bist, gibt's Nachschlag. Komm, ich koch dir frischen Kaffee.«

Und schenke mir einen Whiskey ein. Verfickte Scheiße, was für ein Morgen. Runter und rauf und wieder runter. Beide Kids da, aber der Spanner auch. Und die abgelehnte Überweisung. Und die Nacht, die er über seinem Kontenbuch verbracht hat – da muss er auch noch mal ran. Aber jetzt ist erst mal der Whiskey im Glas, und Morgenwhiskey gehört normalerweise nicht zu seinen Ritualen, aber jetzt ist es genau das Richtige. Sieht aus wie ein Glas Magie. Er hebt es zum Mund. Hält inne. Ihm kommt sein Onkel Joseph in den Sinn, ein brutaler Wichser, der jeden Morgen Whiskey pur gesoffen hat. Shecky kippt das Glas in den Ausguss. Geht zurück ins Esszimmer und stellt Henry den Kaffee hin.

»Wie geht es dir?«, fragt er ihn.

»Hm?«

»Hör mal, wegen gestern Abend. Ich hab über das, was du gesagt hast, nachgedacht. Und ich hab das Gefühl ... dass dir nicht klar ist, wie sehr ich dich schätze. Du leistest überragende Arbeit. Tagein, tagaus geht der Schotter hin, wo er hingehen soll. Und wenn mal ein Dollar fehlt, kommst du nicht gleich heulend angerannt. Dann gehst du los und holst dir den beschissenen Dollar wieder. Ich bin stolz auf dich. Und deshalb vertraue ich dir was Neues an. Zeitlich sensibel wie eine Bombe nach dem Abwurf.«

Er geht zum Geschirrschrank. Holt den mit Schmiergeld präparierten Mystery-Schmöker runter.

Henry bringt ein verschlafenes Lächeln zustande. »Ist das die Bombe?«

Wie zur Antwort springt das Buch auf, und das Bündel Banknoten rutscht raus. Henry zuckt erschrocken zurück. Zögerliche Freude erhellt sein Gesicht. »Mein Anteil?«

»Was? Nein.« Shecky schlägt das Buch zu. »Das ist nicht für dich. Das ist für deine Freundin auf dem Revier.« Er lockert den Griff, und das Buch springt sofort wieder auf. »Wir brauchen ihre Hilfe.«

»Und was ist mit *meiner* Hilfe?«, fragt Henry. »Du hast gesagt, wir sehen uns die Zahlen an.« Er nickt Richtung Buch. »*Die* Zahl da hattest du jedenfalls recht schnell parat.«

»Darüber sprechen wir noch.«

Henry schiebt das Buch von sich weg. Verschränkt die Arme. »Wie wär's mit jetzt?«

Shecky geht zu ihm. Legt Henry eine Hand auf die Schulter, vielleicht eine zitternde Hand. »Hör mir zu, Hen. Ich sehe mir die Zahlen an. Ich hab die halbe Nacht über dem Kontenbuch gesessen. Und ich mache weiter, während du dich um die zwei Schwergewichte kümmerst. Und …« Er erstarrt, ihm fällt wieder ein, womit das gestrige Gespräch geendet hatte. »Du hast wen für die Lappen, ja? Nicht deinen Freund?«

Sheckys Hand liegt immer noch auf Henrys Schulter, und er spürt, wie sich die Muskeln verhärten. Er ist auf alles gefasst, aber nicht auf diese Ruhe.

»Mach dir keine Sorgen.« Henry steckt die Scheine zurück in das Buch. Schlägt es zu, legt es beiseite, greift zu Messer und Gabel. »Ich kümmere mich um alles.« Und dann verschwindet Essen in seinem Mund, und damit ist das Gespräch – für Henry, das ist offensichtlich – beendet.

Shecky muss an Henrys Wutausbrüche als Neunjähriger denken, an den rasenden Teenager. Diese Mir-doch-scheißegal-Attitüde ist entschieden beunruhigender. Und Shecky sieht zu, wie Henry mit seinen langen Fingern eine Scheibe Speck vom Teller nimmt. Sich das Fleisch in den Mund schiebt und mit den Zähnen durchtrennt.

9

Starr, Henrys Freundin auf dem Revier, ist eine sehr gute Freundin. Und Onkel Shecky hat sich richtig erinnert – Starr liebt Mystery-Romane. Und es ist schlau, das Schmiergeld in ein Buch zu stecken. Henry kann unmöglich auf einem Polizeirevier einer Beamtin einen Packen Bargeld rüberschieben. Aber das Geld ist trotzdem nicht für Starr, die das auch gar nicht erwartet. Es ist für Henry. Das hat er sich *verdient*. Also. Was tun mit tausend Dollar?

Am Tag, als Emil ermordet wird, schwört Henry sich, dass er keinen einzigen Penny davon auf den Kopf hauen wird. Er investiert das Geld – und zwar in sich.

9.45 Uhr, erster Halt, der russische Friseurladen. Es sind natürlich keine Russen, es sind Kasachen – die *Opfer* von Russen. In Russland behandelt man sie wie den letzten Dreck, aber hier in Brooklyn hat man ihnen ein neues Image verpasst. Matt, wie der Ladeninhaber sich nennt, betrachtet es als den russischen Witz schlechthin: »Bitterböse und nicht lustig.« Er redet, während er Henry den Bart trimmt. »In Amerika vollendet Russland die Unterwerfung.« Identität zerstört, Identität überschrieben. Henry ist begeistert. Weiß jetzt schon, dass er vierzig Dollar Trinkgeld geben wird. Matt hat breite Schultern und behaarte Arme, Narben im Gesicht, dunkle, mittelalterliche Augen. Ein Teilzeitbarbier mit rauen Händen, schneidet Henry die Haare besser als irgendwer sonst in Brooklyn. Kann mit Bart umgehen. Man munkelt, er würde selbst ab und zu etwas Nachtarbeit betreiben, wenn die Kohle stimmt.

»Die gleichen Haare«, sagt Matt, »der gleiche Kopf.« Das sagt Matt jedes Mal, wenn Henry bei ihm auf dem Stuhl sitzt. Henry ist offenbar der Doppelgänger von irgendwem, den Matt in Kasachstan kannte, ein Zellengenosse aus dem Bau, in dem Matt vier Jahre absaß. *Die gleichen Haare, der gleiche Kopf …*

»Das gefällt mir nicht«, sagte Henry zu Emil. Ein paar Wochen nach der Vernissage, auf der sie sich kennenlernten, waren sie wieder in einer Galerie, teilten sich wieder einen Joint, diesmal in einem grell beleuchteten Treppenhaus. »Eine Kopie von *mir*, irgendwo da draußen«, sagte Henry. »Was, wenn er mich besser lebt?«

»Die Frage lautet anders.« Emil tippte an seine große Nase, in den schiefen Mundwinkeln, wie immer, die Androhung von spöttischem Gelächter. »Was, wenn *du* die Kopie bist?«

Henry verlässt den Friseur mit neuem Schnitt und getrimmtem Bart und will, dass Emil ihn so sieht. Heute nach dem Schwergewicht, denkt er. Sobald der Job erledigt ist, geb ich ihm einen aus.

Zweite Investition in sein besseres Ich: ein Besuch bei Pauper's Palette, dem Laden für Künstlerbedarf auf der Myrtle Avenue. Henry hat zwar schon jede Menge Zeug, aber Emil hat ihm erzählt, der Laden würde jetzt »auf Galerie machen«. Sie haben den zweiten Stock umgestaltet, um dort Galerieabende mit Wein und Käse zu veranstalten. »Die wollen lokale Kunst hängen«, sagte Emil. »Wär doch was für dich.«

»Ich weiß nicht, Mann«, sagte Henry. Er wiederholte Emils Worte, Emils Sprüche, merkte es, konnte es nicht lassen. »Mach ich Kunst?« Seine jüngsten Skizzen und Bilder ähneln Emils Sachen oder Arbeiten von Malern, mit deren Werk Emil ihn bekannt gemacht hat. Henrys Geld dagegen hat mit Nachmache nichts zu tun. Wenn er heute hier, bei Pauper's Palette, fett Kohle lässt, wer weiß, vielleicht bringt es seine Kunst – falls es das ist, was er macht – irgendwie weiter. Er investiert mit Vorsatz. Ein neue Staffelei, neue Pinsel, neue 2B-Bleistifte – alles Emils Marken. Upsi, dies vergessen, hoppla, das vergessen – immer wieder und noch mal zurück an die Kasse. Schließlich sucht er den Blick der Geschäftsführerin. Sie kommt zu ihm rüber. »Hey, schön, dich wiederzusehen«, sagt sie, verwechselt ihn offensichtlich mit jemandem. Sie fängt an, Künstler zu erwähnen wie gemeinsame Verwandte, und Henry ist sofort überfordert. Er nickt wissend, lächelt hilflos, als sie über »Cecily Browns *Scather* bei Maccarone« spricht. Er hat noch nie was von Cecily Brown gehört, noch nie was von Maccarone, und hat keinen Schimmer, was mit *Scather* gemeint sein könnte. Er nickt und nickt, und seine Verzweiflung ist grausam. Sie durchschaut ihn – das weiß er. Was hat er sich dabei gedacht, hierherzukommen? Er hat sich vorgenommen, tausend Dollar in sich als *Künstler* zu investieren, und jetzt steht er hier – in einem Scheißladen für Künstlerbedarf – und macht sich zum Affen.

Die Wände im Thirsty Bear sind voll mit Arbeiten von Künstlern aus Bushwick. Prominentestes Beispiel ist Emils im Entstehen begriffenes Wandgemälde. In einer Ecke ist ein wütendes Gesicht zu sehen, umrahmt von vulgären, leuchtend lila Tentakeln. Tentakel sind eins von Emils Erkennungsmerkmalen, und das ganze Design ist, ahnt Henry, eine Art Hommage an Kehinde Wiley, den Maler, bei dem Emil vor ein paar Jahren in die Lehre ging.

Kehinde Wiley – Henry wird rot. Er schaut sich um, als hätte er Angst, jemand würde seine Gedanken mithören. Bevor er Emil getroffen hat, hatte Henry noch nie was von Kehinde Wiley gehört. Inzwischen lässt er bei jeder Gelegenheit seinen Namen fallen, und obwohl er weiß, was er da macht, kann er es nicht lassen.

Henry bestellt Bier, belgisch und fruchtig. »Frühstück für Helden«, sagt die Barfrau. Sie kennen sich. Haben vor ein paar Monaten mal ein langes Wochenende miteinander verbracht, und seitdem ist ihr Umgang eher angespannt freundlich. »Neues Tattoo?«, fragt sie und deutet auf seinen Arm. Sein Honigdachs.

»Neu war das 2010«, antwortet er.

»Tja, hab dich eben noch nie bei Tageslicht gesehen.«

Flirten fürs Trinkgeld, alle machen sich irgendwie zum Affen. Er legt einen Zwanziger auf den Tresen.

Es ist kurz nach elf. Der Schellfisch mit Bratkartoffeln, den er bestellt, braucht zehn Minuten, und gerade als er Zitrone über den Fisch träufelt, piept sein Telefon. Die Barfrau nickt ihm respektvoll zu und verzieht sich ans andere Ende der Bar. Er hat ihr nichts von dem Familienunternehmen erzählt, aber es scheint sich rumzusprechen.

Das Piepen ist zu seiner Enttäuschung nur ein Alarm, den er selbst eingestellt hat. Emil hätte sich inzwischen melden müssen. Hätte die Tüte inzwischen bei Cha-Ching Money Services abgeliefert und den ersten Auftrag inzwischen quittiert haben müssen. Aber Emil hält sich offensichtlich mal wieder nicht ans Protokoll. In Henry wird was eng, was Kleines, Fieses. Es ist nicht das erste Mal, dass Emil sich verspätet. Offensichtlich ist Henry jemand, den man warten lassen kann. Den man schon mal vergessen kann.

Der Schellfisch schmeckt ranzig. Er schiebt den Teller weg. Nickt der Barfrau zu. Noch ein Schein auf den Tresen, er steht auf. Ein Abstecher aufs Klo, kaltes Wasser ins Gesicht. Dann geht er Richtung Ausgang. Er kann die Stimme seines Onkels förmlich hören.

Ich hab's dir gesagt.

»Vergiss netter Typ«, hatte Onkel Shecky gesagt. »Was du suchst, ist zuverlässiger Typ.« Das war letzten Winter, als Shecky Henry auf seine Botenjobs vorbereitete. »Du heuerst jemanden zum Abholen und Abgeben an. Richtiger Ort, richtige Uhrzeit, richtige Ware – und zwar vollständig. Das sind Mitarbeiter, keine Freunde.« Vielleicht hatte er recht, gesteht Henry sich endlich ein. Vielleicht hätte er Emil den Job heute nicht geben sollen.

Henry liebt seinen Onkel. Und hasst ihn dafür, dass er recht hat.

Er schreibt an Emils Wegwerfhandy. Schweigen. Beunruhigt ertappt Henry sich dabei, wie er die Perspektive seines Onkels einnimmt. Dabei einen weiteren Aspekt entdeckt.

Ein Kurier muss zuverlässig sein, aber er sollte auch entbehrlich sein.

Geld schleusen ist einfach – abholen, abliefern –, aber einfach ist nicht dasselbe wie gefahrlos. Henry vergegenwärtigt sich den Umfang des ersten Schwergewichts dieses Tages, eine Viertelmillion in Lappen, und zum ersten Mal wird ihm wirklich klar, was das bedeutet – eine Aufforderung zur Katastrophe. Ein dreister Kurier verpisst sich mit der Kohle, der nette wird hopsgenommen.

Er checkt wieder sein Telefon. Nichts. Wo zum *Teufel* …? Idiot, denkt er und meint Emil. Halt dich einfach an die verfickten Regeln.

Er ist schon mit einem Fuß zur Tür raus, da hält Henry noch mal inne. Macht kehrt. Wirft einen letzten Blick auf Emils unvollendetes Wandbild. Das von Tentakeln umrahmte Gesicht wirkt jetzt geradezu höhnisch, und Henry verlässt die Bar mit dem Gefühl, er könnte seinen Freund sämtlichen Dämonen von Bushwick zum Fraß vorgeworfen haben.

Er macht bei Molasses Books halt, dem besten Laden in der Gegend für Kunstbücher. Hundertachtzig Dollar des Selbstinvestmentfonds gehen über den Tresen. Er sucht Kerasha auch noch was aus, bringt sämtliche Einkäufe nach Hause und läuft dann rüber zum Maria-Hernandez-Park, wo er sich für weitere 125 Dollar eine Tüte Qualitätsgras besorgt. Er nimmt sich vor, 100 Dollar für Lipz beseitezulegen, um ihr über die Runden zu helfen, bis die Dinge mit Onkel Shecky geklärt sind. Um sich einer

Freundin erkenntlich zu zeigen, die ihn, trotz all ihrer Fehler, ungeachtet ihrer Mordgeschichte, noch nie hängen gelassen hat.

Minuten vergehen, Stunden. Um drei Uhr nachmittags hat Emil sich immer noch nicht gemeldet. Henry hört auf, sich einzureden, dass sich alles in Wohlgefallen auflösen wird. Er geht nach Hause.

Ein neues Wegwerfhandy aus der Schublade. Ein Spaziergang um den Block, bis er eine ungesicherte Wi-Fi-Verbindung findet. Er loggt sich in einen Fake-WhatsApp-Account ein, den er benutzt, um – gern geschehen, Onkel Shecky – Starr anzurufen, seine Freundin auf dem Polizeirevier.

»Ich kann jetzt nicht«, sagt sie. So fangen ihre Gespräche ständig an: Starr steckt immer mitten in einem Notfall.

»Nur ganz kurz«, sagt Henry.

»Nein. Echt nicht. Die Diensthabende sieht ziemlich angepisst aus. Sie kommt. O Gott!«

Normalerweise liebt Henry die Gespräche mit Starr. Was sie aus ihrem Leben erzählt, klingt manchmal wie eine einzige turbulente Komödie. Aber jetzt braucht er dringend eine Antwort.

»Nur Ja oder Nein«, sagt Henry. »Hat es heute schon jemanden erwischt?«

»Wir sind in Brooklyn, Henry. Hier erwischt es ständig …«

»Irgendwelche Leichen?«

»Nein, aber …«

Henry braucht Einzelheiten, aber er hört jemanden kommen – mit Sicherheit die angepisste Chefin vom Dienst – und Starr sagen, sie solle gefälligst das Telefon weglegen. »Arbeiten Sie hier, oder fliegen Sie gerade raus?«

Eine unerwartete Wendung der Ereignisse: Henry lädt Starr zum Abendessen ein.

Früher Abend, immer noch keine Nachricht von Emil. Henry ist übel. Er bereut die Mischung aus Koffein und Alkohol in seinem Blut und die Line Ritalin, die er vorhin in seinem Zimmer gezogen hat. Er kann nicht mal an Essen denken, trotzdem sitzt er jetzt hier in Alan's Happy Falafel. Auf dem Tisch: ein Korb Pitabrot, Schälchen mit Hummus und Baba Ghanoush. Ihm gegenüber: Starr Richardson. Starr ist eine hinreißend erotische Frau, die keinen blassen Schimmer hat, wie sexy sie ist. Er hat Starr schon mehr als nur einmal gemalt, und von Zeit zu Zeit denkt er, dass sie viel Spaß miteinander haben könnten. Ohne Klamotten. Aber noch hat weder sie noch er einen Versuch unternommen, und Henry ist sich irgendwie sicher, dass das was mit ihrer Katze zu tun hat. Ihre Hingabe an dieses Tier ist bemerkenswert.

Außerdem auf dem Tisch: ein Erdbeermilkshake, Kaffee für Henry, ein Teller Pommes für beide. Neben den Pommes: *The Accidental Alchemist.*

Starr hat sich so gefreut, als er ihr das Buch gab, dass er es fast bedauert, das Geld rausgenommen zu haben.

Ebenfalls bedauerlich: Immer noch nichts von Emil.

»Und jetzt braucht Banana noch eine Biopsie«, sagt Starr. »Die kostet dann auch noch mal zwei fünfzig.« Banana ist die Katze. »Ich kann in Raten zahlen, aber ich schulde ihr schon …«

»Sorry«, sagt Henry, als sie seit ungefähr zehn Minuten erzählt. »Ich brauche kurz mal …«

Frische Luft. Er geht vor die Tür, holt das Telefon raus.

Violetter Himmel, feucht und dunstig. Es riecht nach Gras. Ein Muscle-Car mit übergroßen Reifen, ein Muskelmann am Steuer, aus den Boxen – erstaunlicherweise – chilliger Jazz. Der Muskelmann scannt die Straßen, sehnt sich nach einer Herausforderung. Henry wendet sich ab. Steckt das Telefon ein, geht anderthalb Blocks, bleibt stehen. Vor ihm eine schmale Gasse, die zwischen zwei Brownstone-Häusern zum Hinterhof von Alan's Happy Falafel führt. Henry stellt sich Emil vor, wie er herkommt, um die Tüte zu holen. Stellt sich vor, wie er sich zwischen den beiden Häusern durchquetscht, auf die Mülltonnen zugeht, an die Recyclingtonnen tritt. Die Fenster scannt, die

Feuertreppen, die Dächer, so wie er es gelernt hat. Wie Henry es jetzt macht.

Irgendwas ist schiefgelaufen. *Irgendwas Schlimmes ist hier passiert.* Und vielleicht liegt es daran, dass Henry heute schon an Doppelgänger gedacht hat (die gleichen Haare, der gleiche Kopf), jedenfalls hat sogar die Angst heute ein zweites Ich. Ist Emil was Schlimmes passiert, fragt ihn eine boshafte Stimme, oder ist *wegen* Emil was Schlimmes passiert?

Henry leert die Recyclingtonnen. Leert die Mülltonnen, nur zur Sicherheit. Kein Geld, kein Kurier, ein stummes Telefon, keine Nachrichten. Henry tritt eine Bierdose platt, schleudert einen Metalldeckel gegen eine Wand – nein, daneben –, schmeißt ein Fenster ein. Ein Schrei. Natürlich nicht Emils, aber in Henrys Ohren klingt es wie ein verspätetes Echo.

Zurück im Halal-Imbiss hält Starr ihm ein Stückchen Baklava hin. »Ich hab dir was aufgehoben«, sagt sie mit honigverklebten Fingern.

»Ich brauche deine Hilfe.«

»Geht's dir gut, Henry?«

Er holt langsam Luft. »Ich kann meinen Freund nirgends finden.«

Starr gibt ein Geräusch von sich. Henry ist den Tränen nahe, aber er ballt die Fäuste. Jetzt kein Zusammenbruch. Er muss wissen, wo sein Freund ist, muss wissen, ob … das Geld …

Ob Emil mit dem Geld durchgebrannt ist.

Fuuuck! Wenn er doch nur was tun könnte. Aber dieses Nichtwissen. Er ist vollkommen erstarrt, Bewegungen sind zwar weiter möglich, aber kein *Handeln* … Er spannt die Fäuste an, bis sie zittern, und dann kommt eine Nachricht von Lipz:

Tiger ist von seiner Tante zurück. Heute Nacht gibt's Remmidemmi. Bist du dabei?

Henry spürt, wie der Rausch sich Bahn bricht. Endlich, endlich, verfickt noch mal, endlich kann er etwas *tun.*

10

Emil muss grinsen, als er an Henrys *superwichtige* Regeln denkt. Nicht aufmachen, nicht wiegen, nicht gegens Licht halten.

Gott, nimmt der sich wichtig. Am Tag, als er ermordet wird, kneift Emil in die Tüte, als wär es Henrys Hintern. Na, Henry, wie würde dir das gefallen? Imani würden Henrys Hohn und seine Anzüglichkeiten jedenfalls bestimmt nicht gefallen. Sie wäre eifersüchtig – ja, sogar auf diese Tüte. Warum eigentlich nicht gleich aufs Ganze gehen? Er könnte ein Loch in die Tüte schneiden und das Geld ficken – *das* wär mal ein Motiv für ein High-Concept-Game. Imani könnte es *Money Ba(n)g* taufen, und die Herausforderung bestünde darin, so viele Dollarscheine wie möglich zu ficken, ehe die Zeit um ist.

Geldkurier. Wie angsteinflößend, wie seriös ihm das beim ersten Mal vorkam. Inzwischen macht er sich einen Megaspaß daraus.

Emil macht an einem Eckladen halt. Kauft nicht gleich was, schaut sich nur die Süßigkeiten an. Schwelgt in den viel zu knalligen Farben, den krassen Kontrasten, jedes Einwickelpapier eine Studie in Sachen Stil-Mix-Style. Mit einem Päckchen Skittles in der Tasche tritt er wieder raus in die Hitze. Geht die Treppe rauf zum Hochbahnsteig des M-Trains. Müll auf den Gleisen, Fastfood-Verpackungen, Basecaps, Zeitschriften und Pappbecher – alles hier ist dreckig und ohne Konturen. Mit so was kann Emil nichts anfangen. Aber auf die Wellblechwände hinter den Bänken sind Filmplakate montiert. Imani würde die Schauspieler kennen. So verkopft und nerdy ihre Videogames auch sind, ihr Filmgeschmack ist reinster Hollywood-Mainstream. Er hat sich schon oft heimlich ins Haus geschlichen, rauf in ihre

Wohnung im zweiten Stock, hat das fette Orchester wogen hören, leise die Tür aufgemacht und sie am Laptop weinen sehen. Das Gesicht graublau im Schein des Monitors.

Der Zug fährt ein. Die Gleise beben und jaulen, dann kommt die verdreckte Lok angerattert, Bremsen kreischen. Emil ertappt sich dabei, wie er die Tüte schwingt. Merkt, dass ihn allein der Gedanke an Imani erregt. Ruhig, Brauner, sagt er zu sich. Du machst jetzt deinen Umweg, erledigst die Lieferung, und *dann* kannst du deinen Spaß haben.

Im Zug hält er mit der einen Hand die Tüte am Griff und umarmt sie mit der anderen. Henry wäre definitiv nicht einverstanden: Zugfahren ist gegen die Regeln.

»Bullen und Wölfe lauern überall«, hatte Henry ihm während des Trainings erklärt, »aber die sind nicht das einzige Problem.«

»Kameras?«

»Freunde.«

Aber *mir* vertraust du, denkt er plötzlich liebevoll.

»Viermal im Monat nimmst du den Zug«, hatte Henry gesagt, »und nie triffst du wen. Aber das eine Mal bist du mit 'ner Scheißtüte unterwegs, und schon kommt es zum Wiedersehen deines Lebens. Deine Klassenlehrerin aus der Vierten. Jede einzelne Ex und ihre Schwester. Irgendein ehemaliger Mitbewohner, eine Tante, von der du dachtest, sie sei längst tot – sobald du die Tüte bei dir hast, sitzen sie alle mit dir im Zug.«

»Und wollen wissen, was mit der Tüte ist.«

»Sie grillen dein Hirn. Sie verunsichern dich. Du benimmst dich plötzlich verdächtig. Du verdächtigst *sie*. Das ist der üble Part vom Tanz auf heißem Pflaster«, sagte Henry. *Heißes Pflaster* – Henry spielte offenbar mal wieder alter, abgebrühter Gangster. Das verursachte bisweilen der Whiskey. »Es macht dein Vertrauen mürbe.« Emil mag die unfreiwillige Poesie, die Henry manchmal von sich gibt. Liebt die gehemmten, halb entschuldigenden Blicke, die er hinterherschickt. Imani wäre von

Henry begeistert, weiß Emil, aber er sorgt dafür, dass die beiden sich nicht begegnen. Sein Leben ist schon kompliziert genug.

Die Türen öffnen sich, die Türen schließen sich. Mit einer Explosion erwacht die Idee für ein neues Werk zum Leben. Henry sehnig, Henry, muskelbepackt, Henry, ein Vollbluthengst von Mann. Das Werkzeug eines Hufschmieds zerstreut zu seinen Füßen. Schwarz- und Grau- und Brauntöne, nur in seinen Augen leuchtet es weiß. Von der Technik her holzschnittartig – Lynd Ward ohne die Klassenkampfallegorie, Raymond Pettibon, nur ohne die dämlichen Sprechblasen.

Das Bild schwebt kreisend vor seinem inneren Auge, und er ist ganz ruhig, bis jemand ihn anrempelt. Passagiere drängen zu den Türen, die sich wieder schließen, dabei einen Koffer einklemmen.

Wo bin ich?

Ein kurzer Blick schneidet ihn von seiner Vision ab. Sie sind an der Myrtle Avenue. Auf dem Bahnsteig gegenüber steht der Z-Train-Express. Mit dem könnte er die Fahrt zu seinem Zwischenstopp um fünf Minuten verkürzen. Wenn er's denn schafft.

Emil Scott beeilt sich niemals, das ist nicht seine Art. Aber normalerweise schleppt er auch nicht eine schwere Tüte Bargeld mit sich rum. Macht normalerweise keine heimlichen Zwischenstopps.

Die automatischen Türen donnern noch ein paarmal erfolglos gegen den Koffer und öffnen sich wieder. Emil springt auf. Einen Atemzug später steht er auf dem Bahnsteig. Sein Expresszug erwartet ihn, öffnet ihm die Türen, eine persönliche Einladung. Emil Scott ist nicht der sportliche Typ. Sein Herz rast, als er über den Bahnsteig hechtet. Fast über eine abgewetzte Holzbank stolpert. »Abfahrt J-Train mit Halt an allen Stationen«, plärrt es aus dem Bahnsteiglautsprecher. »Für den Anschluss zum Expresszug der Linie Z nehmen Sie bitte den Zug der Linie M vom Bahnsteig gegenüber mit Umstieg in …«

Der gute alte M-Train, den er soeben verlassen hat, kaut immer noch auf dem renitenten Koffer rum, unfähig, die Türen zu schließen. Emil läuft zurück, steigt über den Koffer, quetscht sich in den Zug, trotz des kleinen Bauchs. Zurück im richtigen Zug, atmet er durch.

Und kann sich trotzdem nicht beruhigen.

Als der Adrenalinschub nachlässt, verdaut Emil etwas, das er auf dem Bahnsteig im Rennen registriert hat. Er ist inzwischen seit über zehn Jahren Maler. Seine Augen sind auf seltsame Bewegungen und Details trainiert. Sein Puls ist empfänglich für Risse in der Eintönigkeit. Was war das eben? Aus dem J-Train war ein Schatten gesprungen. Hinter hinter ihm hergeeilt. Und jetzt befinden sich Emil und der Schatten im selben Zug. Werde ich verfolgt? Der Beweis ist eher dürftig, aber Emil »tanzt« trotzdem auf »heißem Pflaster«, wie Henry es nennt. Und Henrys Trainerstimme tönt ihm in den Ohren.

»Vertrau deinem Körper«, hatte Henry gesagt. »Er kennt die Gefahr.«

DRITTER TEIL

Die Börse mit der Kralle

11

Der Tag fängt ganz gut an. Es ist Juni, ein Monat früher, etwa eine Stunde nach dem Frühstück, und Kerasha liegt im Bett und liest. Die Tür steht offen, um der Brise, die durchs Fenster kommt, Durchzug zu gewähren. Ein leises Klopfen, Henry streckt den Kopf zur Tür rein. »Hey! Hast du den alten Mann gesehen?«

Kerasha lässt das Buch sinken. Henry ist groß und muskulös, auf raue Weise attraktiv, und er wahrt *sehr* genau ihre Privatsphäre. Selbst jetzt kommt er nicht rein, obwohl dieses Zimmer im Frühling noch seins war. Obwohl er eindeutig neugierig ist. Sie merkt den verstohlenen Blick, den er ihrem Bücherstapel zuwirft. Sie sieht, wie er sich vorbeugt, *Lit* mustert, das oberste Buch auf dem linken Stapel, und dann *Directed by Desire*, das oberste Buch auf dem rechten Stapel. Das gefällt ihr, sein Interesse an ihr, ihr gefällt, dass er nichts erwartet.

»Onkel Shecky ist vor einer halben Stunde aus dem Haus gegangen«, sagt sie. »Er hat die Einkaufstaschen mitgenommen, also ...«

»Bauernmarkt«, sagen sie wie aus einem Mund. Und lächeln sich an.

Sein Blick zuckt zu den Bücherstapeln zurück. Er sieht aus, als wollte er was sagen, dann winkt er nur und verzieht sich.

Nachmittags kommt Kerasha mit einem Rucksack voll neuer Bücher zurück. Der Geruch im Haus hat sich verändert: Es riecht nach frischen Sägespänen. Wahrscheinlich kommt der Geruch aus dem Keller – die Tür steht offen. Sie hört Henry unten telefonieren. Sie schnappt ein, zwei Worte auf, aber der Geruch lässt sich damit auch nicht erklären.

Bis sie ihr Zimmer betritt.

Drei neue Bücherregale, ihre Bücher ordentlich aufgereiht, in mehr oder weniger derselben Reihenfolge, wie sie gestapelt waren. Die Regale sind riesig und etwas primitiv, aus verschiedenen Brettern zusammengezimmert, aber als sie eins anfasst und daran rüttelt, ist es stabil. Sie sieht ihre Hände an: An den Fingerspitzen haftet Sägemehl. Dass jemand sich Gedanken macht, dass sie Teil einer Familie ist – dieses Gefühl ist neu.

Doch es hält nicht an.

Manche Gebäude laden zu Einbrüchen ein. Dieses lechzt danach.

An der Fassade eine Kamera: tief montiert, schräg nach unten gerichtet und quer über die Haustür. Erfasst außerdem einen Teil des größten Fensters im Erdgeschoss, registriert Kerasha, aber längst nicht alles.

Eine weitere Kamera auf der anderen Straßenseite: erfasst die hinterste Ecke desselben Fensters.

Blick nach links, Blick nach rechts. Blick nach oben, nach unten – keine Gaffer. Das linke Fenster, von keiner Kamera erfasst, ist in zwei Minuten offen – danke, Lockpicker-Hammer-Kombi. Der Großteil ihrer Ausrüstung bleibt unberührt, wie immer. Sie ist overdressed.

Fenster auf, reingleiten lassen, Fenster zu.

Kerasha hält den Atem an. *Lauschen.* Gute, alte Gewohnheiten. Der Job ist ein Kinderspiel, lächerlich. Eine Beleidigung für ihre Fähigkeiten.

Riechen, befiehlt ihr jüngeres Selbst. *Lass es auf dich wirken.*

Kerry, die Kinderdiebin, ging methodischer vor als Kerasha, die Ex-Knacki. Und sie war wendiger, ohne Hüften.

Lauschen, wiederholt sie. Das Brummen einer Klimaanlage. *Riechen.*

Parfum. Febreze. Tabak.

Perfekt. Wenn ihr eigener Geruch übertüncht wird, nimmt sie am Ende vielleicht ein bisschen was von dem hier mit – eine falsche Fährte.

Für Kerasha Brown existieren keine menschenleeren Räume. In dem hier: eine Frau, definitiv. Heimliche Raucherin, vielleicht auch nur tolerant gegenüber gewissen Besuchern. Wie dem auch sei, beschließt Kerasha, eine Frau mit einer Seele.

Draußen: Ein Lastwagen schnaubt vorbei – weißes Rauschen. Sie geht zur Tür und knackt das Schloss. Betritt einen Flur, fragt sich, ob man einen Seelenklempner anhand der Frauen beurteilen kann, die in diesem Gebäude arbeiten.

Kerasha besitzt einen siebten Sinn für Lagepläne und Grundrisse, ein Gefühl für Stockwerke und Wände, für Flure und Putzkammern. Bürogebäude, das gilt eigentlich für alle, sind selbsterklärend: nach links zum Treppenhaus, zwei Stockwerke rauf, erster Flur rechts, und da ist auch schon die Tür. Seine. Ein stinknormaler Türknauf, drei Nadellöcher. Sie spürt das Klicken, noch ehe sie ganz auf den Knien ist.

Tür auf, rein, Tür zu. *Atmen.* Schon wieder die dürre Kerry, ihr jüngeres Selbst will einfach nicht die Klappe halten. *Lauschen. Riechen.*

Sie ist allein. Die Fenster, das weiß sie, gehen auf eine Seitengasse raus, und das Licht anzumachen, müsste gefahrlos sein. *Die Tür sichern,* sagt Klein Kerasha. Bescheuert, es ist drei Uhr morgens, nur irgendein einsamer Seelenklempner, der in seiner Praxis abhängt. *Handle bescheiden,* beharrt die dürre Kerry. Oder war das jetzt Sankt Augustinus? *Du warst gerade sechs Jahre im Bau, du kannst nicht alles wissen.* Eindeutig Sankt Augustinus. Brach in eine Kirche ein, hatte Sex im Rhythmus der Kirchenglocken, ließ sich heiligsprechen. Der Typ spielte das Spiel – und gewann es aber so was von.

Sie zieht den Pulli aus, rollt ihn fest zusammen, presst ihn in die Ritze unter der Tür. Dann macht sie Licht. So, da wären wir, die Praxis von Dr Xu, nur ohne Dr. Xu ... Der Raum fühlt sich kleiner an. Trister, irgendwie, und weniger feindselig. Allein schon der Couchtisch, den sie immer so widerlich findet. Und jetzt? Nur ein hässliches, deplatziertes Teil. Ein *Fehler*, ein erbärmliches Etwas, mit dem sie sich auf keinen Fall zu sehr identifizieren darf.

Zurück an die Arbeit. Klein Kerasha ist entzückt, dass der Aktenschrank ein echtes Schloss hat. Viel Spaß, mageres Mädchen, sagt Kerasha. Du weißt, warum wir hier sind.

Dr. Xu ist, laut bedrückender Beweislage, kahl werdende Selbstgefälligkeit. Er kennt sie nicht, versteht sie nicht – und wie auch. Da sie nichts von sich preisgegeben hat, hat er keinerlei Daten, auf die er irgendein Verständnis stützen könnte. Und doch ist es *seine* Meinung – die Meinung des Mannes, dessen Geschmack diesen Couchtisch angeschafft, dessen Geschmack einen Pferdeschwanz gezüchtet hat – ist es *sein* Gutachten ans Bewährungsgericht, das entscheiden wird, ob sie bei Onkel Shecky bleiben kann. Sein Gutachten kann sie zurück hinter Gitter bringen. Sie und der Pferdeschwanz haben sich jetzt ein paarmal getroffen. Normalerweise sind seine Hände leer, und die Fingerspitzen berühren sich, wie um einen Ball zu formen. Und alle zehn bis fünfzehn Minuten nickt er zur Antwort auf ihr Schweigen oder eines ihrer Ausweichmanöver – nickt in bewusster Reaktion auf rein *gar nichts* –, er nickt und nimmt einen silbernen Stift aus dem Gürteltäschchen und macht sich damit eine Notiz. Die mit diesem Stift verfassten Notizen werden die Richtung anzeigen, zu der seine Wahrnehmung von »Fortschritt und Mitarbeit« tendiert – um in der Sprache der gerichtlichen Anordnung zu bleiben. Seine Notizen werden entscheiden, ob man sich mit dem Mann anlegen muss.

Das Schloss hätte längst nachgeben müssen. Ein bisschen zusätzlicher Druck sollte genügen – tut er nicht. Sie dreht fester, fängt an zu rütteln, und dann flüstert Klein Kerasha – diesmal definitiv nicht Sankt Augustinus – ihr zu, sie soll gefälligst auf ihre Technik achten. Mit Gewalt zerbrichst du das Schloss oder dein Werkzeug. Innehalten und lauschen. Lauschen, atmen, lauschen. *Sei nicht ungeduldig,* wie Whitman jetzt sagen würde.

Scheiß auf Whitman.

Im Franklin hatte Kerasha sich von Gedichten ernährt. Das war ihr wohl in die Wiege gelegt, ihre Mutter galt als Hofdichterin der Moses-Blocks. Mama hat immer Gedichte rezitiert, auch dann noch, als ihre eigenen Sachen längst dem Heroin gewichen waren.

Tja, es gibt ein Problem beim Rezitieren von Gedichten, wenn man auf Drogen ist: Man verwechselt manchmal Worte. Und: Manchmal nimmt man's mit dem Copyright nicht so genau.

Die schreckliche Wahrheit kam in der modrigen Frankliner Gefangenenbücherei ans Licht. Dort entdeckte Kerasha, dass »Eine lautlose, geduldige Spinne« – eines ihrer Lieblingsgedichte, von dem sie immer gedacht hatte, es stamme von ihrer Mama – in Wirklichkeit ein toter weißer Mann namens Walt geschrieben hatte. Kerasha hasste diesen Typen – hasste seinen Namen, hasste seinen ranzigen Stinkebart. (Ja, der Bart stank. Verrät schon das Bild.)

Doch in der modrigen Gefängnisbücherei war es längst zu spät gewesen, sich die Gedichte aus dem Herzen zu reißen.

Und Kerasha war – trotz allem – viel zu feinfühlig, um nicht erneut von dem abgrundtiefen Verlustgefühl überschwemmt zu werden. Die Sucht hatte ihrer Mutter die Gegenwart gestohlen, der Tod die Zukunft, und jetzt kam Walt Whitman um die Ecke und versaute ihr sogar die Vergangenheit. Mach's gut, Mama, wo immer du sein magst.

Komm schon, Kerasha, du weißt es doch noch. Die wichtigste Tatsache über Mama, die Entscheidung, die alles verändert hat, tief in deinem Innern weißt du es.

Das mit dem Heroin hatte erst *nach* Kerashas Geburt angefangen.

»Nach!« Der Überbringer dieser Nachricht war Mamas letzter Mann gewesen. Lächelte, dieses Monster, lächelte jedes Mal wieder, wenn er ihr den Verlauf des Elends erklärte, den Kerasha jetzt selbst rezitiert wie ein Epos. Erste Strophe: Komplikationen bei Kerashas Geburt. Zweite Strophe: Mamas Rückenprobleme, die Schmerztabletten. Dritte Strophe: Big H.

Er war ein gerissenes Monster. Wusste verdammt gut, wie Klein Kerry die Puzzleteile zusammensetzen würde. Vor mir ging es ihr gut. Nach mir ... meinetwegen.

Aber Mama, das muss man ihr lassen, hat es nie so ausgedrückt. »Ich bin immer noch stark, Kerry, es geht immer noch aufwärts, rauf und rauf und rauf«, sagte sie. Im Franklin entdeckte Kerasha auch, dass es sich um ein paar abgelutschte Zeilen von Langston Hughes handelte, wenn auch reichlich frei zitiert. »Fall lieber nicht hin«, sagte Mama. »Schau mich an. Ich bin immer noch auf dem Weg nach oben.«

Kerasha kapiert bis heute nicht, wie ihre Mama – die Kerasha immer nur im freien Fall erlebte – glauben konnte, dass sie die Treppe raufstieg. Wie die Frau, die erst Mutter *und dann* Junkie wurde, immer noch – wieder Hughes, nicht sie – was von »immer weiter geh'n im Dunkeln« murmeln konnte.

Als wäre es für Mama je anderswohin als abwärts gegangen.

Jetzt sieh dich an, denkt Kerasha, ein Mädchen in der Praxis seines Psychiaters, das sich wegen seiner Mama die Augen ausweint. Allein in seiner Praxis, wer braucht schon den Doktor?

Kerasha sieht auf ihre Hände runter. Sie liegen nicht auf dem Aktenschrank. Berühren nicht mal den Lockpick, der irgendwie den Weg zurück in ihren Werkzeuggürtel gefunden hat. Nein. Ihre Hände sind direkt vor ihr, Fingerspitzen an Fingerspitzen. Formen einen Ball.

Offensichtlich tut die Praxis ihre Arbeit, erschafft den Doktor in jedem, der gerade zufällig anwesend ist. Also, noch mal, wer braucht den verfickten Pferdeschwanz?

Na ja, *sie* womöglich. Es ist nach drei Uhr morgens. Während Brooklyn schläft, von allem träumt, nur nicht von ihr, steht sie allein im Sprechzimmer ihres Seelenklempners – freiwillig. Den Kopf randvoll mit Dunkelheit, mit blutendem Herzen. June Jordan: »*Ich bin die Geschichte der Ablehnung der Frau, die ich bin.*«

»Du bist eine Ablehnung«, sagt sie zu sich.

Still, sagt Klein Kerry. *Konzentration.*

Vor ihr ein Aktenschrank, absolut unscheinbar. Solche Schränke hat sie schon oft geknackt. Aber dieser verweigert sich ihr, demütigt sie, *gefährdet* sie, zieht ihr Vergehen in die Länge. Hat sie mit der schwarzen Magie der Assoziation zurück in ihre Kindheit gezwungen.

Nur ein Aktenschrank, denkt sie. *Ich bin immer noch auf dem Weg nach oben.*

Dieser Aktenschrank hat nicht das Sagen. Er wurde *gemacht*, um geöffnet zu werden. Aber sie gibt nach. Warum? Die Stimme des Doktors stellt die Frage, die Antwort kommt mit ihrer eigenen.

Weil ich es will.

In der Bücherei im Franklin gab es ein halbes Regal mit Psychologie-Ratgebern, und aus denen hat Kerasha gelernt, dass jedes menschliche Gehirn von einem Kleinkindergott namens *Ich-will* kontrolliert wird.

Okay, na gut, um des lieben Verstandes willen, nehmen wir es mal als gegeben hin. Denken wir's durch.

Kerasha will also, dass der Schrank geschlossen bleibt. Warum?

Sie will, dass es nicht ihre Schuld ist. Warum?

Die Antwort lässt so lang auf sich warten, dass sie ihr einen Schlag versetzt, als sie schließlich kommt.

Sie will nicht haben, dass sie Angst hat.

Angst. So einfach ist das – sie hat Angst vor dem, was in der Akte steht. Und obwohl sie diese Angst nicht versteht und sie auch nicht vertreiben kann, bekommt Kerasha sie allein dadurch unter Kontrolle, dass sie die Angst anerkennt. Immer noch – auf dem Weg nach oben – hier kommt deine Tochter, Mama – im Dunkeln.

Und jetzt ist alles ganz einfach.

Sie klappt den Lockpick auf. Setzen, drehen, drücken, das Schloss springt auf, die Schubfächer öffnen sich. Der Pferdeschwanz hält Ordnung, Etiketten, gut organisiert, akkurate Handschrift. Die Akte von Kerasha J. Brown ist genau da, wo sie sein soll – und im nächsten Moment nicht mehr.

»Patientin überwiesen von …«

Sie blättert weiter, der Überweisende und sein Blabla sind ihr egal. Sie braucht nur Dr. Xus Blabla. Keine fünf Minuten später sind die Unterlagen zurück in der Akte, ist die Akte zurück in der Schublade. Ist die Schublade geschlossen, der Schrank abgesperrt. Licht aus. Pulli raus aus der Ritze. Im Freien, Stunden vor der Dämmerung, schiebt sie sich zwei Stück Kaugummi in den Mund. Das Wort des dunklen Morgens lautet *renitent.*

»Die Patientin verhält sich renitent und unkooperativ und lässt keinerlei Interesse an der Therapie erkennen.«

Sie lächelt, sie liebt schwülstige Worte, aber die Freude ist schal. *Renitent,* das ist ihr klar, bedeutet Knast. Ihre Bewährung ist »absolut vorbehaltlich« – daran ließ der Gerichtsbeschluss voller Rätsel und Juristenlatein keinen Zweifel.

Sie überquert eine Straße. Direkt hinter ihr biegt ein Krankenwagen um die Ecke, mit Blaulicht, ohne Sirene. Sie sieht zu, wie er um die nächste Ecke biegt. Wartet, bis sie wieder allein ist, ehe sie die Gedanken wieder reinlässt.

Sei nicht ungeduldig, sagt Walt wieder. Sankt Augustinus pfeift ein frommes Liedchen, während Mama und Langston immer noch auf dem Weg nach oben sind. Und Klein Kerry ist mit der Geschichte ihrer Ablehnung beschäftigt. Und sie hat Angst.

Es gibt lichtlose Orte, es gibt Räume ohne Ausgang. Und dann kennt Kerasha da noch diesen ganz anderen Ort, den Ort, an dem einst eine berühmte Kinderdiebin verloren ging.

12

Wieder im Juli, ein unbeleuchtetes Treppenhaus. Die Moses-Blocks, Tower B.

Lipz zündet sich einen Spice-Joint an, und ihr Gesicht leuchtet unheilvoll und wunderschön. Henry kann ihr Flüstern fast schmecken: »Knallt das rein.«

»Wie lautet der Plan?«

»Tür eintreten. Meinen Vorrat holen.«

Henry nimmt den Joint. »Tiger, das Arschloch.« Zieht, reicht ihn zurück. Atmet aus. »Warum verarscht der Typ dich? Wo hat er denn *seinen* Vorrat?«

»Von Red Dog kriegt er jedenfalls nichts.«

Henry will was sagen. Hält inne. Die leise Alarmglocke, die er schon mal gehört hat – als er das letzte Mal mit Lipz über Tiger sprach –, schrillt jetzt laut und deutlich.

»Guck mich nicht so an«, sagt sie.

Wir sind jetzt schon ein keifendes Ehepaar, denkt er. Warum sich … nicht richtig paaren? Er mustert sie, die glänzenden, irren Augen, den Stacheldraht um ihren Hals. Das Tattoo geht bis ganz nach unten, das weiß er – er war dabei, als Teile davon gestochen wurden. Und die Wärme ihres Körpers und das heiße, stickige Treppenhaus und ihr Kaugummiatem und dieser Wag-es-ja-nicht-Blick … es wäre so einfach.

»Halt's Maul«, sagt sie.

»Ich hab nichts gesagt«.

»Ist auch nicht nötig.«

Henry seufzt. »Red Dog ist nicht blöd. Wenn er Tiger nichts verkauft, hat er seine Gründe. Ist nur vernünftig.«

»Scheiß auf Vernunft.«

Falls Lipz ein Credo hat, dann ist es das – Henry freut sich, dass sie es ausgesprochen hat. »Hör mal«, sagt er. »Ist jetzt nicht respektlos gemeint, okay?« Sie versteift sich. Lauernd wie ein Raubtier. Er legt ihr eine Hand auf die Schulter und flüstert noch leiser. »Tiger wurde verhaftet – hast du mir selbst erzählt. Er wurde verhaftet, und dann haben sie ihn laufen lassen. Wieso? Er hat eine Akte und wahrscheinlich ein paar Haftbefehle an der Backe. Es gibt nur einen Grund, weshalb die Bullen ihn einfach so wieder laufen lassen …«

»Fick dich.«

»… er arbeitet für sie.«

»Fick. *Dich.*« Sie schubst ihn gegen die Brust. Sie ist fertig mit Flüstern. »Tiger ist kein Spitzel. Er ist ein Arschloch, aber er ist einer von uns. Und dieses Arschloch gibt mir jetzt meinen Vorrat zurück oder die Kohle, die er dafür gekriegt hat. *Heute Abend.*«

Henry hebt den Joint wieder auf. Er muss runtergefallen sein, als sie ihn geschubst hat. Mustert ihn – bäh –, lässt ihn fallen, tritt ihn aus. »Hat Tiger 'ne Waffe?«

»Er ist langsam.«

»Heißt das Ja?«

»Bis der hinfasst, hab ich sie mir geschnappt.«

»Toller Plan.«

»Muss dir ja nicht gefallen«, sagt Lipz. »Du hast nichts damit zu tun.«

Henry fragt sich, ob er von einer Party ausgeladen wurde, auf die er nie wollte. Er fühlt sich ein bisschen verletzt.

»Wenn du mitkommst«, sagt Lipz, »dann krallst *du dir* meinen Vorrat. Und ich bin die dumme Kleine, die jeder beklauen darf.«

»Und was soll ich dann bitte hier?«

»Du bist nicht mein Bodyguard«, sagt sie. »Du bist mein Sanitäter. Wenn er mich umbringt, schön. Dann mach, was du willst.

Zieh los und dröhn dich zu. Aber wenn er mich nur verletzt, dann bringst du mich ins Krankenhaus.« Sie schaudert, und Henry fällt ein, dass Lipz Angst vor Krankenhäusern hat. Erinnert sich an den Krampfanfall, an die akute Bauchspeicheldrüsenentzündung, damals, ehe sie einen Schlussstrich unter die harten Drogen zog. Erinnert sich an die Komplikationen.

Er versucht was zu sagen, aber sie schneidet ihm mit einer einzigen Berührung das Wort ab. Nur ihre Finger an seinem Ohr, aber zwischen ihnen gibt es keine Berührung ohne totale Körperstarre. Passiert es jetzt?, fragt sein Körper. Er spürt das Blut in seinen Adern rauschen. Jetzt? *Hier?*

»Du bist meinetwegen mitgekommen«, flüstert sie. »Danke!« Sie zieht sein Gesicht an ihren Mund, und dann verschwindet sie und lässt ihn mit einem warmen, feuchten Fleck auf der Wange zurück.

Allein im Dunkeln versucht Henry die Gedanken an Emil zu verdrängen, der immer noch nicht wieder aufgetaucht ist. Henry hat ständig zum Telefon gegriffen, ständig auf eingebildete Vibrationen reagiert, die ganze Zeit. Und seine Gefühle für Lipz drängt er auch weg, und das, was eben durch ihn durchfuhr, als sie sein Gesicht festhielt. Er lehnt sich an die Betonwand, das Handy schon wieder in der Hand – wo ist er? –, da hört er den Schrei.

13

Am Vormittag desselben Tages läuft Shecky zum Laden an der Ecke und kauft sich die *Daily News*. Lesend macht er einen Spaziergang durch die Nachbarschaft, späht immer wieder über den Rand der Zeitung, dreht eine Runde um seinen Block und dann noch eine in die Gegenrichtung. Hält nach einem grünen Mustang Ausschau, nach einem blauen Impala, nach *ihm*, wer immer er auch ist – der grässliche Bulle oder Meuchelmörder, der ihm nach dem Leben trachtet. Verdächtigt jeden. Und während die Stunden vergehen, wird das Gefühl, den heimlichen Verfolger *nicht* zu entdecken, unheimlicher als alles andere. Der Verfolger ist jenseits des Menschlichen, so kommt es ihm vor. Ein Geist des Bösen.

Gegen Mittag macht er seine Runde durch die »Bean Banks« – kleine Coffeeshops, ruhige Läden mit Wi-Fi, von wo aus er Gelder transferiert und Konten eröffnet oder auflöst. Im Muddy Cup besorgt er sich einen Muffin und verschiebt bei seiner ersten Tasse schwarzem Kaffee vierzigtausend Dollar über Mexiko nach Russland. Im Crespella vervollständigt er, während er in seinem üblichen Mittagessen stochert – Salat mit Grünkohl und Spinat, wenig Thunfisch und viel Wasabi-Erbsen –, eine komplexe Reorganisation von Drogengeld durch halb legale Briefkastenfirmen. Im Bean Stalk trifft er sich mit einem Klienten, und als der Shecky fragt, ob er ihm zwei Prozent Rabatt geben könne – »als Gefallen« –, macht Shecky die Bitte mit einem harten, eiskalten Blick zunichte.

Zwischen seinen Besuchen in den Bean Banks kehrt Shecky nach Hause zurück, um wieder auf Patrouille zu gehen. Er sucht die Gehsteige, die Einfahrten ab. Den vorbeifahrenden

Verkehr, die offenen Garagen. Findet nichts, spürt den Geist überall.

Die Nachmittage gehören der Kundschaft. Händeschütteln, PINs, Guthabenkarten. Festplatten wechseln den Besitzer. Lefty Franklin spricht über Politik, Jacob Burnside lästert über seine Ex-Frauen, und Shecky lässt sich lang und breit über die Mets aus. Das Geschäft läuft, keine neuen Kontosperrungen, aber die Jagd auf seinen Verfolger stört den Tagesablauf. Er kommt zu diversen Verabredungen zu spät, inklusive der wichtigsten. Aber schließlich hat er's zum Maria-Hernandez-Park geschafft, wo sein Klient immer noch auf einer Bank sitzt und wartet.

Vasya – richtiger Name unbekannt – ist ein kleiner Mann mit schuppiger Haut und gepflegten Anzügen. Trägt sagenhafte Schuhe. Einen lustigen Anstecker am Revers, ein kleines weißes Katzengesicht – wie heißt die noch mal? – Hello Kitty. Als er Shecky sieht, schnippt Vasya die Zigarette weg, steht auf und streckt ihm die Hand hin.

»Du brauchst einen Drink«, sagt Vasya und eröffnet damit ihren Walk-and-Talk.

»Danke, dass du gestern rangegangen bist«, sagt Shecky.

»Ist doch klar. Deine Probleme sind unsere Probleme.« Vasya ist Sheckys Kontaktmann beim Paradise Club, einer ihrer ersten und wichtigsten Kunden. Das hat Shecky den Kids sofort klargemacht: Alles, was *vom* Paradise Club getan wird, geht uns nichts an, aber alles, was *für* den Paradise Club getan wird, muss sofort passieren. Dann heißt es augenblicklich Arsch hoch und anpacken, wobei auch immer. Allerdings war gestern Abend Shecky derjenige, der den Club um Hilfe bitten musste. »Und das war auch absolut richtig so«, sagt Vasya, als spürte er Sheckys Verlegenheit. »Mich anzurufen. Ich danke dir für dein Vertrauen.«

Shecky schüttelt den Kopf. »Was für eine Scheiße!« Es war ein erbärmlicher und beschämender Anruf gewesen, der neue

Tiefpunkt in einem beschissenen Monat – die Banken, die sich von ihm abgewandt haben, seine eingefrorenen Konten. Aber der Anruf war *notwendig* gewesen, und er hatte ihn sofort getätigt, nachdem er in seinem Kontenbuch alles einzeln nachgeprüft hatte. Das ganze Ausmaß der Familienkatastrophe festgestellt hatte, Transaktion für Transaktion, nachgerechnet bis auf den letzten Penny.

»Mach dir keine Sorgen, wir haben alle schon mal in der Scheiße gesteckt.« Vasya spricht mit lässiger Überzeugung. »Da kümmern wir uns gemeinsam drum.« Sie setzen sich langsam in Bewegung, tauschen einen Blick. Wir sind alte Hasen, wir haben viel gesehen und erlebt, wir schaffen das. Ein unheilvoller Schimmer tritt in Vasyas Augen. »Aber sag mal. Falls das nicht zu persönlich ist. Wann hat das angefangen, die Probleme mit den Konten?« Jetzt ist das Unheil in seinem Mund angekommen. »War *er* das, dein Sohn?«

Ein Schlag aus gemischten Gefühlen. Mein *Sohn*. Schön wär's! Aber Vasyas Unterstellung ist deshalb so schmerzhaft, weil sie Sheckys eigene Gedanken spiegelt. Henry hat nicht *mit Absicht* irgendwas falsch gemacht, und er ist auch nicht *faul*, auf keinen Fall, aber sein Urteilsvermögen ist manchmal … Und schon spürt Shecky die Hitze im Gesicht, hört sein Herz in den Ohren pochen. »Mein *Neffe*«, sagt er betont, »ist absolut zuverlässig.« Pause. »Nein, warte, ich meinte …« Jetzt fühlt Shecky sich noch schlimmer, von seiner eigenen Zunge aufs Glatteis geführt. Ein wütender Schmerz bewegt sich von den Schultern armabwärts in die Fäuste hinein. Vasya hätte Henry nicht zur Sprache bringen dürfen. »Mit Verlaub, er steht hier nicht zur Diskussion.«

»Natürlich. Bitte verzeih.« Vasya beendet ihren kleinen Spaziergang. Legt ihm die Hand auf die Schulter. »Du kommst aus dem Schlamassel wieder raus, hörst du?« Sein Geruch: Zigaretten, Eau de Cologne. Seine Augen: kalt. »Nüchtern betrachtet ist jedes Problem am Ende nur eine Frage der Kosten.«

Weitere Besorgungen, und schließlich kommt Shecky zu spät zum Abendessen.

Zu spät zum Abendessen – er! Verfluchte Scheiße, denkt er. Du trägst die Verantwortung für diese Kids. Wozu deine ganzen Pläne und das Rumgehampel, wenn du es nicht mal auf die Reihe kriegst, zum Abendessen für sie da zu sein?

Schalt mal ein paar Gänge runter, rüffelt Dannie ihn. »Du musst dir das Herz nicht wirklich rausreißen, ja?«, hat sie mal zu einem Schauspieler gesagt. Übertriebenes Schauspiel war für sie eine Art Abfall vom Glauben. »Das ist ein Fünfdollarstück. Niemand erwartet echtes Blut.«

Er stellt sich vor, wie Dannie in seiner Küche sitzt und die Augen verdreht. Ihm sagt, er soll sich nicht verrückt machen. Aber sie wäre auch amüsiert, denn – und das versetzt ihn im Laufe der Zeit zunehmend in Erstaunen – eigentlich mochte sie seine kleinen Macken. War einfach gern in seiner Nähe. Und jetzt würde sie ihn daran erinnern, dass er sich gerade mal eine halbe Stunde verspätet hatte. Sie würde auf Kerasha zeigen, deren Anwesenheit bedeutet, dass er das Familienabendessen gar nicht verpasst hat.

Komm wieder runter, Shecky. Kein Grund, zur Geißel zu greifen.

Kerasha sitzt auf ihrem üblichen Platz. Und in ihrer üblichen Pose: Bein über der Armlehne, Fuß auf der Fensterbank, Buch aufgeschlagen auf dem Schoß.

»Sorry, dass ich zu spät komme«, sagt er. »Du bist bestimmt schon am Verhungern.«

»Ich pass schon auf, dass ich nicht sterbe, Onkel Shecky«, sagt sie. »Nicht vor dem Abendessen.«

Wie macht sie das? Blutjung und frisch aus dem Gefängnis, und klingt trotzdem immer so, als wäre sie die Hüterin der Familienweisheit. Und, wer weiß, wahrscheinlich ist sie das auch. Sie hat schließlich den Verfolger entdeckt, Ehre wem Ehre gebührt. Und apropos, sie weiß garantiert sogar jetzt – selbst vom Sessel aus –, ob dieser Verfolger in der Nähe ist.

Aber sollte nicht vielmehr *sie* bei *ihm* Hilfe suchen? Er ist schließlich, durch einige glückliche Wendungen und Windungen von Schicksal und Recht, ihr Betreuer. Vielleicht wenigstens ab und zu?

Darüber hat er Anfang der Woche mit Fat Boris gesprochen, dem familieneigenen Urkundenfälscher. Und Vater einer Tochter.

»Sollte sie nicht zu mir aufsehen?«

»Wie soll das gehen? Bei deinen – was – eins sechzig?« Grinsend händigte Fat Boris Shecky die zwei bestellten Pässe aus. »Sie toleriert dich. Dafür kannst du dankbar sein. Das ist ein Anfang.«

Tolerant ist ein gutes Wort für Kerasha. *Gelassen. Souverän.* Während er, der gerichtlich bestellte Betreuer, in permanentem Schrecken lebt.

»Sorry«, sagt Shecky noch einmal, ein gutes Wort für *ihn*. »Wir machen jetzt ganz schnell was zu essen für dich.« Er schneidet Salami auf, dazu eingelegten Knoblauch, ein Stück Käse, legt alles auf einen großen Teller, in der Mitte einen Berg Cracker. »Fürs Erste«, sagt er und eilt in die Küche zurück. Er will Kerasha nach dem grünen Mustang fragen. Will Henry anrufen, um rauszufinden, warum er nicht zu Hause ist. Fragen, wie es mit dem Schwergewicht lief. Rausfinden, ob er wegen des Hickhacks gestern Abend immer noch sauer ist. Aber beim Onkel-Betreuer-Chef-Sein geht es oft einfach nur ums Nichthandeln, ums Nichtsagen, geht es oft allein ums Aushalten. Es reicht nicht, dass Fragen unbeantwortet in der Luft hängen. Oft genug dürfen die Fragen gar nicht erst gestellt werden.

»Heute gibt's Blaufisch«, sagt er zu Kerasha und wirft ihr aus der Küche einen Blick zu. Sie blättert um, mehr hat seine Ankündigung nicht verdient. Sie hat zweifellos nichts anderes erwartet. Außer Blaufisch ist nichts da, und obwohl sie den Blick ständig in Büchern vergräbt, kennt sie offensichtlich jeden Zentimeter des Hauses. Innen, außen, die Straßen rundherum. Den Inhalt des Kühlschranks. Die An- oder Abwesenheit eines grünen Ford Mustang.

Schalt ein paar Gänge runter, Shecky. Du gibst dem Mädchen jetzt was Ordentliches zu essen, und sie macht den Mund auf, sobald sie was für dich hat.

Er macht den Backofengrill an. Er legt die Pfanne mit Folie aus und platziert den Blaufisch – ausgenommen, aber mit Kopf, Schwanz und Flossen – genau in die Mitte. Stellt das Gas an. Salz, Pfeffer, Olivenöl: Mehr braucht es nicht. Wildreis und wilder Brokkoli, beides schon im Laufe der Woche gekocht, reichen als Beilage. Eins in die Mikrowelle, das andere köchelt in einem Topf vor sich hin. Er sieht auf die Uhr. In sieben Minuten kann der Fisch unter den Grill. Das Abendessen kocht sich quasi von selbst. Er macht sich ein Guinness auf.

Scheiß auf den grünen Mustang. Ich habe eine Nichte und ein Bier.

Das Leben meint es gut mit mir.

Er stellt drei voll beladene Teller auf den Tisch. Außerdem sein Guinness und eins für jedes Kind, auch für das abwesende. Gott bewahre, dass Henry nach Hause kommt und feststellt, dass für ihn nicht gedeckt worden ist. Henry würde sich übergangen fühlen, vergessen – auf gar keinen Fall. Da kann er Türen knallen, so viel er will, das wird Shecky ihm niemals antun.

Teller auf den Tisch. Shecky auf den Stuhl. Ein Platz bleibt leer, aber scheiß drauf. Gebet: »Danke dafür, dass ihr bei mir seid. Danke dafür, dass ihr meine Familie seid.« Augen wieder auf. Ein goldener Glanz, etwas Leder, ein langes Stück Stahl. Seine Flasche knallt auf den Tisch, fällt um, was für eine Sauerei!

»Herrgott noch mal!«, sagt Shecky. »Wo hast du das denn her?«

Auf seinem Küchentisch liegt eine große schwarze Pistole. Eine Glock, er ist sich ziemlich sicher, eine 9-mm-Demon – *auf seinem Küchentisch*, keine dreißig Zentimeter von seiner Nichte entfernt.

Neben der Pistole liegt eine Polizeimarke.

»Das Kennzeichen lautet K8134M«, sagt sie und stellt Sheckys Bierflasche wieder hin. Steht auf, kommt mit einem Spüllappen zurück. Wischt die Bierpfütze auf. »Ist aber noch nicht überprüft.«

Sheckys Blick wandert von der Waffe zur Marke und bleibt dort hängen. NYPD, Detective 7229. »Sind die echt?«

»Lag beides in seinem Nachtschrank«, sagt sie. »Das Schloss war ganz okay, aber die Scharniere sind sofort rausgesprungen.«

Und das ist das Ende des Rätsels um den blauen Impala und den grünen Mustang: Der Verfolger ist also von der *Polizei* – die nächstliegende Antwort war die richtige. Damit aber stellt sich ihm das wahre Rätsel: Was zum Teufel sollen sie jetzt machen?

»Wir müssen das loswerden.« Shecky deutet auf die Waffe und die Dienstmarke.

»Soll ich die Sachen zurückbringen?«

Eine Pause. Der Vorschlag ist verrückt. Verwegen. Genau wie Kerasha selbst.

Und verlockend.

Die Verfolger brauchen nicht zu erfahren, dass *sie* verfolgt werden. Man kann sie in die Irre führen. Aber wenn das bedeutet, Kerasha noch mal in Gefahr zu bringen ...

»Das merkt der überhaupt nicht«, sagt sie.

Er sieht, wie ihre Augen blitzen, und ihm wird schlagartig klar, wieso sie die Waffe und die Marke überhaupt angeschleppt hat. *Ihr macht das Spaß.* Natürlich tut es das, das ist Kerashas Bestimmung – die Stille, die Dunkelheit, der Dusel. Sogar die Gefahr, vermutet er, ihre Fähigkeit, zu entwischen. Aber einem Bullen die Marke und die Dienstwaffe zu klauen, ihn in seinen eigenen vier Wänden zu entmachten *und dann noch mal zurückzukehren* – wie könnte er das zulassen? Und andererseits, wie könnte er Nein sagen, wenn es so offensichtlich der richtige Schachzug wäre, ein Schachzug, der es ihnen erlauben würde, zur Abwechslung mal einen Schritt voraus zu sein? Einen Moment lang lässt er sich von dem Nervenkitzel ihrer Tat mitreißen und ihrem Angebot, es noch einmal zu tun.

Aber dann sieht er in ihren Augen wieder das kleine Mädchen – so wie sie bei seinem Besuch in Paulettes Wohnung war. Nur ein einziger Besuch, sicher fünfzehn Jahre her, und immer noch hat er den Gestank dieser Bruchbude in der Nase. Erinnert sich voller Scham, wie er sich von seiner Cousine – die in ihrem Elend praktisch am lebendigen Leib verfaulte – abgewandt hatte. Shecky war angewidert gewesen, aber auch machtlos, ohne Sorgerecht – und er war davongerannt, vor ihrem Schorf und dem permanenten Kratzen und dem Gestank.

Und hatte das kleine Mädchen zurückgelassen.

Diesmal nicht, denkt Shecky. Jetzt bin ich der Onkel, der ich von Anfang an hätte sein müssen. Und ich schicke sie sicher nicht zu einem Bullen in die Wohnung zurück.

Shecky nimmt die Marke zur Hand: 7229, NYPD Detective. »Scheiß auf ihn«, sagt Shecky. »Entweder wir bringen die Sachen zurück, und er pfuscht weiter hier rum. Oder wir lassen sie verschwinden, und er schiebt künftig in der Gummizelle Dienst.« Er legt die Marke zurück auf den Tisch, ordentlich neben die Waffe. »Raus aus dem Haus und weg damit. Beides.«

»Gowanus-Kanal«, sagt Kerasha nach einem Mundvoll Fisch. »Wäre nicht das erste Mal, dass dort was verschwindet.«

14

Stunden zuvor, Emil Scott ist auf der Flucht. Er lehnt keuchend an einer Ziegelmauer und geht seine Möglichkeiten durch. Eins: Einen Passanten ansprechen. Vielleicht reicht schon die Hundedame auf der anderen Straßenseite. Rat Terrier an der einen Leine, Deutsche Dogge an der anderen – die perfekte Kontraststudie. In Brooklyn ist jeder ein Künstler, sogar bei der Wahl der Hunde. Entschuldigen Sie, Ma'am, würde er sagen. Ich hab da was bei mir, höchstwahrscheinlich Drogengeld, und irgendwer – ich glaube, ein Mann – verfolgt mich. Ob ich wohl kurz Ihr Telefon benutzen dürfte, um ... Wie bitte? Mein Telefon? Ja, lustige Geschichte ...

Dabei ist es überhaupt nicht lustig, und es ist auch gar keine Geschichte. Seine Telefone – beide, das Wegwerfding und sein privates – haben sich in Luft aufgelöst.

Erst hat er es noch auf seine Zerstreutheit geschoben, eine Schwäche, für die er sich nicht mehr entschuldigt, seit er sein erstes Bild verkauft hat. Aber ihn hat ein Schatten verfolgt, einmal quer durch Bushwick – trotz der drei Notverstecke, die Henry, wie er sagte, extra für ihn eingerichtet hat –, und als er jetzt mit rasendem Herzen an dieser Ziegelmauer lehnt, kann er nicht länger vor der Tatsache die Augen verschließen, dass ihm beide Handys aus der Tasche entwendet wurden. Er wird gejagt, so viel steht fest. Fragt sich nur, ob er schon in der Falle sitzt.

Ein parkender Lastwagen, auf der Ladefläche zwei Männer, die Balken abladen. Verdreckte Klamotten, leuchtend orangefarbene Helme – mögliche Details für ein Ölgemälde.

Ein Ölgemälde? Verdammt, reiß dich am Riemen, Emil. (Der

da in seinem Kopf mit ihm spricht, ist Henry.) Du bist mit einer Tüte unterwegs und wirst verfolgt. Was tust du?

Die Antwort dauert ein bisschen, aber sie kommt.

Ich suche nach Optionen.

Das ist ein Wunder und kein kleines. In der Stunde der Not erinnert Emil sich an sein Training.

Optionen, okay. Wie wär's mit den Arbeitern? Kann ich Ihr Telefon benutzen?, wird er sie bitten. Kann ich mir Ihren Lkw leihen? Kann ich Ihre Klamotten haben? Könnten Sie mal bitte kurz diese Mülltüte für mich halten – können wir bitte unsere Leben tauschen, nur heute?

Okay, du kommst an ein Telefon, sagt er zu sich. Spricht beruhigend auf sich ein, verwandelt die Panik in einen machbaren Plan. Wen rufst du an?

Ein Moment vergeht.

Der Beruhigungssermon geht nach hinten los.

Wen *würde* er denn anrufen? Seine Mutter in Woodstock schon mal nicht. Seinen toten Stiefvater offensichtlich auch nicht. Imani nicht und definitiv nicht Henry – denn dann müsste Emil sich in wilden Kurven um den gescheiterten Zwischenstopp herumreden. Außerdem müsste er sich an die Telefonnummer erinnern. Und die Leute, die er bei seinem Zwischenstopp hätte treffen sollen, kann er auch nicht anrufen – noch eine Telefonnummer, die er nicht im Kopf hat –, und die 911 ruft man auch nicht an, wenn man die Tüte des Teufels mit sich rumschleppt.

Da steht er nun, Emil Scott – der »Hipsterprinz von Bushwick«, wie Imani ihn manchmal nennt. Nie ohne Einladung zu irgendeiner Vernissage, ständig irgendein Facebook-Freund, der ihn zu sich rüberwinkt, stets umschwärmt von Mädels und Jungs, die nur darauf warten, dass Imani endlich die Biege macht. Da steht er nun, der Typ, der immer *irgendjemanden* hat – allein.

Nein, nicht ganz allein. Sein Jäger wird sein letzter Gefährte sein.

Normalerweise hat seine Bildersprache einen eher spielerischen Charakter, aber im Moment ist jede Vision der reinste Horror. Ein langer Mantel, unter dem eine Klinge hervorblitzt. Ein Kind, von einem leuchtend roten Ball hypnotisiert, dem sich ein dunkler Schatten nähert. Ein friedlich schlummerndes Paar, während sich durch den Türrahmen schwarze Schwaden ranken …

In einem verstaubten Eckladen kommt er wieder zu Atem. Vor dem Fenster ragen die Hochhäuser der Moses-Blocks auf. Die Klimaanlage ist direkt über der Tür montiert, bläst ratternd warme Luft herein, aber Emil schlottert trotzdem vor Kälte. Die halten ihn sicher für einen Junkie mit Aktienportfolio, für einen dieser Künstlertypen, die sich in einem der Hochhäuser den nächsten Schuss besorgen. Und warum auch nicht? In seinem Zustand würde er alles probieren.

Er geht an einem Regal mit Putzmitteln vorbei. Ganz oben Reinigungssprays für die Profis. Dann Scheuerpulver, dann Abflussreiniger. Noch heute Morgen hätten die Farben der Flaschen ihn aufgemuntert. Jetzt wird ihm schwindlig.

Lass die Tüte hier, denkt er. Stopf sie einfach hinter Meister Proper.

Aber dann müsste er Henry Rechenschaft ablegen und dem Onkel, dem Henry Rechenschaft ablegt. Es ist nicht sein Geld. Emil eilt aus dem Laden, fürchtet sich vor seinen Impulsen. Emil, der immer solches Selbstvertrauen hatte, ist im Zweifel, der immer eins mit sich war, ist plötzlich zerrissen.

Auf der anderen Straßenseite Teenager: Zigaretten, rote Bandanas, nackte Arme. Zappelig. Die meist weißen Hipster aus Emils Ecke von Bushwick – Männer mit Schnauzern, Frauen mit Ärmeltattoos – würden mit Sicherheit einen Bogen um diese Kids machen. Lieber die Straßenseite wechseln, um möglichst viel Abstand zwischen sich und die zu bringen. Emil findet, dass sie der Himmel geschickt hat. Sicherheit in Zahlen, Sicherheit zwischen Augenzeugen – der Anblick der Straßenkids erinnert Emil an die zwei grundlegenden Taktiken, die Henry ihm beigebracht hat – und an die besondere Erwähnung eines Raums in den Moses-Blocks, der als Notversteck dienen könnte. Ein guter Ort, um zu verschwinden, hatte er gesagt. Also geht Emil rüber zu den Kids und fragt nach Gras. Sie kiffen zusammen, niemand will Geld. Niemand würdigt die mit Scheinen vollgestopfte Mülltüte auch nur eines Blickes, die er sich, wie im Training gelernt, lässig über die Schulter geworfen hat. (»Vergiss die Tüte einfach«, sagte Henry. »Kein einziger Blick, okay? Menschen folgen Blicken.«) Die Tüte hängt immer noch über Emils Schulter, als er den Kids zu langweilig wird, sie ihn vergessen, einer von ihnen irgendwas davon erzählt, dass er sich mit einem Mädchen treffen will. Die Tüte hängt immer noch über Emils Schulter, als er ihnen in das Hochhaus folgt.

Direkt hinter der Tür befindet sich ein defekter Feueralarmknopf. Die Kids schlagen im Vorbeigehen mit der flachen Hand drauf, vielleicht als Glücksbringer. Emil schlägt ebenfalls drauf, nachdem die Kids um die Ecke verschwunden sind. Warum auch nicht? Und wer weiß! Vielleicht ist das Glück ja schon hier? Er befindet sich in einem riesigen Wohnkomplex, in dem man leicht verschwinden kann. Er weiß, dass es hier ein Versteck gibt. Zum ersten Mal seit dem gescheiterten Umstieg am Bahnhof Myrtle Avenue entspannt sich sein Körper.

Mit frischem Mut durchstreift Emil die Flure, denkt an Imani und hört nicht sofort, wie der Mann, der ihn verfolgt hat, sich nähert.

15

Wieder ein Schrei.

Die bringen sie um. Henry rennt durch den Korridor. Kampf ist angesagt, sein Körper weiß, was zu tun ist.

Sanitäter, Leichenbeschauer, Rächer – was immer du brauchst, Lipz, ich bin hier.

Links und rechts Wohnungstüren, eine davon halb geöffnet. Nur ein Mensch, der brüllt. Er hechtet auf die Tür zu, nimmt im Geiste die Horrorshow vorweg. Lipz auf dem Boden, Tiger und seine Jungs über ihr, die sie mit Schlagstöcken zu Brei prügeln. Oder sie haben Messer, schlitzen sie auf. Oder eine Kette, ein Draht – völlig egal, die macht er fertig, nur er und seine blanken Hände. Was immer sie ihr antun, tun sie auch ihm an: Sie hat es verbockt, aber sie stecken da beide drin.

Deshalb ist er nicht vorbereitet auf: Tiger am Boden, Lipz über ihm. Tiger ein menschliches X, Arme und Beine mit Elektrokabeln gefesselt. Lipz' Hand glitschig, ihr T-Shirt blutrot, ein klebriger Klumpen an der Wange neben ihrem Mundwinkel. Sie hackt mit irgendwas auf Tigers Kopf ein, *Schlüssel,* erkennt Henry, säbelt an seinen geliebten Haaren rum – seinen Buzz Lines, seinen gefärbten Punkten –, schneidet ihm in die Kopfhaut. Tiger brüllt wie ein Tier, und Henrys Blicke kehren ständig wieder zu den Kabeln zurück. Tigers Hand- und Fußgelenke sind an die Heizung gefesselt, an einen Bettpfosten – auf gewisse Weise hat Lipz bewundernswerte Arbeit vollbracht, aber sie ist entschieden zu psychotisch, um die Situation zu ihrem Vorteil zu nutzen.

»Wo ist mein Stoff, du Wichser?« Cut mit dem Schlüssel, Schrei. »Gib mir meinen Stoff!«

Henry packt ihre Hände. »Lass ihn antworten.«

Minuten später – Tiger bleibt wimmernd allein zurück – gehen Henry und Lipz das unbeleuchtete Treppenhaus hinunter. »Dieses Land ist so dermaßen am Arsch«, sagt sie. Ihr Stoff ist längst weg, aber sie hat die vierhundert Dollar, die Tiger damit gemacht hat. Und sie hat Tigers heißgeliebte Geldbörse, mit einer Prägung im Leder wie eine Kralle. »Ich verkaufe für zehn, und jeder sagt mir, zehn ist der Preis? Und jetzt find ich raus, dass der verfickte Tiger verfickte fünfzehn kriegt? Verfickte fünfzehn statt zehn für mich? Das ist respektlos, verfickte Scheiße!« Sie steigen über einen Säufer, und drei Schritte später verwandelt sich Lipz' Wut auf die Welt in Wut auf sich selbst. »Fick mich! Kein Name weit und breit, verfluchte Scheiße! Ich will zwanzig, und alle glotzen mich an, als wär ich ein Niemand. Und logo, dann fühl ich mich eben auch wie ein Niemand. Und logo geb ich nach.« Sie passieren eine flackernde Deckenleuchte. Henry kann Lipz sehen, sie geht gebeugt, den Blick auf den Boden gerichtet. Die tätowierten Arme vor der Brust verschränkt.

»He!« Henry bekommt ihren Ellbogen zu fassen. »He. Sieh mich an. Du hast Tiger eben einen fetten Arschtritt verpasst. Du hast dich um dein Geschäft gekümmert.« Er senkt die Stimme. »Ich bin stolz auf dich.« Er löst sich von ihr, eilt mit einem Frösteln weiter, fühlt sich unwohl mit der Wirklichkeit, die er soeben geschaffen hat.

Lipz holt auf. »Danke!« Sie berührt seine Hand und ...

Er tritt auf eine Flasche. Stolpert, wankt gegen Lipz und fängt sich und sie, drückt sie gegen das Geländer. Da stehen sie, fast völlig im Dunkeln, eng aneinander gepresst. Er will sich gerade von ihr lösen, da sagt sie: »Das verzeih ich dir nie.«

Er bewegt sich nicht. Kann sie atmen hören. »Wenn wir's tun oder wenn wir's nicht tun?«

Er sieht ihr Lächeln nicht, aber er kann es hören. »Egal.«

Irgendwo öffnet sich eine Tür, sie lösen sich, weichen zurück. Schritte nähern sich, verklingen. Ein Gefühl von Gehetztwerden. Sie rücken nicht wieder zusammen.

»Hast du das mit dem kleinen Jungen gehört?«, fragt sie. »War im Treppenhaus von Tower D eingesperrt. Kam nicht an den Türknauf ran, konnte nicht raus, und keine Sau hat was gehört, und als sie ihn dann fanden ...«

Oder jede Sau hat was gehört und drauf geschissen, denkt Henry. Auf jedes arme Schwein im Elend, das irgendeinen Mist baut, kommen hundert Leck-mich-am-Arsch-Mittelschicht-Wichser, die einfach die Augen zumachen und wegschauen obwohl sie genau wissen, was zu tun wäre.

Henry erzählt die Geschichte vom Sabberer, den sie im Keller von Tower A gefunden haben. Er hatte jahrelang da unten gehaust, es ging das Gerücht, seine Familie hätte ihn eines Tages einfach da abgeladen. Ihn die Treppe runtergeschubst, die Tür zugeknallt und sich aus dem Staub gemacht.

»Aber stell dir nur vor, der kleine Junge«, sagt Lipz. »Was, wenn sie ihn nicht gefunden hätten? Er wäre einfach nur weinend da rumgeirrt und irgendwann völlig dehydriert. Und dann wäre er hingefallen und einfach liegen geblieben, bis schließlich zufällig wer auftaucht, der die verfickten Glühbirnen austauscht.«

Sie erreichen das Erdgeschoss. Ihr Gefühl hat sie rausgeführt. Gute alte Lipz, verprügelt Ex-Freunde, schwimmt in Wodka. Führt ihn durch die Dunkelheit und bringt ihn schließlich zurück ins Freie. Das Licht in der Eingangshalle blendet sie, und in der heißen Helligkeit muss Henry an Emil denken. Vielleicht ist *er* völlig dehydriert und gestürzt, vielleicht liegt *er* in irgendeinem Treppenhaus. Vielleicht sogar in *diesem* Treppenhaus, und wir würden es nie erfahren. Die Hochhäuser der Moses-Blocks sind vertikale Labyrinthe: kein Problem, sich zu verlaufen, ein guter Ort, um zu verschwinden.

Eine Erinnerung regt sich. *Ein guter Ort, um zu verschwinden …* Das hat Henry schon mal wo gehört.

Nein, du Idiot, das hast du gesagt. Zu Emil. Als es um die Notverstecke ging.

Henry bleibt stehen. Direkt vor ihm die Tür zum Technikraum vom Tower B der Moses-Blocks. Hat Angst, sich zu bewegen.

Letzten Monat waren Henry und Emil gemeinsam in den Moses-Blocks unterwegs, kamen von einer Sammelparty. Henry hatte Emil sein Chillum gereicht, und als der daran zog, hatte er den Technikraum entdeckt.

»Könnte ein Notversteck sein, ein guter Ort, um zu verschwinden«, sagte Henry.

»Wie das?«

»Für alle sichtbar und unsichtbar zugleich. Und leicht zu erreichen.«

Henry ist immer auf der Suche nach Notverstecken – jeder Kurier braucht seine eigenen. An jenem Tag hatte Henry sich vorgenommen, nüchtern wiederzukommen und die Stelle genauer unter die Lupe zu nehmen. Vor allem das Schloss, hatte er sich gesagt. Nicht vergessen. Aber da hatte er das Chillum schon wieder in seiner Hand und …

Er hatte es vergessen.

Und jetzt ist Emil verschwunden, und Henry steht vor der Tür zum Technikraum. Fragt sich, ob es sein könnte, dass Emil den Auftrag verkackt hat. Dass er vielleicht sämtliche ihm zugewiesenen Notverstecke probiert und verbrannt hat. Er ist verzweifelt, immer noch unterwegs mit der Kohle, ohne Möglichkeit, sie irgendwo zu deponieren. Und dann hat er sein Telefon verloren. Vielleicht ist es ihm gestohlen worden. Emil gerät in Panik, aber dann – plötzlich, direkt vor seiner Nase, die Moses-Blocks. Und ihm fällt *dieser* Raum wieder ein, ihm fällt ein, was Henry gesagt hat, und er rettet sich in das Hochhaus. Versteckt sich hier.

Ich hab ihm gesagt, hier sei er in Sicherheit. Er hat auf mich gehört. Hat er immer.

Das Schloss ist kaputt. Henry öffnet die Tür.

Ein Schwall kalter Luft. Auf dem Boden ein Ding, eine verrenkte Gestalt, weißlich roter Matsch dort, wo der Hinterkopf sein sollte.

Eine Schaufensterpuppe, denkt Henry. Er stolpert rückwärts aus dem Raum, zittert am ganzen Körper.

Lipz fragt ihn irgendwas.

»Aber das ist nicht *er*«, sagt er, als hätte Lipz das Gegenteil behauptet. »Das ist nicht er, ganz sicher nicht.« Endlich dreht er sich um und sieht ihr in die Augen und erstickt fast an jedem einzelnen Wort: »Das Ding da ist nicht mein Freund.«

VIERTER TEIL

Der praktische Freund

16

»Officer Montenegro?«

Zera dreht sich um, vor ihr ein kleiner, muskelbepackter Mann mit Brooklyn-Nets-Cap und einem Polohemd, das aussieht wie maßgeschneidert. Die Polizeimarke an einer Kette um den Hals. Erhellt mit seinem strahlenden Lächeln alles um sich herum. Er streckt die Hand aus. »Detective Fung. Kurt.«

Sie verschränkt die Arme. »Warum bin ich hier?«

Kurt lässt die Hand sinken, sein Lächeln versiegt nicht, verändert nur die Form. Aha. Auch okay.

Bis zu dem Mord sind es noch zwei Monate, und sie befinden sich im Maria-Hernandez-Park. Es dämmert. Um sie herum herrscht relative Abgeschiedenheit: ein paar Bäume, die Rückseite eines Toilettenhäuschens. Ein Müllcontainer.

»Ich habe letzte Woche Ihr Schwarzgeld-Memo gelesen«, sagt Kurt. »Ich wette, Ihr Telefon steht nicht mehr still.«

Sie schaut über seine Schulter zu den Picknicktischen rüber. Sie sieht eine sitzende Gestalt allein an einem Tisch, dahinter eine zweite. Diese zweite Gestalt steht da wie ein Bulle, Zera kann Marke und Kette erahnen.

Sie konzentriert sich auf den Mann, der sitzt. Ob er Handschellen trägt, lässt sich aus dieser Entfernung, aus diesem Blickwinkel, nicht sagen.

»Warum bin ich hier?«, wiederholt sie.

»Wegen Ihres Memos«, sagt Kurt fröhlich. »Der Typ passt ins Raster.« Zera und Kurt machen sich auf den kurzen Weg zu den Picknicktischen, und Kurt senkt die Stimme. »Gegend: Warnstufe eins – Check. Verdächtiger führt Tasche mit sich – Check. Verhalten und Bewegungen des Verdächtigen weisen auf

Gegenüberwachung hin – Check.« Kurze Pause. »Allerdings offensichtlich nicht sehr erfolgreich.«

Im Näherkommen entdeckt Zera unweit von den Füßen des Mannes eine Tasche. Wegen seiner gekrümmten Haltung kann sie immer noch nicht erkennen, ob er auf den Händen sitzt oder ob sie hinter seinem Rücken gefesselt sind.

»Der Verdächtige ist nicht verhaftet«, sagt sie. Es ist ein Mitteldlng zwischen Frage und Vorwurf. Ihr Schwarzgeld-Memo, wie der Detective es nannte, wurde weit gestreut, aber unvollständig gelesen. Mehr als nur einmal hatte sie einen Verdächtigen wieder laufen lassen müssen. Was bedeutet: ein Pfund Papierkram. Was außerdem bedeutet: verschwendete Zeit. Das macht sie mehr als sauer. Es füttert eine Angst, die sie vom Schlaf abhält und an den Schreibtisch zwingt – Kontoauszüge überprüfen, Telekommunikationsdaten zusammenstellen, Querverbindungsgrafiken erstellen – nächtelang. Und alles umsonst, bis jetzt. Ihre Hauptziele – Elijah Arep, Shecky Keenan und Moshe Lefkowitz, alles aus Geheimdienstberichten isolierte Namen – können weiterhin ruhig schlafen. Ihre fruchtlose Initiative ist ein Pilotprojekt kurz vor dem Scheitern. Die Unterstützung ist begrenzt, das Budget winzig, und sie kennt jetzt schon das Datum, an dem sie ihren Schlussbericht abliefern muss. Kennt sogar schon die einführenden Worte dieses Berichts: *Zu unserem großen Bedauern sind wir zu diesem Zeitpunkt nicht in der Lage, ausreichend Beweise vorzulegen, welche die Fortsetzung der Überwachung einer der Zielpersonen …*

»Er ist nicht verhaftet«, sagt Kurt. »Ich bin mir zwar nicht sicher, ob ihm das klar ist, aber rein offiziell unterhalten wir uns nur ein bisschen. *Schöner Abend, oder? Wie geht's, was haben Sie denn da in Ihrer Tasche …* Ganz freundlich.«

Zera bleibt ein Stück von dem Picknicktisch entfernt stehen. Mustert den Verdächtigen: männlicher Weißer. Mitte bis Ende zwanzig. Kurzärmliges Button-down-Hemd, kariert, Cargohose.

Auf dem Boden: eine Kuriertasche, vielleicht auch eine Aktentasche.

»Na los, sehen Sie nach«, sagt Kurt und nickt in Richtung Tasche. »Immer ran an den Speck. Das wird Ihr Herz höherschlagen lassen.«

»Sie haben keinen Durchsuchungsbeschluss«, sagt Zera. Wieder halb Frage, halb Vorwurf, aber sie spürt Kurts breites Grinsen.

»Ich hab ganz lieb *bitte, bitte* gesagt.« Ein selbstgefälliges Lachen. »Manchmal braucht es gar nicht mehr.«

Zurück zu dem Verdächtigen. Jetzt beobachtet *er sie*, holt ein Notizbuch aus der Tasche, einen Bleistift dazu. Fängt an zu schreiben, hält inne, um Zera anzusehen, seine Hand bewegt sich auf ganz bestimmte Weise – quer über die Seite, rauf und runter, eher nach links als nach rechts.

Nein, nicht schreiben, denkt Zera. Zeichnen. Mich.

Sie geht zu ihm, registriert die lange Nase, die nervösen Augen. Den sinnlichen Mund.

»Ich werde jetzt einen Blick in Ihre Tasche werfen«, sagt sie und holt ein paar Gummihandschuhe heraus. »Ich habe Ihre Zustimmung, richtig?«

Ein leises Zittern in seiner Stimme. »Das ist nicht meine Tasche.«

Ein Frischling, denkt sie. Vielleicht sogar sein erster Job.

Sie entfernt sich mit der Tasche ein paar Schritte von der Bank und klippt eine Minitaschenlampe von ihrem Gürtel. Hält den Strahl in die Tasche – Leder – und beleuchtet eine mit Gummibändern zusammengehaltene, faustdicke Rolle Geldscheine. sie entfernt die Gummibänder und blättert durch die Scheine, hauptsächlich Zwanziger. Knapp eintausend.

Okay, doch nicht sein erster Job, aber definitiv trotzdem ein Frischling.

Die Atmosphäre verändert sich, es riecht nach Zimt. Kurt

steht dicht neben ihr, kaugummikauend. »Also …« Seine Selbstgefälligkeit reibt sich an ihr wie eine Erektion auf der Tanzfläche. »Jetzt sagen Sie mal. Wie sind Sie zur Geldwäschekönigin geworden?«

Sie wendet dem Detective den Rücken zu, ehe sie noch mal das Geld zählt. Die Scheine wieder zusammenrollt und bündelt. *Mist!* Sie steckt die Rolle in die Tasche zurück. *Megamist.* Zera arbeitet grundsätzlich nur mit gepanzertem Herzen, aber irgendwie ist die Frage des Detective durch die Rüstung geschlüpft.

Wie.

Die Erinnerungen sind nie fern, lauern immer dicht unter der Oberfläche.

Ein Mann im Paradise House, öffnet den Gürtel. Sagt auf Russisch: »Der Schmerz wird dir gefallen.«

Der fassrunde Alkoholiker in blauer Uniform: »Warum wollen Sie zum NYPD?«

Jahre später, ein fensterloser Verhörraum. Ein ausgezehrtes Mädchen namens Sveta Lvov, nur Make-up und blaue Flecken. »Die haben gesagt, wenn ich den Mund aufmache«, sagte das Mädchen auf Serbisch zu Zera, »gehen sie in mein Dorf und holen sich meine Schwester …« Zera packte das Mädchen am Handgelenk. Sveta bekam Angst, aber dann sah sie Zeras verkrüppelte Hand. Die beiden Frauen tauschten einen Blick, und Sveta streckte den Arm aus und zeigte Zera die Tätowierung. EIGENTUM PARADISE CLUB. Blitzschnell ließ Zera das Mädchen los, als hätte sie sich verbrannt. Ist nicht dasselbe, sagte Zera sich. Verschränkte die Arme, versteckte die Hände. *Club*, nicht *House.* Amerika, nicht Montenegro. Sveta, nicht Katja. Andere Mädchen, andere Männer. Und dieses Mädchen ist nicht Katja – und auch nicht *ich* – aber …

Noch eine Erinnerung, ein Schulungsraum. Uniformierte und Polizisten in Zivil auf Collegestühlen, die Frau am Whiteboard mit einer anderen Form von Marke. Ein weiblicher Lieutenant, die erste Frau in diesem Rang, die Zera je erlebt hat.

»Hier geht es nicht um eine Polizeiaktion aus Großvaters Zeiten«, sagte die Frau. »Dies ist eine einmalige Kooperation zwischen der Abteilung für Finanzdelikte und der Taskforce für Menschenhandel. In diesem Raum sitzen ausschließlich Freiwillige. Und jetzt werde ich Ihnen erzählen, zu was genau Sie sich freiwillig gemeldet haben.« Überall im Raum gedämpftes Gelächter, von Zera kein Mucks. Eine Maske aus Skepsis und, darunter verborgen, ein zitternder Hoffnungsschimmer.

»Männer, die Mädchen kaufen«, sagte die Frau, »sind als Zeugen unbrauchbar. Das haben Sie alle schon erlebt, Sie kennen die Gründe. Die Freier schämen sich und schlucken lieber das Bußgeld für ein geringfügiges Vergehen, als vor Gericht auszusagen. Und was die Mädchen betrifft, müssen wir uns fragen, weswegen sie tun, was sie tun. Traumata. Einschüchterungen. Sucht. Probleme mit der Einwanderungsbehörde. Drohungen gegen Familienmitglieder – kommt Ihnen bekannt vor?«

Die anderen: Nicken, wissendes Grinsen.

Zera: Sitzt inzwischen vorgebeugt da. Mit offenen Mund, wie um jedes Wort aufzusaugen.

»Der bisherige Ansatz ist eine lange Geschichte des Scheiterns«, sagte die Frau. »Wir sind hier, um die Dinge zu ändern.«

Zwei Monate später – im Winter vor dem Mord – stand Zera selbst vorne am Whiteboard. Sprach zu einem anderen Schulungsraum voll Uniformierter. »Wir sind hier, um die Dinge anders zu machen«, sagte sie in ihrem Bemühen, die Botschaft der Frau rüberzubringen. »Wir verfolgen die Finanzmänner.«

Zera liegt es nicht im Blut, vor Publikum zu sprechen. Harter Akzent, peinliche Pausen. Ein unnatürlicher Rhythmus, ihr Unbehagen war offensichtlich, aber sie zwang sich, es durchzuziehen. Es ist wichtig, ermahnte sie sich. Genau hierzu hat sie sich verpflichtet.

»Die Finanzmänner spielen im Menschenhandel eine wesentliche Rolle«, sagte sie zu den Beamten. »Jeder Schleuser oberhalb eines Straßenluden hat seinen eigenen Finanzmann im Hintergrund.« Sie trat vor einen Officer, der auf seinem Stuhl eingeschlafen war. Fett. Offen stehender Mund. Einen Moment stand sie einfach nur da, dann trat sie gegen ein Stuhlbein, riss ihn aus dem Schlaf. Vereinzelt gedämpftes Gelächter, doch Zera schnitt es ab: »Einige dieser Finanzmänner sind Steuerberater«, fuhr sie fort und ging langsam durch den Raum. »Andere sind Anwaltsgehilfen, manche richtige Anwälte und Buchhalter.« Sie ging zu zwei tuschelnden Polizisten und stellte sich vor sie hin. Nahm den Faden wieder auf, sobald Schweigen den Raum füllte.

»Die Finanzmänner sind die Brücke von der Straße zur Bank.« Sie setzte ihre Runde fort. »Viele haben reine Westen. Viele besitzen Häuser, viele haben Familie. Und was heißt das?« Sie war wieder an ihrem Whiteboard angekommen, drehte sich halb um die eigene Achse und wandte sich wieder dem Raum zu. »Sie haben alle etwas zu verlieren. Ein Grund dafür, dass sie uns helfen werden, wenn wir ihnen was nachweisen können.« Wieder eine halbe Drehung, zum Whiteboard zurück. Sie zog die Kappe von einem abwischbaren Filzstift ab und fing an zu schreiben. Drei Namen: Elijah Arep, Shecky Keenan, Moshe Lefkowitz.

»Möglicherweise sind Sie der Meinung«, sagte sie über die Schulter, wissend, dass mindestens ein Drittel ihrer Zuhörer in ihre Smartphones versunken war, »Prostitution sei ein Verbrechen ohne Opfer. Das Mädchen bekommt Geld, der Typ seinen Spaß, also wo ist das Problem?« Sie blieb weiter mit dem Rücken zu ihrem Publikum stehen. Senkte die Stimme, fast als würde sie mit sich selbst sprechen. »Ich sage Ihnen, wo das Problem ist.« Sie holte tief Luft, dachte an Katja und jetzt Sveta, dann drehte sie sich um und musterte die Gruppe. »Zwischen Gebietern und Sklaven gibt es keinen einvernehmlichen Sex.« Jetzt waren alle

Augen auf sie gerichtet, ihre tiefe Stimme hatte Kraft. »Jedes Ereignis – jeder Kauf – ist ein Akt der Vergewaltigung.«

Einen Moment später schrieb sie weiter – ihre Zuhörer voller Unbehagen, Zera sehr sachlich. »Indizien für Geldwäsche. Erstens: Mehrfachzahlungsanweisungen, jeweils unter der Dreitausend-Dollar-Grenze. Zweitens: Mehrfachbareinzahlungen, jeweils unter der Zehntausend-Dollar-Grenze. Drittens …«

Und jetzt steht sie im Maria-Hernandez-Park. Zera hat die Tasche mit der Geldrolle, und Detective Kurt Fung, mit seinem strahlenden, zimtfrischen Lächeln hat seine Frage.

Sie wendet sich von ihm ab. Geht mit der Tasche zu dem Picknicktisch zurück, wo der junge Mann eilig sein Skizzenbuch zuklappt. Sie mustert ihn, mustert seine Figur, rundlicher Bauch an sonst schlanker Gestalt. Seine flüchtigen Seitenblicke, der geneigte Kopf, die gelümmelte Haltung. Und die Angst, die er verströmt, so unmissverständlich, sogar hier im Halbdunkel.

Ein Kind, denkt sie.

Den kann ich brauchen.

17

Eine lautlose, geduldige Spinne. Onkel Walt flüstert Tag und Nacht in ihr. *Nach vorn sie schleuderte Faden um Faden um Faden, heraus aus sich selbst.* Wenn Lyrik Musik ist, ist das der Titelsong. *Endlos die Fäden entrollte – unermüdlich, unentwegt, hinaus sie entließ.* Am Abend des Mordes fragt sich Kerasha, ob es in der Unterwelt noch jemanden gibt, der Lyrik genauso empfindet wie sie. Ob noch jemand in seinem Kopf Gedichtzeilen hört und das Gefühl hat, ein verlorener, verängstigter Teil seiner selbst sei hinaus ins grelle Licht gestoßen worden. Durch Worte schön gemacht. Stark gemacht.

Die Spinne spinnt ihr Netz, Faden um Faden, verbindet dieses mit jenem, unermüdlich, niemals zweifelnd. Bei echten Jobs, wenn sie auf dem Hochseil balanciert, ist Kerasha wie diese Spinne.

Und jetzt sitzt sie auf dem Dach einer dreistöckigen Apartmentanlage und beobachtet den Eingang des Bürogebäudes gegenüber. Wartet. Eine Spinne mit Fangklauen. Nie fühlt Kerasha sich so lebendig wie in dem Moment, wo sie ihre Beute erblickt.

Die Tür des Haupteingangs zu dem Bürogebäude öffnet sich. Eine rothaarige Frau kommt heraus und hält die Tür auf. Ein kleiner Mann mit Pferdeschwanz tritt auf die Straße. Er sagt etwas zu der Frau. Sie wirft den Kopf zurück und zeigt ihre Zähne. Wichser, denkt Kerasha, *flirtet* der? Die Vorstellung, Dr. Xu könnte eine Liebesaffäre auch nur in Betracht ziehen, tut weh. Und die lachende Rothaarige, ist die verhext? Falls ja, muss sie seine Patientin sein. Muss *die Krise haben,* muss die Realität weit hinter sich gelassen haben, um sich in dieser Gesellschaft wohlzufühlen.

Die Rothaarige wendet sich nach links, Dr. Xu geht in die entgegengesetzte Richtung davon. Die Frau geht nur einen halben Block weit. An einer Bushaltestelle, offensichtlich wartend, holt sie etwas aus der Tasche und starrt darauf. Ein Telefon, einen E-Reader – für eine Verrückte macht sie sich erstaunlich gut. Sie *kommt damit durch,* so wie eine der Großtanten von Kerashas Vater es damals wahrscheinlich getan hatte, eine hellhäutige Schwarze, die eines Tages einfach in die Welt der Weißen verschwunden war. Oder aber, und diese Möglichkeit gesteht Kerasha sich nur widerstrebend ein, die Rothaarige ist gar keine Irre. Sie ist eine arbeitende, funktionierende Irgendwer, und Dr. Xu hat einfach nur mit ihr *interagiert,* ganz ohne Gerichtsbeschluss. Wenn er will, kann er ein Mensch sein. Wieso dann nicht bei mir? Die Spinne verliert die Geduld. Sie wird sich rächen.

Ein paar Häuser weiter bleibt Dr. Xu an einem Zaun stehen. Schließt ein Fahrrad auf. Schlechte Neuigkeiten für die Spinne. In Brooklyn lassen Räder sich nicht jagen.

Wie der Blitz ist die Spinne die Feuerleiter runter: Hängen, fallen lassen. Hängen, fallen lassen. Sie landet auf einem asphaltierten Hinterhof, umrundet das Gebäude, taucht in einer Seitengasse auf. Auf der anderen Straßenseite besteigt Dr. Xu sein Fahrrad. Schnallt den Helm fest.

So ist es richtig, Dr. Xu, immer schön aufpassen auf das unbezahlbare Gehirn.

Erst der Helm, dann das Hosenbein – er krempelt es hoch. Was ihr wieder ein paar Sekunden verschafft. Sie geht zu dem Nissan, den sie vorhin beim Auskundschaften der Umgebung entdeckt hat. Das Modell ist vielleicht zehn Jahre alt: Sie kennt den Typ, hat das passende Werkzeug für das Schloss parat. Und auch eins für die Alarmanlage. Dr. Xu ist schon ein paar Blocks weiter, als sie ihn einholt. Er – und das verblüfft sie – wartet an einer roten Ampel. Du fährst *Fahrrad,* denkt sie. Sag mal, *willst du* verfolgt werden? Was für ein vorbildhafter Bürger Sie doch sind, Dr. Xu, leuchtendes Beispiel für Ihre Patienten.

Sie lässt einem Toyota SUV die Vorfahrt aus einer Einfahrt, sodass exakt ein Wagen zwischen ihnen ist. Sie fühlt sich immer noch zu nahe. Sie kann sein Fußgelenk sehen. Das heißt gar nichts, das ist ihr klar, Fahrradfahrer machen das ständig: zum Schutz der Hose vor Kette und Zahnrädern, zum Schutz der Kette und Zahnräder vor der Hose. Aber jetzt gerade findet sie es schrecklich. Sie fühlt sich unwohl dabei, sein nacktes Fußgelenk zu sehen. Und dann fragt eine Stimme in ihrem Kopf, leise, aufreizend – eine Stimme, die erstaunlich nach Dr. Xu klingt: Wieso?

Wahrscheinlich besteht darin die Gefahr, einen Psychiater zu verfolgen: Er dreht sofort den Spieß um. Sie hat Gangster verfolgt und nach Waffen Ausschau gehalten. Hat Strichmädchen verfolgt und nach Zuhältern Ausschau gehalten, hat gepanzerte Fahrzeuge verfolgt und nach gepanzerten Männern Ausschau gehalten. Bei einem Psychiater, wird ihr klar, muss man nach sich selbst Ausschau halten.

Ein halber Kilometer, ein Dreiviertelkilometer, ein Kilometer, noch mal hundert Meter. Dr. Xu steigt direkt vor einem Fahrradladen ab. Kerasha gibt dem Nissan den Laufpass, lässt ihn hinter einem Bus mit blinkenden Warnlichtern stehen und schleicht sich zu ihrer Beute zurück. Der Fahrradladen hat große Schaufenster, die Eingangstür steht offen. Ein schwarzer Typ mit Glatzkopf, ein weißer Typ mit angedeutetem Iro, ein asiatisches Mädchen zwischen ihnen, alle drei lachend – die perfekte Reklametafel. Das neue Bushwick. Für euch frisch gentrifiziert.

Kein Dr. Xu.

Ist sie seinem Rad auf den Fersen geblieben, nur um ihn zu Fuß zu verlieren? Du lässt nach, Kerasha. Klein Kerry, dem flinkeren Spinnlein, wäre das niemals passiert.

Aber dann entdeckt sie einen Pferdeschwanz. Zwei Türen weiter befindet sich die Bushwick-Lebensmittel-Kooperative. Der Pferdeschwanz verschwindet im Laden. Sie wartet eine Minute, dann folgt sie ihm.

Ein einziger Hauch genügt, und sofort ist alles wieder da.

Ziegen. In dem Laden stinkt's nach Ziegen.

Kerasha ist neun Jahre alt. Mama versucht's diesen Monat mit Abstinenz, was bedeutet, dass Kerasha wieder zur Schule geht. Heute Morgen wurden alle in den Bus verfrachtet und zum Zoo im Prospect Park kutschiert. Der Zoobesuch startet bei den Seelöwen, führt an Dingos und Roten Pandas vorbei und endet bei den Ziegen. Hässliche Tiere, denkt Kerasha. Die einzigen Lebewesen auf der Welt, die so schlimm stinken wie Mama, wenn sie das Heroin ausschwitzt, weil ihr Körper von innen vor sich hin köchelt.

Und genau das – Mama, die versucht clean zu werden, die Ziegen, die nur Ziegen sind – riecht Kerasha, als sie an Bündeln Grünkohl, eingetüteten Brennnesseln, riesigen Haufen Champignons vorbeikommt.

Die Beute nicht aus den Augen lassen, befiehlt Klein Kerry. Konzentrier dich auf dein Ziel: Wo ist Dr. Xu?

Die Absurdität entgeht ihr nicht: Dass sie, ein Geschöpf der Nacht par excellence, ihren Psychiater ausgerechnet in einem hell beleuchten Supermarkt aus den Augen verliert. *Ich-will,* denk ans *Ich-will.* Die Franklin'schen Psycho-Ratgeber liegen ihr oft im Ohr, und heute muss sie ihnen zähneknirschend recht geben. Ich will ihn aus den Augen verlieren. Ich habe Angst vor dem, was ich erfahren könnte. Aber anders als neulich in Dr. Xus Sprechzimmer, erlaubt ihr die Demaskierung ihrer Angst jetzt nicht, sich hindurchzubewegen. Sie umkreist Gänge voller Müslipackungen, Komposttüten, Gläsern mit eingemachter Biomarinade ... und nirgendwo ein Dr. Xu.

Im Inneren ein stärker werdendes Gefühl von Déjà-vu, in

welches sich anschwellendes Grauen mischt. Eine Art Stimme fragt sie, weshalb sich das alles so vertraut anfühlt.

Halt's Maul. Und das ist das Schlimmste, was Dr. Xu ihr angetan hat: Sie ist in Therapie, auch wenn sie keine Sitzung hat.

Du hast jemanden verloren, sagt die Stimme. Du hast jemanden verloren, der nicht mal wusste, dass du ihn verfolgst. An wen erinnert dich das?

Hör auf. Halt die Fresse ...

Was wiederholt sich hier? Ist das die Endlosschleife einer uralten Kindheitserfahrung ...

»Fick dich!«, sagt sie laut. »Fick deine Mutter.«

Und da ist es. Das Wort ist ausgesprochen. Sorry, Mama. Ich hab versucht, dich da rauszuhalten. »Sorry«, sagt sie laut.

»Schon okay.« Das kommt von einer Kundin, einer dünnen Frau mit spitzen Ellbogen. »Solche Tage kennen wir alle.« Sie legt Kerasha eine knochige Hand auf den Arm, drückt ihn sanft und geht weiter.

Unruhig, hibbelig, hält Kerasha einen Augenblick inne. Es ist über fünf Jahre her, seit der Gefängnisdirektor im Franklin Kerasha in sein Büro bringen ließ. »Es tut mir leid, aber Ihre Mutter ist gegangen«, sagte er. Das war wenige Tage nach Kerashas Ankunft im Knast gewesen. *Gegangen,* denkt Kerasha. In gewisser Hinsicht war Mama schon vor ewigen Zeiten gegangen, aber ein Teil von ihr auch wieder nicht. Immer noch bei mir, denkt Kerasha. Oder mir immer noch einfach nur einen Schritt voraus.

Wie am Morgen von Kerashas Verhaftung. »Diesmal schaffe ich das«, sagte Mama. »Immer noch aufwärts. Rauf und rauf und rauf, du wirst schon sehen.« Dann gab sie Kerasha einen Abschiedskuss, verschwand zu einem »Vorstellungsgespräch« – und blieb an der ersten Ecke hängen.

Und dann, einfach so, taucht Dr. Xu wieder auf.

Verschwunden ist die Kakihose, in der sie ihn zuletzt gesehen hat, verschwunden das hellblaue Hemd mit dem gestärkten

Kragen und den kleinen schwarzen Holzknöpfen. Nein – irgendwo, vielleicht hinter dem Champignonberg, hat er sich den schweren braunen Overall und ein grobes Flanellhemd angezogen. Seine Arbeitshandschuhe rausgeholt, dick und fleckig. Er schiebt einen Putzeimer auf Rädern vor sich her, dirigiert ihn mit dem Wischmoppgriff. Und so erfährt Kerasha, dass dieser widerwärtige Mann, von dem sie immer dachte, Fleisch, Blut und Atem würden ausschließlich aus Geld und Herablassung bestehen, seiner eigenen Form von Nachtarbeit nachgeht. Sie wendet sich ab. Erträgt es nicht, ihn so zu sehen, erträgt nicht, dass er Bedürfnisse hat, von denen sie nichts ahnt. Sein eigenes, höchstpersönliches Geheimnis.

Draußen vor dem Laden versetzt sie seinem Fahrrad einen Tritt. Steckt sich zwei Stück Kaugummi in den Mund und gibt sich selbst ein Versprechen – *allen beiden*, genauer gesagt. Klein Kerry schwört sie hoch und heilig, an den Pferdeschwanz nie wieder ihr Können zu verschwenden. Der großen Kerasha leistet sie einen Blutschwur, mit der Hirnwichserei aufzuhören. Ihren Psychiater nicht mehr zu stalken, sich seine Analysen nicht mehr vorzustellen, oder seine Posen, und keine einzige Sekunde länger in seiner Gegenwart zu verbringen, als vom Gericht angeordnet.

Ein paar Blocks von der Kooperative entfernt spuckt sie den Kaugummi aus, verschwindet in einem Eckladen, kauft eine neue Packung. Und Peanutbutter-Chocolate-Cups. Ein Orange Cream Soda. Eine Tüte Chips. Die magere Klein Kerasha hat sich von dem Zeug ernährt, die große Kerasha sieht darin eher eine Art Sakrament. Sie wiederholt ihren Schwur: Nie wieder.

Und dann tut sie es doch wieder, gleich am nächsten Tag, verfolgt Dr. Xu von der Praxis bis zum Fitnessclub. Registriert die grüne Squash-Schläger-Tasche, die grüne Wasserflasche, die zusammengerollte Yogamatte. Nie wieder, so lautet der Vorsatz. Eine Woche vergeht. Sie hält ihr Versprechen.

Aber dann kommt die Mordnacht, und Henry ruft sie auf ihrem Wegwerfhandy an.

»Er ist tot«, sagt er.

Das Herz gefriert in ihrer Brust. »Onkel Shecky?«

»Was? Nein, Emil!« Sie hört ihn weinen. »Mein Freund.«

Sie atmet durch. Vergewissert sich, dass ihr die Erleichterung nicht anzumerken ist, als sie sagt: »Henry! Es tut mir so leid.« Sie hört raue, erstickte Geräusche. Sie gönnt ihm einen Augenblick Zeit und sich selbst ebenfalls. Dieser Stich der Angst – der Gedanke, Onkel Shecky sei etwas zugestoßen – beweist ihr, wie verletzlich sie geworden ist.

Er sagt: »Du musst was für mich tun.«

»Na klar.«

»Wo bist du?«

Lustige Geschichte ... »Unterwegs.«

»Okay. Ich hab dir gerade Emils Adresse geschickt. Kann sein, dass die Bullen schon da sind, also pass auf, wenn du reingehst.«

Pass auf? Ein schiefes Lächeln. Ach, Liebchen, weißt du nicht, dass du mit der Spinne sprichst? »Wonach soll ich suchen?«

»Greif dir alles, was mit uns in Verbindung steht«, sagt Henry. »Sein Telefon zum Beispiel, da ist unser kompletter Chatverlauf drauf. Ach Scheiße, und vielleicht auch ein paar Fotos von mir.« Seine Stimme bricht und fängt sich wieder. »Und vor allem die verdammte Tüte, falls du sie findest.«

»Moment! Hast du ihm das Schwergewicht gegeben?«

Henry antwortet nicht, dann fliegt dröhnend ein Flugzeug über Kerashas Kopf. Seine Stimme klingt überrascht: »Wo bist du?«

»Was? Ganz mieser Empfang.« Sie hält sich das Telefon weit weg vom Gesicht. »Wir sehen uns zu Hause.« Sie beendet das Gespräch und liest die Nachricht mit Emils Adresse. Sie schleudert, anweisungsgemäß, das Telefon weg, und es vergehen einige Sekunden, bis es weit unter ihr auf der Straße zerschellt.

Also, wo *ist* sie?

Was spielt das für eine Rolle? Nur ein stinknormales Dach, okay? Und so in etwa drei Meter unter ihren Stiefelsohlen liegt ein gewisser Psychiater und schläft.

Ich komme wieder, sagt sie lautlos zu ihm. Wir sind hier noch nicht fertig.

18

Henry und Lipz stehen auf einem Basketballplatz zwischen den Moses-Blocks, eingeklemmt zwischen Tower B und Tower C. Er beendet das Telefonat mit Kerasha und crasht das Telefon. Die Tränen sind fast getrocknet – weinen ist später wieder dran, jetzt müssen sie los, und sein Training sagt ihm, was zu tun ist.

»Gib mir dein Telefon«, sagt er zu Lipz.

»Sicher nicht.«

»Ich halt dich da raus.«

»Bisschen spät, was?«, sagt sie. »Ich hab die Leiche gesehen. Außerdem hast du mein Telefon eben erst repariert. Das zerstörst du mir garantiert nicht.«

In ihren Augen ein warnender Blick. Wenn er wollte, könnte er die Ablenkung ausnutzen. Aber er reißt sich zusammen. »Wir haben uns geschrieben, wo wir uns treffen.«

»Verhaften die uns jetzt für einen Chat?«

»Der Chat bringt uns mit einem Tatort in Verbindung. Das wünsche ich dir nicht, das wünschst du mir nicht.«

Sie will was sagen, bricht ab. Fängt neu an. »Dir zuliebe. Okay.« Sie gibt ihm ihr Telefon.

Den Akku wirft er einfach weg, aber SIM-Card und Hauptplatine trampelt er in den Asphalt. Es ist nach Mitternacht, und das bedeutet auf dem Basketballplatz normalerweise Musik. Alkohol, Takeaway, ein bisschen Basketball auch. Aber heute Nacht sind hier, warum auch immer, nur Henry, Lipz und ein paar Knirpse auf Brusthöhe mit ein bisschen Crack.

»Wir trennen uns«, sagt Henry. Drückt ihr zweihundert Dollar vom Rest seines Selbstoptimierungsbudgets in die Hand.

»Geh jetzt nicht nach Hause. Hau ein bisschen was davon auf den Kopf.«

»Henry, ich brauch von dir keine …«

»Lass dich wo blicken«, sagt er. »Aber nicht mit mir.«

Er geht, und sein Körper übernimmt das Kommando.

In der Jefferson Street steht ein Zeitungskasten. Hat zwar seit Jahren keine einzige Zeitung mehr ausgegeben, aber ganz unten, unter Flaschen und Chipstüten und Kassetten und anderem Müll ist eine Notfalltasche versteckt. Er räumt sie aus. Ein Führerschein aus New Jersey mit Henrys Foto und dem amerikanisierten Namen seines niederländischen Lieblingsmeisters. Tausend Dollar auf einer Green-Dot-Cashcard, weitere zweihundert in bar. Feuerzeuggas, ein auf niemanden registriertes Telefon, ein Satz Wechselkleidung, Streichhölzer und ein 9-mm-Cobra-Revolver – ein Spielzeug in Henrys Riesenpranken. Henry scannt die Straße – sauber –, zieht sich an Ort und Stelle aus und um. Seine alten Sachen, die, die er anhatte, als er den kalten Raum betreten hat und dort Emils Leiche liegen sah – nein, nicht dran denken, mach weiter jetzt –, die schwarze Jeans, das coole pinkfarbene T-Shirt, sogar Unterhose und Socken, stopft er komplett in den Zeitungskasten. Besprenkelt alles mit Feuerzeuggas, wirft ein Streichholz hinterher.

Einen brennenden Zeitungskasten im Rücken, ist Henry bereit für einen Neustart der Nacht. Sehen und gesehen werden.

Im Thirsty Bear begrüßt ihn die Barfrau, mit der er mal das lange Wochenende verbracht hat und stellt ihm sein Getränk hin. Henry starrt Emils unvollendetes Wandbild an, das von Tentakeln umwundene Gesicht.

»Guck mal, ich zeig dir was.« Die Barfrau fummelt an ihrem Telefon rum. Hält ihm irgendein bescheuertes Meme unter die Nase. Henry schaut weg, fühlt sich unwohl. Eine Nacht im Frühling fällt ihm ein, er und Emil hatten die Bar leer gesoffen.

Wechselten von Whiskey zu Bier (das rat ich dir!) und wieder zurück, und Emil machte Henry mit dem Werk von Kara Walker bekannt. Henry hatte noch nie was von Kara Walker gehört, also holte Emil sein Telefon raus, zeigte ihm Bilder ihrer Arbeiten und ...

Emils Telefon!

Kerasha sucht danach, aber was, wenn die Bullen es zuerst finden? Wenn sie es knacken, wenn sie es scannen, was werden sie finden? Bilder von Kara Walker im Cache, vielleicht, aber auch Emils Selfies mit Henry. Und Henrys Namen in den Kontakten, in der Anruferliste, in den Nachrichten-Chats ...

Die Nachrichten. Diese verfickten Nachrichten. Henry ist vorsichtig – meistens jedenfalls. Und als Emil verschwand, hat Henry ihm auf sein Wegwerfhandy geschrieben, anweisungsgemäß, aber auch auf sein Privathandy. Er war in Panik – hätte er die Nummer gehabt, er hätte sogar Emils Großmutter eine Nachricht geschickt.

Sein Blick kehrt zu dem Wandbild zurück. Das Gesicht sieht auf einmal furchtbar unfertig aus. Die Komposition kindlich, der Ausdruck unbestimmt. Und jetzt, wird ihm plötzlich bewusst, bleibt es auf ewig unvollendet. Das Wandbild wird übermalt werden – Scheiße! Henry stellt das Bier weg. Fasst sich an den Kopf. Während er das Kunstwerk betrauert, weil er die Trauer über den Verlust seines Freunds noch nicht zulassen kann, hört er die Stimme seines Onkels in seinem Kopf.

»Ich weiß, dass du klug bist, mein Junge. Du hast das Gespür deiner Mutter für die Straße und den Sinn deines Vaters für Zahlen.«

»Und warum machen wir das dann immer noch?« Henry war dreizehn, arbeitete bereits seit drei Jahren für seinen Onkel, aber das war egal. Das Training hörte nie auf.

Gedächtnisübungen: PINs, Telefonnummern, Kontonummern, Passwörter, Spitznamen. Am Anfang nur Kopfschmerzen und Fehler, aber im Laufe der Zeit wurde es wie Aktenablage: Deckel zu, wegsortiert und bei Bedarf wieder rausholen.

Verfolger abschütteln: Runter mit dem Hut oder setz einen auf. Dasselbe gilt für die Jacke, auf links drehen geht auch. Mach dich mit den Kneipen und Restaurants vertraut, merk dir, bei welchen es einen Hinterausgang gibt. Bei welchen das Klo im Erdgeschoss liegt und ein Fenster hat, das sich öffnen lässt. Mach dich mit Gassen und Zäunen vertraut, mit Busfahrplänen. Such den Schatten und bleib dort.

»Grips ist kein Ersatz für dein Körpergedächtnis«, sagte Onkel Shecky. »Wenn dir die Kugeln um die Ohren fliegen, wenn die Sirenen heulen, wenn über dir der Hubschrauber kreist und der Suchscheinwerfer auf dich gerichtet ist wie das Auge Gottes – dann ist auf deinen Grips geschissen. Wenn es hart auf hart kommt, scheißt der Grips sich in die Hose. Aber dein Körpergedächtnis, das steht dir bei. Und nur dieses Training – was wir hier jetzt tun – programmiert dir alles ein, was du brauchst.«

Henry wollte nicht programmiert werden. Und trotzdem muss Henry jetzt, beim zweiten Bier, bei seinem dritten, zugeben, dass sein Onkel recht hatte. Sein »Grips«, wie sein Onkel so schön sagte, hatte Emils Tod nicht verhindern können. Während sein Körpergedächtnis – unter Protest programmiert, aber trotzdem programmiert – ihm ungefragt beistand.

»Hey!«

Henry dreht sich um, und vor ihm steht Starr Richardson. Als Blickfang gestylt – enge schwarze Hose, weiße, enge Bluse mit tiefem Ausschnitt und in starkem Kontrast zu ihrer dunklen Haut. Sie lächelt Henry an, deutet nickend auf den freien Hocker neben ihm. »Wartest du auf wen?«

Henry starrt sie an. »Du bist nie so unterwegs.«

»Du hast noch nie nach mir Ausschau gehalten.« Ihr Lächeln verblasst. Er wischt sich über die Augen, aber zu spät. Sie nimmt seine Hand. »Was ist passiert?«

Ein Seufzen, ein Kopfschütteln. Er fragt, ob er bei ihr pennen kann.

Starr wohnt zur Untermiete in einem vollgestopften Haus. Ihr Zimmer: ein Bett, eine Kommode, ein Schrank mit einer Tür, die nicht zugeht. Er sagt, er nimmt auch den Fußboden, und sie gibt ihm frische Bettwäsche und eine Decke. Er legt sich hin, sie auch. Lange hört er ihr dabei zu, wie sie ihm zuhört. Irgendwann wird ihr Atem gleichmäßig. Als die Nacht sich Richtung Morgen schleppt, muss Henry immer öfter niesen. Seine Augen fangen an zu jucken. Starrs Katze muss irgendwo in der Nähe sein. Ein seltsam ähnliches Gefühl hat Henry seinem Onkel gegenüber – er ist unsichtbar und trotzdem präsent.

Starr dreht sich im Schlaf um, gibt ein katzenhaftes Geräusch von sich und wird wieder ruhig. Vielleicht war es auch die Katze. Und dann döst Henry schließlich doch noch weg, und Trauer und offene Fragen legen im Schlaf eine Pause ein.

Als der Wecker 7.00 Uhr zeigt, steht Henry auf und zieht sich die Hose an. Schreibt eine Nachricht auf einen Zettel. Skizziert Starrs Gesicht, schreibt was Nettes drunter, in der Hoffnung, dass sie es aufhebt. Schreibt die Uhrzeit darunter, das Datum. Legt den Zettel auf ihren Nachttisch. Hätte auch *Danke für das Alibi* schreiben können. Erinnert sich an die Lektion seines Onkels zum Thema Plausibilität eines lausigen Alibis. »Vergiss ›wasserdicht‹«, sagte er. »Rein rechtlich genügen begründete Zweifel vollkommen. Es muss lediglich nachvollziehbar sein.« Das wehmütige Lächeln des alten Mannes begleitet Henry auf dem Heimweg, und er denkt an seine ersten Lektionen zurück. Erinnert sich an den Jungen, der er gestern noch war.

19

Stunden zuvor erreicht Kerasha das vierstöckige Gebäude, in dem Emil, laut Henrys Nachricht, das halbe oberste Stockwerk gemietet hat. Sie schlüpft ins Haus. Auch wenn sie in Gedanken noch nicht wieder ganz bei sich ist. Ihren Kopf braucht die Spinne im Grunde nicht. Ihre Füße tragen sie vorwärts. Ihre Hände gleiten in Fächer und Schubladen, tasten sich durch einen Schrank aus Ulmenholz. Ihr Geruchsinn verrät ihr, dass sie in dieser Nacht nicht die Erste ist, die diese Wohnung durchsucht.

In den Zimmern riecht es nach verbranntem Kaffee und Überstunden.

Abgesehen davon hat sie auf dem Weg nach oben einen Nachbarn reden hören: »War schon total spät, da kommt die verschissene Bullerei die Treppe runtergetrampelt. Und ich raus auf den Gang, um den Typen zu sagen, sie sollen sich verpissen. Und die Jungs sind ja sowieso schon fett, aber jetzt schleppen die auch noch Kisten runter, jeder Schritt ein Scheißsprengsatz, Mann.«

Die Wohnung wurde, so lautet Kerashas Schlussfolgerung, *gezielt* durchsucht. Falls Henrys Freund ein Telefon oder einen Computer hatte oder irgendwelche schriftlichen Unterlagen, hat die Polizei das Zeug längst gefunden.

Und gleichzeitig haben sie gar nichts gefunden.

Einmal, als Kerry noch ein kleines Spinnlein war, krabbelte sie durch ein Kellerfenster in eine Kellerwohnung und fand dort etwas, das ganz flach auf die Türkante geklebt war. Ein Hundertdollarschein, wie sich herausstellte. Aha – ein Versteck, an dem man immer nachschauen sollte. Das machte Kerasha sich zur Gewohnheit.

Und deshalb findet sie in Emils Wohnung zwei Gegenstände, die auf genau dieselbe Weise versteckt worden sind. Erstens ein weißes Stück Karton im Format einer Visitenkarte. Die Vorderseite ist leer, auf der Rückseite steht eine Telefonnummer. Beim zweiten Gegenstand handelt es sich um einen Führerschein. Sie betrachtet forschend das Foto, bis sie sich sicher ist. Sie steckt beide Fundstücke ein, verschwindet hinaus in die Nacht und denkt über Henrys toten Freund nach. Fragt sich, wie gut Henry ihn eigentlich kannte.

20

»Die Bullen waren schon da«, erzählt Kerasha Henry am nächsten Morgen.

Onkel Shecky kommt mit Tellern rein, fragt: »Waren schon wo?«

Henry lässt Kerashas Schweigen für sich mitsprechen.

Onkel Shecky stellt die Teller ab, setzt sich. »Danke dafür, dass ihr bei mir seid. Danke dafür, dass ihr meine Familie seid.«

Gedämpfte Essgeräusche. Henry kann seins nicht anrühren. Kann den Blick nicht von dem hart gekochten Ei lösen, dessen Farbe ihn an Emils Haut in diesem Technikraum erinnert. »Was haben die Bullen gesagt?«

»Die waren schon wieder weg«, sagt Kerasha. »Haben alles eingepackt.«

»Herrgott noch mal«, sagt Shecky, »würde mir bitte jemand erzählen, was die Scheiße soll? Okay? Einfach nur, was die Scheiße soll.«

»Das ging zu schnell«, sagt Henry. Denkt den zeitlichen Ablauf noch mal durch. Unmöglich. Selbst wenn die Polizei Emil noch in der *Sekunde* gefunden hätte, als Henry und Lipz die Moses-Blocks verließen, wären sie niemals direkt zu seiner Wohnung gerast. Sie hätten erst mal den Tatort abgesperrt, die Umgebung nach Zeugen abgeklappert. Rumgelungert und Kaffee getrunken. Sich alle Zeit der Welt gelassen. Henry ist lange genug auf der Straße unterwegs, er weiß, wie das läuft.

Und trotzdem, was er nicht wahrhaben will – was nicht wahr sein kann –, ist offensichtlich. Die Polizei war schneller als Kerasha. Und sie hat Red Dogs Kohle nicht gefunden und auch nicht Emils Telefon. Selbst dieser winzige Teil von ihm konnte nicht gerettet werden.

Henry hört ein seltsames Platschen. Er sieht auf seinen Teller runter und merkt, dass er weint.

»Gott, Henry!«, sagt Shecky sanft. »Was ist denn nur passiert?«

Ich weine wegen eines Telefons, denkt er.

Aber eins weiß Henry noch von damals, als er seine Mom und seinen Dad verlor: Niemand, den du liebst, stirbt nur einmal. Sie sterben jedes Mal wieder, wenn du vergisst, nicht nach ihnen zu suchen. Sie sterben, wenn dir ihre Sachen weggenommen werden.

Ein Summen, ein Piepen – Onkel Shecky geht raus, um zu telefonieren. Sobald seine Stimme ein Stück entfernt ist, legt Kerasha etwas auf den Tisch. »Mein Beileid wegen deines Freunds«, sagt sie. Henry hebt den Blick und sieht, dass sie nicht mehr isst. Sie klopft vor ihm auf den Tisch.

Klopft mit zwei Karten auf den Tisch. Schiebt die erste zu ihm rüber. Leer.

»Das haben die Bullen übersehen«, sagt sie. »Klebte auf der Oberkante seiner Schlafzimmertür.«

Aber die Karte, stellt sich raus, ist nur auf einer Seite leer. Auf der anderen: eine handgeschriebene Telefonnummer.

Und jetzt schiebt Kerasha ihm auch die zweite Karte rüber. Ein Führerschein: Emils Gesicht, sein feines, spöttisches Lächeln. Allerdings ist der Führerschein aus Pennsylvania. Und Emil kommt nicht aus Pennsylvania. Hat, soweit Henry weiß, auch nie dort gelebt. Und dann der Name auf dem Führerschein.

Dieser Scheißname.

Henry erinnert sich an eine weitere Lektion, die der Tod seiner Eltern ihn gelehrt hat, nämlich dass der Tod vorwärts und rückwärts durch die Zeit reist und alles auslöscht. Die Gegenwart: Dein geliebter Mensch ist tot. Die Zukunft: Und kommt nie wieder zurück. Die Vergangenheit: Du kanntest ihn niemals wirklich.

Hallo, Charlie Gladney! Furchtbar, dich kennenzulernen.

Draußen Schritte, Onkel Shecky kommt zurück. Henry steckt die Karten ein und wechselt mit Kerasha einen Blick: Das bleibt unter uns.

FÜNFTER TEIL

Die Witwe und ihr Ex

21

Shecky wäre lieber zu Hause. Ein kaltes Guinness in der Hand, ein Stück Rinderlende im Ofen, die Kids mit ihm am Esstisch – Shecky will heim. Stattdessen wartet er auf einen Polizeibericht – eine *Vorfallmeldung* in Bullensprech. Er hatte durch Fat Boris davon erfahren, ihren Urkundenfälscher, bei einem Notfalltreffen am selben Tag.

»Ich steck in der Scheiße«, hatte Shecky gesagt. »Fragt sich nur, wie tief.«

»Sieh zu, dass du die Vorfallmeldung in die Finger kriegst, dann weißt du's.«

Und deshalb wäre Shecky jetzt lieber zu Hause, aber zu Hause ist keine Option.

Zu Hause ist es, Gott steh uns bei, *gefährlich.*

Erst der blaue Impala, dann der grüne Mustang. Danach eine Knarre auf seinem Küchentisch und direkt daneben die Polizeimarke eines Detective. Jetzt ein Mord. Und eine Tüte mit einer Viertelmillion in den Wind geschossen, und wer wird die vermissen? Ein Klient, der dafür bekannt ist, sich zuallererst an die Familienmitglieder zu wenden, sodass man beim Heimkommen gern mal über deren Einzelteile stolpert. Zu Hause sollte ein Zufluchtsort sein, aber momentan spürt er überall Augen.

Vor Jahren hatte Shecky mal eine Lieferung nach Baltimore, drei Millionen in Bar. Damals noch in einem Seesack – es waren viele kleine Scheine dabei –, aber das war, ehe man Geld auf Amex-Karten laden konnte, ehe man sich drei Millionen Dollar einfach in die Sakkotasche schob. Außerdem war die Baltimore-Lieferung, ehe Henry zu ihm kam, ehe Shecky jemanden hatte, dem er einen solchen Job hätte anvertrauen können. Also fuhr er das Geld eigenhändig runter, investierte in Sicherheit, was nötig war, und lieferte »ohne Zwischenfälle«, wie er dem Kunden stolz meldete. Allerdings übernachtete er auf dem Rückweg in einer üblen Absteige mit Flöhen. Spürte die Viecher hinterher noch wochenlang über seine Haut krabbeln, obwohl er außerhalb des versifften Zimmers nie eine Spur von ihnen entdeckte. Und jetzt geht es ihm mit der Polizei genauso, und mit Red Dogs Gangstern: Sie sind nicht hier und sind trotzdem immer um einen rum. Kleine Krabbelbeinchen, winzige Mäuler auf der Haut.

Henry befindet sich in diesem Moment in einem Sandwichladen auf der anderen Straßenseite des 83. Reviers. Trinkt einen Feierabendkaffee mit seiner Kontaktfrau Starr, tauscht tausend Frische gegen die allmächtige Vorfallmeldung. Starr hat den Wert ihrer Stellung offensichtlich schnell erkannt, schließlich hat sie erst gestern einen Tausender von ihnen kassiert. Kluges Mädchen. Was ihn selbst betrifft, tja, man könnte meinen, für Shecky Keenan sei das Leben gerade eitel Sonnenschein. Er sitzt allein in einem polnischen Rockabilly-Diner namens Knish-Knosh am Tresen. Vor ihm steht ein Teller mit dreieinhalb Kartoffelpiroggen und zwei Apfelküchlein, der linke bereits mit der Gabel geteilt, aber noch nicht angebissen. Shecky liebt Essen, essen und kochen, aber heute Abend bekommt er keinen Bissen runter. Wenn sein Leben ein Schiff ist (sein vermutlicher Vater war bei der Handelsmarine, und als Kind dachte Shecky sich für ihn die fantastischsten Abenteuer aus), steuert es gerade gefährlich auf die Klippen zu.

Die Kellnerin ist eine schmale Frau mit blonden Strähnen und eiskalten Augen. Sie füllt Kaffee nach und geht weiter. Kein »Alles in Ordnung?«, kein Hüftschwung – keine Freude an ihrer Arbeit, spürt Shecky. Muss ungefähr in Kerashas Alter sein. Er fragt sich, ob sie jemanden hat, der sich um sie kümmert, einen Vater. Einen Bewährungsbeistand. Einen, der sich um sein Mündel bestimmt viel besser kümmert, denkt Shecky. Ohne dass ein Bulle um sein Haus rumschleicht.

Er checkt sein Telefon. Achtundzwanzig Minuten sind vergangen, seit Henry losgezogen ist, um die Vorfallmeldung zu besorgen. Es gibt hunderttausend Null-Problemo-Gründe, weshalb der Austausch so lang dauern könnte. Vielleicht ist Starr nicht pünktlich rausgekommen. Vielleicht ist Henry aufs Klo gerannt und hat sich eingesperrt, um sich auszuheulen. Hockt vielleicht immer noch da, mit geschlossenen Augen, die großen Hände gefaltet – zum Gebet, zur Doppelfaust. Shecky hat das schon erlebt. Hat Henry einmal versehentlich dabei erwischt. Ehe Kerasha zu ihnen kam, aber Henry war trotzdem schon erwachsen gewesen, und er hatte vergessen, abzuschließen. Shecky hatte das Bad betreten – er hat einen leisen Gang, Henry hat nicht mal zu ihm aufgesehen –, und da hockte er, zusammengekauert mit seinen langen Armen und Beinen. Die Augen geschlossen. Flüsterte: »Ich versuch's ja, Mom. Aber ich schaff's einfach nicht ... Ich bin nicht gut genug.« Und Shecky hatte sich auf Zehenspitzen zurückgezogen, nur zu gut wissend, welchen Trost die Toten spenden können. Was für geduldige Zuhörer sie sind. Die Macht des ersten Verlustes ist ihnen vertraut, sie wissen, wie es sich anfühlt, wenn es einen entzweireißt. Und dass alle Toten, die folgen, einen immer wieder an denselben Ort zurückführen.

Wie ich und Dannie, denkt er. *Natürlich* muss Henry mit seinen Eltern sprechen.

Shecky versteht also, dass achtundzwanzig Minuten – inzwischen neunundzwanzig – vielleicht nichts zu bedeuten haben. Vielleicht muss der Junge erst zusammenbrechen, bevor er sich wieder zusammenreißen kann. Man denke bloß an Lear, eine Rolle, an die Shecky sich nie herantraute: Der alte Mistkerl musste erst Feuerblitze beschwören, ehe er wieder klarsah. Lass den Jungen ein wenig trauern, um Gottes willen.

Aber Shecky beschleicht grundsätzlich ein ungutes Gefühl, wenn er Henry nicht im Blick hat.

Er säbelt an einer Pirogge rum, kratzt die Kruste ab und pult ein Stückchen Kartoffel heraus. Die andere Hand schwebt über dem Kaffeebecher. Gedankenverloren sitzt er da, als ein junger Mann das Lokal betritt und den Blick durch den Raum schweifen lässt.

Es ist Henry, trotzdem ist da ein Gefühl des Befremdens. Für Shecky ist der Mann eine Abstrusität, ein unheimlicher Bühneneffekt. Eine Erscheinung – der echte Henry ...

Verändert. Verschwunden, das ist Shecky bewusst. Ein neuer Tod bringt überall die Trauer zum Vorschein. Lässt einen auch die Lebenden betrauern. Dich vermisse ich am meisten, mein kleiner Hen.

Henrys Schritte bewegen sich schwer über den Holzfußboden. »Ich habe heute Vormittag alle mit neuen Telefonen versorgt. Komm, wir gehen ans Fenster.«

In der Nacht, nachdem er zu ihm gezogen war, schrie Henry so oft laut auf, dass Shecky schließlich zu ihm ins Zimmer ging, Decke unter einem Arm, Kopfkissen unter dem anderen – zu ihm ging und sich auf den Fußboden legte. Und als er wieder aufwachte, lag neben ihm auf dem Boden ein zehn Jahre alter Junge und schlief. Das war wunderschön gewesen. Mehr als einen Monat lang waren sie Fußbodengenossen, und Henry kam gottlob allmählich zu Kräften. Trotzdem vermisst Shecky jene ersten Wochen, als er für diesen kleinen Jemand der einzige Mensch auf Erden war, den er noch hatte.

Noch im Sitzen flüstert Shecky: »Hast du die Meldung?«

Henrys Flüstern: »Die glauben, es war ein Raubüberfall.«

Kein Flüstern: »Großartig!«

»He!«, sagt Henry und deutet auf die Leute in ihrer Nähe. Sie ziehen an einen Fenstertisch um, und die Kellnerin trägt Shecky seinen Teller hinterher.

»Sie geben mir gefälligst Bescheid, wenn sie umziehen«, sagt sie zu ihm.

Und du kriegst *null Trinkgeld*, denkt er. Aber das ist natürlich nicht so gemeint. Shecky weiß, was es heißt zu kellnern, gibt immer gutes Trinkgeld. Vor allem, wenn er gute Laune hat. »Ein Raubüberfall!«, flüstert er. »Das sind großartige Neuigkeiten.«

»Mein Freund wurde ermordet. Das ist der Polizeibericht.« Henry lässt einen zusammengrollten Stapel Blätter auf den Tisch fallen. »Was zum Teufel ist daran großartig?«

»Nein, nein. Schon klar. So hab ich das nicht ... tut mir leid.« Tut es wirklich, und er wartet darauf, dass Henry nickt. »Du hast recht, nichts ist daran großartig. Aber vorsätzlicher Mord bedeutet Ermittlungen, und bei Raubmord halten alle die Füße still.«

»Nicht alle.« Henry streicht die Seiten glatt, fängt an zu blättern und zeigt auf den gelben Aufkleber auf der Rückseite des ersten Blatts. »Hast du so was schon mal gesehen?«

Shecky nimmt den Polizeibericht zur Hand. Der gelbe Aufkleber ist bedruckt: *I-Card.* Und darunter handschriftliches Gekritzel: *Det. Fung 7229.*

Der Bericht fällt auf den Tisch. »Heilige Scheiße«, sagt Shecky und wischt sich die Hände an den Hosenbeinen ab. Rückt den Stuhl zurück. »Was zum Teufel soll das bedeuten? I-Card?«

»Dasselbe hab ich Starr gefragt.« Henry lächelt beinahe, aber ohne jede Freude. »Es bedeutet, jemand – irgendein Bürohengst – stellt Nachforschungen über ihn an.«

»Also gab es einen Fall, *ehe* er sich hat umbringen lassen?«, fragt Shecky. »Verdammte Scheiße! Ich hab dir gesagt, dass du zu gutgläubig bist.«

Himmel noch mal, wann hört das endlich auf? Er kommt sich vor wie im letzten Akt einer Tragödie von Aischylos – *und die Kinder sind auch tot und – du hast sie gefressen!* Nur dass es hier um seine Familie geht. Und schon wieder listet Shecky die Übel einzeln auf – kann nichts anders, hat es sich ja selbst antrainiert, dieses ständige Nachzählen, Überprüfen, diese ständigen Listen. Die Waffe auf dem Küchentisch, die Marke. Der Impala, der Mustang. Die abgelehnte Überweisung, das gesperrte Bankkonto, die interne Überprüfung. Und jetzt der gelbe Aufkleber.

Dein Freund, würde er Henry am liebsten ins Gesicht schreien. Dein verfluchter Freund. Was immer der Junge für dich war – für die Bullen war er nur eins: eine riesige, blinkende Leuchtreklame – Seht her! Seht her! – ein direkt auf unsere Familie gerichteter Neonpfeil.

»Emil hat sich nicht *umbringen lassen*«, sagt Henry schließlich. »Das geht auf unser Konto. Auf meins.«

Shecky denkt noch darüber nach, was er darauf antworten soll als – Stuhlbeinschrammen – Henry plötzlich auf den Beinen ist. Er hat die Vorfallmeldung an sich genommen, rollt die Bögen wieder zusammen – und schon eilt er zur Tür raus.

»Henry! Wo...?«

Einen Augenblick später sieht Shecky ihn draußen vor dem Fenster. Er rennt nicht *vor ihm weg*, Gott sei Dank, sondern einem Mädchen hinterher.

22

»Okay, Künstler.« Detective Fung reicht Emil das Trackingtelefon. »Wie läuft das noch mal?«

Downtown Brooklyn, eine schmale Seitengasse der Bond Street, die Zufahrt von einem verschrammten weißen Lieferwagen blockiert. Davor: Graffiti, Gehwege mit aufgerissenem Asphalt, als Penner verkleidete Polizisten. Dahinter: Zera und Kurt – und Emil Scott – lebend, noch ein paar Stunden lang.

»Ich hol die Lieferung«, sagt er. »Ich bringe euch die Tüte.« Sein Tonfall klingt la-la-la, aber Zera sieht ihm an, dass er nervös ist.

»Du gibst uns fünf Minuten Zeit für die Bestandsaufnahme«, sagt Kurt. »Wir geben dir deine Tüte zurück.«

»Nicht meine Tüte«, sagt Emil mit erhobenen Händen: ich kleines Unschuldslamm.

»Okay, Knallkopf. Wir geben dir *die* Tüte zurück.«

»Ich setz mich wieder in den Zug und beende meinen Job. Und ihr gebt mir hundert Dollar.«

»Aber diesmal machst du es richtig.« Kurt ist zwar kleiner, aber breit und muskulös, und seine Hand liegt schwer auf Emils Schulter. »Ja?«

Emils Lächeln fehlt die Selbstsicherheit. »Ich gebe immer mein Bestes.«

»Logisch. Immer.« Kurt tut, als würde er einen Moment nachdenken. »Außer letzten Donnerstag. Was war da gleich noch mal das Problem? Ach, richtig, du hattest absichtlich aus Versehen dein Telefon ausgeschaltet. Und am Montag davor? Upsi, vergessen, das Geld zu fotografieren. Und dann irgendwie die Nachrichten von deinem Kumpel gelöscht.« Kurt beugt sich vor.

Reibt Emis Schulter. »Schon gut. Ich weiß, wie du dich fühlst. ›Hey, Leute, der Typ ist mein Kumpel, er hat mir einen Job verschafft. Ich will ihn nicht reinreiten.‹ Aber weißt du was?« Kurt beugt sich noch näher zu ihm. »Dazu ist es jetzt zu spät. Du steckst längst mittendrin. Wir haben alles dokumentiert.« Ein Komm-lass-uns-wieder-Freunde-sein-Lächeln. »Und außerdem? Scheiß auf ihn, Mann. Er hat dich schließlich da reingezogen.«

Emil schüttelt die Hand des Polizisten ab. Steckt sich das Trackingtelefon in die enge Hosentasche, der ganze Körper ein einziges Strecken und Krümmen. Leise: »Er ist mein Freund.«

Zeras Blick geht zu dem Telefon in der hinteren Hosentasche. »Das ist kein guter Ort dafür.«

Emil nickt ihr zu, mit einem neckischen Lächeln. »Ihr Gesicht hat was Besonderes«, sagt er. »Hat Ihnen das schon mal wer gesagt?« Er wartet auf ihre Reaktion. Es kommt keine. »Winkel, Schatten«, fährt er fort. »Alles ein bisschen ... gehetzt. Sozusagen.« Sein Lächeln verliert das Neckische. Er will was von mir, denkt sie, meine Aufmerksamkeit, meine Zustimmung – meinen Gehorsam. Zera hat diesen Blick schon von vielen Männern erlebt. Sie bleibt ungerührt. »Und du hast einsame Augen.« Damit dreht sie sich um und geht davon. Quetscht sich an dem geparkten Lieferwagen vorbei.

»Pass auf deinen Arsch auf«, sagt Kurt.

»Das ist euer Job.« Emil klopft sich auf die Hosentasche, und dann ist er weg.

Kurt, halblaut: »Scheiß Hipster.«

Zera nimmt das Telefon mit der Tracking-App in die Hand. Auf dem Bildschirm ein Stadtplan mit einem sich bewegenden roten Punkt. Emil biegt links in die Schermerhorn Street ein, Richtung Subway-Station. Wenn der offizielle Fahrplan irgendwas zu bedeuten hat, was manchmal tatsächlich der Fall ist, erwischt Emil den G-Train um 10.47 Uhr zurück nach ...

»Officer Montenegro.«

Sie hebt den Blick, schaut auf zu Kurt, ein klares Nein auf dem Gesicht. Sie hat für diesen Vormittag die Nase voll von »Charme«.

»Wollen Sie mir wirklich nicht erzählen«, sagt er, »wie Sie die Geldwäschekönigin geworden sind? Unter keinen Umständen?«

Ihr Gesichtsausdruck wandelt sich von Nein zu Verpiss dich, dann piept ihr Telefon.

»Wir haben das Signal verloren«, sagt sie, den Blick auf den Bildschirm gesenkt. »Er ist runter zum Zug.«

Renaissance Java: Der Name kommt ihr bekannt vor, aber als sie sich umsieht, weiß sie, dass sie noch nie hier war. Eine kurze Schlange, dann steht sie am Tresen. »Groß, auf Eis, sechs Stück Zucker«, sagt sie. Kurts Bestellung. Für sich selbst: »Großer Filterkaffee. Nur Milch.« Scheine auf den Tresen. Münzen ins Trinkgeldglas. Sie tritt zurück, wartet auf die Bestellung und wirft erneut einen Blick auf das Trackingtelefon. Der rote Punkt bewegt sich wieder. Der Zug fährt jetzt überirdisch. Nein, der Punkt läuft zickzack: Emil ist offensichtlich bereits wieder zu Fuß unterwegs.

»Groß auf Eis? Großer Filterkaffee?«

Zera steckt das Telefon ein, nimmt den Papphalter und ist schon fast wieder zur Tür raus, als sie im Nachhinein einen – sitzenden – Mann erkennt, an dem sie eben schon vorbeigelaufen ist. Schmächtig, klein, grau melierte Haare, kurzärmliges, gelb-weiß kariertes Button-down-Hemd mit offenem Kragen: Shecky Keenan.

Renaissance Java – *natürlich*. Der Name tauchte in den Geheimdienstberichten auf, einer der Coffeeshops, in denen er in den letzten Monaten häufig beobachtet wurde.

In natura sieht er anders aus.

Sie hat an der Wand über ihrem Schreibtisch eine verschwommene Kopie seines Führerscheins hängen, in vergrößerter Aufnahme. Eine identische, verschwommene Kopie befindet sich im Anhang des Analyseberichts, den sie ihrem Vorgesetzten letzten Monat auf den Schreibtisch legte. Also, ja: Er ist es, sie ist sich sicher. Sie hat dieses Gesicht Tag für Tag direkt vor der Nase. Aber während das verschwommene Foto stumm und starr ist, ist dieser Mann aus Bewegung gemacht. Er rollt die Schultern und ruckt und zuckt – eine verrutschte Bandscheibe vielleicht, die nie wieder an ihren Platz zurückfand. Er reibt sich mit den Handballen die Augen, gähnt, als hätte er seit dem Kalten Krieg nicht mehr geschlafen. Und obwohl sie ihn eindeutig erkennt, fällt es ihr schwer, zu glauben, dass sie tatsächlich eins sein sollen, das verschwommene Foto und dieser kleine Mann mit seinem Pappkaffeebecher.

Weil das hier ein Mensch ist.

Er bewegt sich wieder, und Zera kommt zu sich. Eilt davon, fragt sich, was mit ihr los ist. Das Trackingtelefon, vergessen in der Tasche.

Einen halben Block weiter kommt der Anruf.

»Haben Sie unseren Jungen auf dem Schirm?« Zur Abwechslung klingt Kurt nicht superfröhlich. Nur ein winziges Tröpfchen Sorge, aber es entgeht ihr nicht.

»Was ist los?« Sie nimmt das Trackingtelefon aus der Tasche.

»Hatte gehofft, das könnten Sie mir sagen.«

»Moment!« Das Trackingtelefon hat beschlossen, neu zu booten. Als es wieder online ist, ruft sie den Live-Stadtplan auf. Er zeigt ein gutes Stück Bushwick, von der Flushing Avenue im Westen bis zur Gates Avenue im Osten. Von der Metropolitan Avenue im Norden bis zum Broadway im Süden. Auch Gebäude sind zu sehen, hier ein Parkplatz und da drüben der Maria-Hernandez-Park, wo Zera und Emil sich zum ersten Mal begegnet sind.

Und kein roter Punkt.

Zera bleibt stehen. Starrt eine Ewigkeit den Bildschirm an, auf dem sich nichts ändert, und spürt, wie sich schleichendes Grauen in ihr breitmacht. Der rote Punkt taucht nicht wieder auf.

23

Vor dem Knish-Knosh, am Tag nach dem Mord, verlangsamt Henry seine Schritte, er will die junge Frau nicht ganz einholen. Hält weiter Abstand, als sie den Thirsty Bear erreicht hat. Sie zieht die Tür auf, steht einen Moment lang voll im Licht, und er weiß, dass er recht hatte. Es ist Imani Cable, Emils Freundin.

Dann fällt die Tür wieder zu, und sie ist drinnen, und Henry weiß, dass er das nicht allein schafft.

Eine Nachricht an Lipz: Wo bist du, bei wem?

Ihre Antwort, vier ewige Minuten später: Nixan.

Geht dich nixan – er lächelt über den alten Witz, lächelt zum ersten Mal seit dem Technikraum.

Der Technikraum. Scheiße, augenblicklich ist Henry wieder dort. Emils bleiche Leiche und dieser Krater in seinem Hinterkopf …

Henry schüttelt die Erinnerung ab, hakt Lipz ab, schickt Kerasha eine Nachricht: @Thirsty Bear, brauche Verstärkung. Dann geht er rein.

An der Wand mit dem unvollendeten Bild versammeln sich ein paar Leute. Henry kennt ziemlich viele von ihnen, und einer ruft ihn rüber. Schon findet er sich in einer intimen Gruppe von Emils Freunden und Bewunderern wieder. Das Gespräch entwickelt sich zu einer Art spontanen Trauerfeier. Eine Feier ohne Programm, ohne Rituale, ohne Leitung, aber fast jeder erzählt eine Geschichte über Emil, teilt eine persönliche Erinnerung mit, die vorher von den anderen offensichtlich noch keiner kannte. Henry kommt sich wie ein Hochstapler vor. Was könnte *er* beitragen – das Training, die Notfallpläne? Und was dabei rausgekommen ist.

»Er war unglaublich großzügig«, sagt Imani. »Ständig hat er alles verschenkt. Wenn ihn auf der Straße jemand um Geld gebeten hat oder ein Freund ... Oder seine Nachbarin, die mal mit der Miete in Verzug war ... Er wollte an seinem Geld auf keinen Fall festhalten, irgendwie.« Wie viele andere erzählt sie von Emil, ohne seine Malerei zu erwähnen.

Henry rutscht auf seinem Stuhl hin und her, findet keine bequeme Position. Er gehört hier nicht hin. Wie vollkommen anders seine Erfahrung mit Emil gewesen ist, die mit Kohle anfing und mit Mord endete.

Eine Stunde und drei Tequila später sitzt Henry allein an der Bar. Er legt Charlie Gladneys Führerschein beiseite, den er eine ganze Weile angestarrt hat, und holt die Visitenkarte raus, die Kerasha in seinem Zimmer gefunden hat. Henry schaut die leere Seite an – immer noch leer. Dreht die Karte um, schaut zum wiederholten Mal die handgeschriebene Telefonnummer an: 646-555-0144 – er hat noch nicht angerufen, weiß, dass er dort nicht anrufen darf, solange er keinen Plan hat. Der Tequila kreiert eine Schnapsidee: Scheiß drauf, tu's einfach. Er tippt die Ziffern ein, hebt das Telefon ans Ohr.

»Wer ist da?« Eine männliche Stimme, rau und tief. Eine Straßenstimme oder jemand, der nach Straße klingen will.

»Hier spricht ...« Henry hat keinen Plan. »Wer sind ...« Klick!

Scheiße! Wer weiß, ob er noch eine zweite Chance hat. Lass Tequila niemals deine Pläne schmieden.

Er ist noch mit diesem Gedanken beschäftigt, als sich der Barhocker neben ihm bewegt. Er dreht sich zur Seite, will einen finsteren Blick abfeuern – verpiss dich, siehst du nicht, dass ich besoffen bin –, doch dann merkt er, wer es ist. Imani mustert ihn hasserfüllt.

»Ich warte draußen auf dich.«

Nur Augenblicke später scannt Henry die Straßen, auf der Suche nach der Verstärkung, aber das ist natürlich sinnlos.

Kerasha ist unsichtbar, solange Kerasha unsichtbar sein will. Schon Jahre ehe sie sich kennenlernten, hörte er die Geschichten über die berühmte Kinderdiebin. Die sich in Abflussrohre abseilte und Kofferräume knackte. Er hatte das für eins-a Bushwicker Straßenmythen gehalten, aber dann kam sie zu ihnen ins Haus. Auch wenn er es wirklich nicht mehr hören kann, aber sein Onkel hat recht: Kerasha ist tatsächlich ein Naturtalent. Weiß der Geier, warum sie sich je hat erwischen lassen. Jedenfalls geht er jetzt, leicht torkelnd, zu Imani rüber.

»Das war eine schöne Trauerfeier.« Er fühlt sich zwar dämlich, aber es stimmt. Die Geschichten von den Leuten. Er wünschte, so was hätte es für seine Eltern auch gegeben, anstatt des Baustellenlärms, der während der Trauerfeier für seine Mom durch die Wände dröhnte. Anstatt des Pfarrers, der auf Dads Beerdigung seinen Vornamen verwechselte.

»Es war schön – für eine beschissene Trauerfeier«, sagt Imani. Sie mustert Henry von oben bis unten, winzig und unerschrocken. »Also, erzähl mir, wie hast du ihn manipuliert?«

Leck mich. Er entscheidet sich für ahnungslos: »Was meinst du damit?« Scheitert.

»Du Arschloch! Du widerlicher Schatten.« Dann Schnellfeuersalven: »Warum ist er tot? Warum wurde er umgebracht?« Ihr Zeigefinger in seinem Gesicht. »Das war eine Frage! Und die beantwortest du mir jetzt, sofort.«

Henrys Puls geht von null auf hundert. »Du kennst mich nicht.«

Er weicht zurück, sie hinterher. Er leicht wankend – der Tequila – und sie entschlossen. Ihre Stimme ist tief und heiser: »Ich kenne dich. Dein Gesicht hab ich schon tausendmal gesehen.«

Sie fällt mit dem Zorn einer uralten Gottheit über ihn her, und plötzlich denkt Henry, könnte sie es getan haben? Sein Körper sagt ja, sie ist zu allem fähig. Sein Rücken sagt ihm, dass er gerade gegen eine Mauer gelaufen ist. Sie steht dicht vor ihm, ihr Kopf kaum auf Brusthöhe, trotzdem fühlt er sich wie der Kleinere.

»Die Bullen glauben, er wäre überfallen worden. Schwachsinn. Emil hatte in dem Gebäude nichts zu suchen. Und du – du weißt irgendwas.« Sie will ihn schlagen – er packt ihre Handgelenke. Aber sie reißt sich los und schubst ihn, und er knallt mit Schultern und Hinterkopf gegen die Hauswand. Kleine Frau, krasser Stoß, und jetzt tritt sie einen Schritt zurück. Zieht eine Klinge raus.

Henry stellt sich quer zu ihr, macht sich dünn, hebt die Hände. Der Tequila hat nichts mehr zu melden, er ist jetzt nur noch Körper, hat genug Kämpfe erlebt. War mit einem Messer konfrontiert und hat Narben zum Beweis. Trotzdem ist seine Angst jetzt größer. Bei dem Streit mit dem anderen Messer ging es um Geld, das heißt, bei seinem Gegner gab es eine Grenze. Hier geht es um was anderes.

»Ich bin Henry.« Er stößt die Worte aus. »Keine Ahnung, für wen du mich hältst, wer ich …«

»Du bist kein *wer*, du bist ein *was*.« Sie spuckt ihm vor die Füße. »Du bist ein Schatten. So hat er euch zwei genannt: die Schattenzwillinge.«

Sein Körper ist bereit, sein Kopf dreht sich, und das liegt nicht am Tequila. Sie irrt sich, sie verwechselt ihn mit jemandem. Aber mit wem? »Ich bin keine zwei. Ich habe keinen Zwilling.« Das weiß er natürlich, aber irgendwas an dem, was sie sagt, und daran, wie sie es sagt, fühlt sich nicht nach irrem Gelaber an. »Ich bin nur ich, und ich versuch auch, es rauszufinden. Was da passiert ist.«

»Was schon mal nicht passiert ist.« Sie stößt mit der Klinge in die Luft. »Emil wurde nicht überfallen. Was passiert ist – du hast ihn umgebracht oder er wurde deinetwegen umgebracht. Du und dein Zwilling. Und ich würde dich sofort umbringen, aber …« Mit sichtlichem Widerwillen und einem Kopfschütteln steckt sie das Messer weg. Weicht zurück. »Aber ich bin nicht wie du.«

Henry macht keinen Mucks und steht noch immer mit dem Rücken zur Wand, als sie schon längst wieder weg ist, als Kerasha sich aus der Dunkelheit löst. »Hast du toll gemacht«, sagt sie. »Hätte üblere Möglichkeiten gegeben.« Als sie näher kommt, riecht er den Duft ihrer Bodylotion, und es fühlt sich an, als wäre er allein in einem dunklen Zimmer gewesen und sie wäre reingekommen und hätte das Licht angemacht. Hier, in dieser Seitengasse, ist er plötzlich wieder zu Hause.

»Das hab ich in ihrer Tasche gefunden«, sagt Kerasha und hält ein Handy hoch. »Da ist was drauf, das wir haben wollen.«

Henry geht in die Hocke, um nicht umzufallen. »Scheiß verranzter Tequila«, sagt er, hebt die Hände zum Kopf. Er atmet. Er übergibt sich nicht. Er atmet. Er übergibt sich immer noch nicht. Er schaut zu Kerasha hoch. »Kann ich dich was fragen?«

»Lass dir Zeit.«

»Wie zum Teufel kann es sein, dass du immer alles weißt?« Sie lächeln einander erschöpft an, und Henry fragt: »Wieso wollen wir dieses Handy?«

24

Schnellrücklauf, eine halbe Stunde zuvor: In der Bar an einem Tisch Imani mit einem kleinen, muskulösen Mann. Ganz in der Nähe Kerasha, in Schatten gehüllt.

Muskelmann: »Gib's mir einfach.«

»Schmeiß doch dein eigenes Scheißhandy in den Müll«, sagt Imani.

»Hab ich gemacht. Und wenn die Bullen dir deins abnehmen, finden die raus, was wir uns geschrieben haben ...«

»Du hast mir geschrieben, du mieser Stalker. Wir haben vor über einem halben Jahr Schluss gemacht. Verpiss dich endlich.«

Ex-Freund, trotz Muskeln und Zorn, verpisst sich. Eilt, wie alle anderen auch, geradewegs an Bushwicks unsichtbarer Spinne vorbei.

Aber wovor hat er Angst? Was würde die Polizei auf dem Handy finden – und *was* kriegt sie zuerst in die Finger?

Imani das Telefon abzunehmen, ist einfach. Und es verschafft keinerlei Klärung, jedenfalls nicht gleich. Es verschafft Kerasha keine Befriedigung. Ein Mörder geht um. Eine Viertelmillion ist verschwunden. Die Red Dog vermissen wird, und Red Dog ist nicht für seine Gnade bekannt. Detective 7229 hat unterdessen das Haus im Blick, und während Onkel Shecky sich stündlich in die Hose scheißt, trägt Henry Trauer, und Kerasha fühlt sich – wenn sie ehrlich ist – nicht allzu sicher. Ihr Netz vibriert, von wegen doppelter Boden.

Wenigstens ist sie den Jägern voraus, was das Handy betrifft.

Aber sie kommt nicht rein in das Ding. Das Handy steckt in einer schmalen Hülle, zusammen mit einem Führerschein und einer Kreditkarte. Kerasha nimmt sich vor, beides zu schreddern, sobald sie zurück im Haus ihres Onkels ist. Oberste Dringlichkeit hat momentan der Sperrcode. Sie hat keine Idee, keine Ahnung, keine Lösung. Ehe sie da reinkommt, hat dieses Telefon sich längst selbst gesperrt. Das soll Henry machen.

Ein schmerzhaftes Eingeständnis, aber er ist mit diesen Smartphone-Dingern echt besser als sie. Sechs Jahre Knast – Häftlinge verändern sich kaum, Handys dagegen ständig. Kerasha muss zugeben: Die lautlose Spinne kann nicht alles. Und das macht ihr Angst. Sie läuft barfuß Treppen hinauf. *Mit Reißnägeln gespickte Treppen*, wie Mama und Langston zu sagen pflegten. *Mit aufgerissenen Dielen.* Barfuß und allein, normalerweise. Aber heute Abend nimmt sie Henrys Arm und stützt ihn.

»Sorry«, sagt Henry. »Tequila-Finger. Das wirst du machen müssen.«

»Pass auf, der Randstein«, sagt sie. Linker Fuß, rechter Fuß. Wenn er auf die Schnauze fällt, wenn bei ihm jetzt die Lichter ausgehen, kommen sie heute Nacht nicht mehr an die Daten ran.

»Wir sind gleich da«, sagt sie.

»Ich glaub, ich muss kotzen.«

Raus aus dem Hof, zwischen zwei Brownstones durch, links in die St. Nicholas, in der Troutman wieder links, an Stinke-Terri vorbei – einer im Viertel wohlbekannten Obdachlosen – und rein in Alan's Happy Falafel. Sie spazieren in den Laden wie jedes x-beliebige kriminelle Mischlingspärchen aus Cousin und Cousine. Kleine Fische. Mit Mord nix am Hut.

In dem Diner riecht es nach Cholesterin. Sie setzten sich an einen Vierertisch und bestellen Pommes und Kaffee. Henry hat mit Sicherheit eine Pille, die ihm helfen würde, aber er ist schon grün im Gesicht. Gib ihm Zeit, ermahnt Kerasha sich. Ein Abstecher auf die erstaunlich makellose Toilette, und als sie wiederkommt, liegt er vornübergesunken auf dem Tisch. Kerasha zeigt auf den Teller mit Pommes. »Wenn du fertig bist, könnten wir Stinke-Terri den Rest vorbeibringen.«

Er nimmt eine Fritte vom Teller, beäugt sie skeptisch. Lässt sie fallen. »Widerliches Hundefutter.«

Stinke-Terri würde wahrscheinlich auch Hundefutter fressen, vermutet Kerasha, trotzdem fühlt sie sich, seit sie im Knast war, seltsam verwandt mit der Frau. Hat schon öfter was zu essen an Stellen gelassen, wo Stinke-Terri es findet. Einmal auch eine Decke, ein andermal eine Tüte mit sauberen Klamotten. Eine Schachtel Feuchttücher, ein Pack Mineralwasser.

Dr. Xu würde all das garantiert gegen sie verwenden. Patientin leidet an Überidentifikation mit harmloser Schizophrener. Sie sieht ihn vor sich, wie er sich mit seinem silbernen Stift Notizen macht, sich wappnet für seinen nächsten Bericht über ihre unbefriedigenden Fortschritte: »Mangelhaftes Rollenvorbild als möglicher Faktor für oder Begleitsymptom von hartnäckiger Renitenz.«

Kerasha winkt Bashar an den Tisch, den Nachtkellner.

»Nichts mehr?«, fragt er.

»Ibu«, sagt Henry.

»Ist aus. Sorry, Boss.« Kerasha bittet Bashar, die Reste einzupacken, und er nimmt den Teller mit. Wirft ihr im Weggehen ein suggestives Lächeln zu. Sie schaut weg.

Henry inzwischen: Nicht mehr ganz so komplett dicht. Sie geht mit ihm zu den Sunset Cinemas, dem verrammelten Kino in der Wyckoff Street. Ein Safe House der Familie. Das Zahlenschloss ist rostig, aber das Kombinationsrad lässt sich trotzdem drehen. 21 gegen den Uhrzeigersinn, 8 im Uhrzeigersinn, 31 wieder gegen den Uhrzeigersinn, dann der Trick. Fest auf den toten Punkt in der Mitte drücken.

Toter Punkt, denkt sie. Wie der Tod doch die Sprache prägt, immer wieder als Referenzpunkt herhält. *Toter Winkel, totlachen, todesmutig, todsicher.* Der Tod als Vervollkommnung, als Beispiel für Perfektion. Toter Kurier: die einzige Sorte, der man trauen kann. Tote Mama – eine Fantasie, oder?

Kerasha führt Henry in ihr Versteck, setzt ihn auf dem Schlafteppich ab. Ihre Taschenlampen stehen aufrecht auf dem nackten Betonboden und bilden Säulen aus staubigem Licht.

»Bist du wieder klar?«, fragt sie.

»So klar ich sein kann.« Henry nimmt das Handy und macht sich an die Arbeit. Das Safe House ist gut ausgestattet, deshalb hat sie sich dafür entschieden. Henry tippt murmelnd auf das Display ein. Kerasha setzt sich ebenfalls. Die Beine über Kreuz, die Füße auf die Oberschenkel – eine Pose, von der ihren Zellengenossin Nicole – die veruntreuerische Yogini – meinte, sie würde ihr »astrophysiologischen Frieden« bringen. Todesstille, denkt Kerasha. Und Henry ist todmüde, während Mama einfach nur tot ist – die Luft hier steht vor schlimmen Erinnerungen. Werden sie *jemals* verschwinden?

Nur einen halben Block von diesem Safe House entfernt befindet sich der Schauplatz des dämlichsten, gefährlichsten Jobs, den Kerasha je im Leben durchgezogen hat. Mama war ausnahmsweise nüchtern gewesen, aber auf üble Weise, zitterte und schwitzte und kotzte, bis nur noch schwarzes Wasser kam. Klein Kerasha plünderte sämtliche Eckapotheken, aber Mama rührte nichts an, wollte nur das echte Zeug. Sah sie nicht mal an, was öfter vorkam, und als ihre Augen sich gelb färbten, wusste Kerasha, was Mama brauchte. Die Cypress Avenue runter, auf der Johnson links, dann weiter auf die Gardner – direkt auf der anderen Straßenseite und nur zwei Türen von den Sunset Cinemas entfernt – ein Trio aus unbedeutenden Lästermäulern auf Klappstühlen, die eine Flasche kreisen ließen. Sie bewerteten vorbeikommende Frauen mit selbst gemalten Nummerntafeln und rissen grölend ihre goldbewehrten Mäuler auf. Bemerkten das magere Mädchen nicht, auch nicht, als ihre zwei Hände unter dem mittleren Klappstuhl verschwanden.

Das Pergamentpapier war speckig. Es würde lange dauern, bis sie sich das Gefühl wieder von der Haut gewaschen hätte.

Kerasha hatte noch nie Heroin gekocht. Hatte noch nie eine Spritze aufgezogen, noch nie den Kolben reingedrückt. Aber Mama zitterte zu stark, um es selbst zu tun, also machte Kerasha nach, was sie beobachtet hatte. Und von dem Tag an bekam Mama ihr tägliches Briefchen.

Todsicher. Totentanz.

»Verficktes iPhone 7«, sagt Henry. Er hat sich mit einem Cellebrite-Datenextraktor an Imanis Handy zu schaffen gemacht, ein Weihnachtsgeschenk für die Familie von Fat Boris. »Derselbe Kram, den die Bullen benutzen«, hatte Henry ihr erklärt, als er ihr das Gerät zum ersten Mal zeigte. »Israelische Technologie. Entsperrt ein Telefon im Nu.« Aber jetzt pfeffert er das Gerät in die Ecke.

»Kannst es nicht entsperren?« Dabei weiß Kerasha nicht mal, was auf dem Telefon drauf ist. Aber sie hat gehört, dass die Polizei die Infos haben will, und sie will den Arschlöchern unbedingt voraus sein. Um diejenige zu sein, die die Kontrolle hat.

Warum? Hast du Angst? Da ist er wieder, Dr.-Xu-im-Kopf, mit seinen dämlichen Fragen. Hab ich da ein kleines Krächzen in deiner Stimme gehört? Es ist okay, Angst zu haben.

Sie antwortet nicht.

Dieses Telefon steht für etwas, sagt Dr.-Xu-im-Kopf. Hoffnung, vielleicht? Die Hoffnung, dass dein kleines Netz nicht reißt? Aber was, wenn sie trügt? Was, wenn das Netz reißt und du in die Tiefe stürzt, allein? Wer wärst du ohne deine kleine Familie – was würdest du *tun*?

»Komm, wir gehen nach Hause und legen uns schlafen«, sagt sie zu Henry. »Du machst besser morgen weiter.«

»Morgen ist es zu spät.« Henry lässt das Telefon in den Schoß plumpsen. »Dann hat sie gemerkt, dass es weg ist, und löscht es.«

Kerashas Hoffnung sinkt tiefer und tiefer. »Geht das per Fernzugriff?«

»Inzwischen geht alles per Fernzugriff.«

Tief – tiefer – am tiefsten. Doch dann artikuliert sich eine Idee, noch bevor Kerasha sie zu Ende gedacht hat: »Auch wenn wir die SIM-Card rausnehmen?«

Henry setzt sich auf. »Wieso weißt du immer alles besser, verdammt?«

Kerasha schaut zu Boden, unsicher, wie sie mit einem Kompliment umgehen soll. »Ich hatte tolle Zellengenossinnen.«

Henry steht mühsam auf, kramt irgendwo im Raum rum und kommt mit einem dünnen Nagel und einem seltsam aussehenden Haken zurückgewankt. Eine Minute später knackt er das Telefon und zieht einen weißen Chip heraus. »Und gerettet«, sagt er, aber sein Lächeln ist schmallippig. »Müssen wir trotzdem noch an ihre Nachrichten ran?«

Kerasha denkt an die Vorhängeschlösser von Spinden, die sie geknackt hat. An die Türschlösser, die massiven Riegelschlösser, die Fensterschnapper, bei denen sie, um an sie ranzukommen, Scheiben aufschneiden oder einschlagen musste. Selbst die billigsten Schlösser bedeuten manchmal richtig Arbeit, brauchen manchmal Zeit und wiederholtes Bemühen.

Sie deutet mit dem Kopf Richtung Datenextraktor. »Versuch's noch mal.«

Zwei Stunden später ist er drin.

Freundins Handy gibt in der Sekunde, wo es entsperrt ist, eine freudlose Warnung von sich: *Akku schwach.* Und dann vibriert Kerashas eigenes Telefon. Die allererste Nachricht auf ihrem neuen Handy stammt von Onkel Shecky: ALLES OKAY? Und: MELD DICH MAL.

Alles okay? Sie lässt auf der Suche nach Ärger den Blick durch den Raum schweifen. Ein schäbiges Sofa mit staubigem Überwurf. Schwache orangefarbene Lichtsäulen von ihren Taschenlampen. Henry auf dem Rücken, die Hände immer noch auf dem Kopf.

»Der Tequila killt mich, echt«, sagt er.

Tot-al weg, denkt sie. Das hätte Mama sicher lustig gefunden.

Sie schreibt zurück: Alles okay. Und obwohl sie es eigentlich auch glaubt, fängt ein winziger Teil von ihr an zu zweifeln. Alles okay: So hätte auch die letzte Nachricht des Kuriers lauten können, seine Einschätzung der Lage bis zu der Sekunde, als jemand ihm den Schädel einschlug. Das liegt in der Natur unbekannter Gefahren, per *Definition*: Sie kommen aus dem Nichts, von irgendwoher. Dafür treten die Bedrohungen, auf die man gefasst ist, niemals ein. Die Lektionen des Speisesaals im Franklin nicht zu vergessen, die Lektion des legendären Göffel-Fights.

Noch eine Nachricht von Onkel Shecky: DR. XU, MORGEN 14.00, KEINE AUSREDEN.

Scheiße! Fünf glückliche Sekunden lang hatte sie den kleinen Mann völlig vergessen. Und die Sitzung morgen wird schlimmer werden als ihre normalen Besuche bei Dr. Xu, und die sind schon schlimm genug. Morgen geht sie mit Löchern im Netz zu ihm. Die vollen fünfundfünfzig Minuten zu überleben, ist im Augenblick schwer vorstellbar. Ihn nicht an dem schlimmen Pferdeschwanz zu packen und seine Fresse auf diesen beschissenen Couchtisch zu rammen.

Weitere Nachrichten von Onkel Shecky: BRINGS EINFACH HINTER DICH. Manchmal ist er echt hellsichtig, trotzdem, er schreibt wie eine Zwölfjährige. ICH RÄUM AUCH BEI DIR AUF. ICH WASCH DEINE SACHEN. Okay, eine sehr süße, sehr fürsorgliche Zwölfjährige.

Halt dich zurück, antwortet sie. Pfoten weg von meinen Sachen. Zwischen den Zeilen ist Dankbarkeit versteckt. Sie hofft, dass er es merkt.

Freundins Handy piept wieder kläglich. Henry stöhnt.

Der liebe Cousin muss ins Bett, denkt sie. Entscheidet spontan: Die Familie geht vor. Sie schaltet das Telefon aus, damit es nicht gefunden oder per Fernzugriff gelöscht werden kann.

Hofft sie. Sie bringt Henry nach Hause. Oben an der Treppe bleibt sie stehen und sieht zu, wie er in sein Zimmer stolpert. Er schafft es nach unten, ohne zu fallen. Was für eine inspirierende Metapher, denkt sie. Fragt sich, was Mama wohl daraus machen würde.

Erst kochen, dann spritzen, denkt sie. Von der Nadel in die Vene, von der Vene ins Herz. Sorry, Mama, schlechter Witz.

In ihrem Zimmer, allein mit Freundins geknacktem Telefon, drückt sie aufs Knöpfchen. Todesschwarz. Todesstumm. Toter Akku, fällt ihr wieder ein. Morgen, denkt sie, und nimmt ein Buch aus dem Regal, das Henry ihr gebaut hat. Nimmt es mit ins Bett. Irgendwann später, das Buch weggelegt, das Licht gelöscht, döst sie weg, in Gedanken bei Mama.

Gute Nacht, Luftballon! In den noch nicht ganz so schlimmen Zeiten las Mama ihr abends daraus vor. Gute Nacht, Detective 7229! Gute Nacht, Stinke-Terri!

In einer Stadt voller Fremder fällt Kerasha in unruhigen Schlaf.

25

Als Shecky Keenan acht Jahre alt war, wanderte Onkel Thomas in den Knast, was bedeutete, dass Shecky wieder bei Onkel Samuel einziehen musste. Onkel Samuel, der einzige Onkel, der keine Drogen nahm, war der festen Überzeugung, dass der Teufel in Shecky gefahren sei, weshalb Shecky für Verfehlungen wie trödeln, stürzen, weinen, komisch gucken oder jemanden schief ansehen in den Sünderkasten gesperrt wurde, einen Schrank, in dem es nach Schimmel und Fäkalien roch. Die Länge des Strafmaßes variierte zwischen einer und zehn Minuten, je nach Schwere des Vergehens. Doch das Strafmaß hatte nur wenig mit der tatsächlichen Zeitspanne zu tun, die Shecky in diesen Schrank gesperrt verbrachte, weil Onkel Samuel ständig am Telefon hing und die halbe Kirchengemeinde durchtelefonierte (er war ein verbissener Kirchgänger), und jeder, der ranging, erhielt die volle Breitseite apostolischen Feuereifers, bis Onkel Samuel alles Zeitgefühl verloren hatte und kaum noch wusste, wen er da eigentlich angeiferte oder ob wer auch immer überhaupt noch in der Leitung war. Und Shecky blieb im Sünderkasten, bis Dannie ihn da rausholte. Und sie holte ihn immer da raus, immer.

Drei Tage nach dem Mord, und Shecky kann nicht aufhören, an seine Schwester zu denken.

Er stellt Kaffee, Teller mit Toast und Eiern und Bohnen auf den Tisch, eine Riesenschüssel Obst, einen Napf Honigbutter, ein Glas Mixed Pickles und eine Flasche Tabasco. Er mustert die Ansammlung mit einer Mischung aus Erstaunen und Unbehagen. Kerasha sitzt mit ihrem Buch ein Stück abseits, den Mund zu einem, wie er vermutet, aufkeimenden Lächeln verzogen. Und dann ist da sein Henry und hält sich ein in Tücher gewickeltes Kühlpack an den Kopf. Es lässt sich unmöglich sagen, was er, wenn überhaupt, bei seinem Kater mitbekommt. Und schließlich, auf dem Gästeplatz, Henrys Freundin, die Kleine, die sich immer durchs Kellerfenster reinschleicht. Die in der Nähe seines Hauses überhaupt nichts verloren hat, aber jetzt sitzt sie trotzdem hier, an seinem Esszimmertisch, halb nackt, um mit ihren Tattoos anzugeben. Shecky gefällt es nicht, dass sie hier ist, gefällt es nicht, wie sie hier sitzt. Aber rauswerfen kann er sie auch nicht. Eins ihrer Tattoos zeigt denselben japanischen Schriftzug, den auch seine Schwester hatte. Shecky hat, was Dannie betrifft, viele Einzelheiten vergessen, wofür er sich schämt, aber was der Schriftzug bedeutet, hat er sich gemerkt: *Die Welt mag nur ein Tautropfen sein, ein Tautropfen, und doch ...*

»Und doch hat sie für *uns* eine Bedeutung«, hatte Dannie ihm damals erklärt.

Es war eins der Tattoos, mit deren Hilfe die Polizei ihre Leiche identifizierte.

Henry nennt das Mädchen mit Dennies Tattoo »Lipz«, aber Shecky weiß noch, dass ihr richtiger Name eigentlich Nadina Villa Lobos lautet. Lipz sitzt an seinem Esstisch und raucht. Niemand raucht an seinem Esstisch. Doch ihre Haltung ist irgendwie gammelig-fröhlich, und sie besitzt mehr Charme, als man bei einem obdachlosen Mädchen mit Totschlag im Vorstrafenregister vermuten würde. Hat ihren Stiefvater umgebracht, erinnert sich Shecky. Der Typ hat ihre Mutter verprügelt, also hat das Mädchen ihm den Schädel eingeschlagen. Und jetzt sitzt sie hier und grinst seinen Henry an. Fühlt sich offensichtlich ganz wie zu Hause. Ihm ist noch nie aufgefallen, wie viel Ähnlichkeit sie mit Dannie hat: ihr Humor, diese manische Energie. Und er fragt sich, wie oft sie wohl die Chance hat, wie jetzt an einem Tisch zu sitzen und eine richtige Mahlzeit zu genießen.

»Danke dafür, dass ihr bei mir seid«, sagt Shecky und setzt sich. »Danke dafür, dass ihr meine Familie seid.« Und nach einem winzigen Zögern, an Lipz gewandt: »Danke für deine Gesellschaft.« Er setzt ein Lächeln auf.

Das Frühstück ist vorbei. Zigarette im Mundwinkel, ein Telefon in der Hand, fragt Lipz, den Blick auf Henry gerichtet: »Und wonach soll ich suchen?« Dieses Telefon wurde der Freundin des toten Kuriers entwendet und kann angeblich enthüllen oder bestätigen, wer der Mörder ist. Shecky behält seine Zweifel für sich.

»Die Freundin hat einen eifersüchtigen Ex.« Henrys Stimme klingt wie ein Reibeisen.

»Ich hab ihn belauscht«, sagt Kerasha. »Er hat Schiss wegen der Bullen.«

»Total schräg«, sagt Henry.

»Also tippe ich jetzt ›schräger Ex-Freund‹, oder was?« Lipz wedelt mit dem Telefon in Henrys Richtung. »Tja. Kommt aber nichts.«

»Er heißt Noah. Scheiße, Lipz, das alles ist schon kompliziert genug, ohne dass du …«

»Das ist schwer *meinetwegen*? Noah? Woher soll ich das denn wissen, bitte? Der Ex von der Freundin von deinem Freund – gehört das zum Allgemeinwissen, oder was?«

Henry zuckt zusammen, und Shecky verkneift sich ein Grinsen. Dieser Spruch hätte definitiv von Dannie kommen können. Verdammt, ihm wär wirklich lieber, sie wäre nicht hier, aber sie schafft es ganz eindeutig, ihm seine Erinnerungen wiederzubringen.

Damals bei Onkel Samuel befreite Dannie ihn aus dem Sünderkasten, und manchmal steckte sie seine Prügel für ihn ein. Bis Onkel Samuel eines Tages genug von ihnen hatte. Er prügelte sie beide aus der Wohnung und immer weiter bis zu Onkel Joseph.

Dort ging es stiller zu, und die Kids hatten plötzlich Raum für mehr als nacktes Überleben. Dannie setzte sich zu Shecky und seinen Hausaufgaben an den Küchentisch. Sie brachte ihm Zahlen- und Gedächtnistricks bei, von denen er viele heute noch anwendet – ganz automatisch, was beweist, dass Dannie in seinen Hirnwindungen immer noch lebendig ist. Aber Dannie war natürlich mehr als Tricks, und diese Dannie – der ganze Mensch – ist schon lange gegangen.

Gegangen, was für eine nette Art, es auszudrücken. Wie wär's mit umgebracht. Vergewaltigt und erwürgt und weggeworfen. Von Hunden gefunden, vom Gerichtsmediziner aufgeschlitzt und beweisfotografiert. Nicht, dass es jemals einen Beschuldigten gegeben hätte. Der Mörder, gesichtslos, geisterhaft. Die Schwester, in einem Kiefernsarg entsorgt. Gerade mal zwei Tage nach Freigabe ihres Leichnams auf den Cypress Hill Cemetry gekarrt. Shecky war schon wieder in der Schule – Onkel Joseph kümmerte sich um die Vorbereitungen und sagte Shecky keinen Ton, bis alles vorbei war. Und so wurde Danis Philippa Keenan beerdigt, von Fremden begraben, ohne eine einzige Menschenseele, die gesagt hätte, wer sie gewesen war und dass sie geliebt worden war. Beerdigt ohne Familie.

Im Laufe der Jahre hat ihn sein verräterisches Herz hin und wieder gefragt, ob Dannie überhaupt je existierte. Niemand spricht von ihr. Er ist daran nicht unschuldig. Er hat nie Bilder von ihr gezeigt, hat Henry noch nie von ihr erzählt. An ihre Stimme erinnert er sich noch, und gleichzeitig zweifelt er. Hat sie wirklich so geklungen? Die Sachen, die sie angeblich gesagt hat – sind sie womöglich *erfunden*? Hatte er überhaupt jemals eine Familie?

Tja, die Antwort auf diese Frage sitzt hoffentlich hier im Zimmer.

Henry ist unter die Lebenden zurückgekehrt und sieht Lipz beim Vorlesen des Chat-Verlaufs zu. Sie spricht mit verteilten

Rollen. Kerasha sieht ebenfalls zu und muss sich eindeutig das Lachen verkneifen. Lipz hat hier nichts zu suchen, sie ist eine Außenstehende – aber sie macht das wirklich gut, das mit ihren witzigen Stimmen, sodass dieser Augenblick zu einem Familienmoment wird: der ganze Raum auf eine Sache fokussiert.

Imani, die Freundin: Hör auf, mir zu schreiben.

Noah, der Ex: Wo ist Emil?

Imani: Leck mich.

Noah: Du weißt nicht, wo er ist.

Imani: Hör auf, ihn zu stalken. Hör auf, mir zu schreiben. Verpiss dich.

Noah: Ich hab ihn mit einer Frau gesehen.

Eine Pause, Lipz tippt das Display an. Fährt, an Henry gewandt, mit ihrer eigenen Stimme fort: »Darauf hat sie nicht mehr geantwortet.«

Henry rückt sich das Kühlpack zurecht. Shecky sackt ein bisschen in sich zusammen. Dieses Chat-Melodram – so simpel und so gut gelesen! Und ein absoluter Dannie-Moment, aber der ist jetzt wieder vorbei.

»Und was schließen wir daraus?«, fragt Kerasha in die Runde. »Die Freundin hat spitzgekriegt, dass Emil sie bescheißt, und hat ihn deshalb umgebracht?«

»Glaub ich nicht«, murrt Henry. »So eine ist sie nicht.«

»Und genau das macht sie« – Lipz drückt theatralisch ihre Zigarette aus – »zu unserer *Hauptverdächtigen.*«

Henry starrt sie böse an, und Shecky begreift, dass ihr Tonfall höchst unerwünscht ist – für Henry. Was Shecky betrifft, sollte Lipz für den Tony Award nominiert werden.

Für ihre Rolle als Dannie.

Und schon ist, einfach so, der ganze Zauber wieder verschwunden, weil der Schmerz über den Verlust *immer da ist.* Kommt, geht, mit jedem einzelnen Atemzug.

Es war an seinem elften Geburtstag.

Onkel Joseph bestand in letzter Sekunde auf einer Feier, mit Kuchen und Pizza in der Säuferkneipe an der Ecke. Onkel Joseph trommelte seine eigene Truppe zusammen, mit deren Freundinnen samt Kindern, und dann noch irgendeine beliebige Nachbarin und deren noch beliebigere Cousine.

Shecky lud Dannie ein.

Die war eine Woche zuvor zu ihrem sehr viel älteren Freund gezogen, der ein Stück die Straße runter eine eigene Wohnung hatte. Shecky sah sie zwar immer noch täglich, vermisste sie aber jede Sekunde, die sie nicht bei ihm war. Es war die Zeit, als Dannie gerade angefangen hatte, regelmäßig als Spielleiterin zu arbeiten, und an dem Abend hatte sie Probe. »Ich beeil mich«, versprach sie ihm. »Ich komme auf alle Fälle hinterher zu dir. Heb mir Kuchen auf.« Aber sie kam nicht, und sie rief auch nicht an, und so blieb es auch, sie kam nicht, sie rief nicht an. Shecky erinnert sich noch an den klebrigen Fußboden. Erinnert sich an die viel zu laute Musik, daran, dass sich irgendwie eine Taube in die Kneipe verirrt hatte. Und er erinnert sich an seinen leeren Magen: Er hatte die ganze Zeit gedacht, Dannie würde jede Sekunde auftauchen. Er hatte mit ihr zusammen essen wollen.

Shecky nahm ihr Stück Kuchen mit nach Hause und stellte es in den Kühlschrank. Er hasste Dannie dafür, dass sie nicht gekommen war, hasste sie dafür, dass sie es ihm versprochen hatte, schämte sich dafür, dass er auf der Feier allen erzählt hatte, sie sei auf dem Weg. Schämte sich dafür, dass Onkel Joseph, als er ihn bat, sie ein allerletztes Mal anzurufen, nur zu ihm sagte: »Vergiss die Schlampe.« Hasste *sie* dafür, denn Onkel Joseph war eben Onkel Joseph, aber von Dannie hätte er so was niemals erwartet.

Spätabends ging Shecky an den Kühlschrank und aß ihr Stück Kuchen auf. Wieder eine Stunde rum, immer noch kein Anruf, keine Dannie. Schlampe.

Er lag allein im Dunkeln, wickelte sich in seine ausgefranste

Decke, rollte sich am fast platt gelegenen Ende des Ausziehsofas zusammen und lauschte auf die Rufe und das Gelächter und Gläserklirren der Kartenrunde seines Onkels im Nebenzimmer. Im Halbschlaf verflüchtigte sich Sheckys Hass auf Dannie, und an seine Stelle trat ein hauchdünner Traum, der ihm für den Rest seines Lebens nachhängen würde. In diesem Traum stand er über einer wunderschönen, schlanken jungen Frau, die auf der Straße lag. Sie war blass. Sie rührte sich nicht. Vom Auto überfahren, als sie mit einem Arm voller Geschenke die Straße überquerte. Und Shecky? Fühlte sich erleichtert, wie befreit: Seine wunderschöne Schwester war tot, und das war der Beweis, dass sie seinen Geburtstag doch nicht vergessen hatte.

Am Tag nach der Feier kamen die Detectives vorbei. Sie befragten Onkel Joseph, sie hakten nach und fragten und fragten. Später erfuhr Shecky, dass ein Mann aus Onkel Josephs Truppe dafür bekannt war, Mädchen wehzutun. Aber weil nichts dabei rauskam – niemand wurde jemals verhaftet, es gab keine richtige Beerdigung –, glaubte Shecky erst, dass Dannie für immer fort war, als er eines Tages Besuch von einer Sozialarbeiterin bekam. Erst von ihr erfuhr er, sehr verspätet, dass sein schöner, schrecklicher Traum wahr geworden war. Seine Schwester war zwar nicht mit einem Arm voller Geschenke überfahren worden, aber sie war tatsächlich auf dem Weg zu ihm gestorben. »Deine Schwester hat dich sehr liebgehabt«, sagte die Sozialarbeiterin zu Shecky, nachdem sie ihn mit Smarties angefüttert hatte. »Sie hat immer an dich gedacht. Ich kann dir nicht sagen, woher ich das weiß«, fügte sie mit einem hastigen, fast schuldbewussten Blick in ihre Aktentasche hinzu, »aber es stimmt. Sie war auf dem Weg zu deiner Geburtstagsfeier.« Als Shecky anfing zu weinen, verlor auch die Sozialarbeiterin die Fassung. Und als sie sich entschuldigte und raushastete, um das Klo zu suchen, beruhigte Shecky sich wieder. Griff nach ihrer Aktentasche. Zog eine Kopie von Dannies Polizeibericht heraus. Shecky verstand nicht mal die Hälfte der Worte in dem Bericht, aber das war auch nicht nötig. Dannies Tod sprach sie frei, so, wie er gehofft hatte. Und gemäß der Logik eines Kindes – einer Logik, der er im Grunde noch heute folgt, trotz allem – war es sein einsamer, stiller Wunsch gewesen, der sie tötete.

»Und weiter?«, sagt Henry. Shecky kommt wieder zu sich und sieht sich im Raum um, fragt sich, was er verpasst hat. Kerasha formt mit den Händen einen Ball, Fingerspitzen an Fingerspitzen. Henry hat die Augen geschlossen, nickt Lipz aber trotzdem zu. »Lies weiter.«

»Nix weiter«, sagt sie und wischt auf dem Telefon herum. »Sie hat nicht mehr reagiert – Scheiße. Warte mal. Ach was. Sieht aus, als hätte der Ex sich 'ne neue Nummer besorgt. Da ist noch ein Chat, eine Woche später. Also einseitig.«

Noah: Ohne ihn bist du besser dran.

Wieder Noah: Ich hol dich wieder zurück.

Lipz lässt das Telefon sinken, und die Kids wechseln Blicke: Lipz schaut Henry an, Henry schaut Kerasha an, und schon schauen alle Shecky an. Im Zimmer herrscht eine unheilvolle Atmosphäre, irgendwie statisch aufgeladen, und Shecky stimmt dem zu, was nicht ausgesprochen wird. Der Ex-Freund der Freundin – wie heißt er noch? – Noah – macht eine schlechte Figur. *Ohne ihn bist du besser dran*, und dann – eine Leiche. Aber Shecky weiß, dass der Tod von der Seite anzugreifen pflegt. Und das, was *wahrscheinlich* ist, ist nur eine dünne Staubschicht auf dem, was *ist*.

»Reine Spekulation«, sagt Henry schließlich. Bricht das Schweigen, spricht aus, was Shecky denkt. »Wir müssen über diesen Mist *nachdenken*.«

Guter Junge! Er ist stolz auf ihn. Der pummelige Schuljunge, der sich mit seinen Klassenkameraden geprügelt hat, hat nie innegehalten, um über irgendwas *nachzudenken*.

»Das war auf keinen Fall Noah«, sagt Henry. »Emil wurde bei einem Job erwischt. Bisschen viel Zufall, oder? Noah beschließt, ihn umzubringen – ausgerechnet, als Emil zum ersten Mal mit einem Schwergewicht unterwegs ist?« Er geht mit dem Kühlpack in die Küche und kommt mit einem Beutel Tiefkühlgemüse zurück, setzt sich wieder hin und legt sich den Beutel auf den Kopf. »Emils Freundin hat mich Schatten genannt. Und sie hat gesagt, er habe noch einen Schatten, das heißt ... was weiß denn ich? Vielleicht ist ihm wer gefolgt? Hat sein Muster geknackt?

Shecky bläst die Backen auf, der Geschmack in seinem Mund gefällt ihm nicht. »Seit wann folgen unsere Kuriere *Mustern*?« Ein schneidender Unterton. »Was denkst du dir dabei, Henry? Das habe ich dir definitiv anders beigebracht.«

»Theorie und Praxis.« Henry hebt den Blick. »Schon klar, in deinem großen Buch da oben ist alles perfekt, aber wir leben nun mal *hier*.«

Dem Zimmer ist die Luft abhandengekommen, Shecky schaut Henry finster an, Henry schaut finster zurück.

»Sagen wir, es *gäbe* ein Muster«, sagt Henry kurz darauf. »Aber vielleicht nicht bei uns. Vielleicht gibt es am anderen Ende ein Muster, und Red Dog will rausfinden, wo *sein* Typ quergeschossen ist.«

Lipz schnaubt. »Wenn Red Dogs Typ querschießt, macht das sofort die Runde. Der macht seine Jungs *alle*, wenn die Mist bauen.« Sie schnappt sich einen Pfirsich aus der Obstschüssel, als hätte sie Spaß. Sie führt ihn bis dicht vor den Mund und fragt dann, ohne irgendwen anzusehen: »Tja, wie lang er sich das hier wohl noch mit ansieht?«

Vom Sessel an der Seitenlinie eine Reaktion: »Wir müssen uns das Kontenbuch ansehen.« Kerasha nickt Richtung Arbeitszimmer im ersten Stock. »Wir listen alle Daten auf, an denen er für uns einen Job erledigt hat. Und wenn er an den betreffenden Tagen mit Imami schreibt, während er für uns unterwegs ist ...«

An Henry gewandt, fügt sie hinzu, wie zur Entschuldigung: »Tut mir leid. Aber vielleicht gibt es da ein Muster.«

»Das Kontenbuch bleibt, wo es ist.« Sheckys böser Blick dirigiert Kerasha Richtung Lipz, die so ganz und gar nicht zur Familie gehört. Die niemals mit dem Kontenbuch in einem Raum sein darf, ganz zu schweigen davon, dabei zu sein, wenn darin gelesen wird. Er will gerade den Mund aufmachen, um diesen Umstand mit ein paar passenden Worten zu unterstreichen, als Henry das Gewicht verlagert und sagt: »Sechzehnter Juni. Vierundzwanzigster Juni.« Er rückt das Tiefkühlgemüse wieder zurecht. »Wir brauchen das Kontenbuch nicht. Ich hab seine Aufträge im Kopf.«

Eine halbe Stunde vergeht. Irgendwann gibt Lipz Kerasha das Telefon und geht in die Küche, wo sie – zu Sheckys Erstaunen – anfängt, den Abwasch zu machen. Währenddessen hält Henry den Kopf in den Händen, und Kerasha sitzt einfach nur mit dem Telefon da und scrollt und liest. Shecky hört Lipz in der Küche summen, ab und zu erklingt von der Spüle leises Plätschern. Ein Moment des Friedens. Verschwendete Zeit. Die Freundin des toten Kuriers, ihr Ex ... Alles nichts als Sackgassen. Als er überlegt, womit er das Schweigen brechen soll, schaut Kerasha, die bis jetzt in das Telefon vertieft war, Henry an: »Emil hatte ein Atelier?«

Henry hebt den Kopf. »Was ist damit?«

Lipz kommt aus der Küche, trocknet sich die Hände an einem Geschirrtuch ab, und alle Blicke sind auf Kerasha gerichtet, als sie sagt: »An den Tagen, wo Emil für uns unterwegs war, war er jedes Mal in seinem Atelier. Zumindest schreibt er das. Hier: Auf dem Weg ins Atelier. Und hier: Verlasse jetzt das Atelier.«

Lipz: »Zack – Muster«

»Oder Zufall«, sagt Shecky. »Vielleicht so wie jeden Tag Hände waschen. Das muss noch lange kein Grund dafür sein, dass er ... na ja.«

Kerasha, Gott segne sie, wendet sich an Henry und sagt sanft und leise zu ihm, als wäre außer ihnen niemand im Zimmer: »Ich geh mit dir hin.« Sie legt das Telefon der Freundin weg. »Ich helf dir, da reinzukommen.«

Der hoffnungsvoll dankbare Blick, den Henry Kerasha daraufhin schenkt, ist ungewöhnlich zärtlich und tief. Shecky fängt ihn zufällig auf und spürt etwas Enges in seiner Brust. Zitternd führt er seinen Kaffeebecher zum Mund. Die Kids arbeiten zusammen, denkt er, und – umso schöner – sie passen aufeinander auf.

26

Selbstmord durch eine Patientin – gibt es so was? Dr. Xu will eindeutig sterben, will eindeutig, dass sie ihn umbringt. Es ist zwei Wochen vor dem Mord an Emil, und Kerasha ist schwer in Versuchung.

»Kommen wir noch mal auf die Kleptomanie zurück«, sagt er. Der Stift – Pseudofüller für den Pseudodoktor – ist gezückt und geöffnet und bereit, der Renitenz eine Denkschrift zu verfassen. »Wie definieren wir das?«

Genauso wie letzte Woche, Homunkulus.

»Stehlen«, sagt sie. Er korrigiert sie gern, also gibt sie ihm ausreichend Gelegenheit dazu. Soll er sich klug fühlen. Soll er das Gefühl haben, mit seiner Therapie eine arme Seele aus ihrer finsteren Ignoranz hinauszuführen. Wenn er sich während dieser Sitzungen überlegen genug fühlt, wird er dem Gericht nächsten Monat vielleicht – nur vielleicht – verklickern, dass sie ein braves Mädchen ist. Sie ist gar nicht renitent, das war eine Fehldiagnose. Betrachten Sie meine vorherigen Einlassungen als gegenstandslos, Euer Ehren. Diese Patientin benötigt keine weiteren Gehirnwäschen.

»Kleptomanie«, sagt Dr. Xu, setzt die Kappe auf den Stift und steckt ihn wieder ein, »ist der unbeherrschbare Drang zu stehlen. Nicht das Stehlen selbst. Diese Differenzierung ist subtil, aber wichtig, und ich möchte, dass Sie das verstehen. Uns geht es hier um den Drang. Der Drang ist der Grund, weshalb Sie hier sitzen.«

»Das und der Gerichtsbeschluss.« Scheiße! Das wollte sie nicht laut sagen. Aber er sitzt da und redet über sie, als hätte sie einen Hirnschaden. Chemisches Ungleichgewicht, Kindheitstraumata – sie hat in der Bücherei im Franklin jede Menge darüber gelesen. Dabei war Stehlen für sie immer absolut unkompliziert. Klein Kerasha hat geklaut, weil sie arm war. Klar, was Mamas tägliches Briefchen betraf, hatte Kerasha zweifellos ein »Problem«, aber die vorrangige Sorge war immer der Hunger.

Vor ein paar Wochen ist auf Dr. Xus Couchtisch ein Goldfischglas voller Murmeln aufgetaucht. Sie fixiert es mit ihrem Blick, konzentriert sich auf ihre Atmung. Nicole, ihre Zellengenossin, die veruntreuerische Yogini, wäre stolz auf sie. *Lass* beim Einatmen, *los* beim Ausatmen. Nur dass Kerashas Mantra für den Pferdeschwanz *Verpiss dich* (einatmen) *aus meinem Kopf* (ausatmen) lautet.

Dr. Xu verlagert das Gewicht und legt die Hände zusammen, nur die Fingerspitzen. Diese verhasste Geste hat er sich garantiert von irgendeinem Fernsehpsychiater abgeguckt. Und er gratuliert sich auch garantiert innerlich immer noch zu seiner Definition von *Kleptomanie.* »Was glauben Sie? Was steckt hinter diesem« – Fernsehpsychiaterpause – »Drang?«

Sie lässt die Frage lange in der Luft hängen, ehe sie antwortet. »Meinen Sie, warum ich, irgendwie, stehle?«

Gequältes, ewig langes Nachdenken, dann eine idiotische Nichtantwort: Das ist einer der Tricks, mit denen sie hier die Zeit totschlägt. So kann er sich überlegen fühlen, was sein Ziel ist, und sie kommt davon, ohne irgendwas von sich preisgegeben zu haben, was ihr Ziel ist. Win-win, Onkel Shecky, so läuft das hier.

So – und indem sie sich ein paar Murmeln aus dem Goldfischglas angelt; ihr neuester Zeitvertreib in diesem Raum – Klepto-*was,* Dr. Xu? Simpelstes Handwerk, wie dumm von ihm, das Goldfischglas ausgerechnet neben der Riesenkleenex-Schachtel zu deponieren.

»Gibt's echt Leute, die hier heulen?«, hatte sie bei ihrer ersten Sitzung gefragt.

»Manche. Manche weinen jedes Mal, wenn sie herkommen.« Heilige Scheiße, würde ihr Onkel sagen. Wer, bitte, sucht sich so einen Beruf aus?

»Ist Ihnen nach Weinen zumute, Kerasha?«, hatte er gefragt.

Sie hatte ihn nur angesehen, was er offensichtlich als entschiedenes Vielleicht interpretierte. »Falls dem so sein sollte, jetzt, oder irgendwann im Laufe unserer Sitzungen, wäre das nämlich absolut in Ordnung.«

Heute jedoch ist bei Dr. Xu *absolut nichts* in Ordnung. Sein Frust ist ihm anzumerken. »Ich meine nicht, warum Sie ›irgendwie‹ stehlen.« Leichtes Beben der Nasenflügel. »*Irgendwie* bezeichnet Ungenauigkeit. In meiner Frage ist kein Raum für Ungenauigkeit.« Er kneift die Augen zu schmalen Schlitzen zusammen und lehnt sich vor. »Ich meine, warum stehlen Sie, und ich meine mit dieser Frage genau das.«

Ach so, Dr. Xu, Sie wollen's auf die *grammatikalische Tour?* Die Murmeln prickeln warm in ihrer geschlossenen Hand. Sag jetzt nichts, denkt sie. Behalt's einfach für dich.

Scheiß auf mich.

»Ich *stehle* nicht irgendwie«, sagt sie. »Ich, ähm, *hab früher* irgendwie gestohlen. Ich wurde irgendwie erwischt, und ich hab meine Lektion gelernt, irgendwie.«

»Solange Sie nicht verstehen, weshalb Sie gestohlen haben«, sagt Dr. Xu, »haben Sie gar nichts gelernt.«

»Ach so! Das wollten Sie wissen.« Sie schenkt ihm das *Hab's kapiert!*-Grinsen einer Vollidiotin. »Sie wollten wissen, warum ich, also, irgendwie, warum ich gestohlen hab.«

Er zuckt zusammen, schüttelt den Kopf und will gerade antworten, da fällt sie ihm quasi ins Wort:

»Ich hab gestohlen, weil ich eine Sache haben wollte. Ich hab was gesehen oder von was gehört oder dachte, irgendwo gäb's irgendwas zu holen. Und dann hab ich es mir eben genommen, okay?«

So, kleiner Mann, bist du jetzt zufrieden? Das war jetzt ziemlich nah an einer echten Antwort dran. Gefährlich nahe sogar, denn sie weiß selbst nicht, warum sie das plötzlich gesagt hat.

Doch der kleine Mann ist mit ihrem Grad an Unbehagen grundsätzlich nicht zufrieden. Findet jedes Mal eine neue Ausrede, um weiter zu bohren, zu stochern, zu säbeln.

»Sie haben von *haben wollen* gesprochen«, sagt er. »Vielleicht können wir noch ein bisschen darüber sprechen, woher das kam.«

»Woher was kam?« Pause, die Frage spiegeln, Pause. Doch diesmal funktioniert der Trick nicht. Irgendwo in ihrem Innern verfestigt sich ein vages Unwohlsein zu einer dichten Masse. Dasselbe Gefühl, wie wenn sie eine Polizeisirene hört. Die nie ihretwegen heult, das weiß sie, nie nach ihr auf der Suche ist.

Manchmal aber doch.

Und genau so fühlt sie sich, als sie jetzt vor dem Goldfischglas voller Murmeln sitzt, vor dem kleinen Mann und seinem Pferdeschwanz. Er weiß vielleicht nicht, was er tut aber manchmal treffen sogar kleine blind rumstochernde Männer aus Versehen ins Schwarze. Sie hat Kopfschmerzen, direkt über der linken Schläfe. Zu müde für vernünftige Gedanken, ertappt sie sich bei der Frage, ob es sein kann, dass seine Inkompetenz ihn ihr überlegen macht. Bis heute dachte sie wie eine Schachgroßmeisterin, immer zehn Schritte voraus, aber seine Züge sind jenseits von Logik. Motiviert allein durch den Wunsch, sie dazu zu bringen, sich selbst zu hassen.

Komm schon, Kerasha, simst ihr innerer Onkel Shecky, Arschbacken zusammen, bring's einfach hinter dich. Noch ein paar Minuten, dann kannst du dem Goldfischglas mit den Murmeln den Rücken kehren, und in einer halben Stunde bist du zurück im Schoß deiner Quasi-Familie. Zurück in deinem Netz. Und heute Nacht darfst du ihn in deinen Träumen mit Fäden umschlingen und deine Kieferklauen in ihn schlagen.

Du darfst zusehen, wie das Gift seine Organe verflüssigt, und in deinem Traum wird er fürchterlich brüllen. Aber hier musst du ihn in Ruhe lassen.

»Sie erinnern mich an eine ehemalige Patientin.«

Kerasha hasst die Geschichte schon jetzt. Wer auch immer diese verfickte Patientin war, ob sie existiert oder nicht, Kerasha ist auf keinen Fall wie sie. Und woher soll Dr. Xu auch wissen, wie Kerasha ist? Vor der heutigen Sitzung hat sie ihm noch nie eine echte Antwort gegeben, genauso wenig, wie er ihr je eine echte Frage gestellt hat. Hundekacke gegen Hundekacke – so lautet der Deal.

»Und diese Patientin hatte die Angewohnheit, Dinge einzustecken.« Diese Patientin hat nie existiert, jetzt ist Kerasha sich sicher. »Sie besuchte zum Beispiel ihre Tante und steckte Waschlappen ein. Oder sie war auf der Arbeit – sie war Metallarbeiterin – und steckte Werkzeug ein. Oder aber – und das ist jetzt nur ein weiteres Beispiel – sie saß in einem Sprechzimmer. Und sogar da fand sie irgendetwas, das sie einstecken konnte.«

Ein seltsames Vibrieren. Löst sich von ihren Handflächen, erfüllt den Raum, und schon ist die Luft elektrisiert.

Nein, nicht den ganzen Raum. Nur ihre Hosentasche. Die Murmeln summen. Kerasha presst sie zusammen und denkt: Das weiß er nicht. Das kann er nicht wissen. Diese Ehemalige-Patientin-von-mir ist ein Nichts, ein Niemand. Und auf keinen Fall Kerasha Brown. Und Dr. Xus Pferdeschwanz bestätigt das.

Der kleine Mann trommelt versonnen lächelnd mit den Fingerspitzen. Sieht aus, als würde er sich an einer Erinnerung erfreuen. Vergegenwärtigt sich die erste unschuldige, gesunde Patientin, die er in den Selbstmord trieb.

Kerasha verspürt Übelkeit. Die Hand auf den Murmeln ist schlaff, die Haut auf dem Glas prickelt.

Er weiß es nicht. Das kann er nicht wissen.

»Diese Patientin – nennen wir sie Kah, auch wenn sie natürlich nicht wirklich so heißt.«

So heißt auch niemand, das ist ein beschissener Buchstabe. Und zwar ganz zufällig der Anfangsbuchstabe meines Vornamens, du kleiner Wichser. Für wie dämlich hältst du mich eigentlich? »Kah hat es mal so ausgedrückt: Ich nehme mir nicht, *was* ich will, ich nehme es mir, *weil* ich will. Nicht ganz ihre Worte, aber so ähnlich.«

Worte für den Arsch, aber Kerasha sagt es nicht.

Sie lässt ihre Hand in der Hosentasche und die Murmeln in ihrer Hand. Sie presst sie zusammen, als wollte sie das Glas zu Staub zermahlen.

Dr. Xu beugt sich vor, löst die Fingerspitzen und streckt ihr die geöffneten Hände entgegen. Die nächste einstudierte Pose: Der demütige Mönch teilt seine Schale Reis.

»Was zum Nachdenken für Sie.« Er tippt sich ans Handgelenk, obwohl er keine Uhr trägt. »Für heute sind wir fertig.«

Das ist das erste Mal, dass eine Stunde vorbeigegangen ist, ohne dass sie es gemerkt hat, ohne dass sie die Sekunden runtergezählt hat. Es ist außerdem das erste Mal, dass ihr beim Rausgehen eine Frage im Schädel rumflattert wie eine dreckige Fledermaus. Zwar nicht direkt Dr. Xus Fledermaus, aber eine, die er reingelassen hat.

Sie wollte in ihrem Leben noch nie Glasmurmeln haben. Warum stecken dann zwei von den Dingern in ihrer Hosentasche?

Eine schreckliche Erkenntnis bricht sich in ihr Bahn. Sie wendet sich davon ab, ist wieder neun Jahre alt, hockt auf dem Dach von Tower B der Moses-Blocks. Endlich in Sicherheit vor Mama und ihren Nadeln, sieht sie zu, wie über Downtown Brooklyn die Sonne aufgeht. Sieht die zerklüftete Skyline. Sieht zu, wie sich das Rot in warmes Gelb verwandelt.

SECHSTER TEIL

Kein Tag vergeht, keine Minute
oder Sekunde ohne einen Leichnam.
WALT WHITMAN

27

Emil Scotts Atelier befindet sich in einer Dachwohnung etwa einen Block von der Stelle entfernt, wo er ermordet wurde. Drei Tage sind seit dem Mord vergangen, als Henry dasteht und die mit Leinwänden gesäumten Wände mustert, die steile Dachschräge. Bretter auf Betonziegeln dienen als Regale für Farben, Pinsel und Schmierpapier. Der Geruch ist giftig, der Fußboden ein Jason Pollock. Geweihte Erde, denkt Henry.

Er betritt das Atelier und berührt sacht die niedrige Decke. Emil war noch größer als er, er muss gebückt gearbeitet haben. Seltsam, sich Emil Scott, der mit Henry immer so selbstsicher und ungezwungen war, hier bei der Arbeit vorzustellen. Gebückt.

Aber Emil dealte, als sie sich kennenlernten, und beförderte Schwarzgeld, als er getötet wurde. Schon möglich, dass sich Emils Bilder und Wandgemälde verkauft haben, und trotzdem konnte er sich offensichtlich nichts Besseres als diesen engen Speicher leisten.

Henry ist noch dabei, diese Erkenntnis zu verdauen, als ihm der Atem stockt. Hingeschmiert auf eine eins auf eins fünfzig große Leinwand entdeckt er zwei grauschwarze Gestalten, vielarmig und irgendwie ineinander verkeilt. Obwohl sie offensichtlich kämpfen, stehen die beiden Figuren voneinander abgewandt, und angesichts der Gewalt, die das Bild ausströmt, muss Henry sofort an Tiger denken. Er hat Lipz mit ihren blutverschmierten Schlüsseln vor Augen, die Tigers Skalp aufgeschlitzt hat. Und dann ist Henry wieder bei sich, registriert, was er da sieht. Und die Erkenntnis haut ihn fast um. »Verfluchte Scheiße«, sagt er. »Der eine bin ich.«

Kerasha sieht von dem Bild zu Henry und wieder zurück. Ihr Gesicht ist ein einziges Fragezeichen.

»Emils Freundin sagte, er sei manipuliert worden«, sagt Henry. »Sie hat was von ›Schattenzwillingen‹ gefaselt, meinte, ich wäre einer davon.«

Kerasha vertieft sich in die Leinwand. »Der Linke hat komische Hände«, sagt sie leise. Finger wie Korkenzieher und unnatürlich lang. Jetzt sieht Henry es auch. »Aber sonst ...« Kerasha schüttelt den Kopf und wendet sich wieder Henry zu, in ihrem Blick liegt fast was Mitleidiges. »Sorry«, sagt sie. »Aber die könnten echt irgendwer sein.«

Henry schnürt es die Brust zu. Sie schnallt es nicht. Und wieder überflutet ihn ein Gefühl wie eine Welle – nein, es ist mehr als ein Gefühl, es ist eine Idee, eine Emanation, ein Ausdruck seiner ganzen, durcheinandergeratenen Wahrheit. Er geht zu einem senkrecht aus dem Boden ragenden Rohr. Lehnt sich dagegen, verschränkt die Arme.

Kerasha hat währenddessen den Raum durchquert und einen Aktenschrank geöffnet. Hat, scheint es Henry, ohne auch nur eine Sekunde zu zögern, Emils Schubladen geöffnet und angefangen, in seinen Sachen zu wühlen. Die berühmte Diebin bei der Arbeit, das *Naturtalent* der Familie. Und, okay, zugegeben, sie tut genau das, wozu sie hergekommen sind. Aber ihm wäre lieber, sie würde nicht Kaugummi kauen dabei. Wie respektlos, verdammt!

Henry wendet sich ab, geht zur gegenüberliegenden Wand. Schmollt ein bisschen. Das Gefühl vergeht, als er weitere Schattenzwillinge entdeckt. Einige Darstellungen ebenfalls auf hochkant gestellten Leinwänden, andere nur Skizzen, flach ausgebreitet auf dem Fußboden. Mittendrin ein Hocker. Henry fragt sich, ob das zu Emils Schaffensprozess gehörte, sich quasi in einem Projekt einzukerkern. Sich selbst am Blick nach draußen zu hindern.

Henry lässt sich auf den Hocker sinken. Er stellt sich Emil bei der Arbeit vor, über die Leinwände gebeugt. Er arbeitet mit Weidenkohlestäbchen, schraffiert und glättet und verdichtet die Flächen dann mit einem feuchten Fetzen Stoff. Henry atmet die Grundierung ein, Wachs, Asche. Entdeckt die Holzspäne von mit der Hand gespitzten Bleistiften. Henry legt das Kohlestäbchen weg und nimmt einen Zerstäuber zur Hand. Schnüffelt daran, legt auch ihn wieder weg. Und nach einem schnellen Seitenblick zu Kerasha, die zum Glück immer noch mit dem Rücken zu ihm steht, schließt er die Augen. Verliert sich in der Vorstellung, dass Emil wirklich hier ist – auf diesem Hocker, am Leben.

Irgendwann macht Henry die Augen wieder auf und entdeckt das Skizzenbuch.

Es klemmt zwischen zwei nackten Leinwänden, und zuerst lugt nur eine kleine Ecke hervor. Aber Henry erkennt den Einband wieder, das auffällige petrolfarbene Blumenmuster. Emil hat diese Skizzenbücher überall mit hingeschleppt, benutzte sie, um zu »kalkulieren und einzufangen«, wie er es nannte: Um Fragen der Perspektive zu »kalkulieren«, um Gesichter und andere Details »einzufangen«, die ihm im Laufe des Tages begegneten. Henry zieht das Skizzenbuch heraus und hält es einen Moment lang einfach nur fest. Im Thirsty Bear befindet sich eine Wand, die Emil nicht mehr beenden wird, in diesem Skizzenbuch befinden sich Arbeiten, die er nicht mehr beginnen wird. Das unvollendete Leben eines Künstlers liegt weder in seinen Gebeinen noch in seinem Grabstein, denkt Henry, sondern zwischen diesen Seiten.

Henry schlägt das Skizzenbuch auf und sieht als Erstes das Gesicht einer Frau. Ein bisschen jungenhaft, die Nase irgendwie leicht daneben, hohe Stirn – und während das Gesicht von *irgendwem* hätte skizziert werden können, wird Emils ganze Kunst in den Händen sichtbar. Die Finger sind verbogen, die

Handgelenke verdreht, die Wirkung absolut abschreckend und gleichzeitig berührend. Was ist mit diesen Händen passiert, wer hat ihr das angetan, was ist sie für ein Mensch? Aber woher soll Henry das wissen? Das Gesicht wirkt unfertig: feine Linien für die Augen und Ohren, kein Mund, auch sonst nichts. Aber ist die *Skizze* selbst unfertig, fragt Henry sich, oder ist genau das, was fehlt – die Unvollständigkeit –, das, was Emil in dieser Frau gesehen hat? Henry blättert weiter.

Neue Gesichter, viele davon erkennt er wieder: Jay Dyer und andere Maler aus Bushwick. Imani, die Barfrau aus dem Thirsty Bear, wieder Imani. Stinke-Terri, außerdem noch ein paar Leute, die auf der spontanen Trauerfeier gesprochen haben. Emil hat immer Menschen skizziert, die ihm tatsächlich begegnet sind, erinnert Henry sich: »Echte Orte, echte Menschen – fang immer mit dem an, was du siehst.« Emil hat Henry geradezu in diese Richtung geschubst. Hat ihn zurechtgewiesen für den Versuch, *fantasievoll* sein zu wollen – freundlich, aber bestimmt. »Die Bildkomposition lässt sich planen, aber Bizarres nicht. Zeige einfach das, was du siehst, und deine Hände werden von ganz allein bizarr.«

Auch Emils Hand wird bizarr. Da ist die Frau wieder, nur dass sie jetzt einen Schatten wirft, und drei Skizzen später ist sie nur noch Schatten, und dann ist da plötzlich noch ein zweiter Schatten, und Henry weiß, dass er das ist, weiß, dass er das für Emil war: kein Mensch, keine Substanz, sondern eine Absenz.

Henry weint, als ihm der Duft von Lavendel und Kaugummi in die Nase steigt. Er hebt den Blick. Kerasha steht vor ihm, sie blättert ebenfalls in einem von Emils Skizzenbüchern. Das familieneigene Naturtalent, denkt Henry wieder, der Profi, immer bei der Arbeit, immer auf der Suche, immer mit einem Ziel vor Augen. Nein, wird Henry klar, nicht in *einem* von Emils Skizzenbüchern – im selben Skizzenbuch. Seine Hände sind leer. Sie hat es ihm geklaut, aber wann, verdammt?

»Auf der ersten Seite ist ein Datum vermerkt«, sagt sie. »Er hat im April angefangen, die Frau zu zeichnen.«

Im selben Monat, als er und Emil sich kennenlernten. Henry muss an die Vernissage damals denken, wie sie umeinander rumgeschlichen waren, der kriminelle Künstler, der Künstlerkriminelle. In ihm herrscht abgrundtiefe Traurigkeit, ihm wird schwindlig, und dann rutscht ein Stück Papier aus dem Skizzenbuch. Es segelt Richtung Fußboden, Kerasha angelt es sich aus der Luft. Mustert es, mit nachdenklichem Gesicht.

»Der Name des Mörders?«, fragt Henry. Ich lach mich schlapp, danke sehr, ich bleib die ganze Nacht hier.

Und als Kerasha nicht gleich reagiert, schöpft Henry – wie immer der Trottel – Hoffnung. »Was ist das?«

Kerasha dreht den Zettel um. Liest die Rückseite. »Cha-Ching Money Services, Einzahlungsbeleg, achthundert in bar. Datiert auf den …« Sie dreht den Zettel wieder um und liest das Datum ab. »Sagt dir das irgendwas?«

»Das war seine letzte Lieferung – die letzte, die er beendet hat. Und …« Gedanken fahren Karussell, wieder geht eine Alarmglocke los. Cha-Ching ist ein Laden auf der New Utrecht Avenue. Henry kennt ihn gut. Voll nervig zu erreichen, weder eine gute Busverbindung noch mit dem Zug, trotzdem war Henry früher regelmäßig dort, um für seinen Onkel tütenweise Bargeld einzuzahlen. Inzwischen schickt er seine eigenen Kurier hin. »Scheiße! Dort sollte Emil das Schwergewicht hinliefern.«

»Aber er ist nie dort angekommen, stimmt's?« Kerasha folgt Emil aus dem Atelier hinaus. »Ich meine, du hast seine Leiche in diesem Technikraum gefunden.«

»Was weiß denn ich!« Er schüttelt den Kopf, schon auf dem Weg nach unten. »Vielleicht hat jemand ihn dorthin geschafft.«

28

»Du kennst einen Menschen erst«, sagt Onkel Shecky, »wenn du deine Nase in seine Kohle gesteckt hast.« Henry ist vierzehn. »Wo kommt das Geld her? Wer bezahlt ihn dafür, zu tun, was er tut? Zu sein, wer er ist?« Henry ist fünfzehn, Henry ist achtzehn. »Wer hat die Kontrolle?« Henry ist einundzwanzig. »Solange du das Geld nicht riechst, weißt du gar nichts.«

Drei Tage nach dem Mord steht Henry in der Abenddämmerung vor Cha-Ching Money Services. Er lässt seine Stadt auf sich wirken. Den Dieselgestank von der Tankstelle nebenan. Eine blinkende, zischende Straßenlaterne, der lange Schatten von dem geparkten Sattelzug mit den zwei Anhängern. Hier draußen, wo er das Geld nicht riechen kann, geht es ihm gut. Hier draußen, wo er von den Aufzeichnungen oben im Arbeitszimmer nichts erfahren kann, nicht rausfinden kann, ob Emil ein braver Junge war und seinen letzten Botengang beendet hat. Oder ob …

Er weiß nicht, wie er seinem Verdacht nachspüren soll. Kann seinen Umriss nicht erstasten. Aber er ist trotzdem da, direkt unter der Oberfläche, und Henry hat Angst, was passieren wird, wenn dieser Verdacht sich erhärtet und Gestalt annimmt. Hat Angst, als wer sein Freund sich herausstellen wird. Er würde am liebsten für immer hier draußen vor der Tür bleiben.

Und dann nähert sich eine dunkle Limousine, bremst ab und kriecht auf ihn zu wie ein Raubtier. Ist es der Bulle mit der Marke 7229, fragt er sich, oder zielt gleich ein Revolver mit einer Trommel voll Du-schuldest-mir-was von Red Dog auf ihn? Letzteres wäre Henry fast egal. Hier draußen zu sterben, ohne die Wahrheit über seinen Freund zu erfahren, aber auch, ohne die Suche danach aufgegeben zu haben, besitzt düstere Verführungskraft. Der Wagen fährt vorbei, und Henry atmet auf.

Sorry, Emil. Aber du bist tot, ich bin hier, und Anspruch auf Privatsphäre haben nur die Lebenden.

Er geht auf die Tür zu und betritt den Laden.

Die Nachtkassiererin leert den Papierkorb in einen größeren Mülleimer. »Ist alles videoüberwacht«, sagt sie, ohne den Blick zu heben.

Henry sieht sich um. Außer ihm und der Kassiererin ist keiner da, trotzdem klingt sie wie mitten im Gespräch. Die bläuliche Beleuchtung und der gedämpfte Gothic-Diso-Beat verstärken das Gefühl, auf Ayahuasca zu sein.

»Überall Kameras«, sagt sie. »Dein Gesicht ist schon auf Band.«

»Ich komme in Frieden«, sagt Henry.

»Der Tresorraum ist mit einem Zeitschloss gesichert«, sagt sie. »Kann ich nicht öffnen, selbst wenn ich wollte.«

Endlich hebt sie den Blick. Er kennt sie nicht aus seinen Kurierzeiten. Sie ist über sechzig, eine Flechte im Gesicht. Er hat Mitleid mit ihr. Alte Frau mit Nachtschicht – sie möchte genauso wenig hier sein wie er.

Henry tritt an einen Stehtisch, greift nach einem Einzahlungsformular. Vor ihm steht ein Becher Stifte – er nimmt sich einen, skizziert Emil und geht mit der Skizze an den Schalter. »Haben Sie den schon mal gesehen?«

Die Frau betrachtet mit zusammengekniffenen Augen das Bild. Es folgt ein unmissverständlicher Augenblick von Erkennen – sie sieht plötzlich zu Henry hoch –, doch dann schüttelt sie den Kopf. »Sorry! Da klingelt leider gar nichts.«

»Emil war auch keine *Klingel*«, sagt Henry. Hitze schießt aus seiner Faust nach oben in den Arm. Vom Arm weiter in die Schulter, vom Hals ins Herz. Er fängt sich wieder. Senkt Stimme und Blick. »Er war mein Freund.«

Die Frau lässt die Hand mit dem Bild sinken. »War?« Endlich sieht sie Henry direkt ins Gesicht. »Was ist mit ihm passiert?«

Sie befinden sich im Pausenraum, in die gegenüberliegende Wand ist eine Tresortür eingelassen. »Das war nicht gelogen«, sagt die Kassiererin. »Es gibt wirklich ein Zeitschloss.« Eine uralte elektrische Kaffeekanne rattert, dann ertönt ein leiser Knall. Die Frau, die sich als Priscilla vorgestellt hat, füllt zwei Becher. »Irisch oder mexikanisch?«

»Beides.«

»Wie mutig.« Sie gibt einen Schuss Whiskey und einen Schuss Tequila in seine Tasse, in ihre nur Whiskey. »Ihr Freund war wirklich ein Lieber«, sagt sie. »Die Säufer, die Kiffer, die wussten alle, dass er ein Softie war. Wenn sie ihn kommen sahen, haben sie sich immer schon zusammengeschart. Er hatte für jeden einen Dollar. Und wenn er doch mal nichts hatte, dann wenigstens ein Lächeln. War sich nie zu fein, Hallo zu sagen oder eine Hand zu schütteln. Und manche von den Typen …« Sie schüttelt sich. »Die würde ich nicht anfassen. Aber Ihr Freund war nett.«

»Hatte er jemals wen dabei?«, fragt Henry. »Vielleicht eine Frau mit verkrüppelten Händen?«

Priscilla schüttelt den Kopf. »Kam immer allein.« Sie sitzen schweigend da, bis die Tresortür ein dumpfes Geräusch von sich gibt. Priscilla wirft einen Blick auf die Uhr. »Entriegelt«, sagt sie. »Wir haben eine halbe Stunde.«

Ein Schlüssel, eine Zahlenkombination, sie legt ihre Handfläche auf einen Scanner. Die Tür schwingt auf. Dahinter Einzahlungsbelege, lose und in Schachteln. Sie scheint sich auszukennen, und Henry lässt zu, dass sie hinter Kistenstapeln verschwindet. Sein Blick schweift durch den Raum. Er liest die Etiketten. AARON bis ARONSON. KESSLER bis KOSARIN. Wie viele von denen wohl Kuriere sind, fragt Henry sich, die Geld für andere verschieben, anderen helfen, im Dunkeln zu bleiben.

Und wurde irgendwer von denen so mies instruiert – dass er ermordet wurde?

»Hab ihn«, sagt Priscilla. Sie kommt zurück, schlägt im Gehen eine Mappe auf und nimmt einen dünnen Stapel Einzahlungsbelege heraus. »Nach welchem Datum suchen Sie?«

Henry zieht die Geldbörse heraus. »Wie viel für die ganze Mappe?«

Im Pausenraum breitet Henry die Belege vor sich aus. Bringt sie in chronologische Reihenfolge, dann blättert er sie durch, spult im Kopf die zugehörige Geschichte ab. 15. April: $1500 auf ein Konto einer imaginären Non-Profit-Organisation bei der Chase. Am 22. April gab es eine Geldanweisung über $500, zahlbar an Furnace Maintenance LCC – eine Briefkastenfirma, die Henry deshalb so gut kennt, weil er sie selbst gegründet hat. Und alles Geld fließt streng nach dem System, das Onkel Shecky vor Jahren entworfen hat – bis Ende Juni. Das war Emils letzte vollendete Tour, und auf diesem Einzahlungsbeleg prangt ein fettes rotes X.

Henry starrt die beiden blutroten Balken an. Hält der Kassiererin den Beleg hin: »Was ist da passiert?«

Priscilla kommt zu ihm, kneift die Augen zusammen, setzt die Brille auf. Dreht den Beleg um und liest den Vermerk auf der Rückseite. »Die Überweisung wurde zurückgewiesen.«

»Was?«

»Die haben das Geld zurückgeschickt.«

»Wer zum Teufel schickt Geld zurück?«

Sie nimmt den Beleg und verschwindet im Tresorraum. Kommt eine Minute darauf mit einem gefalteten Brief wieder. »Zuerst ging die Überweisung durch«, sagt sie. »An der Kontonummer oder dem Konto selbst lag es also nicht. Dann, ein oder zwei Wochen später, kommt plötzlich das hier.«

Sie reicht ihm den Brief. Henry liest: »Wir bedauern, Sie davon in Kenntnis setzen zu müssen, dass Ihr Konto bei Capital

One aufgrund gerichtlicher Anordnung(en) und/oder Verfügung(en) durch die Strafverfolgungsbehörden mit sofortiger Wirkung gesperrt wurde.«

Henry faltet den Brief, nickt Priscilla einen Dank zu und verlässt ruhig und viel zu gefasst den Laden. Er kann die Reaktion seines Onkels jetzt schon hören: Mein Gott, Hen – Strafverfolgungsbehörden? (Ich hab dir doch gesagt, dein Junge ist der Sache nicht gewachsen. Ein *Künstler*, verdammt noch mal, was hast du dir dabei gedacht? Natürlich hat er Mist gebaut. Und die Bank hat es geschnallt und unseren Durchlauf gesperrt. Aber scheiß auf das Durchlaufkonto. Weißt du, wer das noch geschnallt hat? Die Straße. Da kannst du deinen Arsch drauf verwetten, Junge, die Straße hat seine Schwäche gewittert – hat den fetten Haufen Kohle gewittert, den du ihm anvertraut hast – und ihn zur Strecke gebracht.)

Und Onkel Shecky muss es nicht mal aussprechen. Ein Blick genügt, und zwischen ihnen ist alles gesagt. Nur ein einziger Blick, und Henry wird ein Nichts sein. Damit kann er seinem Onkel unmöglich unter die Augen treten. Er denkt an seinen Cobra und wie einfach es wäre, den Revolver in die Hand zu nehmen, sich den Lauf in den Mund zu schieben.

Aber muss er das?

Es ist nichts Ehrloses daran, ein Problem zu haben. Nicht mal, einen Fehler zu machen, ist ehrlos, vorausgesetzt, man gibt ihn zu. Der Ausweg, der Weg, diesen beschissenen Sommer zu überleben, besteht darin, seinem Onkel die Lösung für all ihre Probleme zu präsentieren.

Und ich *werde* eine Lösung finden.

Nur dass Henry jetzt im Augenblick lieber nicht allein sein möchte.

Er hockt mit Lipz im Keller, und sie schlagen die Zeit tot wie ein altes Ehepaar – gemeinsam einsam. Lipz liegt auf seinem Bett und liest, und Henry sitzt an seinem Zeichentisch. Der 2B-Bleistift in seiner Hand hat sich seit einer ganzen Weile nicht mehr bewegt. Henry hängt einer Erinnerung nach.

Einen Monat zuvor hatte Henry Emil ein Bild gezeigt, das er in der Highschool gemalt hatte. Ein Portrait von Lipz und eines seiner letzten vollendeten Werke, das Herzstück der Mappe, mit der er sich die Ablehnungsbescheide einhandelte. »Bitte sei ganz ehrlich«, sagte Henry. »Was hältst du davon?« Emil musterte das Bild eingehend und lange, ging mit seiner großen Nase bis direkt an die Leinwand heran. Henrys Atem wurde flach, seine Ohren heiß, auf der Zunge ein salziger Geschmack. Und noch ehe Emil sich wieder zu ihm umdrehte, wusste Henry, dass es hoffnungslos war. Er war der Handlanger eines Geldwäschers und sonst gar nichts.

Emils Lächeln war unverzeihlich boshaft. »Du hast ein gewisses …« Doch dann hatte offensichtlich irgendwas in Emils Ausdruck ihm klargemacht, dass jede weitere Kritik oder auch nur Fopperei zu grausam wäre. Emils Lächeln veränderte sich, und er ließ den Satz unvollendet.

»Komm schon, Mann«, hatte Henry gesagt. »Spuck's schon aus, verdammt!« Wenn schon Demütigung, dann bitte gleich die Vernichtung. »Was denkst du?«

Emils Antwort bestand darin, Henry auf eine neue Fährte zu locken, weg von seinem Versagen. Er deutete auf eine nackte Stelle an der Wand. »Was ist damit?«, fragte Emil. »Was fängst du damit an?«

Am selben Abend brachte Emil Henry die Pinselführung neu bei, und zwar von Grund auf. Irgendwann war Henry so frustriert, dass er den Stupfpinsel zerbrach und damit die Leinwand perforierte. Zwei Finger in das Loch steckte, den Stoff aufriss und den Rahmen kaputtschlug. Emil wartete, bis er wieder zu Atem gekommen war, dann sagte er: »Wir gehen ins Greif.«

Das Greif, eine Boutique-Galerie in Downtown Brooklyn, war um dreiundzwanzig Uhr an einem Montagabend nicht geöffnet. Aber Emil hatte eine nette Ex – eine *alte Bekannte,* wie er sie nannte –, die ihm aufschließen würde, egal um welche Uhrzeit. Sie wollte mit rein und ein bisschen quatschen, Emil bat sie, draußen zu warten. Zu Henry sagte er: »Ich will, dass du was fühlst.«

Er führte Henry zu einem abstrakten Gemälde in Rot und Blau. »Bin gleich wieder da.« Emil verschwand, und Henry bekam plötzlich Angst, Emil könnte ihn verarschen. Würde abhauen und ihn an diesem seltsamen Ort allein lassen. Dann gingen die Lichter aus, eins nach dem anderen. Henry wurde von Aufregung gepackt, dann von nackter Angst. Auf einmal war alles möglich. Er hörte Schritte, *tack-tack,* Emils lederne Schuhsohlen auf nacktem Beton. Dann stand Emil neben ihm. Der Geruch von Schweiß und Gras. Die Stimme. »Keine Farben mehr. Keine Bildkomposition, nur Textur«, sagte Emil. »So habe ich gelernt.«

Emil nahm Henrys Hand – kein Mann außer seinem Vater hatte Henry jemals so berührt – und führte seine Fingerspitzen über die Leinwand. »Hier hat er einen Filbert benutzt«, sagte Emil. »Und da am Rand den Konturenpinsel. Irgendwo in der Mitte einen Stupfpinsel – wo war das? – hier.«

Geleitet von der rauen Hand erspürte Henry die unterschiedlichen Texturen.

Er zittert immer noch, als Lipz ihn vom Bett aus anspricht. »He. Ich muss dir was sagen.«

Henry dreht sich um, aber nicht so weit, dass sie sein Gesicht sehen kann.

»Ich habe Red Dog erzählt, was du gesagt hast. Dass Tiger verhaftet wurde und die Polizei ihn laufen gelassen hat. Also sofort. Und ich hab Red Dog erzählt, dir wär das komisch vorgekommen.«

Henry dreht sich ein Stück weiter in ihre Richtung.

»Red Dog hat jemanden darauf angesetzt.«

Henry dreht sich ganz zu ihr um. »Und?«

»Was glaubst du denn!« Sie schnieft. »Sieht nicht gut aus.« Lipz gehört zu den härtesten Menschen, die Henry kennt, aber sogar Lipz hat ihre Momente. »Ich meine, Tiger ist ein Arschloch, aber ...« Wieder ein Schniefen. »Wünschst du dir je, es wäre besser, was nicht zu wissen?«

29

Am nächsten Morgen, das Frühstück ist fast vorbei. Die zweite Runde Kaffee dampft in den Tassen, als Shecky Kerasha das gewaltige Projekt präsentiert, das ihn in der Nacht vom Schlaf abgehalten hat: Gegenüberwachung.

Lacey Atkinson ist Sheckys Nachbarin über den Hinterhof. Ihr Haus ist einen Stock höher als seins, und direkt unter dem Fenster an der Südostecke befindet sich ein Verteilerkasten. Eine auf diesen Kasten montierte Überwachungskamera hätte den gesamten Hof im Blick. Ein Vierzig-Grad-Schwenk im Uhrzeigersinn, und die Kamera würde die Gasse zwischen Sheckys Haus und dem Brownstone nebenan abdecken. Ein Hundertzwanzig-Grad-Schwenk vom Ausgangspunkt gegen den Uhrzeigersinn, und die Kamera würde die Straßenecke abdecken, wo sein Häuserblock an den Maria-Hernandez-Park grenzt. Und schließlich ein paar Grad nach oben, und sie hätten damit einen ganzen Viertelblock der Hart Street zwischen der Bushwick Avenue und Evergreen im Blick.

»Verstehst du, was ich sage?« Shecky beugt sich zu Kerasha vor und schlägt mit der flachen Hand auf den Tisch. »Wir haben die Möglichkeit, unseren Überwacher zu überwachen.«

Shecky holt, mit einigem Stolz, seine radiergummiverschmierten Pläne heraus und hält sie hoch. Er hat die Nacht damit verbracht, auf aus der Papiertonne gerettetem Schmierpapier Winkel zu berechnen und Sichtachsen zu zeichnen. Rund um Sheckys Werk sind verworfene Skizzen von Henry zu erkennen.

»Ganz schön schlau, oder?«, sagt er, als klar wird, dass Kerasha es nicht selbst sagen wird. »Nicht schlecht für einen Kerl mit abgebrochenem Jurastudium.«

Kerasha sieht ihm in die Augen, mit einem Blick irgendwo zwischen amüsiert und genervt, und Shecky bekommt Angst vor ihrer Zurückweisung. Spürt sie es? Tut er ihr leid? Wer weiß das schon. Aus welchem Grund auch immer, ihr winziges Lächeln verschwindet, und sie sieht sich seine Zeichnungen genauer an.

Ein Schulterzucken. »Ja, kann schon sein.« Sie schlägt ihr Buch wieder auf.

Shecky ist getroffen, aber unbeirrt. Der nächste Schritt besteht darin, seiner Hinterhofnachbarin einen Besuch abzustatten. Lacey ist Witwe, knapp siebzig, aber bereits mehr als senil. Siebzig ist ein Alter, das Shecky noch vor fünf Jahren in Angst und Schrecken versetzt hätte. Inzwischen akzeptiert er, dass es auch Teil seines eigenen Kontinuums ist, wenn er Glück hat, ist er vielleicht ein paar Schritte hinterher, aber auf demselben Weg. Man baut sich sein Leben auf, und dann sieht man zu, wie es sich wieder auflöst. Entweder das oder ein vorzeitiger Tod, eine andere Option gibt es nicht.

Er quatscht ein bisschen mit Lacey und erfindet einen plausiblen Grund, an ihrer Hausmauer eine Leiter aufstellen zu wollen. »Der verdammte Verteilerkasten«, sagt er. »Der macht ständig Ärger.«

Lacy macht zwar ein verwirrtes Gesicht, aber sie sagt: »Tu, was du tun musst.«

Shecky versucht zu übersehen, dass sie schon wieder vergessen hat, eine Hose anzuziehen. Er wendet den Blick ab, erleichtert, ein bisschen Abstand zwischen sich und diese knotigen Knie zu bringen, und betet dafür, dass sein Abgang mit etwas mehr Würde vonstattengehen wird. Hofft, dass er nicht so allein sein wird, wenn bei ihm der Tag der Abrechnung vor der Tür steht.

Als er den hinteren Windfang erreicht, klingelt sein Geschäftshandy, und auf dem Display blinkt ein *P*. Er betritt den

Windfang, um den Anruf anzunehmen. »Ja, Cousin?« Das Gespräch ist kurz und verschlüsselt.

»Tante Marias Brief ist angekommen«, sagt Vasya. Will sagen: Der Paradise Club bestätigt den Empfang der diesmonatigen Geldtransaktion.

»Und wie geht es ihrer Arthrose?«, fragt Shecky. Will sagen: Alles?

»Bestens, danke«, sagt Vasya. »Weißt du, meistens machen wir uns gar nicht die Mühe zu zählen.«

Er spricht Klartext – klingt es wie ferner Donner in Sheckys Innereien.

»Du bist immer zuverlässig«, fährt Vasya fort.

Das ist verflucht leichtsinnig, Vasya. Wir sind hier nicht im Impro-Theater, halt dich verdammt noch mal an deinen Text, Herrgott! Shecky fragt sich, was mit Vasya los ist, was er nicht sagt, aber ein Telefonat ist nicht der richtige Ort für ein solches Gespräch. Beunruhigt legt er auf. Die Verschlüsselung ist für *dich*, will Shecky Vasya stecken, ich schätze meine Geschäftspartner nicht nur – ich sorge mich um sie. Vielleicht mehr, als ich sollte. Und diese Kamera da oben – die ist auch für dich. Meine Sicherheit sorgt für deine.

Und damit geht er zurück ins Haus.

»Kerasha? Henry?« Weg, weiß er jetzt schon. Riecht den Geruch von verlassenem Haus. Spürt die altvertraute schwarze Panik in sich aufsteigen.

Am Esstisch packt er die Überwachungskamera aus, die er gestern besorgt hat, und setzt sie zusammen. Eine halbe Stunde vergeht in tauber Konzentration, dann leuchtet das grüne Lämpchen zweimal auf, signalisiert »bereit«. Jetzt braucht er nur noch seine Leiter. Shecky geht in die Küche, öffnet die Kellertür und hat noch den Knauf in der Hand, als er spürt, wie sich eine starke, raue Pranke um sein Handgelenk schließt.

»Kein Ton«, sagt der Mann. Wortlos lässt Shecky sich am

Handgelenk um die eigene Achse drehen. Mit dem Rücken zur Kellertreppe überkommt ihn das unheimliche Gefühl, gestoßen worden zu sein, rücklings nach unten zu stürzen. Doch der Mann ist kein Mann, sondern ein Junge, höchstens ein paar Jahre älter als Henry. Nicht ganz so groß, aber muskulöser, mit breiten, kräftigen Schultern. Rote Hose. Muskelshirt, Riesenarme. Um den Kopf einen Mordsverband, und Shecky fällt die uralte Regel über verwundete Tiere ein.

»Kein Ton«, sagt der Junge wieder und krallt Shecky die Fingernägel ins Fleisch. »Hör zu, was sie zu sagen hat.«

»Scheiße, lass ihn schon los«, sagt eine vertraute Stimme. »Was soll er denn machen, die Bullen rufen?«

Es hätte Shecky nicht überraschen dürfen, aber er ist es trotzdem – er ist entsetzt –, dass *sie* sich als Henrys schlimmste und irrste Freundin herausstellt. Schon trampeln ihre Armeestiefel quer über sein Linoleum. »Hallihallo«, sagt sie. »Erinnerst du dich noch an mich?«

Shecky spürt etwas in sich hochkochen. »Ob ich mich an dich erinnere?« Er hätte sie am liebsten angespuckt. »Ich hab dir zu essen gegeben, verfluchte Scheiße! Und falls du Henry suchst …«

»Hier geht es nicht um Henry.«

»… der ist nicht …«

»Hier geht's um dich«

Shecky konzentriert sich auf seine Atmung, wie auf der Bühne. Sein Handgelenk tut noch mehr weh, dann lässt der Schmerz nach, die Hand pulsiert und wird taub. Sein Frust ist jenseits von Gut und Böse. Er steht hier, in seiner eigenen Küche, direkt neben einem altmodischen Festnetztelefon – direkt neben seinen Messern, Herrgott! –, und kann sich keinen Millimeter bewegen. Zwei gegen einen könnten ebenso gut eine Million gegen einen sein. Die Frage lautet lediglich, wie viel Schmerz sie ihm zufügen können, ehe er endgültig zu Boden geht.

»Eigentlich …« Halb traurig, halb amüsiert mustert Lipz sein Gesicht. »… geht's hier auch nicht um dich. Hier geht es um zweihundertfünfzigtausend Dinge, die nicht du sind.«

Endlich lässt der bullige Typ ihn los.

Shecky massiert sich das Handgelenk. Das Gefühl kommt zurück und mit ihm der Schmerz. Absurderweise muss er an sein Kontenbuch denken, daran, ob er mit der Hand jetzt noch Einträge verschlüsseln und notieren kann.

»Schau mich an«, sagt Lipz. »Hör mir zu. Henry gehört zu mir. Ich liebe ihn, und das werde ich so lange tun, bis ich ihn umbringen muss. Und irgendwie, auf total bescheuerte Weise, liebe ich sogar *dich*. Dieses Frühstück, weißt du? Das hat mir echt was bedeutet. Vor allem, weil ich weiß, dass du mich ums Verrecken nicht in deinem verfickten Haus haben willst.« Shecky will protestieren, doch er sieht den Wag-es-ja-nicht-Blick in ihren Augen. »Ich sage Liebe«, fährt sie fort. »Du hörst Liebe. Ich *empfinde* Liebe. Aber diese Liebe hält mich nicht davon ab, bremst mich nicht mal, dir wehzutun, um mein Geld wiederzukriegen. Oder Henry wehzutun. Also. Die Geschichte ist die.«

Mit einem Satz hockt sie auf der Anrichte, die Armeestiefel knallen gegen die Schranktüren.

»Die verschwundene Kohle – Red Dog sagt, die geht auf mich. Er sagt, ich hab euch ins Spiel gebracht. Ich hab für euch gebürgt. Mit meinem Namen.«

Shecky wird es eng in der Brust. »*Du* hast uns Red Dog als Kunden verschafft?« Er war fest davon ausgegangen, dass Henrys Kontakt jemand Zurechnungsfähiges war, jemand mit Verantwortungsgefühl. Jemand ohne Totschlag im Lebenslauf. »Henry, du Arschloch, was …«

»Ja, oder? Wo bleibt mein Anteil, frag ich mich.« Lipz trommelt mit den Hacken einen Marschrhythmus gegen den Küchenschrank. »In Brooklyn gibt es keine Gerechtigkeit. 'ne Tüte mit Kohle verschwindet. Und obwohl ich nichts damit zu tun hab, steht da jetzt mein Name drauf. Also. Glaubst du, das lass ich euch einfach so durchgehen?«

Shecky sieht ihren Stiefeln dabei zu, wie sie an Schranktüren langschrammen. Erträgt den Anblick nicht. »Das ist eine Sache zwischen Red Dog und dir«, platzt es aus ihm raus. »Ich kann dir nicht helfen. Du musst gehen.«

Sie springt von der Anrichte. Und hält, wie Shecky zu spät sieht, eines jener Steakmesser in der Hand, die er selbst noch Sekunden zuvor prüfend ins Auge gefasst hatte. Hält es ihm dicht vor die Nase. »Red Dog hat dir sein verficktes Schwarzgeld anvertraut. Du solltest es waschen. Du hast es verloren. Red Dog sagt, das geht auf mich? Leck mich, das schieb ich dir zu. Ich …« Plötzlich wendet sie sich ab, schleudert das Messer in die Spüle, greift sich mit beiden Händen an den Kopf. »Scheiße! Glaubst du, mir macht das *Spaß*?«

Shecky weicht zurück.

»Mein Name ist alles, was ich habe.« Sie keucht. »Und es gibt nichts, das ich dir – oder Henry – nicht antun würde, um meinen Namen wiederzukriegen.« Sie tritt näher, so nahe, dass er ihren Atem spüren kann. »Ich weiß, dass du mich verstehst.«

»Ich kann deinem Boss sein Geld nicht besorgen« – er reißt sich mit aller Mühe zusammen, um nicht laut loszubrüllen –, »ich kann *meine Arbeit nicht tun*, wenn du mir so auf die Pelle rückst!«

Sie mustert ihn, und er weiß, dass sie mit dem Messer auf ihn losgehen wird. Aber dann nickt sie nur dem Jungen zu, und schon sind beide wieder zur Tür raus.

Shecky Keenan sitzt allein in seiner Küche. Er zittert. Und dann, plötzlich, ist alles Zittern vorbei, und er steht wieder da, seine Zeichnungen in den Händen. Die Überwachungskamera ist mehr als eine schlaue Idee, sie ist eine zwingende Notwendigkeit – er kann nicht zulassen, dass irgendwelche Gangster ihn in seiner eigenen Küche überfallen. Das hier ist ein *Zuhause*. Hier leben die Menschen, die er liebt. Er wird dieses Zuhause beschützen.

Zeichnungen in die Tasche, Leiter in den Hinterhof. Er hebt die Leiter, lehnt sie vorsichtig gegen Laceys Hauswand – behutsam, ganz behutsam –, um Laceys gelben Anstrich nicht zu beschmutzen. Tu, was du tun musst, sagt er sich beim Hochsteigen und unter Protest seiner schmerzenden Knöchel. Der Verteilerkasten ist jetzt direkt über ihm, er hätte die Leiter einen Schritt weiter rechts positionieren sollen. Egal, er kommt da trotzdem ran, muss er eben fummeln. Er löst die Kamera von seinem Gürtel. Ein paar Schrauben, ein bisschen doppelseitiges Klebeband, und schon ist sie bereit zur Montage.

Aber als Shecky über sich fasst, um die Kamera auf dem Verteilerkasten festzudrücken, streift seine Hand einen festen Gegenstand. Auf dem Verteilerkasten ist schon was. Er tastet herum, fasst in die klebrigen Überreste eines verwesenden Tiers. Der nächste Adrenalinstoß durchfährt ihn, als er eine von kleinen Glasscheiben eingefasste Metallschale ertastet. Es gelingt ihm nicht, das Ding von dem Verteilerkasten zu lösen. Kann nicht ertasten, was es ist.

Shecky steigt von der Leiter (scheiß auf die Knöchel), versetzt sie einen Schritt nach rechts, steigt wieder hoch (jetzt protestiert sein linkes Knie), und dann sieht er, was da oben ist: ein kleiner, kompakter, blinkender Metallkasten. Es ist eine Mastkamera, haargenau an der Stelle installiert, wo sie, wie er Kerasha dargelegt hatte, sein sollte. Nur dass diese Kamera nicht über seine Familie wacht. Sie überwacht sie.

Eine Polizeikamera.

Die waren zuerst da, die haben sich seine Stelle ausgesucht, und Gott weiß, wie lange dieses blau blinkende Auge seine Wohnung schon im Blick hat. Was hat es gesehen? Henry mit seinen Mädchen, Shecky in seinem Arbeitszimmer. Kerasha beim Kommen und Gehen zu den unmöglichsten Zeiten. Es ist erschreckend, was er alles nicht weiß, welche Beweise sie bereits haben könnten. Shecky fühlt sich vernichtet.

Und verspürt gleichzeitig eine gewisse Genugtuung. Er hat sich die Nacht um die Ohren geschlagen, hat die Winkel und Falllinien seines Grundstücks berechnet, jeden möglichen Blickwinkel durchdacht, die praktischen und die unpraktischen, jede nur mögliche Montagehöhe. Er hat gezeichnet und gezeichnet bis alle Finger vom Bleistift grau verschmiert waren, und trotz Kerashas Skepsis heute Morgen (»Ja, kann schon sein«), und obwohl er, wenn er ehrlich ist, selbst auch skeptisch war, hatten seine Berechnungen am Ende tatsächlich gestimmt.

Bumm!

Die unerwartete Freude über seine Niederlage wird beiseitegetreten, seine Leiter schrappt plötzlich ein paar Zentimeter über den Boden und fängt gefährlich an zu schwanken. *Bumm!* Shecky greift nach dem Verteilerkasten. Die Leiter löst sich von der Hausmauer. Shecky strampelt mit den Füßen, versucht, die Leiter zurück in Richtung Wand zu kicken. *Bumm!*

»Hallo, da oben«, sagt sie. *Bumm!* »Ich bin's noch mal.«

Shecky umklammert mit beiden Armen den Verteilerkasten. Versucht, die Leiter mit den Füßen zurück Richtung Haus zu bugsieren.

Bumm! Diesmal schwingt die Leiter seitwärts, und während Sheckys Füße sich in der vorletzten Sprosse verheddern, bekommt er mit der linken Hand ein Abflussrohr zu fassen. Und spürt augenblicklich, wie es sich unter seinem Gewicht verbiegt.

Bumm! Die Leiter knallt gegen Laceys gelb gestrichene Hauswand und hinterlässt eine breite, schmutzige Rostspur.

Shecky erwischt mit beiden Händen irgendeine andere Ecke. Halb hängend, in sehr schrägem Winkel, schaut er nach unten und sieht Lipz zu ihm hochlächeln. Rote Augen, nasse Wangen. Diesmal ohne den Muskelprotz. Shecky wird endgültig klar, dass sie diejenige ist, vor der er Angst haben muss.

»Hallo«, sagt sie und setzt ihren schweren Armeestiefel auf die unterste Sprosse. »Wollte dich nur noch mal daran erinnern, dass ich es ernst meine.«

Sie tritt gegen die Sprosse …

Bumm!

Shecky will antworten, bringt aber nur ein Wimmern heraus. Die Leiter schwankt, fängt an zu kippeln. Shecky packt Laceys Fensterrahmen, greift nach der Halterung der am Fenster montierten Klimaanlage. Spürt, wie der Kasten aus seiner Position rutscht.

»Vergiss mich nicht, okay?«, ruft sie zu ihm hoch und weint und lächelt dabei und stampft und tritt gegen seine Leiter, noch mal und noch mal. *Bumm, bumm, bumm!* »Vergiss meinen Namen nicht.«

Shecky schiebt den Arm in die Klimaanlagenhalterung, schlingt das Bein um einen der Leiterholme und spürt, wie er in Richtung Hausmauer und wieder weg schwenkt. Er baumelt immer noch in der Luft, als ihm klar wird, dass Lipz gegangen ist. Er wurde entlassen, vermutet er, es steht ihm frei, zu fallen, wann es ihm beliebt. Mit rasendem Herzen wird er sich des Risikos bewusst, seiner Machtlosigkeit und vor allem dieser unfassbaren Blamage vor den Bullen, die die Szene auf ihren Überwachungsmonitoren garantiert mit angesehen haben.

30

Am Tag als Emil Scott verschwunden ist, kehrt Zera in die schmale Seitengasse der Bond Street zurück, zwischen Livingston und Schermerhorn. Sie ist die Strecke bereits mehrmals abgelaufen, sie hat den ganzen Nachmittag nichts anderes getan, und ja, jetzt läuft Zera sie noch einmal ab.

Sie quetscht sich zwischen der braunen Ziegelmauer und der Stelle durch, wo der Lieferwagen stand, als Emil die Gasse verließ. Sie hat ihr Trackingtelefon in der Hand und vollzieht, so gut sie kann, die Schritte ihres vermissten Informanten nach. Raus aus der Gasse. Links in die Bond Street, nach rechts in die Schermerhorn, dann die Treppe zum Subway-Bahnsteig runter. Die Marke in der Lederhülle hängt an einer Kette um ihren Hals. Die Pistole ist an ihrer Hüfte festgeschnallt. Außerdem dort festgeschnallt: ihr Taser. Menschen mustern sie, sie spürt ihre Blicke, als sie wartend auf dem Bahnsteig steht. Endlich der Zug. Sie steigt ein. Die Hände verschwinden unter den gekreuzten Armen. Sie schaut nach links, nach rechts, wieder nach links, und dann noch mal, ohne jemandem in die Augen zu sehen. Oder sich in die Augen sehen zu lassen.

Zurück im Freien, schaltet sie das Trackingtelefon wieder ein und ruft den Bewegungsverlauf ihres Informanten von diesem Vormittag auf. Sie folgt dem roten Punkt – dem *ehemaligen,* nicht dem *jetzigen* – vorbei an einem libanesischen Restaurant, vorbei an einer Pfandleihe. Vorbei an einer schmalen Gasse zwischen zwei Brownstone-Gebäuden.

Nein.

Sie geht ein paar Schritte rückwärts.

Sie betritt die Gasse, steht wieder vor denselben Müllcontainern und Abfalltonnen, die sie bereits durchsucht hat. Sie stellt sich ihren Informanten vor, so wie sie ihn am Lieferwagen gesehen hat. Wie sie ihn an dem Picknicktisch sitzen sah, damals im Frühling, bei ihrer ersten Begegnung. Und dann stellt sie sich ihn hier vor. Sie sieht ihn eine Tüte voller Bargeld abholen. Sieht ihn in einem alternativen Szenario hierherkommen und spontan die Richtung ändern. Weil er spürt, dass etwas nicht stimmt. Daran ist nichts ungewöhnlich, bei solchen Jobs läuft ständig irgendwas schief, er ist nicht ihr erster Informant. Aber er ist, muss sie sich eingestehen, der erste, der verschwunden ist.

Emil Scott war von Anfang an anders, denkt sie. Zum Job ihrer Informanten gehört, wenn sie mit der Geldtüte zur Polizei kommen, Kurt und sie über jedes Detail zu informieren – »egal, wie unwichtig«, erklärt Zera ihnen –, während die Beamten das Geld zählen und fotografieren. Emils Berichte waren immer ungewöhnlich, eine Flut der absurdesten Details. Zera muss daran denken, wie sie wider Willen anfing, ihn für sein visuelles Gedächtnis zu bewundern. Und sich schließlich anstecken ließ von seiner Begeisterung über die seltsamen Dinge, die er registrierte, und sich auf die Skizzen, die er mitbrachte, schon freute.

Die sie selbstverständlich alle sorgfältig fotografiert und asserviert hat.

Zera läuft weiter und nimmt das Telefon wieder zur Hand. Ruft Fotos seiner Skizzen auf: ein zerknautschter Schuhkarton unter einem Auto, die Katze neben dem Schuhkarton, nur ein Auge geöffnet. Ein fusseliges Sweatshirt, der eine Arm quer über einem Stapel Geldscheine. Zeras andere Informanten legen es offensichtlich darauf an, wenig zu sehen und sich an noch weniger zu erinnern, die Welt schon beim Vorübergehen wieder auszuradieren. Emil dagegen bleibt, auf seine Weise, wach – eigentlich auf *ihre* Weise.

Aber ist er das immer noch?

Zera befindet sich auf der Myrtle Avenue, etwa einen Viertelblock entfernt von der Kreuzung Stockholm Street. Sie ist stehen geblieben. Sie tippt und tippt auf ihrem Trackingtelefon herum, zoomt rein und wieder raus, feinjustiert die Einstellungen. Schließlich ist der Endpunkt erreicht. Präziser wird's nicht. Der rote Punkt auf dem Display zieht sich von ihrem Standpunkt aus zehn Meter in jede Richtung. Stadtgebiet, nicht Brachland. Dass die Umgebung nicht flach ist, ist nicht das Einzige, was es zu bedenken gilt. Der rote Punkt ist kein Kreis, wurde ihr beim Training eingebläut, sondern eine Säule und reicht in diesem Beispiel bis hinauf zu den Dächern von mindestens drei vierstöckigen Gebäuden. Und sie reicht bis unter die Erde, in die Kanalisation, in Keller, Kabelschächte und Gasleitungen. Zehn Meter in drei Dimensionen könnten genauso gut ein Ozean sein, und das verloren gegangene Trackingtelefon ist kaum größer als zwei Kreditkarten nebeneinandergelegt.

Kreditkarten. *Geld.*

»Geld.« Der Schulungsraum des Reviers fällt ihr ein, sie vorn am Whiteboard. Wie sie dort stand und einem paar Dutzend Polizeibeamten in Uniform, von denen die Hälfte eingeschlafen war, etwas über die Taskforce »Menschenhandel« erzählte. »Wenn wir die Finanzmänner erwischen«, sagte sie, »können die uns zu den Monstern führen.«

Und wenn wir die erwischen – Zera spürt diese letzten Worte mehr, als dass sie sie hört –, dann war es vielleicht nicht umsonst. Katja, Sveta ... vielleicht wird das nächste Mädchen dann gerettet. Und vielleicht auch du.

Ihr Telefon vibriert, ihr Vorgesetzter ruft an. Er will, dass sie aufs Revier zurückkommt, aber sie ist noch nicht bereit aufzugeben. Ihr Informant, ihre Initiative, ihre Verantwortung. Sie stellt das Telefon lautlos.

Ihre Augen sind überall: die Straße, der Gehsteig, der Randstein. Ein Gullyloch, ein McDonalds-Becher, noch mehr leere

Becher, Papiertüten, Plastiktüten. Ein Subway-Schacht. Ein Regenkanal. Schutt und lose Betonbrocken eines eingebrochenen Stücks Randstein. Das Trackingtelefon des Informanten könnte überall sein. Also sucht sie überall, pickt, pult, gräbt. Verbraucht dabei drei Paar Gummihandschuhe. Und als sich der Himmel orange verfärbt, akzeptiert Zera endlich, was nicht zu akzeptieren ist. Das Trackingtelefon war hier, und jetzt ist es nicht mehr hier. Sie zieht die Gummihandschuhe aus. Dreht eine langsame Runde.

Passanten, Gesprächsfetzen, Schaufenster, Plakate und Werbeanzeigen – nicht auf Englisch, in keiner einzigen der Sprachen, die sie im Paradise House aufgeschnappt hat – *außerirdisch*, so kommt es ihr vor. Sie ist ein Sandkorn, das der Wind fortzuwehen droht. Sie ist, unerwartet, zurück am Golubovci Airport.

Sie war neunzehn (vielleicht), endlich auf dem Weg raus aus Montenegro, und bis zur fast völligen Blindheit geblendet. Die Süßigkeitenregale, die unzähligen Zigarrettenschachteln, die Neonlichter vor dem Café und dem Duty-Free-Shop, die grelle Deckenbeleuchtung des Flughafens. Und dann der Lärm aus der Lautsprecheranlage, das Personal am Gate, das den Passagieren irgendwelche Befehle zubrüllte, die Passagiere, die zurückbrüllten – Fremde schrien Fremde an, Familien schimpften familienintern.

»Das ist sicher sehr aufregend für dich!«, sagte die aus den Vereinigten Staaten geschickte Freiwillige, die Zera begleitete, um sie zu beschützen, eine aggressiv gut gelaunte junge Frau. Zera kann sich nicht mehr an ihren Namen erinnern. Aber an dieses ganz besondere Gefühl, das dieser tobende Flughafen bei ihr auslöste, an das erinnert sie sich noch. Sie fühlte sich nicht gerettet. Sie fühlte sich vernichtet. Dem Paradise House endlich entronnen, war sie keine Gefangene mehr, war sie kein warmer Körper mehr für irgendwen. Dem Paradise House endlich entronnen, war sie überhaupt niemand mehr. Und dieser Mangel war für sie, auf seine ganz eigene, überraschende Weise, eine Bedrohung, eine Bedrohung, die sich mit nichts vergleichen ließ, was sie im Paradise House jemals erlebt hatte.

Jetzt befindet sie sich auf der Myrtle Avenue in der Nähe der Stockholm Street. Das Gewicht an ihrer Hüfte steht für ihre Macht, einem anderen Menschen das Leben zu nehmen. Die Marke um ihren Hals steht für ihre Macht, einem anderen Menschen die Freiheit zu nehmen. Und weder das eine noch das andere vermag etwas an der einen, bitteren Wahrheit zu ändern. Sie ist, seit sie das Paradise House hinter sich gelassen hat, auf der Suche nach einer Möglichkeit, ungeschehen zu machen, was dort passierte. Und Emil ist ihre Chance gewesen.

Unter ihr rattert ein Zug vorbei. Das Trackingtelefon des Informanten könnte da unten auf den Gleisen liegen, neben seiner Leiche.

Sie denkt darüber nach, wie sie Emil benutzt hat, vergleicht es damit, wie die Männer im Paradise House sie benutzt haben. Und eines muss sie den gut gekleideten Herren lassen: Sie hätten niemals zugelassen, dass jemand sie umbringt.

Dazu war sie zu kostbar.

31

Kerry ist neun Jahre alt, sie kriecht die Feuertreppe von Tower C hinunter. Heute ist Heiligabend. Es ist kein besonders kalter Winter, überhaupt nicht weihnachtlich, aber dann hat es am Nachmittag geregnet und überraschenderweise gefroren. Jetzt liegt eine Eisschicht auf dem rostigen Metall. Jeder Schritt ist unsicher, jeder Zentimeter ein Knacksen, ein Knistern. Kerry bewegt sich langsam. Hält inne, als Gelächter an ihr Ohr dringt. Auf der anderen Seite eines frostüberzogenen Fensters, hinter der Spinnenblume und den Sukkulenten und Kakteen auf dem Fensterbrett, feiert eine Familie Bescherung. Zwei Krawatten für Daddy. Für Mommy eine kleine silberne Schachtel – den Inhalt kann Kerasha nicht erkennen. Und Riesengeschenkeberge für die Kinder, grüne Schleifen für das größere Mädchen, rote für die Kleine. Stunden vergehen. Die Familie ist verschwunden. Zitternd popelt Kerasha mit einem einzelnen Schlüssel, den sie vor ein paar Tagen gefunden hat, den Fensterriegel auf. Sie schiebt die Spinnenblume beiseite, die Sukkulenten und Kakteen, und klettert ins Zimmer. Sie steuert direkt auf die Geschenke der Mädchen zu. Ihre Hand zittert noch immer, als sie zu dem Geschenk greift, das ihr das Herz bluten ließ, eine wunderschön illustrierte DVD-Geschenkbox von *His Dark Materials*. Kaum berührt sie die Box, als auch schon eine wohlige Wärme durch ihre Hände und weiter durch ihren ganzen Körper fließt. *Ich sehe*, denkt sie. *Ich will, ich nehme, ich habe.* Und erlangt so an ihrem neunten Weihnachtsfest eine Erkenntnis, die Mama auf immer verschlossen bleiben wird – dass das Leben nicht nur existiert, um einen kaputtzumachen. Es ist da, um ergriffen zu werden.

Und warum, denkt sie, erinnere ich mich ausgerechnet jetzt daran, warum hier? Denn die Erinnerung an diesen längst vergangenen Heiligabend tauchte ausgerechnet mitten in der Wohnung ihres Psychiaters auf. Den sie übrigens gerade im Begriff ist auszurauben.

Die Leiche des Kuriers ist seit vier Tagen kalt.

Der sechsstöckige Wohnblock auf der Parkside Avenue ist neu und dezent, mit dunklen Ziegeln und großen Fenstern. Vor der Tür sitzt ein Pförtner, ein pensionierter Bulle, das sieht Kerasha ihm an. Er hat den typischen Leibesumfang, dazu Säuferaugen, niedrige Stirn. All das registriert sie im Vorbeigehen. Registriert den großen Kaffeebecher vor ihm, einen zweiten in dem überquellenden Mülleimer. Bald muss er pinkeln, denkt sie. Sie könnte einfach abwarten, jemanden zur Vertretung gibt es offensichtlich nicht. Dafür eine Kamera, direkt am Haupteingang. Die entdeckt Kerasha, als sie zum zweiten Mal vorbeigeht, mittig und ziemlich tief platziert, damit die Bewohner sie sehen. Die Kamera ist für *sie* gedacht, wird ihr klar. Die Kamera dient demselben Zweck wie der Topf-Ficus und die gerahmten klassischen Filmplakate. Der Dekoration. Dem Gefühl der Behaglichkeit.

Trotzdem ist eine Kamera eine Kamera, und für Kerasha Brown gibt es immer bessere Möglichkeiten.

In einem Laden ein paar Blocks entfernt kauft sie eine Schachtel Zigaretten, obwohl sie nicht raucht, und zwei Schokoriegel, nicht ihre Geschmacksrichtung. Falsche Spuren zu hinterlassen, das hat Kerasha sich vor langer Zeit selbst beigebracht, ist besser, als keine Spuren. Der einzige Bulle, von dem keine Gefahr ausgeht, ist derjenige, der glaubt, er wäre einer heißen Fährte auf der Spur.

Auf der Nordseite von Dr. Xus Apartmentgebäude führt eine Straße mit hell leuchtenden, neuen Laternen entlang. Klein Kerasha wäre jetzt eine von denen hinaufgeklettert. Hätte auf eine

Flaute in Fußgänger- und Straßenverkehr gelauert und wäre dann von der Querstrebe auf einen Balkon im ersten Stock rübergesprungen. Aber Klein Kerasha ist heute Abend nicht da. Und die große Kerasha ist zu müde für den Catwoman-Scheiß, sie hat, seit Henrys Kurier tot aufgetaucht ist, kaum geschlafen. Es ist ein träger, schwüler Nachmittag, und Kerasha fühlt sich alt.

Wann ist mir das denn passiert?

Eine Frage, die Mama immer stellte, wenn sie von einem Trip runterkam.

Scheiße! Das sind die schlimmsten Augenblicke im Leben. Schlimmer als das Gefängnis, schlimmer als die zwei Tage Einzelhaft nach dem Göffel-Fight. Sie hört ihre beiden Geisterfreunde Whitman und Augustinus stöhnen, aber die zwei toten weißen Arschlöcher können sie kreuzweise. Die schlimmsten Augenblicke sind die Momente der Selbsterkenntnis.

Nachdem Kerasha die Nordseite des Gebäudes abgehakt hat, spaziert sie an einem ruhigen Wohnblock entlang. Gegenüber von Dr. Xus nagelneuem Apartmenthaus befindet sich das alte Brooklyn: Zwei- und Dreifamilienhäuser, blaue und gelbe Fassaden, verdreckt und bröckelnd, vermutlich vor einer Generation für Fünfzigtausend gekauft und jetzt jedes einzelne eine halbe Million wert. Hier gibt es für eine geduldige Spinne nichts zu holen, zu viele Zeugen. Sie geht weiter. An der Ecke unterhalten sich zwei Mamas mit Kinderwagen, während ihre angeleinten Hunde einander aggressiv anknurren. Die Mütter hassen sich, denkt Kerasha, ist gut möglich. Im Vorbeigehen löst sie die Hundeleinen.

Viel Glück, Jungs!

Inmitten des Lärms zweier geifernder, kämpfender Hunde betritt Kerasha das Haus von Dr. Xu durch den Lieferanteneingang. Hier hängt natürlich keine Kamera. Die Tür wird von einem Holzkeil aufgehalten, und Kerasha findet sich ein paar Schritte hinter zwei Möbelpackern wieder, die eine Couch schleppen. Die Männer haben Tragegurte umgeschnallt. Sie sind beide schwarz, und Kerasha fragt sich, ob sie drei die Einzigen im ganzen Haus sind. Fragt sich, warum sie sich die Mühe gemacht hat, den Vordereingang zu inspizieren, wenn es einen Eingang für Farbige gibt. Klein Kerasha wäre direkt hierhergekommen.

Du setzt Rost an, Mädchen.

Endlich ist sie drinnen. Das Haus gehört ihr. Sie lässt eine Schokoriegelverpackung und eine Zigarette fallen und geht die Treppe hoch.

Vor Wohnung 8A steht in einer violett getupften Vase ein Blumenstrauß. Sie nimmt beides mit, die perfekte Story, falls sie jemandem über den Weg laufen sollte: Wer, ich? Ich bin doch nur das kleine, unschuldige Blumenmädchen.

Sie findet Dr. Xus Wohnung, indem sie den Ausdünstungen von Herablassung folgt. Und, weil sie die Nummer seiner Wohnung kennt, von einem privaten Brief, den sie in seiner Praxis gefunden hat. Sie stellt die Vase einem Nachbarn vor die Tür, zusammen mit noch einer Schokoriegelverpackung und noch einer Zigarette.

Krieg den Hintern hoch, Mädchen, sagt Klein Kerasha. Kein Ort zum Trödeln.

Die Tür hat zwei Schlösser, eins davon ein Bolzenschloss, und beide in nicht mal einer Minute zu knacken. Dann ist sie drin, die Tür ist zu, ihr Herz rast. Ihre Fingerspitzen kribbeln. Wahrscheinlich das, was Mama in der Sekunde fühlte, als sie den Spritzenkolben runterdrückte. Der Vorahnung auf den Rausch: ein köstliches Gefühl.

Ruhig, K. Die Haut ist heiß, der Atem flach, ihr wird klar, dass sie erregt ist. Verlangen? Puh! Sie fragt sich, was sie damit anfangen wird.

Ein Piepen.

Echt, Dr. Xu, eine beschissene Alarmanlage?

Sie gleitet durch das Esszimmer, der Esstisch für acht schimmert im Halbdunkel. Er *poliert* seine Möbel, denkt sie. Natürlich, was auch sonst.

Und schon hat sie das Ding zwischen den Fingern. Die Alarmanlage: eine NERS-F154, neuer, hübscher als die F150, aber im Grunde immer noch dasselbe Spielzeug, das sie schon mit vierzehn gemeistert hat. Sie klappt den Deckel herunter. Benutzt eine Sicherheitsnadel, um die Plastikabdeckung zu öffnen. Die *wartet nur drauf,* deaktiviert zu werden, denkt sie, da sind alle NERS-Modelle gleich. Benutzt die Sicherheitsnadel dann für den Reset-Schalter. Die Plastikabdeckung springt an ihren Platz zurück, der Deckel ebenso, und zack, der Alarm verstummt. Leuchtet grün, im Display ALARM DEAKTIVIERT. Sie tätschelt das Kästchen. Geht weiter.

Die Wohnung ist geschmackvoll, modern und langweilig. Sie ist gleichzeitig nicht überrascht und enttäuscht. Dies sind die Privatgemächer von Andrew Xu, angesehenem Doktor der Seelenfickerei. Wo sind die Ketten? Die eigenartigen Gerüche, die eingelegten Föten – das an den Herd gekettete Mädchen mit der ledernen Maske – wo zum Teufel steckt sie?

Die Realität lautet: Dr. Xu lebt in einem Ikea-Ausstellungsraum. Lebt in Birke und anderen cremefarbenen Hölzern. Zwischen gerahmten Schwarz-Weiß-Fotos, hauptsächlich Züge und Bahnhöfe. Und dann entdeckt sie seine Bücherregale – Kerashas Pheromonfalle. In den oberen beiden Fächern ausschließlich Taschenbuch-Thriller: gebrochene Buchrücken, die hat er tatsächlich gelesen. In den nächsten beiden Fächern befinden sich makellose Hardcover, das meiste davon Sachbücher. Bücher wie Vorzeigefrauen, denkt sie, die man sich zulegt, um damit gesehen zu werden. In den unteren Fächern, erst auf Knie- und dann auf Knöchelhöhe, große Bildbände, Kunstbände, mit Sicherheit an ihn weiterverschenkt. Fachbücher aus dem Medizinstudium, garantiert seit zwanzig Jahren überholt. Allerdings auch in diesem Fach ein schmaler Band, den sie sofort wiedererkennt, *Meine ruhelose Seele.* Genau den gleichen hat sie erst vor ein paar Tagen bei Human Relations auf der Flushing Avenue mitgehen lassen. Verunsichert geht sie weiter ins Bad.

Über dem Waschbecken ein an die Wand montierter Zahnbürstenhalter, der gleiche wie im oberen Bad im Haus ihres Onkels. Die einsame Zahnbürste wirkt überraschend rührend. Sogar sie, eine durch ihre Einsamkeit definierte Spinne, hat jemanden, mit dem sie sich das Bad teilt. Ein mögliches Leben des Dr. Xu schiebt sich ins Blickfeld. Stille Morgen, melancholische Abende. Allein, außer in seiner Praxis. Allein, außer wenn ihm ein Patient gegenübersitzt und ihm bei einem Goldfischglas voller Murmeln sein Leid klagt oder ihres.

Kerasha fühlt sich unbehaglich und verwirrt. Deshalb ist sie nicht hergekommen. Aber jetzt weiter, rein ins Medikamentenschränkchen.

Nagelknipser. Schlaftabletten und Vitaminpräparate. Öko-Zahnpasta. Rasiercreme für empfindliche Haut, Kontaktlinsenflüssigkeit für empfindliche Augen. Sie dreht jedes lose stehende Objekt um hundertachtzig Grad. Das erwartet ihn, wenn er nach Hause kommt. Eine verletzte Intimsphäre. Sie zahlt ihm zurück, was er bei ihr versucht hat.

In der Speisekammer neben der Küche stößt sie auf Weinkartons, vier Lagen hoch. Ungeöffnet, registriert sie. Verstaubt. Bedruckte Etiketten auf fleckigem Karton: MERLOT DES MONATS KLUBWEIN. Die Weinkisten sind an Dr. und Mrs Andrew Xu adressiert.

Unglückliches Mädchen, denkt Kerasha, aber wenigstens bist du davongekommen. Kannst deinen Sternen danken, Misses. Nicht mehr Xu. *Dich* befiehlt kein Gerichtsbeschluss zu ihm zurück.

Neues Unwohlsein, neue Verunsicherung. Deshalb ist sie nicht hergekommen, aber ihre Hände sind längst bei der Arbeit, öffnen Schubladen. Drehen Gabeln um, vertauschen Tee- mit Suppenlöffeln. Sie löst die Küchenrolle und justiert sie so, dass sie runterfällt, wenn er das nächste Mal danach greift. Sie geht weiter in sein Schlafzimmer.

Auf dem Nachttisch wieder ein Buch, Jhumpa Lahiri, und sie hasst den Gedanken, Dr. Xu könnte sich als echter Leser erweisen. Sie bewegt das Lesezeichen ein paar Seiten zurück. Armselig, das ist ihr klar, aber sie verspürt trotzdem einen köstlichen Schauer – das winzige Zittern durchrieselt sie von oben bis unten.

Draußen, auf dem Gehsteig, fragt sie sich, was passiert ist, weshalb sie sich fühlt, als wäre sie diejenige, deren Intimsphäre verletzt wurde. Fragt sich außerdem, weshalb sie nicht noch ein Stück weitergegangen ist. Sie könnte noch mal zurück und eine Glühbirne locker schrauben. Auf seinen Spiegel hauchen. Den Saum seines Kopfkissens mit ihren Fingerspitzen nachfahren, mit ihren Lippen.

Aber da geht sie nicht noch mal hin, gelobt sie sich. Und sie wird ihn niemals besuchen, wenn er zu Hause ist.

SIEBTER TEIL

Das Exempel

32

In der Catania Bakery in der Harman Street ist kein Platz zu kriegen, und Henry und Starr nehmen ihre Tüte mit nach draußen. Starr greift beherzt hinein und spricht mit vollem Mund.

»Das ist alles so schrecklich«, sagt sie mit gerötetem Gesicht. »Ich weiß gar nicht, was ich sagen soll ...«, sagt sie, um ihm dann äußerst wortreich und in allen Details den kostspieligen Tod ihrer Katze Banana zu schildern. Der Knoten an ihrem Hals, die Kreditkarte, mit der Starr die Rechnung bezahlt hat. Der neue Knoten auf ihrem »Bäuchlein«, das immer räudiger werdende Fell. Banana, die zu krank war, um sich noch sauber zu halten.

Henry findet das mehr als nur ein bisschen ekelhaft. Er lässt den Kaffeebecher sinken.

»Und dann Dr. Hirsh so: ›Wir müssen darüber nachdenken, was für Banana das Beste wäre.‹ Und ich so, wovon zum Teufel redet der? Dabei war mir das natürlich schon klar.«

Henry nickt. Banana ist für Starr wichtig, und Starr ist für ihn wichtig, und deshalb ist dies ein Moment, in dem er nicken muss und ihr sagen, dass es ihm leidtut.

»Aber das war noch nicht alles«, sagt sie. »Ich schließlich so, okay. Tun Sie's.« Starr putzt sich mit der Serviette die Nase. »Und dann war es auch schon vorbei, und ich war total am Ende. Ich will also gehen, raus aus der Klinik, und die Hexe am Empfang« – erneutes Schnäuzen –, »also die so, Entschuldigung, Miss Richardson? Und ich denke, sie will mir sagen, wie leid es ihr tut, und bleibe stehen, mit ausgebreiteten Armen, um mich trösten zu lassen. Das hätte ich in dem Moment nämlich am dringendsten gebraucht, ja? Und was macht die? Drückt mir die Rechnung in die Hand!«

Und so erfährt Henry, dass die Kosten für das Einschläfern einer Katze, zumindest bei Camp Happy Paws, fünfundachtzig Dollar betragen. »Wie furchtbar«, sagt er. Er wartet einen respektvollen Augenblick und fügt hinzu: »In deiner Nachricht stand was von …«

»Ich ruf also meine Schwester an«, sagt Starr, nachdem sie Henrys Frage mit erneutem Schnäuzen im Keim erstickt hat. »Aber die ist total fies. Ich bitte sie um Geld, und sie so: ›Was! Du hast dafür bezahlt? Da hättest du locker Kohle draus machen können. Hättest es einfach auf Craiglist gepostet. Es gibt Leute, die würden dafür *bezahlen*, eine Katze umzubringen.‹«

Henry rückt näher an Starr heran. Streichelt ihr den Rücken, wartet, dass sie aufhört zu weinen. Registriert, weil er ihr so nahe ist, dass sie unter der weißen Bluse einen schwarzen BH trägt. Sein Körper sagt ihm, dass dies eine sehr gute Kombi für sie ist. Sein Körper fragt ihn, ob er unter anderen Umständen eventuell bereit wäre, ihre Beziehung zu verkomplizieren. Er sagt seinem Körper, er soll verdammt noch mal das Maul halten. Sie leidet, du Vollidiot. Sei einfach für sie da.

Sein Telefon vibriert. Seine Hand greift danach, aber er widersteht dem Impuls. Gestattet seiner Freundin, sich auszuweinen. Schließlich fängt Starr sich wieder und bringt ein durchtriebenes Grinsen zustande. »Weißt du noch? Du hast mich doch gebeten, nach einer Frau mit verkrüppelten Händen Ausschau zu halten.«

Henry setzt sich kerzengerade hin. »Hast du sie gefunden?«

»Die ist mir quasi vor die Füße gestolpert.« Sie zieht ihr Telefon raus. »Also, der diensthabende Sergeant schickt mich Doughnuts holen. Ich ziehe also los, besorge Doughnuts, und auf dem Weg zum Besprechungsraum komme ich an diesem Büro vorbei. Und zack – da sitzt sie.«

»Dein Ernst?«

»Hier.« Sie hält Henry ihr Handy hin. Geöffnet: die Sprachmemo-App.

»Hast du nicht.«

»Logo hab ich. Hör zu.«

Henry versucht es.

Doch das Mikro von Starrs Handy ist offensichtlich ein Witz und der Krach in der Harman Street die Hölle. Also gehen sie zurück in die Catania Bakery, gehen am Tresen vorbei, an den Backöfen, an einem Bäcker, der für Henry den Daumen hochreckt. Jetzt stehen Starr und er zu zweit allein im Klo. Die Tür zu, das Knaufschloss verriegelt – schwarzer BH, weiße Bluse –, aber Starr reicht ihm nur ihr Telefon. Ihr Lächeln bricht sich Bahn – sie ist eindeutig stolz auf sich –, und sie beugt sich vor und tippt den Bildschirm an.

Stille.

»Scheiße«, sagt Starr. »Ich hätte schwören können …«

»Schon okay«, sagt Henry. So nahe bei ihr hätte er ihr noch ganz andere Dinge verziehen, sein Herz rast und rutscht gleichzeitig Richtung Hose. »Was hast du gehört?«

Starr motzt ihr Telefon an und schiebt es in die Tasche zurück. »Nicht so viel, aber die Frau mit den Händen ist Officer Montenegro. Ich hab nachgesehen – sie arbeitet für die Field Intelligence.«

»Für die was?«

»Sie macht quasi Analysen. Liest sämtliche Protokolle, die unser Revier betreffen. Sie hat die Aufgabe, Trends zu erkennen und Querverbindungen herzustellen.«

Montenegro – Henry schickt den Namen durch sämtliche Synapsen. Nichts. »In dem Bericht über Emil kam sie aber nicht vor.«

»Ich weiß, das hab ich auch überprüft«, sagt Starr und zieht wieder das Telefon aus der Tasche, nur um es finster anzustarren.

»Wie ist dann die Verbindung?«

»Kurz gesagt, ich habe keine Ahnung. Aber als ich an dem Büro vorbeikam, unterhielt sie sich gerade mit einem Detective.

Und da habe ich sie den Namen Emil Scott sagen hören, und ich so, waaaaas?«

Draußen geht jemand an der Klotür vorbei, schiebt etwas mit quietschenden Rädern vor sich her. Sie warten, bis das Quietschen weg ist, dann sagt Henry: »Diese verfickten Dienstbezeichnungen. Muss man vor dem Detective *mehr* oder *weniger* Angst haben als vor einem *Field Intelligence*-Officer?«

»Also mir macht sie mehr Angst«, sagt Starr. »Aber er ist bei der Mordkommission. Absoluter Spitzentyp. Das ist das Erste, das ich dir erzählen wollte. Ich erinnere mich nicht an seinen Namen, aber normalerweise arbeitet der nicht bei uns im Haus.«

Henry weiß nicht, was er davon halten soll. Er muss an seinen Onkel denken, der sagte, ein Raubüberfall wird direkt zu den Akten gelegt, aber bei vorsätzlichem Mord wird ermittelt. Könnte es also sein, dass dieser Mord-Detective zwar schlecht für die Familie ist, aber vielleicht irgendwie gut für Emil?

»Könnte es sein, dass der Mord-Typ wegen was anderem bei euch war?«

»Kann schon sein. Der Detective war vielleicht aus mehreren Gründen da. Trotzdem. Der Name, den ich gehört habe, lautet Emil Scott.« Okay. Sehr schlecht für die Familie – das muss Henry akzeptieren. Die Bullen sind wachsamer geworden.

»Und dann war da noch ein Name«, sagt Starr. »Der Name einer Frau. Irgendwas wie Veh…« Ein Pochen an der Klotür. Als es vorbei ist, beendet Starr flüsternd ihre Ausführungen: »Seh-irgendwas. Ich weiß nicht mehr.«

»Könnte das die Frau mit den Händen sein?«

Starr schüttelt den Kopf. »Die heißt Zera – ernsthaft, das soll ein Name sein. Aber Veh-Seh-Geh war noch ein Opfer.«

Wieder Pochen. Drängender. Von draußen: »Raus da jetzt!«

Henry pocht zurück. »Nur eine verfickte Minute, Herrgott!« Und etwas zivilisierter, an Starr gerichtet: »Ein Opfer wovon?«

»Ich habe nicht alles verstanden«, sagt Starr. »Aber Montenegro hat gesagt …«

Draußen: »Schwing endlich deinen Arsch da raus!«

»… noch ein Mord, auch ein stumpfer Gegenstand gegen den Hinterkopf.«

33

»Wir bekommen Besuch von einem Partner«, sagt Onkel Shecky am Nachmittag im Esszimmer.

Kerasha sieht von dem Vorhängeschloss auf, täuschend schlichte Optik, ein Konnekt 1501: Chromüberzug, russisch rotes Zahlenrad, die Rückseite mit kyrillischen Buchstaben bedruckt. Das Konnekt 1501 ist eine in Irkutsk hergestellte Raubkopie des Master Lock 1500 und sollte eigentlich ein Witz sein. Und trotzdem wurde Kerasha vor sechs Jahren ausgerechnet vom Konnekt 1501 zur Strecke gebracht – von diesem lächerlichen Metallteil in einen Abstellraum gesperrt, herausgefordert, aus der Fassung gebracht und vernichtend geschlagen – und ging dabei endgültig der Polizei ins Netz. Kerasha findet, es ist der Dr. Xu der Vorhängeschlösser: Es besiegt einen nicht durch List, sondern durch seine Fehler.

Onkel Shecky kaut rosaroten Kaugummi. Nach Geruch und Aussehen zu urteilen, aus ihrer Packung. Hat ihn sich wahrscheinlich aus Nervosität in den Mund geschoben, ohne irgendwas mitzubekommen. Bekommt vielleicht nicht mal mit, dass er ihn jetzt kaut. Armer Onkel Shecky. Muss ein wichtiger Partner sein. Sie fragt, ob er möchte, dass sie verschwindet.

»Was? Verschwinden? Nein. Kerasha, das hier ist dein Zuhause.«

Er hatte sie schon mal gebeten zu verschwinden, doch sie erwähnt es nicht, wartet darauf, dass er weiterspricht. »Vasya ist ein sehr alter Freund.« Er nickt, als hätte jemand anders gesprochen, und stimmt sich selbst erregt zu. »Schön, er ist kein Heiliger. Und der Paradise Club ist – so wie ich das verstehe – eine Art Herrenklub. Keine Ahnung, ich gehe da nicht rein.« Ihn schaudert. Wahrscheinlich ist er mindestens einmal doch dort gewesen. »Aber Vasya ist ein Vertrauter. Und als ich ihm von unserem Spanner erzählt habe, war er so besorgt, als wär seine eigene Familie betroffen. Hat er wirklich gesagt, seine eigene Familie. Er hat gesagt, dass er die Sache in die Hand nimmt. Und, hör mal, Kerasha, wegen dieses Spanners …« Seine Finger, merkt Kerasha, tanzen umeinander herum. In seiner Stimme schwingt ein Zittern, und alle paar Sekunden huscht sein Blick beschämt zur Seite.

Er wünscht sich verzweifelt, derjenige zu sein, der uns beschützt, denkt Kerasha. Aber jetzt muss er mich um Hilfe bitten. Süßer, armer Onkel Shecky. Er ist garantiert der am wenigsten unterweltliche Unterweltler, dem sie je begegnet ist. Also, was will er von ihr? Einen Bruch, vermutet sie. Eine Beschaffungsmaßnahme. Ihr Ohr.

»Vasya ist ein Vertrauter«, wiederholt Onkel Shecky. »Er ist ein Partner mit seinen eigenen Partnern, und er versucht, Hilfe für uns zu organisieren. Er hat es nicht verdient, ins Visier von diesem *Ding da* zu geraten.« Onkel Shecky zeigt aufs Fenster, deutet auf die Mastkamera, die jemand auf den Verteilerkasten montiert hat, und zitiert eine Textzeile, die von Tennyson stammen könnte: »Das ist das Auge, das sich niemals schließt.«

»Und du willst, dass ich es schließe.«

»Ich will, dass du *in Sicherheit* bist«, sagt er und lässt sich auf einen Stuhl fallen. Er reibt sich mit den Handrücken das Kinn, erst links, dann rechts. »Darauf läuft alles hinaus, was ich tue.«

Kerasha drückt mit dem dünnen Haken aus ihrem Lockpick-Set gegen das Konnekt und zieht am Ring. Das Schloss gibt nicht nach. Konnekt gegen Kerasha – 2 : 0. Sie steht auf.

»Ich geh das Auge für dich ausreißen, Onkel Shecky.«

»Gott, es tut mir so leid, dass ich dich da mit reingezogen habe«, sagt er. »Was würde deine Mutter nur dazu sagen?«

Hast du meinen Stoff? Nicht lustig, aber Kerasha ist nicht in der Lage, auf Verteidigungsmechanismen zu verzichten. Wenn die Erinnerung dich mit ihren Dämonen heimsucht, ist Sarkasmus manchmal dein einziger Freund. Sie stellt sich Mamas Lächeln vor, dieses gezwungene, schiefe Grinsen, das sie sich angewöhnt hatte, nachdem Kerasha ihre Lieferantin geworden war. Dieser halb hoffnungsvolle, halb beschämte Gesichtsausdruck, den sie hatte, wenn Kerasha zur Tür reinkam. Kerasha gewöhnte sich an, Mamas tägliches Briefchen in der Zuckerdose auf dem Küchentisch zu deponieren, sich heimlich rein- und wieder rauszuschleichen, nur um diesem Blick zu entgehen.

»Ich hab an ihrem Grab geschworen, mich um dich zu kümmern«, sagt Onkel Shecky. »Und was tue ich jetzt? Schicke dich da raus, um … warte mal kurz. Wo wir gerade von Gefahr sprechen.«

Kerasha bleibt auf der Türschwelle stehen.

»Henrys durchgeknallte Freundin, die, die neulich mit uns gefrühstückt hat. Die war noch mal hier.«

Kerasha nickt, hat längst Lipz' Kippengestank in der Küche gerochen. Hat längst die Stiefelspuren an den Schranktüren gesehen. Hat sich schon gefragt, wann Onkel Shecky sie einweihen würde.

»Henry weiß nichts davon«, sagt Onkel Shecky. »Ich bin mir noch nicht sicher, was ich mit ihr machen soll. Sie will Red Dogs Geld, und das ist nur fair. Aber sie ist eine echte Psychopathin.« Onkel Shecky steht auf, tritt ans Fenster. »Nimm dich vor ihr in Acht.«

Kerasha greift zu ihrem Rucksack und geht. Sie läuft um den Block und kauft sich ein frisches Päckchen Kaugummis. Läuft weiter über einen Schuttplatz, geht quer durch Lacey Atkinsons Garten zurück und entdeckt die alte Dame durchs Fenster. Enttäuscht lässt Kerasha eine Kaugummiblase platzen. Sie hatte gehofft, sich ins Haus schleichen zu können. Wollte sich den Job leicht machen.

Wenn's durch die Mitte nicht geht, coacht Klein Kerasha sie, dann oben drüber.

Sie erreicht die Gasse, in der die Katzen ficken. Die Feuertreppe baumelt an gelb gesprenkelten Ziegelsteinen. Sie schiebt einen zerbeulten Klappstuhl darunter, steigt drauf und greift nach dem rauen, rostigen Metall. Klimmzüge waren mal wie Atmen. Jetzt ist es anstrengend, sie stöhnt, ist knapp vor dem Leistenbruch, ehe sie endlich den Stuhl wegtreten kann. Verletzt, aber am Leben, erreicht sie den ersten Absatz. Verschnauft. Schaut nach unten. Der umgekippte Klappstuhl weckt hässliche Erinnerungen.

Während ihrer Zeit im Franklin haben sich vier Insassinnen das Leben genommen. Zwei der Selbstmörderinnen hatten in der Küche Dienst getan. Jede hatte eine halbe Flasche Natronlauge geschluckt, mit nur einer Woche Abstand. Der zweite Vorfall sei ein »offensichtlicher Nachahmungssuizid« gewesen, verkündete der Direktor über die Lautsprecheranlage. Kerasha fand das furchtbar. Es war eine Beleidigung. Wenn die *Methode* der Selbstzerstörung auch imitiert war, so war der *Akt an sich* doch immer persönlich. Fragt jede x-beliebige Fixerin. Oder ihre Tochter.

Die dritte Selbstmörderin schlitzte sich mit Glasscherben die Pulsadern auf.

»Wo hatte sie die Scherben her?«, wollten alle wissen, als wäre der Tod selbst irrelevant.

In Gedanken bei dem vierten Selbstmord, schlüpft sie durch ein offen stehendes Fenster. Durchquert ein verdrecktes Apartment und betritt einen mit Kippen übersäten Flur. Quetscht sich in eine Abstellkammer, klettert über eine Leiter aufs Dach. Der letzte Suizid ereignete sich am Kinoabend. Obwohl während der Vorführungen grundsätzlich nie das Licht gedimmt wurde – zur

»Sicherheit der Insassinnen«, wie der Direktor ihnen so gern ins Gedächtnis rief –, war bis zum Abspann niemandem was aufgefallen. Einer der Gefangenen war es gelungen, sich ganz hinten im Saal, während sich alle anderen *Pitch Perfect 2* ansahen, absolut geräuschlos zu erhängen. Kerasha weiß noch, wie sie sich über den Stuhl auf dem Boden gewundert hatte, der ohne jedes Geräusch auf ein Handtuch gekippt war. Was für eine Kunstfertigkeit!

Sie schaut vom Dach runter in den Hof und sieht einen Grill, Gartenmöbel aus Holz, eine leere Hängematte, die in der Brise schaukelt. Sieht Kartoffelpflanzen in schiefen Reihen und dazwischen den blauen Gummiball, den sie eigenhändig dort platziert hat, ehe sie sich auf den Weg nach oben machte. Ihre Markierung.

Sie positioniert sich so, dass der blaue Ball in ihrer Blickachse liegt. Direkt unter ihr befindet sich, durch ein Abflussrohr verdeckt, die Mastkamera. Kerasha öffnet den Rucksack, entnimmt ihm ein Seil und schlingt es um die Satellitenschüssel. Sie macht sich an den Abstieg. Ihre Füße berühren eine schmale, mit Vogelscheiße gesprenkelte Betonkante. Ein paar Zentimeter darunter: ein Kästchen aus Stahl mit einer gläsernen Halbkugel. Das ist sie, die Kraft, die den Willen hat, ihre Familie zu zerstören.

Tja, kleiner Kasten, *ich* habe einen Willen, *ich* bin eine Kraft. Hallo, Dr. Xu, sollten Sie sich gerade in meinem Kopf rumtreiben und zusehen, bitte nehmen Sie Ihren Silberstift zur Hand. Schreiben Sie Folgendes, Dr. Xu: Der renitenten Patientin ist das Schicksal ins Netz gegangen.

Aus der Gesäßtasche ihrer Jeans zieht sie einen Müllbeutel mit Zugband hervor. Fängt damit die Mastkamera ein. Zieht das Zugband fest und hat auf diese Weise, einfach so, den Spanner seiner Sicht beraubt.

Na, wie gefällt dir das, kleiner Kasten? Eine schwarz gewordene Welt – willkommen in meinem Brooklyn!

Raus mit dem Schraubenschlüssel, raus mit dem Drahtschneider. Losgelöst von dem Verteilerkasten, sieht die Mastkamera aus wie ein toter Krebs, wie die Viecher, die Mamas letzter und schlimmster Mann immer bei ihnen zu Hause am Küchentisch gefressen hat. Die Beine mit den Fingern geknackt, kleine Schalenstücke auf den Boden gespuckt.

Kerasha steigt vom Dach. Gelangt zurück auf ebene Erde, wo sie, in dem Augenblick, als sie die Gasse durchquert, ein Geruch in die Vergangenheit zurückkatapultiert. Es riecht scharf und chemisch und süß. Es riecht nach Muskat und Essig, und nach diesem unnachahmlichen, nicht einzuordnenden Extra – Kerasha dreht sich langsam um, unwillkürlich, und weiß schon vorher, was sie sehen wird.

Es ist der üble Essig-und-Schlamm-Geruch von miesem Heroin.

Der Geruch ihrer Kindheit und ihrer Mama, deren Anblick sie beinahe erwartet.

Nur dass Kerashas Spinnenaugen nichts und niemanden sehen. Sie ist mutterseelenallein in der Gasse.

Aber *irgendwohe*r muss der Geruch kommen – Luftzug und Brisen, natürlich, das ist die Erklärung. Und trotzdem hat Kerasha den Eindruck, als würde die dunkle Materie des Weltalls höchstpersönlich diesen Geruch verströmen. Nirgendwo, überall, im Innen und im Außen. Um das zu erklären, braucht sie keinen Dr. Xu.

Der Geruch ist in *ihr*.

Sie rennt aus der Gasse, gecoacht von Klein Kerasha: Den Blick auf die Füße, große Schritte, du befindest dich in einem Tunnel, Dunkelheit um dich herum, den Blick auf die Füße, den Blick auf die Füße …

Doch dann entgleitet ihr, ganz kurz nur, die Konzentration, und ihr Blick fällt auf ein Kellerfenster. Und obwohl der Winkel nicht ideal ist, obwohl die Fensterscheibe dreckig und von Gras überwuchert ist, sieht Kerasha sie, sieht sie durch die Neigung eines Winkels eines Risses im Glas.

Ein Mädchen, nicht älter als zwölf. Im Schneidersitz auf dem Kellerfußboden. Das sich eine Nadel in den Arm sticht. Und dieses Mädchen, das Kerasha durch die Neigung eines Winkels eines Risses im Glas sieht – hebt in derselben Sekunde den Blick. Und während die Kleine ihr in die Augen schaut, drückt sie den Kolben in die Spritze, und Kerasha spürt den Ausdruck auf dem Gesicht dieses Mädchens beinahe wie einen körperlichen Hieb.

Klein Kerry, ich kenne dich.

34

Am selben Tag erreichen ihn völlig durchgeknallte Nachrichten, die ersten stammen von Lipz. Auf zum Baumarkt, schreibt sie. Feuerlöscher besorgen.

Hä?, antwortet Henry. Weiß nicht, ob das verschlüsselt oder ein Rückfall ist. Eigentlich ist sie seit Jahren weg von den harten Sachen, aber das ist selbst nach Lipz' Standards total gaga.

Red Dog rast, schreibt sie. Stirb nicht.

Am Anfang ist Henry nur genervt: Lipz und der Panik-Button sind beste Freunde. Dann schickt sie ihm das Foto einer brennenden Matratze.

Tauche jetzt ab, schreibt sie. Liebe dich.

Henry zieht sich die Brust zusammen. Red Dog rast? *Liebe dich*? Er ist immer noch verwirrt, als sämtliche anderen Telefone – die Kuriertelefone – plötzlich gleichzeitig zu toben beginnen. Anrufe, Nachrichten, Fotos, Videos, lauter Variationen eines gemeinsamen Themas: ausgebranntes Auto. Mülltonne in Flammen. Verrußte Crackhöhle.

Was soll die Scheiße?, fragt einer seiner Kuriere. Hast du was gehört?

Genau diese Nachricht schickt Henry, über ein unbenutztes Wegwerfhandy, an die Nummer auf der Karte, die Kerasha auf Emils Türrahmen gefunden hat. Die Nachricht wird gesendet, aber von 646-555-0144, wer immer das ist, kommt nie eine Antwort.

Henry klettert durch die Luke des Dachbodens seines Onkels und schaut vom Dach auf Brooklyn runter. Grauer Himmel über Bushwick, hier und da ein lodernder Feuerfleck. *Zeichne das,* sagt ihm sein innerer Emil. Sein Telefon vibriert, das nächste Foto: ein Einkaufswagen – in Flammen natürlich –, daneben eine dicke Frau. Ihr lebloser Blick katapultiert Henry zurück in die Vergangenheit. Er ist sieben, und vor ihm steht Moms Sarg. Er ist zehn und fährt mit dem Bus zum wöchentlichen Besuch bei Dad in der Psychiatrie, und die Pflegerin sagt, ohne den Blick von ihrem Telefon zu heben, Dad sei vor zwei Tagen »gegangen« und warte bereits beim Bestatter, »worauf auch immer«. Die Frau mit dem leblosen Blick und dem brennenden Einkaufswagen – jetzt erkennt er sie, das ist Stinke-Terri – sieht aus wie ein Mensch, dem alles genommen wurde. Zeichne sie, sagt Emil. Das sind deine Leute.

Henry steigt vom Dach. Hat immer noch keinen Stift gefunden, als eine Stimme hinter ihm sagt: »Geh in den Keller.«

Onkel Shecky, unter Beschuss seiner eigenen tobenden Telefone nach Hause gekommen, ist wie ausgewechselt. Ständig in Bewegung, ein Feldherr, der feindlichen Attacken entgegentritt. Er öffnet Türen, öffnet Fenster. Reißt Vorhänge herunter, dreht den Wasserhahn auf, füllt einen Eimer, trägt ihn irgendwohin, kommt zurückgehumpelt. »Henry! Weißt du, wo der Generator ist?«

»J-ja.« Fast gestammelt. Henry ist es nicht gewohnt, seinen Onkel so zu sehen. »Hinter meiner Hantelbank.«

»Hol ihn rauf«, sagt Onkel Shecky und schnallt seinen Gürtel enger. »Überprüf das Ventil. Stell sicher, dass es ganz zugedreht ist. Sei vorsichtig beim Heben, und dann schaff das Ding raus aus unserem Haus.«

Henry besteht nur noch aus Adrenalin und Muskeln und sonst nichts mehr, als er die Treppe runterrast, den Generator packt. Vergisst, das Ventil zu überprüfen – ein Spritzer Diesel, und ein paar Tropfen landen auf einer längst vergessenen Leinwand. Ein Bild, das Henry während der Highschool begonnen hatte und das seit Jahren hier rumsteht, unvollendet. *Starlight Friend*, so sollte der Titel lauten. Es zeigt Lipz, als sie noch gekokst hat, Lipz, so wie sie in dem Moment aussah, als das Pulver reinknallte, im Kreis wirbelnd wie ein kleines Mädchen. Die in die Luft gereckten Arme, das Lächeln mit weit geöffnetem Mund – und jetzt hat das Benzin die Farben verwischt.

Es tut ihm weh, Lipz so entstellt zu sehen. Er checkt sein Telefon, öffnet WeChat, den Messenger, den er ausschließlich mit ihr benutzt. Immer noch abgetaucht. Nein, schlimmer, *seit gestern* abgetaucht. Die Nachrichten, die er gelesen hat, das fällt ihm jetzt auf, sind alle fast zwanzig Stunden alt. WeChat hat offenbar beschlossen, ihn ausgerechnet heute zu verarschen. Kopfrechnen: Die Zeitspanne zwischen jetzt und Lipz' Nachrichten beträgt zwanzig Stunden. Die Zeitspanne zwischen den Nachrichten und dem Bäckerklo, wo Starr ihm das Sprachmemo vorgespielt hat: sieben Stunden. Die Zeitspanne zwischen dem Bäckerklo und dem Gespräch, das Starr aufgezeichnet hat: weiß der Geier. Also Schluss mit Kopfrechnen, sieh lieber den Tatsachen ins Auge. Nachrichten von Lipz, seitdem Schweigen, und irgendwann *im Verlauf dieses Schweigens …*

Ein zweiter Mord, der Mord, von dem Starr ihm erzählt hat: noch ein eingeschlagener Schädel.

Henry wuchtet den tropfenden Generator die Treppe hoch, zur Haustür raus und bis zur nächsten Straßenecke. Im Maria-Hernandez-Park stemmt er das Gerät hinter ein paar gekrümmte Bäume. Er bleibt keuchend stehen, einen platten Fußball unter dem Schuh, und atmet durch. Die Luft schmeckt zäh. Seine Hände sind ölverschmiert, die Augen tränen. Red Dog rast, hat Lipz geschrieben. Und Brooklyn brennt, und Lipz hat die L-Bombe gezündet, und ist da überhaupt noch ein Mädchen, dessen Liebe er erwidern kann?

Im Haus brüllt der Fernseher. Ein Lokalreporter steht vor einem brennenden Fahrzeug und sagt: »Immer noch keine Erklärung.« Henry dreht sich um und stolpert fast über Onkel Shecky. »Gott sei Dank«, sagt Onkel Shecky. »Dir geht's gut.«

»*Du* hast mich da rausgeschickt«, stellt Henry fest. Er geht in die Küche, wäscht sich das Öl von den Fingern und kommt, sich die Hände mit einem Geschirrtuch abtrocknend, zurück. »Lipz glaubt, das war Red Dog. Und sie ist verschwunden, nur so nebenbei.«

Onkel Shecky macht den Mund auf, will etwas sagen. Macht ihn wieder zu. Schüttelt den Kopf, reibt sich die Unterarme, als hätte er kalte Hände. »Wir können die Möglichkeit nicht ausschließen«, sagt er irgendwann, »dass diese Show hier *unseretwegen* steigt.« Dann hinkt er davon.

Henry folgt ihm zurück in die Küche, sieht zu, wie sein Onkel den Backofen von der Wand wegzieht und die Gasleitung abklemmt. »Wieso unseretwegen?«

»Die Feuerwehr ist ausgerückt«, sagt Onkel Shecky. »Sämtliche Streifenwagen sind unterwegs.«

»Und Red Dog *sucht* Aufmerksamkeit, oder was?«

»Er lenkt sie.« Onkel Shecky schiebt den Ofen zurück, nimmt Henry das Geschirrtuch ab und wischt sich die Hände sauber. »Die richtige Sorte Chaos, um einen Mord zu vertuschen.«

Oder drei, denkt Henry. Zweihundertfünfzigtausend Dollar sterben nicht allein. Geld weg bedeutet Menschenleben weg, und dann trifft ihn eine Frage wie ein Schlag in die Magengrube: »Wo ist Kerasha?«

Onkel Shecky schüttelt den Kopf.

»Scheißßßße!«, sagt Henry. »Das könnte heißen …« Er verstummt. Sieht den Schmerz und die Sorge im Gesicht seines Onkels und verbannt die Angst aus seiner Stimme. »Kerasha passt auf sich auf. Der geht's gut, ganz sicher.«

»Sie ist ein Mensch«, sagt Onkel Shecky. »Wir sind alle verwundbar.«

Henry nickt. Er geht in den Keller und holt seine Waffe.

Der 9-mm-Cobra ist klein und leicht. Der Revolver enthält fünf Patronen und hat genug Durchschlagskraft, um ein Kissen aufzuplustern. Was anderes hat er nicht. Er überprüft, dass die Waffe geladen ist, steckt sie in die Tasche und geht nach oben zu seinem Onkel, der in seinem Arbeitszimmer über das verschlüsselte Kontenbuch gebeugt steht.

»Onkel Shecky?«

Sein Onkel blättert um. »Ich bin hier.«

»Ich muss dir was sagen.« Henry schluckt. »Ich habe mit Starr gesprochen.« Er schluckt wieder. »Sie sagt, es gab noch einen Mord.«

Onkel Shecky schlägt das Kontenbuch zu. Am ganzen Körper zitternd, dreht er sich zu Henry um. »Sie sagt *was*?«

»Ein zweiter Mord, der vielleicht mit dem ersten zusammenhängt. Der Name ...« Wieder ist Henry bemüht, die Angst aus seiner Stimme fernzuhalten. Vergeblich. »Der Name klingt so ähnlich wie *Seh*. Aber sie war sich nicht sicher.«

Sein Onkel wird blass. »Oder *Keh*?« Er schwankt ein bisschen, stützt sich mit der Hand an die Wand. »War es ein Mädchen?«

»Ich hatte Angst, es wäre Lipz«, sagt Henry schnell. »Sie hat mir immer noch nicht geantwortet. Und sie wusste das mit den Bränden, und sie hat gesagt, Red Dog steckt dahinter. Ich hab nicht ... ich meine, ich dachte ...« Henry senkt den Blick. »An Kerasha habe ich überhaupt nicht gedacht.«

Onkel Shecky richtet sich auf. Greift nach dem Kontenbuch, geht auf Henry zu und zieht ihm das riesige Buch quer übers Gesicht.

Henry findet sich auf dem Fußboden wieder. Der Schock ist größer als der Schmerz. Er schaut zu seinem Onkel hoch. Der immer noch das Buch in Händen hält. Und plötzlich sieht Henry seinen Onkel Shecky wieder in Groß vor sich, den Mann, der aus dem Nichts auftauchte und ihn bei sich aufnahm. Der Henry im Arm hielt, als er klein war und niemanden hatte.

Ein toter, hallender Moment, wie nach einem Schuss. Henry zu sich: War das ... hat er ... bin ich ...?

Es gibt keine Antwort, aber es gibt einen heißen Schmerz auf seiner Wange, der sich anfühlt wie ein Schnitt. Und er hockt immer noch auf dem Fußboden.

»He!«

Vom Flur ertönt eine neue Stimme. Henry rappelt sich hoch, steht auf, dreht sich um, und da ist sie: Kerasha schlüpft an ihm vorbei ins Zimmer. Sie tritt auf Onkel Shecky zu, nimmt ihm das Kontenbuch aus den Händen, trägt es zum Schreibtisch und legt es hin. Dann dreht sie sich zu Henry um. »Alles in Ordnung?«

Henry berührt seine Wange, kontrolliert die Hand. »Ja.« Kein Blut.

Sie wendet sich an ihren Onkel. »Und du?«

Onkel Shecky antwortet nicht. Wirkt fassungsloser als sonst jemand, und sein Schweigen dehnt sich aus, bis Kerasha sagt: »Auf der Veranda ist wer.«

Sie rennen um die Wette nach unten, Henry liegt klar in Führung.

»Das ist nur Vasya«, ruft Shecky von hinten. Ein bisschen atemlos.

»Das kannst du nicht wissen.«

»Er kommt vorbei. Wir sind verabredet.«

»Red Dog ist heute Abend auf Mordtour«, ruft Henry vom Fuß der Treppe über die Schulter nach oben. »Wir könnten die Nächsten sein.«

»Warum sollte er das tun?«

Henry bleibt stehen und dreht sich um. »Da fallen mir zweihundertfünfzigtausend Gründe ein.«

Schwer atmend schließt Onkel Shecky auf. »Und wie will er seine Kohle zurückholen«, sagt er, beugt sich vor, stützt die Hände auf die Knie, »wenn er uns umbringt?«

»Dann lass mich das mit ihm klären«, sagt Henry. »Er ist mein Klient, und es war mein Kurier. Das ist auf meinem Mist gewachsen.« Er senkt die Stimme, legt die Handflächen zusammen, als würde er betteln. »Du hast mir das beigebracht. Lass mich das klären.«

Als Onkel Shecky verneinend den Kopf schüttelt, wendet Henry sich ab. Geht zur Tür.

Erinnerungen von seinem Training. *Setz den linken Fuß direkt vor den Türpfosten* – das hat Onkel Shecky ihm beigebracht. Henry ist wieder vierzehn, er ist wieder sechzehn, er ist er vor einem Monat. »Du kannst sie nicht daran hindern, die Tür einzutreten«, sagte Onkel Shecky irgendwann mal, »aber du kannst sie daran hindern, sie dir ins Gesicht zu ballern.« Das Training ist längst vorüber, das Training ist in ihm. »Stell dich mittig vor die Tür, als würdest du mit ihr boxen.« Henry kommt mit dem Auge nicht mal in die Nähe des Türspions. Rechte Hand an die Waffe, die Linke auf den Türknauf.

»Henry, warte!«, sagt Onkel Shecky, aber Henry zieht schon die Haustür auf, und im selben Moment stolpert Lipz ins Haus.

Eine stürmische Umarmung. Erleichterung, Erschöpfung. Henry schiebt Lipz von sich und mustert sie von oben bis unten. Keine Verletzungen, keine Angst. Aber die Augen sind blutunterlaufen und nass, und ihre Hände sind von Ruß und Asche schwarz gefärbt.

»Was zum *Teufel*!«, sagt Onkel Shecky.

Ehe Onkel Shecky noch mehr sagen kann, zieht Henry Lipz nach draußen auf die Veranda, schließt die Tür hinter sich und nimmt sie ein zweites Mal in den Arm. »Dir geht's gut.«

»Das war Tiger«, sagt sie. »Red Dog hat ihn in Stücke zerhackt und verbrannt. Unseretwegen.« Sie weicht zurück, bis ans Verandageländer, lehnt sich dagegen, birgt den Kopf in den Händen. »Die Bullen haben Tiger viel zu schnell wieder laufen lassen, weißt du noch? Du hast es gedacht, ich hab's erzählt.«

Henry versucht zu verdauen, was sie gesagt hat. Auf der Straße herrschen schmutzige Gesetze, aber er hat noch nie gehört, dass jemand so abserviert worden wäre. Red Dog tötet, wenn er muss, aber effizient – ein Messer in den Rücken, eine Kugel aus dem Schatten. Aber das hier geht übers Geschäftliche hinaus, das ist mehr als ein Mordanschlag – das ist ein blutrünstiges Ritual.

Geht dich nichts an, sagt er sich. Denk an das, was wichtig ist: Kerasha lebt, Lipz lebt.

Aber Lipz ist nicht zu stoppen, er kann unmöglich die Ohren davor verschließen, wie ihr gehasster, geliebter Fast-Ex zur Strecke gebracht wurde. In Einzelteilen über die Nachbarschaft verteilt wurde. Es ist unmöglich, nicht zu registrieren, dass Tiger verbrannt wurde – Stück für Stück – ein statuiertes Exempel für sämtliche Zeugen:

So machen wir das mit den Verrätern.

ACHTER TEIL

Der vertrauenswürdige Partner

35

Um kurz nach neun am selben Abend erhält Shecky Keenan eine Textnachricht. Sie erreicht ihn über eins seiner Partnertelefone, dem, das er ausschließlich für die Kommunikation mit Vasya benutzt, dessen Besuch Shecky inzwischen seit einer ganzen Weile erwartet hat. Er sagt ab, denkt Shecky, er hat die Schnauze voll von meinen Notfällen, er hat für sein Schwarzgeld einen anderen gefunden. Doch die Nachricht lautet, er soll aus dem Haus gehen. Also mal wieder ein Spaziergang, denkt Shecky. Keine so schlechte Idee angesichts des blauen Impala, des grünen Mustang, der geklauten Polizeimarke, des »I-Card«-Vermerks und der von Kerasha unschädlich gemachten Kamera. Angesichts des zurückgewiesenen Geldes, des gesperrten Bankkontos, der internen Ermittlung. Angesichts der Brände. Vasyas Vorsicht schützt auch mich, denkt Shecky. Und hofft bei Gott, dass dies ein Zeichen für Vertrauen ist.

Als er in die feuchtwarme Nacht hinaustritt, hört er ein paar Häuser weiter einen parkenden Wagen hupen. Marke und Zustand nach zu urteilen, eine Mietlimousine. Shecky zögert, wünscht, seine Angelegenheiten wären nicht derart in Unordnung, sorgt sich um die Kids. Weiß nicht, ob er die Nacht überleben wird.

Der Fahrer steigt aus, ein stämmiger Kerl mit gebügeltem weißen Hemd. »Guten Abend, Sir. Sind Sie der Freund von Vasya?«

Ich hoffe es.

Er steigt in den Fonds, es riecht nach Reinigungsspray mit Zitrusnote. Auf der Sitzbank liegt ein Aktenkoffer. Shecky lässt die Finger davon und schnallt sich an.

Auf einer Glasscheibe hinter dem Fahrersitz weisen blaue Aufkleber darauf hin, dass diese Limousine unter Lizenz der städtischen *Taxi and Limousine Commission* fährt. Vielleicht ist das hier echt. Vielleicht sterbe ich doch nicht. Vasya meidet einfach nur mein Haus, unter den gegebenen Umständen eine verständliche Vorsichtsmaßnahme. Der Fahrer macht Shecky trotzdem nervös, bis der Wagen schließlich am Straßenrand hält. Bis er erkennt, dass sie vor dem Knish-Knosh parken, dem Diner, in dem er sich mit Henry die Vorfallmeldung angesehen hatte.

Der Fahrer umrundet den Wagen und öffnet Shecky die Tür. »Ist alles bezahlt«, sagt er, als Shecky ihm Geld geben will. Shecky gibt ihm trotzdem einen Fünfdollarschein und setzt sich schon in Richtung Eingang in Bewegung, als direkt hinter ihm die Stimme des Fahrers ertönt. »Moment, Sir!« Shecky macht sich auf den Schuss gefasst, auf den betäubenden Moment Ewigkeit, bevor er spürt, dass er getroffen wurde. So soll das angeblich sein. Aber es kommt kein Schuss, und schon steht der Fahrer wieder vor ihm, mit seinem gebügelten Hemd, und hält ihm den Aktenkoffer hin.

»Das gehört mir nicht«, sagt Shecky.

Der Fahrer lächelt nur, und Shecky streckt ihm, verlegen, noch einen Fünfer hin. Als das Taxi endlich wegfährt, hält Shecky den Aktenkoffer in der Hand.

Direkt hinter der Tür mustert ein Mann mit gelblicher Haut im Anzug und mit polierten Schuhen die Kuchentheke. Shecky erkennt Vasya, auch von hinten, an seinem Kopf, der klein ist und kahl und kugelrund. Vasya benimmt sich wie ein Mann, der kauft, was er will, und bar dafür bezahlt. Die Erleichterung, die Shecky beim Anblick seines langjährigen Partners verspürt, ist riesig. Kein Auftragskiller, der gekommen ist, um ihn umzulegen, kein Schütze, der geschickt wurde, um ihm das Licht auszublasen. Die Erleichterung währt trotzdem nicht lange. Vasya dreht sich um, sein Lächeln ist frostig.

Sie werden zu einem Tisch geführt und bekommen die Speisekarten ausgehändigt. Zwei Bier werden frisch für sie gezapft, noch ehe Shecky richtig in die Karte schauen konnte. Vasya hingegen benimmt sich enervierend respektlos und ungezwungen, er spricht absichtlich – regelrecht sadistisch – hemmungslos die heikelsten Themen an.

»Was passiert mit unserer Stadt?«, fragt Vasya. »Der Tod eines jungen Künstlers. Mord und Brandstiftung. Ein verkohlter Arm taucht neben einem Hydranten auf. Die Zeitungen meinen, es könnte ein Bandenkrieg dahinterstecken, aber glaubst du das?«

Shecky versucht sich seinerseits an einem Lächeln. Ihm ist schlecht, und er bereut die gebratenen Piroggen jetzt schon, die er bestellt hat. Fragt sich, ob es zu spät ist, noch auf was Leichteres umzuschwenken.

»Bandenkriege sind irgendwann auch wieder vorbei«, sagt Vasya mit gesenkter Stimme. »Aber Raubüberfälle? Damit müssen wir immer leben. Nur meine Meinung, aber zeig mir den, der *nicht* jemand anderem eins drüberziehen will? Ab und zu wenigstens. Dieses Gefühl, über einem reglosen Körper zu stehen, sich nehmen zu können, was man will, oder alles damit machen zu können – was für eine Macht! Das muss sich anfühlen wie im Rausch.«

Shecky antwortet nicht.

Das Essen kommt, Schisch-Kebab für Vasya, die gebratenen Piroggen für Shecky. »Wo wir gerade von Rausch sprechen. Es gibt da ein neues Gerät. Ich weiß nicht, ob du schon davon gehört hast. Soll bei Opioiden bestens funktionieren.« Vasya schneidet einen Würfel Lammfleisch vom Spieß. »Damit lassen sich Substanzen präzise dosieren – und das Gerät ist eichbar – kann überall benutzt werden, von jedem. Kein Schlauch um den Oberarm, keine Folie, kein Löffel, kein Suchen nach der Vene. Du hältst dir einfach so eine Art Stift an den Körper, und zack!

Die kleine Nadel geht rein und wieder raus. Völlig ohne Sauerei. Du benutzt das Teil genau einmal, und dann wirfst du es weg. Dieselbe Technologie wie der Epi-Pen, nur dass sie es – zumindest auf der Straße – Feni-Pen nennen. Weil es ursprünglich dazu bestimmt war, Fentanyl zu verabreichen. Ist das nicht schlau?«

Vasya lässt sich das Essen schmecken. Shecky kommt sich vor, wie in einem Theaterstück, für das ihm niemand ein Textbuch ausgehändigt hat, aber wer weiß, vielleicht kriegt er ja trotzdem eine gute Darbietung hin. Das ist etwas, das er damals im Watts-Community-Theater gelernt hat: Er ist immer dann am besten, wenn er nicht drüber nachdenkt, was er tut.

»Wie ich sehe, hast du deinen Aktenkoffer«, sagt Vasya schließlich und tupft sich den Mund sauber.

»*Meinen* Aktenkoffer?«, entgegnet Shecky. »Ich war mir nicht sicher.«

»Mach ihn auf, sieh rein«, sagt Vasya. »Alles, was in der Mülltüte war – alles da, nur für dich. Wir haben nichts für uns behalten, nur den Auftragnehmer bezahlt. Zehn Prozent, der branchenübliche Standard.«

Echt, denkt Shecky, für so was gibt's einen *Standard?*

Vasya bestellt mit einer Geste ein zweites Bier. »Um ehrlich zu sein, mein erster Impuls war, die Auslagen selbst zu begleichen, aus meiner Tasche. Von einem privaten Familienkonto. Aber dazu kenne ich dich zu gut. Damit hätte ich dich bloß beleidigt. Ich hab dich schon gehört: ›Die Schweinerei geht auf mein Konto. Also übernehme ich auch die Reinigungskosten.‹ Was sagst du? Klingt ganz nach dir, oder? Ohne den Akzent natürlich.«

Sag *Danke sehr,* flüstert Shecky der Regisseur sich zu. Na komm, jetzt sprich deinen Text, gib den guten alten Schleimscheißer, mach's für dein Publikum. Doch ehe Shecky was sagen kann, steht die Kellnerin mit Vasyas Bier am Tisch. Sie stellt es hin und mustert Sheckys Teller, als wäre mit den Piroggen was nicht in Ordnung.

»Alles bestens«, sagt Shecky.

»Stimmt ja, du isst immer mit der Familie zu Abend«, sagt Vasya. »Ich weiß zu schätzen, dass du mir Gesellschaft leistest.« Er sieht zur Kellnerin hoch. »Zwei Espressi, bitte«, sagt er und tippt sich abwesend an die Reversnadel. »Und nehmen Sie die Teller mit – wir sind fertig.«

Das bedrohliche Gefühl weicht Benommenheit. Was für eine surreale Situation. Shecky hat Vasya immer gemocht. Hat schon seit Langem darüber nachgedacht, ihn mal zu genau so einem Abendessen einzuladen. Keine Gespräche über Transaktionen, nur zwei alte Männer, die sich bei ein paar Bier übers Leben unterhalten. Aber wenn er ihn jetzt so sieht, der Anzug, die Schuhe, sein Lächeln, die Ungezwungenheit seiner Bewegungen – und mit welcher Leichtigkeit er über Opioide und Mord redet. Dieser Mann ist definitiv *nicht* mein Typ, hätte Shecky am liebsten zu jemandem gesagt. Ich bin nicht wie er, ich weiß es besser, ich weiß, was passiert, wenn jemandem das Leben geraubt wird.

Und trotzdem sitzt du mit ihm hier.

Und er sitzt immer noch da, als im Knish-Knosh Schichtwechsel ist, als die Kellnerin, die ihnen das Essen serviert hat, von der schmalen Frau mit den eiskalten Augen abgelöst wird, die Shecky schon einmal hier gesehen hat. Und als diese Kellnerin nur einen einzigen Blick auf Vasya geworfen hat, erstarrt sie und rennt in die Küche. Und kommt auch nicht wieder, und die Rechnung wird ihnen von einem Abräumer gebracht. Ohne Erklärung.

Minuten später stehen Shecky und Vasya an der Kasse, teilen die Rechnung und geben sich die Hand. Es ist vorbei, denkt Schecky. Ich habe das verlorene Geld zurück, abzüglich »Unkosten«. Ich hab's geschafft.

»Du musst mir nicht danken«, sagt Vasya, was Shecky zu der Frage führt, ob er *Danke* gesagt hat, ohne nachzudenken, oder ob Vasya ihn entschuldigt. »Was heißt schon Dankbarkeit zwischen Männern wie uns? Ob es uns schmeckt oder nicht, wir werden alle für die Sünden des anderen verantwortlich gemacht.«

Sie geben sich noch mal die Hand, und Shecky hat das Gefühl, ganz Brooklyn müsste unter der Last dieser Worte zusammenbrechen. Für die Sünden des anderen verantwortlich gemacht werden – ist das möglich? Während er ins Taxi steigt, dem Fahrer die Adresse nennt, sich in den Sitz sinken lässt, kann Shecky an nichts anderes denken. Vasya hat große Reden geschwungen, da hat das Bier aus ihm gesprochen. Aber was, wenn er recht hat? Was, wenn ich tatsächlich für das Handeln meiner Partner zur Rechenschaft gezogen werde? Und was ist mit Henry? Ist er für *meine* Sünden haftbar? Wird er bereits dafür bestraft?

Nein, das ist Blödsinn, das waren keine Sünden. Nicht bei mir. Man kann mir nicht vorwerfen, was ich nicht tue, was ich nicht verhindern kann, von dem ich nicht mal weiß.

Und was ist mit der ungeheuren Anstrengung, die du aufs Nichtwissen verwendest? (Dannie hat die Augen zusammengekniffen, die Arme verschränkt.) Was ist mit dem, was du Henry beigebracht hast: Du kennst einen Menschen erst, wenn du deine Nase in seine Kohle gesteckt hast. Wie sieht's mit *deiner* Kohle aus? Woher stammt dein Geld? Respekt für die Privatsphäre deiner Klienten – was für eine noble Geste. Und – wie bequem. Wie lange kannst du noch wegsehen?

Er muss an die schmale Kellnerin mit den eiskalten Augen denken, an ihren Gesichtsausdruck, als sie Vasya erkannte. Er muss an Kerasha denken, die ungefähr in ihrem Alter ist. Hätte das Leben ihr ein anderes Blatt ausgeteilt, denkt er, könnte sie genauso gut in Nachtschichten arbeiten. Sie könnte genauso gut Gründe dafür haben, vor einem Mann wie Vasya Angst zu haben.

Also holt er das Telefon raus und ruft Kerasha an, weil er sich danach sehnt, sie in Sicherheit zu wissen, ruft sie an, weil *sie ihn* nicht anruft, weil er aus irgendeinem Grund weiß, trotz Mangels an Beweisen, dass seine wunderschöne Nichte in Gefahr ist.

36

»Handelt es sich um einen medizinischen Notfall?«

Die Frau spricht, als hätte sie den Mund voll klebriger Karamellbonbons. Kerasha hat Verständnis. Das Leckermaul arbeitet für Dr. Andrew Xu, versieht den nachmittäglichen Telefondienst für ihn. Grottig bezahlt, davon ist Kerasha überzeugt, um den Leuten zuzuhören, bei denen es Dr. Xu verbockt hat, um in deren wirrem Gelaber irgendeinen Sinn zu erkennen und ihre Nachrichten weiterzuleiten. Das Leben hat der Frau offensichtlich übel mitgespielt, und wenn ihr ein Mundvoll Bonbons dabei hilft, das durchzustehen, warum nicht! Sie könnte sich Schlimmeres antun.

»Ma'am? Sind Sie noch da?«

Noch ein Punkt zu ihren Gunsten: Die Frau stellt berechtigte Fragen. Handelt es sich um einen medizinischen Notfall? Bin ich hier? Oder hocke ich in Wirklichkeit da unten in dem Kellerloch und jage mir eine Spritze in den Arm? Das war mehr als nur Ähnlichkeit – das war Gleichheit. *Ich bekenne mich zu meinen Doppelgängern,* singt Onkel Walt ihr ins Ohr. Sie ernennt ihn zu ihrem heutigen Audioguide, gut, nicht direkt als Führer, aber als Begleiter.

Der Anblick von Kerashas Doppelgängerin mit der Nadel liegt erst ein paar Stunden zurück. Alles gut, nur eine Nadel, scheiß drauf, kein Grund, sich aufzuregen. Wir sind hier schließlich in Brooklyn: Die Straßen sind übersät von Spritzen. Aber das Mädchen, das ihr da aus dem Kellerfenster entgegensah, war nicht einfach irgendein anonymer Junkie und auch nicht die Mama von irgendwem. Dieser Blick, der Trotz, die Scham – all das ist Kerasha zutiefst vertraut. All das erinnert sie daran, wer sie vor zehn Jahren war – das Mädchen, an dem die Welt vorbeisah.

Aber *ich* habe sie gesehen, denkt Kerasha. Ich habe die Nadel in ihrem Arm gesehen, und ich habe gesehen, wie sie den Kolben runterdrückte. Scheiße noch mal, was ist hier los?

»Ma'am?« Kerasha hört gedämpftes Schmatzen, als würde die Frau versuchen, mit der Zunge die Zähne von Karamell zu befreien.

Was los gewesen sein könnte: eine Zeitreise? Unwahrscheinlich. Stressbedingte Halluzinationen? Möglicherweise. Schizophrenie? Nicht auszuschließen. Aber handelt es sich um einen medizinischen Notfall? Kerasha kennt nur eine einzige mögliche Antwort, und sie weiß nicht, ob sie es tatsächlich laut ausspricht: »Ich bekenne mich zu meinen Doppelgängern.«

Das hätte genauso gut aus Henrys Mund kommen können. Er hat seine Doppelgänger im Atelier des toten Kuriers überall verstreut gefunden, und es brauchte die Perspektive einer Außenstehenden, also der ihren, um die Unterschiede zu erkennen. Um ihm zu helfen, zwischen dem *Selbst* und dem *Anderen* zu differenzieren. (Danke, Johari-Fenster, danke, Franklin-Bücherei, Abteilung Psychologie.) Jetzt ist sie selbst auf diese Hilfe angewiesen, aber weiß der Geier, warum sie sich dafür ausgerechnet Dr. Xu ausgesucht hat.

Ich hab mir den nicht ausgesucht, denkt sie, wild entschlossen, sich selbst zu verzeihen. Ihre Hand hat nach dem Telefon gegriffen, ihre Finger haben gewählt. *Sie* hat sich Dr. Xus Telefonnummer für Notfälle außerhalb der Sprechzeiten nicht gemerkt, aber das, was von Klein Kerry in ihr noch da ist – *endlos die Fäden entrollt*, flüstert Onkel Walt, *unablässig sinnend* –, muss die Nummer irgendwo gesehen haben. Sehen, wollen, nehmen – das bin nicht ich, die da telefoniert. Sie legt auf und schleudert das Telefon weg.

Während sie vom Dach des Hauses klettert, in dem Dr. Xus

Praxis liegt, kocht Selbstekel in ihr hoch, besudelt brennend ihren Mund. Im Ernst, Kay? *Den*? Diese TV-Psychiaterpose, dieser Couchtisch, dieser Pferdeschwanz, die verstaubten Merlotkisten, das beschissene Goldfischglas voller Murmeln, die einsame Zahnbürste – *den* rufst du an?

Onkel Walt reicht das Mikro an diverse Gastredner weiter. Als Erstes sie persönlich: Ich nehme mir nicht, *was* ich will, ich nehme es mir, *weil* ich es will.

Danach der Pferdeschwanz persönlich: Aber woher kommt das Ihrer Meinung nach – Ihr Wollen?

Sie hasst Nichtwissen. Und hat gleichzeitig Angst vor den Antworten, die im Dunkeln ihre Häupter recken.

»In Ihnen steckt mehr, als Sie mir erzählen«, hat Dr. Xu mal zu ihr gesagt. Das war bei ihrer allerersten Sitzung gewesen, trotzdem ließ er schon da die volle Wucht seiner Herablassung von der Leine. »Und das ist auch nicht anders zu erwarten. Widerstand ist Teil der Therapie. Aber langsam frage ich mich«, fuhr er fort und formte die Fingerspitzen zu einem Ball, »ob in Ihnen mehr steckt, als Sie sich *selbst* erzählen.«

Kerasha mustert die Umgebung. Muss mit Schrecken entdecken, dass sie, wie Onkel Walt es formulierte, wanderte in ihrem Geist. In den Straßen von Bushwick riecht es nach angesengtem Gummi und Plastik, nach schmutzigen, chemischen Bränden. Der gegrillte Verräter, erinnert Kerasha sich. Red Dogs Werk.

Damit ist Brooklyn also um einen neuen, ewigen Geruch reicher. Ein Luftfleck, hätte Mama vielleicht dazu gesagt.

Sie läuft an einem breitschultrigen Mann mit behaarten Armen und narbigem Gesicht vorbei. Kurze Härchen bedecken sein Hemd. Er riecht nach Pomade. Wahrscheinlich ein Friseur. Der sich bewegt wie ein Jäger. Er geht und bleibt wieder stehen. Beobachtet, lauscht, auf der Suche nach jemandem. Auch eine Spinne mit Fangklauen, spürt sie intuitiv, er ist gefährlich. Sie bringt Abstand zwischen ihn und sich. Verdrängt ihn aus ihrem Bewusstsein, denn schon überkommt sie etwas Schlimmeres, die dem Juckreiz vorausgehende Taubheit. Kerasha schlägt sich auf die Arme.

»Bring das Blut in Fluss«, das ist Nicole, die veruntreuerische Yogini, Kerashas alte Zellengenossin. »Fühle alles, auch den Schmerz.« Schmerz, um den Juckreiz abzuwürgen, um die Stimme vom Pferdeschwanz zum Schweigen zu bringen. Stechender Schmerz, um seine Fragen zu stoppen, und dann echter Schmerz, als sie über eine große leere Flasche stolpert – Starkbier, wie das Zeugs, das Mamas letzter und schlimmster Freund immer gesoffen hat. Sie stolpert und stürzt und schürft sich die Handballen auf. Die Laterne beleuchtet schwarze Steinchen, die in roten, nassen Kreisen in ihrem Fleisch festsitzen. Meine kleinen Stigmata aus Straßenschmutz, denkt sie. Sie muss an Schwester Xenia denken, die Mutter Oberin bei den Barmherzigen Schwestern im Rehazentrum. Könnte sie jetzt ihre aufgeschürften Hände sehen, sie würde sie zweifellos als »Segen« bezeichnen.

Demütigung trifft's eher, denkt Kerasha. Wie konnte das passieren? Sie ist gestolpert – sie, die lautlose, geduldige Spinne. Sie, die Haarnadeln entdeckt, sie, die Mastkameras von ihrem Sockel holt. Nur eine Riesenflasche Starkbier auf dem Gehsteig, die übersieht sie irgendwie. Über die stolpert sie, weil ihr Hirn sie ausgeblendet hat.

Wie lautet der Fachbegriff? Eine negative Halluzination. Weitere Details aus dem ganze fünf Titel umfassenden Fachbereich Psychologie der Bücherei im Franklin fallen ihr ein. Eine negative Halluzination bedeutet das, was man direkt vor Augen hat, nicht zu sehen. Die Halluzination von Nichtvorhandensein.

Sie hatte keine Ahnung, dass das immer noch in ihrem Kopf abgespeichert war, womit es zur selben Kategorie gehört, wie Dr. Xus Notfalltelefonnummer. Der Gedanke an die Nummer lässt sie in die nächste Fantasiesitzung mit Murmelglas hineinplumpsen. Doktor: Warum haben Sie die Flasche nicht gesehen? Patientin: Wollen. Beweisstück A, ihre Auseinandersetzung mit Dr. Xus Aktenschrank. Sie erinnert sich an die Demütigung, durchlebt noch einmal den beschämenden Moment, als ihr klar wurde, dass sie nicht sehen wollte, was sich in dem Schrank befand. Als ihr klar wurde, dass sie Angst hatte.

Das *Wollen,* dieser dreckige alte Sausack, hat die Flasche Starkbier vor ihr versteckt. Ich wollte sie nicht sehen.

Dr. Xu, unersättlich wie immer, pferdeschwänzig wie immer, will wissen, warum.

Noch so eine beleidigend offensichtliche Frage, und um die zu beantworten, braucht sie keinen Doktortitel. Die Flasche steht für das Monster, Mamas letzten und schlimmsten Freund. Steht für denjenigen, der Klein Kerrys Familiengeschichte zurechtgebogen hat, der ihr klargemacht hat, dass Mama zuerst Schmerztabletten und später Heroin genommen hat, und zwar beides nach Kerashas Geburt. Steht *nach* für *wegen*? Kerasha formuliert im Kopf die Empfehlung eines Nachtrags für die Bushwick-Edition des *Dictionary of American Regional English*: *Nach* ist manchmal ein Synonym für *das ist alles meine verkackte Schuld. Nach* bedeutet, das habe ich ihr angetan, sie ist meinetwegen krank geworden. He, *nach,* fick dich ins Knie. Kerasha würde alles dafür geben, endlich von diesem Scheusal wegzukommen. Negative Halluzinationen, Abschürfungen – was immer nötig war, um diese Schuld *durchzustehen.* Was immer stark genug war, um *nach* endgültig ins Dunkel zu schleudern.

Vor ihr ein Kurierfahrrad: Isolierband um die Griffe, Panzer-Tape um den Korb. Es ist an einen wackeligen Zaun gekettet, und Kerasha biegt ihn auf unter Zuhilfenahme des Schlosses als Hebel. Diese Stadt ist für Diebe gemacht, denkt sie. Sie steigt auf und tritt in die Pedale. Der Wind in ihren Haaren und in ihrem

Gesicht und auf ihrer Brust sagt ihr, dass sie sich fortbewegt, trotzdem hat sie das Gefühl, festzustecken. Hat das Gefühl, mitten durch den Mund von Dr. Xus Telefontante hindurchzuradeln, über karamellverklebte Zähne zu strampeln.

»Öffne sämtliche Sinnestore«, hat Nicole immer zu ihr gesagt, »und zwar nicht nur deine. Sieh mit meinen Augen. Höre als der Stuhl dort.« Als Stuhl hat Kerasha noch nie gehört, aber sie zwingt sich, auf die Menschen zu achten, an denen sie vorbeifährt. Sich nicht allein auf den Instinkt und das periphere Sehen von Klein Kerry zu verlassen, sondern den Geist ihres gegenwärtigen großen Ichs vollständig zu nutzen. Ihre Stadt ist plötzlich voller Menschen. Hier hocken zwei Typen mit Schutzhelmen, beide betrunken wie es aussieht, aber immer noch in ihren Warnwesten. Da eine kleine alte Frau mit krummem Rücken und Gehgestell. Kerasha denkt über den Rücken nach, wie lange der wohl schon so gebogen ist. Ob die Frau eine Stunde lang gehen kann, ohne daran zu denken und, falls ja, welche Achtsamkeitsmethode sie verwendet. Gebt mir nur den richtigen Lehrer, denkt Kerasha, und ich diszipliniere mich selbst wie Hölle. Treten, treten, und dazu noch einmal die Stimme von Onkel Walt:

> Wandere wirr ... mir abhanden gekommen ...
> Halte inne, starre, beuge mich nieder und verharre.

Skateboarder, bierbäuchige Typen mit nackten Oberkörpern, zwei Fahrradcops, jeder mit einem ewig langen Sandwich. Was soll das denn hier? Camp Happy Paws? Sieht aus wie eine Zoohandlung. Der Laden ist Kerasha neu, in ihrer Erinnerung ist hier immer eine Reparaturwerkstatt für Kühlschränke gewesen. Eine Stadt kann sich in sechs Jahren verändern. Und ein Mensch? Das hoffe ich bei Gott, würde Onkel Shecky jetzt sagen. Dies ist einer der wenigen Punkte, in dem er, Sankt Augustinus und Schwester Xenia einer Meinung wären, und natürlich muss auch June Jordan ihren Senf dazugeben: Mein Name gehört mir, mir, mir.

Kerasha kippt weg. Eben noch tritt sie fröhlich in die Pedale ihres gestohlenen Fahrrads, und eine Minute später segelt sie durch die Luft, schlittert über den Asphalt, rollt sich ab und rollt weiter, bis der Schwung nachlässt. Jetzt liegt sie ganz still, abgesehen davon, dass sie am ganzen Körper zittert. Wie die beiden Hände eines Arztes tastet ihr Gehirn den Körper ab. Wo tut es weh, und ist was verstaucht oder gebrochen, und stehst du jetzt wieder auf, oder hat dein nächstes *Du* bereits Form angenommen – dein altes Du nur noch ein Leichnam unter vielen?

»Bist du verletzt? Alles okay?«

Okay genug, um den Blick zu heben, und da ist schon wieder dieses Mädchen: verdreckt, sanft, ein Hauch Scheu, einen Haufen Schläue. Das Mädchen, das Kerasha durch das Kellerfenster gesehen hat, das Mädchen mit der Nadel. Ich bin das, denkt sie. Mein kleines Ich.

Die Zeit verschwimmt. Sie muss wieder aufs Rad gestiegen sein, denn in einem Moment der Klarheit bekommt sie mit, wie sie es hinter Hank's Fit Rite Tires an einen Zaun lehnt, ein Überbleibsel von Bushwicks schrumpfendem Industriegebiet. Ein Treffpunkt für Kids, erinnert Kerasha sich, für solche, die keine Räder geschenkt kriegen, die auf keinen Fall einfach eins irgendwo rumliegen lassen würden. Klein Kerry hat früher selbst viel Zeit hier verbracht, war aber schon vor dem Franklin länger nicht mehr da gewesen. Hier hat sich kaum was verändert: der vertraute Ölgeruch, auf der Betonziegelmauer immer noch dieselben gesprayten Teen-Titans-Gesichter. Das Rauschen des Verkehrs. Durch die beiden Karosseriewerkstätten auf der anderen Straßenseite kann Kerasha ein kleines Stück Überführung sehen.

Sie fragt sich, ob sie auf direktem Weg hergekommen ist oder im Zickzack wie die gute kleine Diebin, die sie einst war. Sie fragt sich, ob die gute kleine Diebin und das Kellerkind identisch sind und ob das »Alles okay?«-Mädchen nur ein weiteres Gespenst ist. *Ich bin die Geschichte der Ablehnung der Frau, die ich bin.*

»Ich gebe mir Mühe, Dr. Xu«, sagt sie. Die Worte dringen nach außen, wecken sie auf, und plötzlich steht sie vor dem Gebäude, in dem sich die Praxis von Dr. Xu befindet. Im orangegrauen Glanz der Straßenlaternen ist der gedrungene, breite Komplex unerwartet schön.

Ihre Hand zieht ein neues Wegwerfhandy aus der Tasche. Ihre Finger wählen wieder die Notfallnummer.

»Ja, das ist ein medizinischer Notfall«, sagt sie. Diesmal ist keine Leckermaul am anderen Ende, sondern ein wahres Energiebündel, eine Frau mit einem Akzent, den Kerasha nicht einordnen kann.

»Bleiben Sie dran!«, trällert die Frau hyperfröhlich, ein erstaunlicher Tonfall für jemanden, der es ständig mit durchgedrehten Anrufern zu tun hat.

Medikamente, denkt Kerasha, wahrscheinlich auch eine Patientin, die hier ihre Sozialstunden ableistet. Absolut nachvollziehbar, bis Kerasha den schmutzigen Trick durchschaut. Erkennt, dass diese arme Patientin gezwungen ist, an anderer Leute Hirnwichserei teilzuhaben, was sie nur übersteht, indem sie sich zur Komplizin macht.

Das ist nichts für mich, denkt Kerasha. Ich halte mich weiter an meinen eigenen Nervenzusammenbruch, vielen Dank auch. In mir sind schon genug Stimmen am Werk, ich mache die Dinge auf meine eigene verkackte Art.

»Hier ist Dr. Brown.« Die Frau klingt reserviert und zurückhaltend, und Kerasha stellt sich eine korpulente Schwarze mit grau melierten Haaren vor. Stellt sich sich selbst vor, nur älter, und merkt, dass diese Frau auch schon wieder eine paradoxe Intervention ihres Psychiaters ist, die zweite Hälfte von Kah. Diese »Frau Doktor« hat meinen Nachnamen, du Arschloch. Glaubst du etwa, so was merke ich nicht?

Widerstrebend gesteht Kerasha sich ein, dass ihre Wut nur vorgeschoben ist. In Wirklichkeit fühlt sie Enttäuschung. Sie hat ihn angerufen, und er hat nicht reagiert. Sie wollte, dass er ans Telefon geht. Sie wollte, dass er sie fragt, ob es ihr gut geht. »Tja, nur wir zwei beide, Kerry«, sagte Mama immer, normalerweise nach irgendeiner Trennung. »Du und ich gegen die Dunkelheit.« Und jetzt bin ich groß, und es gilt *immer noch* Mama und ich und die Dunkelheit.

»Ich muss mit Dr. Xu sprechen«, hört Kerasha sich sagen. Hasst sich dafür.

Ein Seufzen von Dr. Brown oder wie auch immer sie in Wirklichkeit heißt. »Dr. Xu ist nicht im Dienst.« Das muss sie heute Abend garantiert schon zum hundertsten Mal erklären. Aber es ist das erste Mal, dass du's *mir* erklärst, blöde Kuh – wie wär's mit etwas Mitgefühl? Gähnend sagt Dr. Brown: »Bitte schildern Sie mir den Notfall.«

»Ich komme von mir selbst nicht los«, sagt Kerasha. Oder denkt es vielleicht auch nur. Das Telefon ist ausgeschaltet. Es liegt still in ihrer Hand, ihre treuen Finger haben wieder mal die Arbeit für sie erledigt. Wieder verschwimmen die Dinge um sie herum. Die Skyline verändert sich, während sie ostwärts der Nacht entgegenrennt. Sie fängt den verängstigten Blick von einem Straßenkind auf. Verängstigt meinetwegen, wird ihr klar, und schon ist sie wieder da und wieder weg und wieder da, jetzt in Stinke-Terris übel riechendem Dunstkreis. Kurz darauf sieht sie die dicke Frau vor sich, die langsam ihren neuen Einkaufswagen schiebt. Träge eine Maraca rasseln lässt. Kerasha fragt sich, ob ihr künftiges Selbst statt einer reservierten, zurückhaltenden Dr. Brown auch Stinke-Terri sein könnte. Diese Vorstellung gelingt ihr leicht – nur noch eine Frau mit Einkaufswagen und vergessener Vergangenheit.

Kerasha läuft an den alten Lagerhäusern vorbei. Manche stehen leer, manche dienen als Fixerhöhlen. Ein paar werden neu verkleidet und spielen Lofts – in so einem war sie neulich erst zu Besuch, als sie dem Detective Waffe und Marke vom Nachttisch geklaut hat –, aber innen bröckeln die Häuser trotzdem vor sich hin, haben alle morsche Knochen. Und hinter den Lagerhäusern ragen die Moses-Blocks auf.

Das Schloss am Nebeneingang um die Ecke der Lafayette Street ist immer noch kaputt. Die Treppe führt immer noch in den Keller runter, wo das Gitter zum Heizungskeller immer noch locker ist. Die dürre kleine Kerry hätte kein Problem gehabt, da durchzuschlüpfen. Die große Kerasha schafft es nur mit Mühe. Irgendwie windet und schiebt und zwängt sie sich durchs Kellerfenster raus in den Lichtschacht. Die Fensterbänke sind vom Keller bis zum Dach solide gemauert, und Kerasha steigt und zieht und schwingt sich bis ganz nach oben und reißt auf dem Weg zum Dach überall kleine Hinweise auf Familienleben in den Abgrund. Hauptsächlich Topfpflanzen, aber auch Keramikvasen, Püppchen, Actionfiguren. Menschen machen und sammeln Kunst, sogar an so einem Ort, und das überrascht Kerasha nun wirklich nicht. Trotzdem ist sie, wider Willen, berührt von einem mit dem Finger in den Staub einer ungeputzten Fensterscheibe gezeichneten Bild. Der Umriss eines Mädchens, das sich nach einem ausgebüchsten Luftballon streckt. Die gekräuselte Schnur verrät den Wind, und das Mädchen steht einfach nur da, den Arm in die Luft gereckt. Sie versucht nicht, den Ballon wieder einzufangen, weiß Kerasha. Sie sagt ihm Lebewohl.

Auf dem Dach von Tower C kommt Kerasha wieder zu Atem. Zählt atmend von fünfundvierzig rückwärts und fragt sich, ob Nicole, die veruntreuerische Yogini, wo immer sie sein mag, in diesem Moment ein glückliches Ziepen verspürt. Siehst du,

Nikki? Ich hab dir zugehört. *Lass* beim Einatmen, *los* beim Ausatmen. Schwester Xenia würde es Gebet nennen, und Sankt Augustinus und Malcom X sprechen aus Erfahrung: Welche Sünde auch immer du begehst, selbst wenn du es genießt, Gott ist für dich da. Gott wird warten.

Allerdings glaubt Kerasha nicht, dass *sie* dazu in der Lage ist.

Lass ein, *los* aus.

Von all ihren Ratgebern ist es vor allem Nicole, der sie traut. Sauerstoff bringt Klarheit. Kerasha lässt den Blick über Brooklyn schweifen, sieht unter sich das geballte Potenzial des Schäbigen. Zahllose Fenster, die sich öffnen lassen, zahllose Türen. Mag sie auch noch so alt werden, ihr werden ein Leben lang niemals die Einbruchmöglichkeiten ausgehen. Innnehaltend und spähend, eindringend …

Ausweichend.

Kerasha hört auf zu atmen.

Ich nehme mir nicht, *was* ich will, ich nehme es mir, *weil* ich will.

Aber woher kommt das, dieses Wollen?

Ein eisiges, feuchtes Frösteln überfällt sie. Das Gefühl vom Potenzial des Schäbigen, das sie noch vor fünf Sekunden verspürte, zittert klein und hässlich im Schatten von etwas Riesengroßem. Sie schlägt sich wieder auf die Arme. Bringt das Blut wieder in Fluss. Immer fühlen, auch den Schmerz. Alles, um durch diesen Schatten *durchzukommen.* Abermals betrachtet Kerasha die gelben, blinkenden Lichter von Brooklyn. Schaut nach Manhattan hinüber, dieser phosphoreszierenden Festung. Das sind die Sternbilder, nach denen sie in ihrer Kindheit navigiert hat. Sie sagen ihr, dass sie wieder zu Hause ist. Ihre lange Reise durch die Nacht ist zu Ende.

Zuflucht, denkt sie, dieses riesige Dach ist ihr Reich. Auf dieses Dach hat, soweit sie weiß, außer ihr noch nie jemand einen Fuß gesetzt, nicht, seit die letzte wasserdichte Bitumenschicht aufgetragen wurde. Keine Tags, keine Junkies, keine Wärterinnen und keine Mama – dies ist der eine Ort auf Erden, an dem niemand ihr wehtun kann.

»Schwachsinn.«

Kerasha sinkt zu Boden. Ihr Atem – ihr kostbarer, Zug für Zug gezählter Atem – ist verschwunden.

Alles ist verschwunden.

»An so einen Ort kommst du nicht, um *allein* zu sein.« Wie vertraut ihr diese Stimme ist, so sanft, so leise. Und welche Macht sie über Kerasha hat. Sie schafft es nicht, den Blick zu heben und ihr ins Auge zu sehen.

Was vielleicht die am wenigsten schlechte Strategie ist. »Augen auf die Füße, Mädel«, hat Nicole immer gesagt. »Erde dich – wortwörtlich, unsere zornige Mutter Erde meine ich. Bring deinen Schmerz in die richtige Perspektive, Mädel, und dann sag brav *Danke,* zornige Erde. Du verleihst uns Standfestigkeit, jeden beschissenen Tag aufs Neue.« Ausflucht für Ausflucht.

Nie zuvor hat Kerasha eine derartige Faszination für ihre Füße erlebt. Meine Güte, diese Schnürsenkel, so ordentlich und sorgfältig geknotet. Eine echte Diebin erkennt man daran, denkt sie freudlos, dass sie nie über ihre eigenen Füße stolpern würde.

»Lächle«, hat Nicole immer gesagt. »Das Gehirn gehört zum Körper, nicht umgekehrt. Es gibt einen Haufen Studien zu dem Scheiß. Ein gefaktes Lächeln ist tatsächlich ein Schritt in Richtung Glück. ›Durch Schein zum Sein‹ – der Spruch beruht auf falschen Tatsachen. Schein *ist* Sein. Krass, oder?«

Kerasha verzieht die Lippen zu einem Lächeln. Was auf ihr Glücksgefühl keinerlei Einfluss hat, aber sie will Nicole nicht enttäuschen, und sei es nur Nicole-im-Kopf. Also löst sie den Blick von den Schuhen und heftet ihn an das dürre, schmutzige Mädchen, das diese dunkle Nacht mit ihr teilt. Dieselbe sternenlose Kuppel übergestülpt, von denselben blinkenden Lichtern grässlich beschienen, hält das Mädchen einen Eimer hoch. Es schüttelt ihn kräftig, und man hört das Klimpern vieler kleiner Metallteile.

»Unser Eimer stand noch immer da, wo wir ihn zurückgelassen haben«, sagt das Mädchen. Sie zeigt auf einen Vorsprung unter dem Auslass der Heizungslüftung. Der Winkel des Vorsprungs und ein Spalt im Dach haben den Eimer über Jahre vor Wind und Regen beschützt. Ich bekenne mich zu dieser Doppelgängerin, denkt Kerasha. Ein neuer persönlicher Tiefpunkt: Sie wünschte nicht nur, Dr. Xu würde ihre Anrufe entgegennehmen, sondern auch, er wäre jetzt bei ihr, hier auf diesem Dach. Was spielt es schon für eine Rolle, wenn er zu dem Mädchen mit dem Eimer rüberschaut und nichts als leere Luft sieht? Worauf es ankommt, ist, dass Kerasha Fortschritte macht. Bitte, lieber Onkel Doktor, hol deinen Stift raus: Die Halluzinationen der Patientin haben sich vom Negativen ins Positive gekehrt.

Wieder klimpert der Eimer. Diesmal rüttelt sie ihn nicht nur, sie hält ihn schräg, zeigt Kerasha den schief gestellten Rand, fordert sie auf, einen Blick hineinzuwagen. »Bist du gar nicht neugierig? *Juckt* dich das nicht?«

Wieder zwingt Kerasha ein Lächeln hervor, so wie Nicole es ihr beigebracht hat, aber die Neuronen feuern nicht. Haben sie nie getan. Das gefakte Glück hat es nie über die Blut-Hirn-Schranke geschafft.

Was jedoch echt ist, ist der scharfe Geruch von Essig und Metall und verbranntem Teer und von diesem unnachahmlichen Extra. Sie hat den Eimer jetzt direkt unter der Nase. Das Mädchen steht vor ihr, ungewaschen, stinkend. »In dir steckt mehr, als du mir erzählst«, flüstert sie. »Aber ich möchte, dass du über das nachdenkst, was du dir selbst nicht erzählst.«

Dann ist das Mädchen verschwunden und der Eimer in Kerashas eigenen Händen. Doch auch ganz allein, auch in der stockdunklen Finsternis gibt es für sie keine Zuflucht. Denn die wahre Geschichte geht so: Dieses Fleckchen hier, das Dach von

Tower C, war nie der Ort, an den Klein Kerry gekommen ist, um den Kopf freizubekommen.

Dies ist der Ort, an den sie gekommen ist, um high zu werden.

O Finsternis, verdopple dich, wispert ein letztes Mal Onkel Walt, *und nimm mich in Empfang.*

Dann fällt der Eimer zu Boden, und mit einem lieblichen, silbrigen Klirren verteilen sich einhundert schmutzige Nadeln um ihre Füße.

37

In derselben Nacht wird im Arbeitszimmer im ersten Stock eines schmalen Hauses in Brooklyn die Tür verriegelt, die Jalousie heruntergelassen, der Verdunkelungsvorhang vorgezogen und mit Klettverschluss befestigt. Shecky, unrasiert und hohlwangig, hockt sich auf den Fußboden und öffnet einen Aktenkoffer. Die Schnappverschlüsse sind kaputt, stellt er fest. Der Paradise Club möchte diesen Koffer offensichtlich nicht zurückhaben.

Kein Wunder. In dem Koffer befinden sich anstelle der sonst üblichen, mit klubeigenen, blitzsauberen blau-weißen Banderolen gebündelten Scheine zerknitterte Zehner und Fünfer. Eine Handvoll Zwanziger, vereinzelt ein Hunderter. Die Scheine sind speckig und abgegriffen, und Shecky kann mit bloßem Auge ein paar gefälschte erkennen. Es liegt in der Natur des Geschäfts, dass sich immer mal wieder ein Schein Falschgeld dazwischenmogelt. Durch direkte Berührung würde er noch mehr entdecken, weiß er, doch im Augenblick trägt er Nitrilhandschuhe. Ein Zitat, von irgendwoher: »Eine reine Hand bedarf zu ihrer Bedeckung keines Handschuhs.« Tja, wer immer das schrieb, hatte offensichtlich nie mit Drogengeld zu tun. War nie in der Nähe all der Öle und Pulver, des schieren menschlichen Siffs. Shecky atmet durch den Mund. Der Zustand dieser Scheine und die vielen gefälschten, die durchschnittlich im Umlauf sind, rechtfertigen die zehn Prozent Gebühr, die Shecky von Klienten wie Red Dog kassiert. Von den kleinen Ladenbesitzern nimmt er nur fünf.

Shecky sortiert und bündelt die Scheine und zählt dabei. Auf seinem Telefon läuft nonstop die Musical-Playlist von *Futuri-*

ty und hilft ihm, sich von dem Mief abzulenken. Zehn Dollar, zwanzig, fünf, fünf ... Um die Zahlenreihen vor sich zu sehen, braucht Shecky kein Prüfblatt. Zehner, Zwanziger, Einer, noch mehr Einer, lauter Teilstriche, die sich zu Zwischensummen addieren, die wiederum zu einer großen Gesamtsumme anschwellen: 225 000 Dollar. Als Shecky die Scheine in den Koffer zurücklegt, kriegt er kaum noch den Deckel zu. Die Schlösser greifen erst, als er sich mit seinem ganzen Gewicht draufstützt.

Einfachste Algebra: 250 000 verschwundene Dollar in einer schwarzen Mülltüte, 225 000 Dollar in diesem ramponierten Aktenkoffer, das ergibt 25 000 Dollar, die der Paradise Club einbehält, »für den Auftragnehmer«, wie Vasya es ausdrückte.

Fünfundzwanzigtausend. Das also ist heutzutage der Preis, um ein Problem loszuwerden.

Er schüttelt den Kopf und ist in Gedanken bei Henrys Freund.

Der Lagerraum, den er unter dem Namen einer in Delaware registrierten Firma angemietet hat, befindet sich in einer Nebenstraße vom Broadway. Das Vorhängeschloss ist mit zitternden Händen nur schwer zu öffnen, aber schließlich ist Shecky drin. Als er die Sturmlampe anzündet, zieht sein Herz sich zusammen, und kurz hat er das Gefühl, es würde stehen bleiben. Er kommt jeden Monat hierher, muss ständig Unterlagen oder Festplatten herbringen oder holen, trotzdem ist er bei jedem Besuch angespannt. Abgesehen von den Geschäftsdokumenten steht jeder Gegenstand in diesem Raum für einen Fehler, einen Verlust, eine alternative Version seiner selbst, die für ihn auf immer verloren ist: Staubsauger aus Zeiten, als der adoleszente Shecky Sperrmüllhaufen und Müllcontainer plünderte, alles Mögliche reparierte und neu zusammensetzte und verhökerte, um seinen »monatlichen Unkostenbeitrag« an Onkel Joseph zu bezahlen. Die Fachbücher, die er für die zwei Semester an der Brooklyn Law School brauchte, damals, als Onkel Joseph noch den »Familienjuden« aus ihm machen wollte. Die Teilnehmerpokale von den Schwimmwettbewerben auf der Highschool. Shecky glaubt nicht, dass sonst irgendwer so was aufgehoben hat oder so wenig zum Aufheben hatte wie er.

Er legt den Aktenkoffer auf den wackeligen Schreibtisch, auch der ein Relikt aus seiner Zeit an der Law School. Wendet sich dem riesengroßen Aktenschrank direkt daneben zu – hier verwahrt er alle Unterlagen, die er noch nicht vernichten kann. Er schließt den Schrank auf und entleert ihn, systematisch, stapelt Akten und externe Festplatten ordentlich auf dem Tisch. Er muss den Koffer näher an den Rand rücken, weil immer mehr Akten auf den Tisch kommen. Erstaunlich, was in dem Schrank alles Platz hat. Der Anblick der meisten Unterlagen ist ihm vertraut, er erkennt sie an Farbe und Umfang der Mappe. Manche hatte er erst letzte Woche in der Hand. Alles rein geschäftlich, das Zeug in diesem Schrank, doch das, was er jetzt braucht, steht handschriftlich auf einer Karteikarte vermerkt, die *unten drunter* festgeklebt ist.

Fünfundzwanzigtausend Dollar für Vasyas Mittelsmann, das bedeutet, er muss fünfundzwanzigtausend Dollar für Red Dog auftreiben – und zwar schnell. Das hat Henrys durchgeknallte Freundin absolut unmissverständlich klargemacht. In gewisser Weise fühlt es sich an, als wäre sie, nachdem sie sich ins Haus geschlichen hatte, nicht wieder gegangen: Er spürt die Leitertritte noch immer. Shecky nimmt die letzten Mappen aus dem Schrank und beschließt, Red Dog die sonst übliche Gebühr zu erlassen. Ein ganzer Monat abgesicherte Geldtransaktionen – aufs Haus. Einfach so auf Geld zu verzichten, tut weh, ist aber unter den gegebenen Umständen angemessen. Er geht noch einen Schritt weiter. Erwägt eine dauerhafte Gebührensenkung für den Klienten. Ein Prozent? Zwei? He, alter Mann, Moment mal, hör auf damit: Mit zitternden Händen trifft man keine Geschäftsentscheidungen. Hast du gar nichts gelernt?

Shecky hustet sich in die Armbeuge. Hätte gute Lust, sich in den East River zu stürzen, aber er hat ein Geldproblem zu lösen. Für die Kids.

Fünfundzwanzigtausend Dollar – solche Beträge hat Shecky nicht einfach zu Hause rumliegen. Der Geldwäscher kümmert sich zwar um Tüten voller Cash, aber er behält kaum was davon. Das meiste geht an den Klienten zurück, abgesehen davon hat er Kosten. Wegwerfhandys, Wegwerfcomputer, die Kuriere, die Bankgebühren, Kerashas Anwaltshonorar – das summiert sich, und achtundvierzigtausend Dollar würde das Haus bringen. Er könnte das Haus beleihen, wenn es denn auf seinen Namen laufen würde. Und deshalb muss Shecky an die eisernen Familienreserven ran. Durch Privatkundenbanken abgesichert – die Mittelsmänner der Mittelsmänner, das könnte man nicht besser erfinden –, gibt es keinerlei Verbindungen von diesen Konten zu Shecky Keenan, Henry Vek oder Kerasha Brown. Sie laufen auf eine Strohmannfamilie, deren Identitäten handschriftlich auf ebenjener Karteikarte vermerkt sind, die auf der Unterseite des Aktenschranks klebt.

Den Shecky nicht hochbekommt, weil ihm die Kraft dazu fehlt.

Er verflucht sich. Alles machst du online. Für jeden einzelnen Klienten benutzt du deinen Computer. Du hast deine Protokolle, deine IP-Spoofer und deine anonymisierten Cloud-Accounts. Du wechselst regelmäßig alte Telefone und Laptops aus – warum um alles in der Welt verlässt du dich dann ausgerechnet für deinen *Notgroschen* auf eine *Karteikarte*? Es gibt exakt einen einzigen Grund, weshalb du jetzt nicht an deine Konten rankommst: Dich.

Sheckys Hände zittern. Er kann den Schrank nicht anheben, obwohl er leer ist, obwohl er es wieder und wieder versucht, mit zusammengebissenen Zähnen, während die scharfen Metallkanten ihm ins Fleisch schneiden – den Schrank beeindruckt das nicht. Er ist nicht schwerer geworden, das ist klar. Das Alter hat Shecky entkräftet. Der Stress der vergangenen Woche. Also ruft er Henry an, und dann setzt er sich an seinen alten Schreibtisch und wartet, verloren in gedankenlosem Nebel. Trommelt mit den Fingern auf die Tischplatte, in unmittelbarer Nähe von dem mit Lappen vollgestopften Aktenkoffer.

Mit einem Knall fliegt die Tür auf, als wäre sie aufgetreten worden. »Was soll der Scheiß? Was tun wir hier?« Henry kommt ins Lager gestürmt und sieht sich um.

Für Shecky liegt die Betonung auf *wir.* Hinter Henry spaziert das durchgeknallte Mädchen herein.

»Wir«, flüstert Shecky, »sind du und ich. Die hat hier nichts verloren.«

»*Die*«, sagt Lipz, ehe Henry nur eine Silbe herausbringt, »holt sich ihren Namen zurück. Wo ist meine Kohle?«

Henrys Blick geht von ihr zu Shecky und wieder zurück. »Hab ich was verpasst?«

»Dein Onkel und ich hatten einen kleinen Plausch«, sagt Lipz. »Hat er dir nichts davon erzählt?«

»Sie ist bei uns zu Hause gewesen.« Shecky versucht, sich seine Wut nicht anmerken zu lassen. Vergeblich. »Sie hat mir erzählt, *sie* wäre unser Kontakt zu dem Klienten.« Mit einem eisigen Blick zu Henry: »Etwas, das ich von *dir* hätte erfahren sollen.«

»Ihr habt euch ohne mich unterhalten?« Henry sieht aus, als würde er jeden Moment etwas kaputt machen. »Ihr beide – allein?« Hoffentlich ist dieses Etwas Lipz. »Hinter meinem Rücken? Was soll die Scheiße?«

Lipz zuckt mit den Schultern. »Das war geschäftlich.«

»Ihr habt keine beschissene Ahnung vom Geschäft!«, sagt Shecky. »Keiner von euch.« Und zu Henry: »Unser Lagerraum geht unsere Freunde nichts an. Geht unsere Klienten nichts an, und ganz bestimmt geht er die nichts an.«

Lipz zündet sich eine Zigarette an. »Wie unhöflich.«

»Du hast die ganze Familie in Gefahr gebracht«, sagt Shecky zu Henry. »Jetzt müssen wir uns einen neuen Lagerraum suchen. Das ist ein Problem. Sie dürfte nicht hier sein.«

»Okay. Aber sie ist mein Problem«, sagt Henry. »Und meine Partnerin. Du hast mich hergeholt, sie war bei mir – also sind wir jetzt hier. Bringen wir's hinter uns, okay? Ich habe sie im Griff.«

Lipz ascht auf den Boden. »Seit wann das denn?«

»Partner?« Sheckys Blick geht von Henry zu Lipz und wieder zurück. »Seid ihr jetzt zusammen?«

»Definiere *zusammen*«, sagt Lipz und nimmt einen langen Zug von ihrer Zigarette. Sie schnippt die Kippe weg und zückt plötzlich eine Waffe.

Ihr Blick ist auf Shecky gerichtet, der völlig erstarrt ist – nicht mehr atmen kann –, und die Pistole auf Henry.

Nein, nein, *nein*! Nicht er …

»Du hattest immer schon was zu meckern an mir «, sagt sie zu Shecky. »Aber hier geht's nicht um dich und mich. Hier geht's darum, dass du deinen Job verkackt hast.«

Shecky richtet sich auf. Seine Panik zersplittert, und inmitten der Dunstwolke regt sich eine brutale Entschlossenheit. »Wenn du meinem Jungen auch nur ein einziges Haar krümmst, mach ich dich alle.«

Sie verdreht die Augen. Formt mit den Lippen Worte, die Shecky ziemlich sicher als *Mach doch* liest. »Du hast die Kohle verloren. Du. Du warst für die Transaktion zuständig. Übernimm die Verantwortung, besorg mir die Kohle, oder ich treffe dich da, wo's am meisten wehtut.«

»Du egoistische Junkieschlampe.« Henry macht einen Schritt auf Lipz zu – *einen Schritt auf die Waffe zu* – und stellt sich zwischen Shecky und den Tod. »Das ist eine Nummer zu durchgeknallt, selbst für dich. Du bist wieder auf Droge.« Die Panik kommt zurück und trifft Shecky in die Brust wie ein eiskalter

Pfeil. So muss sich ein Herzinfarkt anfühlen. Er versucht, sich vor Henry zu schieben, wird aber sofort überwältigt – wird kurzerhand hochgehoben und ein paar Schritte weiter hinten wieder abgesetzt.

Von Lipz ein Prusten. »Gott, seid ihr niedlich.«

»Was für eine Ego-Scheiße«, speit Henry Lipz entgegen. »Ich mach den Zwölf-Schritte-Krampf garantiert nicht noch mal mit dir durch. Mit dir bin ich fertig. Kapiert? Du und ich, wir sind definitiv …«

»Die Kohle.« Lipz beugt sich an Henry vorbei, um mit Shecky zu sprechen.

Shecky bebt. Er legt eine Hand auf den Schreibtisch, und der Tisch fängt an zu wackeln. An der Rückwand ist eine Waffe befestigt, aber wie soll er da ran? Wie das Klebeband lösen, sich umdrehen, zielen, schießen – unmöglich. In der Zeit könnte sie ihr Magazin doppelt leer schießen.

»Du kriegst das Geld«, sagt Shecky. Ein tiefes Knurren. »Ich bin dabei.«

»Das klingt nicht gerade nach einem Plan.«

»Der Plan lautet, wir bekommen ein Darlehen. Von einem anderen Klienten.«

Die Ankündigung trifft Henry wie ein Schlag. Er fährt herum, starrt Shecky an. »Seit wann das?«

Shecky spricht an ihm vorbei. »Das Darlehen holt uns aus der Scheiße. Bitte. Verdammt noch mal!« Sein Blick fixiert die Waffe, seine Stimme bricht. »Nimm das Ding runter.«

Lipz schaut Shecky lange an. Dann lächelt sie, hält sich die Pistole an den Kopf und drückt ab.

Klick!

Eine lange, dunkle Stille, dann von Henry ein Schrei: »Fuuuuck!«

Shecky macht die Augen auf. Hatte nicht mitbekommen, dass er sie geschlossen hatte. Er atmet ein, aber es kommt keine Luft.

»Ein Darlehen!« Lächelnd steckt Lipz die Waffe weg. Geht zur Tür. »Wir können wieder Freunde sein. Ich freue mich. War mir ein Vergnügen.«

»Und jetzt schwing deinen Arsch hier raus«, sagt Shecky. Knallt die Tür zu und richtet seine geballte Wut auf Henry.

»Ich hätte wissen müssen, dass die Waffe nicht geladen ist«, sagt Henry, fasst um Shecky herum und schiebt den Riegel vor. »Sie hat es nicht so gemeint.«

»Und warum verriegelst du dann die Tür?« Shecky ist noch nicht wieder zu Atem gekommen, versucht immer noch, ein bisschen Wärme in seinen Körper zu kriegen. Die Tritte gegen die Leiter, die auf Henry gerichtete Waffe. »Dieses Mädchen ist gefährlich. Sieh endlich zu, dass du sie loswirst, dann leben wir alle länger.« Er will noch was sagen, dann sieht er, dass Henry inzwischen ebenfalls zittert, von seinem Adrenalinaschub runterkommt. Und Shecky hat das Gefühl, wieder den kleinen Jungen vor sich zu haben, der Henry mal war, der kleine Junge, der neben ihm auf dem Fußboden geschlafen hat. Shecky berührt ihn an der Schulter. Deutet auf den Aktenschrank. »Komm, hilf mir, den hochzuheben.«

»Moment! Was du da eben über das Darlehen gesagt hast.« Henry deutet mit einem Nicken weg von der Tür, und sie begeben sich in die hinterste Ecke des Lagerraums. »War das gelogen?«

»Das Geld ist längst da.« Und leiser: »In dem Koffer da.«

»Heilige Scheiße!« Henry schaut zur Tür. Schleicht zum Aktenkoffer auf dem Tisch, berührt ihn. Kommt offensichtlich wieder zu sich. »Moment. Können wir Lipz nicht einfach den Koffer geben?«

»Sie ist nicht unsere Klientin«, sagt Shecky. »Und unser Auftrag lautet nicht, Geld zu verlieren und es dann zurückzubringen. Wir behandeln es wie einen ganz normalen Job. Wir speisen das Geld ins System, und morgen Nachmittag landet es auf Red Dogs Offshore-Konten.«

Henry nickt, weicht vor dem Koffer zurück. »Von wem leihen wir uns das Geld?«

»Von unserem Freund beim Paradise Club. Er hat uns den Großteil beschafft.«

»Den Großteil?« Wieder blickt Henry zur Tür. »Das wird Red Dog aber nicht reichen.«

»Deshalb brauche ich ja dich.« Shecky wird langsam ungeduldig. Wieder zeigt er auf den Aktenschrank. »Ich brauche deine Hilfe. Auf dem Boden klebt eine Karte.«

»Eine Karte?«

»Eine Karteikarte. Mit den Details für unsere Notfallkonten. PINs, die Namen der Kontoinhaber, die ich benutzt habe. Würdest du mir jetzt bitte helfen? Meine Scheißknie.«

Henry blinzelt. »Wir haben Notfallkonten?«

»Natürlich!«

Die Ungeduld brodelt in ihm hoch.

»Ich habe sie damals eröffnet, als du bei mir eingezogen bist. Ein paar in Luxemburg, ein neues in Singapur. Sichere Länder. Keine Kriege, keine Probleme. Außerdem gibt es noch ein neues für Kerasha. Und jetzt komm, hilf mir.«

Henry sieht zum Schrank, dann wieder zurück zu Shecky. »Das hast du mir nie erzählt.«

»Und darüber kannst du verdammt froh sein.«

Shecky macht einen Schritt auf Henry zu. Glanzpunkte von der Sturmlampe flackern in seinen Augen.

»Manche Dinge weiß man besser nicht. Wenn die Bullen dich in die Mangel nehmen und du sagst, ich weiß es nicht – dann ist es besser, wenn du wirklich nichts weißt. Aber jetzt ist leider Schluss mit besser. Dein Freund ist losmarschiert und hat sich umlegen lassen. Und meine Knie sind im Arsch, und ich krieg das Scheißteil nicht mehr allein hoch. Letzten Monat ging's noch, aber heute – also hilf mir jetzt gefälligst, okay?«

Henry weicht zurück. Sein Gesicht liegt im Schatten, seine

Stimme klingt wie ein tiefes, lang gezogenes Knurren. »Emil hat gar nichts getan! Er ist ermordet worden.«

»Okay, schön. War es eben Mord.« Shecky hat dermaßen die Schnauze voll von dem Scheiß. »Aber manchmal legt man's eben drauf an.«

»Wie bitte?« Henry hat die Stimme erhoben, und die von Shecky wird scharf.

»Raus mit der Wahrheit. War er ein guter Kurier, dein *Freund*? Hat er sich an die Regeln gehalten? Hat er sich wie vereinbart bei dir gemeldet – jedes Mal? Hat er seine Belege abgeliefert – alle? Jedes Mal? War er diskret?« Dieses Gespräch ist längst überfällig, und jetzt konfrontiert er Henry direkt. »Hättest du ihm jemals ein Schwergewicht anvertraut – hättest du ihn überhaupt behalten –, wenn er nicht dein Freund gewesen wäre?«

Henry schweigt lange, dann ertönt tief aus einer Ecke seiner Brust ein leiser, lang zurückgedrängter Ton – entweder ein winziges Jaulen oder ein Nein. Dann geht der Junge zum Schrank. Und geht endlich – endlich, verdammt noch mal! – in die Hocke, hebt das Metallteil hoch wie nichts, lehnt es gegen die Wand und klaubt die Karteikarte vom Schrankboden.

Shecky sieht seinem Neffen bewundernd zu. Bedauernd. »Danke, Hen«, sagt er und greift nach der Karte. Fühlt sich ein klein wenig schlecht. »Hör mal. Was du gerade durchmachst, tut mir wirklich leid. Aber ich ...«

Ein dumpfer Schlag, dann gerät etwas ins Rutschen.

Der Schrank, eher unsanft losgelassen als behutsam zurück auf die Beine gestellt, spuckt eine Schublade aus. Und diese Schublade knallt gegen den Tisch, woraufhin einer der Aktenstapel umkippt. Lose Blätter segeln durch die Luft, geklammerte oder mit Gummiband zusammengehaltene Stapel fallen zu Boden. Und als Shecky reflexartig vorspringt und versucht, den nächsten Packen am Rutschen zu hindern, schubst er den Aktenkoffer vom Tisch. Der Koffer fällt, prallt vom Boden ab, der

Deckel springt auf, und trotz Scheckys Versuchen, zu sortieren und zu bündeln, ergießt sich eine Ladung stinkender, speckiger, abgegriffener Geldscheine auf den Fußboden.

Im Raum herrscht Totenstille, nur Sheckys Puls fängt an zu rasen. Henry schaut das Geld an, schaut ihn an. Kann sein, dass Henry manchmal ein bisschen langsam von Begriff ist, und ganz bestimmt ist er, was seine Freunde betrifft, entschieden zu weich und naiv. Aber eines steht fest: Der Junge kennt das Geschäft von der Pike auf, und wenn Henry seit Teenagertagen eines weiß, dann das – so haben die Scheine vom Paradise Club noch nie ausgesehen.

Einen eingefrorenen, unendlichen Moment lang spürt Shecky Henrys fragenden Blick auf sich, der nach einer Erklärung verlangt.

38

»Denk nach, du miese Junkie-Fotze! Wo hast du's? *Denk nach*!«

Während Mama durch die Küche tigert, sitzt Kerry Brown, zwölf Jahre alt, draußen auf der Feuertreppe. Späht immer dann durchs Fenster, wenn Mamas Schritte ihr sagen, dass sie nicht entdeckt wird. Mama rennt durch die Küche, bleibt stehen, um den Inhalt von Schränken auf den Kopf zu stellen, um sich zu kratzen, um die Wände anzubrüllen, um zu lachen. »Komm raus, na komm schon, wo bist du? Eins-zwei-drei-vier-Eckstein!« Natürlich sucht sie nicht nach Kerry. Sie sucht nach dem gelblich weißen Pulver in der kleinen Glasphiole, die Kerry in der Hand hält. So wie die Leute im Fernsehen ihr Kruzifix halten. Sie haben die Augen geschlossen und beten mit den Händen vor dem Mund, und Kerry würde der Phiole auch gern was sagen. Aber wie betet man zu einem gelblich weißen Pulver? Worum bittet man, was verspricht man?

»Es tut mir so leid«, sagt Mama, aber nicht zu Kerry. Nie zu Kerry. »Ich hab dich versteckt und weiß nicht mehr wo. Du weißt doch, in welchem Zustand mein Verstand inzwischen ist. Hochmütiger Schatten, nur noch Trieb, Trieb und Trieb. Der Witz ist, mir fällt es wieder ein, sobald ich dich im Blut hab. Ohne Brille kann die alte Frau ihre Brille nicht finden. Und *diese* Frau hier braucht einfach nur ihre Medizin, und die hat sie … wo? Denk nach, Fotze, denk nach. Du bist so dämlich, dämlich, dämlich!«

Aus der Küche ertönt schreckliches, rhythmisches Pochen, und Kerry riskiert doch noch einen Blick. Mama prügelt sich das Wort *dämlich* in den Kopf, drischt sich rechts und links an die Schädeldecke, immer wieder auf dieselben zwei Stellen, als wäre das der Ort, wo sich ihre Erinnerung versteckt. Lange erträgt Kerry den Anblick nicht. Die Feuertreppe rauf in den obersten Stock, vom obersten Stock in den Flur, vom Flur in den Lichtschacht, vom Lichtschacht aufs Dach. Sie erreicht ihren Geheimplatz. Hier und nirgendwo sonst ist Kerry in Sicherheit. Hier betritt sie die nächste Stufe zum bösen Mädchen. Mama will was. Kerry hat, was sie will, aber sie gibt es nicht her. Mama geht es schlecht. Kerry kann machen, dass es ihr besser geht, wie sie es schon so oft getan hat, aber diesmal nicht. Und Mama schöpft keinen Verdacht, gibt sich selbst, nicht Kerry, die Schuld, dass ihre Medizin verschwunden ist.

Tja, Mama, jetzt sieh dir nur dein zwölfjähriges Töchterlein an. Will offenbar selbst mal ein bisschen Medizin probieren.

Kerry hat eine sterile Spritze, die hat sie heute Morgen bei Krupa Pharmacy mitgehen lassen. Ein Feuerzeug aus dem Laden an der Ecke, einen Löffel aus dem Peter Luger Steakhouse – sie ist gestern bis nach Williamsburg gefahren, weil sie Qualität wollte. Für den ersten Kuss nur das Allerbeste.

Hallo, Dunkelheit! Du hast so lang auf dich warten lassen.

Fünf Jahre später greift die Polizei sie bewusstlos im Lagerraum von Krupa Pharmacy auf, nachdem es ihr irgendwie gelungen ist – in einer Art Negativwunder –, sich dort mittels eines Vorhängeschlosses der Marke Konnekt einzusperren. Um sie verstreut die sterilen Spritzen, die sie dort gesucht hatte. Und neben ihr ein Rucksack vollgestopft mit Heroinbriefchen, insgesamt ein halbes Kilo, dem Zulieferer ihres Dealers geklaut. Es reicht, um sie für drei Jahre hinter Gitter zu bringen, und qualifiziert sie für eine Strafverschärfung, als sie nach der Flucht aus dem Gefängnis erneut aufgegriffen wird.

Der Mord ist fast eine Woche her, Kerasha ist dreiundzwanzig. Sie läuft zur Ecke Weirfield und Evergreen und sieht auf der üblichen Treppenstufe den üblichen Dealer stehen – natürlich nicht *derselbe* Junge, von denen bleibt keiner lange. Nicht, dass sie jemals Stammkundin gewesen wäre. Sie war immer mehr

Konsumentin als Käuferin. Aber der neue Dealer hat denselben schläfrigen Gesichtsausdruck wie der alte. Hat dasselbe anzügliche Grinsen für sie parat, und der Kaufvorgang verläuft so glatt, als hätte er auf sie gewartet. Es fühlt sich gut an, dafür zu bezahlen.

Sie hat seit Jahren nichts mehr angerührt, aber der Stoff ist ein Liebhaber für die Ewigkeit, er weiß genau, wo er sie berühren muss. Doch vorher kommt die erwartungsvolle Vorfreude, der langsame Gang zur Bushaltestelle. Die beiden Phiolen formen in ihrer Tasche eine Beule, kaum größer als eine Murmel.

Hör mir zu, Pferdeschwanz, hast du deinen Silberstift gezückt?

Hier kommt die Wahrheit über das allmächtige Wollen. Es kommt nicht von Mama oder ihrem täglichen Briefchen. Es kommt nicht davon, dass ich ihre Lieferantin war, und es kommt auch nicht vom *Danach*. Nicht vom Hunger, nicht vom Klauen und Abgreifen, nicht von den endlosen Fäden, die nie irgendwo hinführten, nicht von dem Netz, das nicht hielt, nicht davon, dass die Welt an dem Mädchen, das sie war, vorbeisah. Das Wollen kommt schlicht und einfach und einzig und allein vom Heroin. Mein erster und mein treuster Geliebter, das Leben ist der Ersatz, nicht andersrum.

Auf dem Dach von Tower C der Moses-Blocks, sticht sich Kerasha, vormals berühmte Kinderdiebin, jetzt Absolventin des Franklin-Instituts »Jener Die Selbst Am Verbrechen Scheitern«, die Nadel in den Arm. Spürt das Brennen halsaufwärts, dann das Prickeln, dann die Stille.

Lass beim Einatmen, *los* beim Ausatmen.

Hallo, Dunkelheit! Schön, wieder zu Hause zu sein.

39

»Die war nicht geladen«, sagt Lipz.

»Das wusste ich nicht.« Sie befinden sich auf dem Rückweg vom Gowanus-Lagerhaus, Henry fährt. »Das hätte voll schiefgehen können. Hätte ich meinen Revolver dabeigehabt ...«

»Ja, klar. Dann hättest du mich erschossen.« Sie kurbelt das Fenster runter. Spuckt aus. »Hab schon Schlimmeres erlebt.«

Jemand hupt, Henry wechselt die Spur. Er weiß, dass er zu schnell fährt, aber sein Fuß will dringend bis runter aufs Blech. Der geliehene Lieferwagen gehört einem ehemaligen Kurier, der inzwischen als Dachdecker arbeitet, und im Auto stinkt es wie die Pest. Henry hätte gute Lust, Lipz aus dem Wagen zu werfen, und vielleicht auch, sie gleich noch damit zu überfahren, aber er braucht Antworten.

»Du und mein Onkel, ihr habt euch also getroffen«, sagt er, »und keiner von euch hat mir auch nur einen Ton gesagt, oder was?«

Lipz ist ungewöhnlich still. Er sieht zu ihr rüber. Sie macht riesengroße Heulaugen. Sagt mit Heulstimme: »Und bist du jetzt ... *traurig*?«

»Ich bin sauer!« Er wirft ihr einen Blick zu, der sauer gemeint, aber in Wirklichkeit leider nur ... *traurig* ist. »Ich weiß nicht, wie wir das noch mal hinkriegen sollen.«

»Ich hatte keine andere Wahl, Mann. Dein Onkel hat die Kontrolle über das Geld. Er trifft die Entscheidungen.« Sie spuckt noch mal aus und kurbelt das Fenster wieder hoch. »Das hast du eindeutig klargestellt, als wir über meinen Anteil geredet haben.«

»Aber ich bin derjenige, der sich um alles kümmert!« Wieder

hört Henry den traurigen kleinen Jungen in seiner Stimme. Das gefällt ihm nicht, und er reißt sich am Riemen. Spricht mit tieferer Stimme. »Rede mit deinem Boss. Übermorgen kann er seine Offshore-Konten checken. Also hör gefälligst auf, den Leuten deine Pistole an die Waffel zu halten. Dich selbst eingeschlossen. Finger weg von dem Ding.«

»Okay.« Sie sieht ihn lange und unverwandt an, dann dreht sie sich wieder zum Fenster. »Aber wenn ich jetzt high wäre, würde ich genau dasselbe sagen.«

Henry weicht einem in zweiter Reihe geparkten Taxi aus. »Dein Boss kriegt sein Geld zurück und du deinen Namen. Alle sind glücklich.« Er bremst ab, wechselt die Spur, um einen überbreiten Laster zu überholen, beschleunigt. Streift Lipz mit einem Seitenblick. »Bist du nicht glücklich?«

Sie dreht sich zu ihm um, aber nur kurz. »Dafür sind wir nicht gemacht.«

Der Tag dämmert, sie parken an einer Tankstelle. Es klopft am Fenster. Henry kurbelt es runter: sein Donnerstagsmann.

»Alles okay, Boss?«

»So weit, so gut.« Henry reicht ihm den Aktenkoffer nach draußen. »Die Einzahlungsformulare liegen mit drin. Warte meine Nachricht ab. Dann muss es schnell gehen, okay? Doppeltes Honorar, aber verkack es nicht.«

»Kein Problem, Boss.« Schon im Gehen wirft Donnerstag der schlafenden Lipz einen Blick zu. »Niedlich.«

Henry lässt den Motor an. »Das lässt du sie besser nicht hören.«

Dann, endlich, endlich, die Moses-Blocks. Henry muss zwei Runden drehen, ehe er einen Parkplatz findet. Er schreibt dem Dachdecker eine Nachricht, legt zwei Zwanziger ins Handschuhfach und weckt Lipz.

»Wo ist das Geld?«, fragt sie gähnend.

»Auf dem Weg.« Er checkt sein Telefon, schiebt es ein. »Jetzt brauche ich nur noch ein ungesichertes Wi-Fi.«

»Dann komm mit rauf.« Sie lächelt herausfordernd. »Wir können es in meinem Schlafzimmer tun.«

Lipz lebt bei ihrer Tante, die in der Verwaltung einer freien Schule arbeitet und immer wieder gern verkündet, dass Armut eine freie Wahl sei und etwas mit Lebensart zu tun habe. In Henrys Augen ist Tante Mercedes die ultimative pseudoengagierte Ego-Tussi, der andere Menschen in Wirklichkeit am Arsch vorbeigehen. Außerdem riecht es in ihrer Wohnung nach Patschuli.

»Das ist Henry«, sagt Lipz zu ihrer Tante, als sie ihn durch die Küche führt. »Wir gehen in mein Zimmer. Zum Vögeln.«

Lipz' Ankündigung ist natürlich nur Show: Henry und Tante Mercedes kennen und hassen einander seit Jahren. Tante Mercedes sitzt auf ihrem Stammplatz am Küchentisch und lackiert sich, ein Telefon zwischen Schulter und Ohr geklemmt, die Fingernägel. Ihr Blick spricht Bände, aber Lipz wirft ihr nur einen Luftkuss zu. Führt Henry zu ihrem Zimmer, stößt die Tür auf, verschwindet darin. Henry bleibt im Türrahmen stehen. »Ich brauch noch zehn Minuten.«

»Bist du nicht mal ein bisschen geil?«

»Zehn Minuten allein. Ich hol dir deinen Namen zurück.«

Lipz zieht sich die Socken aus und kommt barfuß zu ihm an die Tür. »Henry, Henry, Henry. Mein Gott, bist du süß!« Sie nimmt seine Hand. Die Berührung zart, die Stimme sanft. »Wenn du das verkackst, fackel ich dir die Bude ab.« Zieht ihn zu sich runter, zieht sein Gesicht ganz nah an ihrs heran, und ihr Wispern ist fast wie ein Kuss. »Du kannst es immer noch da rausschaffen.« Noch näher: »Du bist ein guter Mensch.«

Es beginnt mit einer Textnachricht: Ist Tammy im Dienst?

Sie geht an den Frühschichtkassierer einer Western-Union-Filiale in Downtown Brooklyn. Monatelang hat Henry dem Typen pro Antwort fünfzig Dollar bezahlt, ganz egal, ob die Antwort ihm weiterhalf oder nicht. An diesem Morgen tut sie es.

Tammy ist im Dienst, lautet die Antwort. Es gibt natürlich keine Tammy, aber der Kassierer ist da. Halleluja, schreibt Henry zurück. Er wechselt das Telefon und schickt den Donnerstagsmann los. Jetzt ist der Aktenkoffer auf dem Weg. Schon eine halbe Stunde später schickt Donnerstag die Bestätigung: Pünktliche Ankunft. Das Geld wurde einbezahlt. Eine nervöse Minute vergeht, noch eine, dann erhält Henry die zugehörige Nachricht von Nicht-Tammy. Eine Kombination aus Zahlen und Buchstaben, die Henry von Hand decodiert. Er überprüft die Nummer, dann atmet er auf – kein einziger dreckiger Dollar Schwarzgeld zu wenig.

Von der Western Union schwirrt das Geld zur Apple Bank. Von dort geht es weiter nach Mexiko, von Mexiko nach Lagos, auf den Mond, die Geldflüsse versanden im Dunkel und werden schon bald auf Red Dogs Bankkonto auf Sint Maarten wieder zusammenströmen. Henry lässt die Knöchel knacken. Spürt, wie Erleichterung in sein Universum strömt. Zum ersten Mal seit Emils Tod hört er wieder das vertraute Surren der Familien-Geldmaschine.

Hörst du es auch, Onkel Shecky? Wir sind wieder im Rennen.

Doch schon wird das Gefühl der Erleichterung schal. Henry muss daran denken, wie es zwischen ihm und Onkel Shecky in letzter Zeit gelaufen ist. Er sieht ihn und sich oben im Arbeitszimmer, spürte das Kontenbuch wieder im Gesicht. Er sieht ihn und sich im Lagerraum, sieht die Scheine aus dem Koffer quellen, sieht die Angst in Onkel Sheckys Gesicht.

»Das ist das Darlehen von einem Freund«, hatte Onkel Shecky gesagt. »Es stand mir nicht zu, zu fragen, woher das Geld stammt, und dir steht diese Frage auch nicht zu.«

Wieder ein Signalton, Henry checkt das Telefon. Eine Nachricht auf WhatsApp: ein Emoji, ein fröhlicher Hund. Es stammt von dem Wegwerf-Account, den Henry gerade erst für seinen Onkel eingerichtet hat, und bedeutet schlicht und einfach, dass alles erledigt ist. Der Coffeeshop-Zauber hat gewirkt, und das Geld ist bereits auf dem Weg nach Sint Maarten. Jetzt ist es so gut wie offiziell: Lipz hat ihren Namen zurück.

Henry gönnt sich einen Moment. Nimmt die Nachttischlampe in die Hand und geht, über das Kabel steigend, durch das kleine Zimmer. An der Wand gegenüber von Lipz' Bett blickt ein Fenster auf einen Lichtschacht hinaus. Auf dem Fensterbrett liegen ein paar Münzen, eine Packung Taschentücher, die Bücher *Flash Boys* und *The Best Bad Things* (Lipz hat immer schon gelesen), ein Stapel DVDs (inklusive Hardcore-Porno), ein Teppichmesser und ...

Nein.

Tigers Geldbörse. Henry erkennt sie an der silbernen Kette, an den ins Leder gebrannten, gefakten Krallenspuren.

Wie kann sie nur? Tiger wurde ermordet. Natürlich steckt Red Dog dahinter, aber soweit Henry weiß, wurde der Mörder noch nicht gefasst. Wenn die Bullen jetzt reinkommen – und die hätten garantiert tausend gute Gründe, Lipz' Zimmer auf den Kopf zu stellen –, werden sie Fragen stellen. Zum Beispiel: Wie kommt die Börse auf Lipz' Fensterbrett? Zum Beispiel: Was weiß sie über den Mord?

Ja, was *weiß* sie?

Henry durchwühlt die Börse. Das Bargeld schiebt er Lipz unters Kopfkissen. Dann fliegen in den Lichtschacht: Kassenzettel, Einzahlungsbelege, Visitenkarten. Bei einem kleinen Babyfoto hält er inne. Gott, kann es sein, dass Tiger eine Tochter hat? Antwort: Natürlich kann es sein, dass er eine Tochter hat. Henry verdrängt den Gedanken und macht weiter. Weiteres Zeug landet im Lichtschacht: ein halbes Dutzend abgenutzte Kreditkarten, alle offensichtlich manipuliert – die geprägten Ziffern so gut wie flach, die Namen abgekratzt. Henry will die Börse schon hinterherpfeffern, als er etwas hervorlugen sieht. Er öffnet sie noch mal. Zieht einen Führerschein heraus.

Das Foto zeigt Tiger, aber der Name ... Henry durchforstet sein Gedächtnis nach Tigers richtigem Namen – wie war das, Daquan irgendwie – aber um Daquan geht es auch gar nicht. Es geht darum, dass der Name auf dem Führerschein zwar gequirlte Scheiße ist, ihm die Machart jedoch schrecklich bekannt vorkommt. Es geht darum, dass dieser gequirlte Scheißdreck von Führerschein das Siegel des Staates Pennsylvania trägt und verdammte Ähnlichkeit mit dem Führerschein hat, der einer nicht existenten Person namens Charlie Gladney gehörte.

Und dann steckt da auch noch das kleine Kärtchen direkt hinter dem Führerschein. Die Vorderseite: leer. Auf der Rückseite: eine handgeschriebene Telefonnummer.

646-555-0144.

Henry holt seine Brieftasche heraus und überprüft die Nummer auf dem Kärtchen, das Kerasha auf Emils Tür gefunden hat. Es *ist* die Nummer. Henrys Magen verkrampft sich, und als er zum Telefon greift und die Nummer wählt, zittert seine Hand.

»Wer da?«

Dieselbe Stimme – männlich, eiskalt und sehr tief – Henry kann sie immer noch nicht einordnen. Aber wenn er es schafft, den Wichser zum Reden zu bringen, wer immer er sein mag, wenn es Henry gelingt, ihn in der Leitung zu halten ...

»Ich hab dein Geld«, sagt Henry. »Wo können wir uns treffen?«

Das Klicken folgt sofort. Scheiße! Die Wut macht ihn leichtsinnig, und er feuert eine SMS an die geheimnisvolle Nummer ab: Ich weiß, was du getan hast.

Keine Reaktion.

Henrys zweiter Schuss: Ich finde dich.

Nichts.

Henry bleibt eine Ewigkeit regungslos stehen, nur seine Finger zittern immer noch. Zwei Tote, eine gemeinsame Telefonnummer – zu wem gehört sie? In dem Moment klingelt sein Privathandy.

»Das glaubst du jetzt nicht«, sagt Starr. »Erinnerst du dich an den anderen Mord? Den, von dem der Detective gesprochen hat?«

»Oh, Scheiße! Warte kurz.« Henry senkt das Telefon. Will auf keinen Fall, dass Lipz was von dem Gespräch mitkriegt, und würde ihr durchaus zutrauen, dass sie lauscht. Er geht zur Tür, öffnet sie und hört, wie Lipz und ihre Tante einander auf Spanisch beschimpfen. Macht die Tür wieder zu, stellt einen Fuß dagegen, und sagt: »Okay, sprich weiter. Was ist mit dem zweiten Mord?«

»Das war in Wirklichkeit der erste. Ich hab den Bericht gelesen. Sie starb vor drei Jahren.« Sie verstummt abrupt, und Henry vernimmt Stimmen im Hintergrund, aber gedämpft, als hätte Starr die Hand aufs Telefon gelegt. Kurz darauf hört er sie scharf Luft holen. »Okay. Bin wieder da.«

Henry öffnet die Zimmertür einen Spaltbreit. In der Küche sieht er Lipz erhobene Hand – nein, ihre sich senkende Hand – nein, ihre *gesenkte* Hand. Tante Mercedes' Tasse segelt vom Tisch.

Henry macht die Tür wieder zu. »Lass mich raten«, sagt er zu Starr. »Der Typ wurde nie gefasst.«

»Schlimmer«, antwortet Starr. »Stumpfer Gegenstand, Schlag gegen den Hinterkopf. Der komplette Fall komplett eingetütet und zu den Akten gelegt. Liegt seit Ewigkeiten im Archiv.«

Mit bleischwerem Herzen beendet Henry das Telefonat. Der Mord an Emil wird niemals aufgeklärt werden – nicht durch die

Polizei. Und auf ganz andere Weise schlecht wird ihm bei dem Gedanken, wie viele andere »Stumpfer Gegenstand, Schlag gegen den Hinterkopf«-Mordakten in dem staubigen Archiv wohl schon vor sich hin gammeln.

Er schleicht sich aus Lipz' Zimmer und an der Küche vorbei, wo inzwischen die Teller fliegen. Der Lärm gibt ihm Deckung. Er schafft es unbemerkt nach draußen. Auf dem Heimweg denkt er über Lipz' Worte nach – dass er immer noch da rauskommen könne. Dass er ein guter Mensch sei. Überrascht stellt er fest, dass er von ihr dasselbe denkt. Die Beweise zu Lipz' Gunsten mögen etwas dürftig sein, aber drauf geschissen. Das Herz weiß, was es weiß.

Er denkt immer noch an Lipz, als er die Stufen zu dem kleinen Haus in der Hart Street hinaufsteigt, und ein paar Stunden später wird ihre Ermordung dem Sommer ein Ende machen.

40

Drei Jahre zuvor wird Zera spätabends zum Dienst gerufen, um eine Leiche zu identifizieren. Vor dem Müllcontainer warten ein Uniformierter und ein Detective. Der Detective ist überdurchschnittlich groß, die Polizeimarke hängt an einer Kette um seinen breiten Hals. Als sie näher kommt, hustet er sich in die Armbeuge. Dreht den Kopf weg, um auszuspucken. »Officer Montenegro?«

»Ja, Sir.« Als sie vor ihm Haltung annimmt, identifiziert sie ihn als den allseits bekannten Detective Daniel Bilardello, der heute Abend offensichtlich für jemand anderen einspringt. Die Identifizierung unbekannter Leichen gehört mit Sicherheit nicht zu seinen vorrangigen Aufgaben.

Der Detective zieht sich Handschuhe an und geht vor dem langen schwarzen Sack in die Hocke. Er zieht den Reißverschluss ein Stück auf, und zum Vorschein kommt ein Kopf. »Ich brauche Licht.«

Der Uniformierte nimmt eine Taschenlampe vom Gürtel. Knipst sie an, leuchtet in ein Gesicht.

Zera verspürt einen überraschenden Anflug von Übelkeit. Für gewöhnlich können Monate vergehen, ohne dass sich in ihr Vergleichbares regt.

Bilardello fragt: »Ist das Ihre Informantin?«

»Ja, Sir.« Bei der Leiche handelt es sich zweifelsfrei um Sveta Lvov, die Frau mit der Paradise-Club-Tätowierung. Sveta hat seit etwa einem Jahr gelegentlich als Informantin für die Abteilung gearbeitet, jedoch niemals eine Aussage gemacht, niemals Informationen über ihre Zuhälter preisgegeben. Lebte in ständiger Angst. Technisch betrachtet, ist Sveta natürlich nicht

Zeras Informantin: Zera ist zu dem Zeitpunkt nur eine uniformierte Streifenpolizistin, aber sie wird immer wieder hinzugezogen, um zu übersetzen. Zera kennt dieses Gesicht gut. »Was ist passiert?«

»Offiziell mutmaßlicher Raubmord.« Detective Bilardello zieht die Handschuhe wieder aus. »Inoffiziell definitiv Raubmord. Keine Geldbörse, keine Brieftasche, kein Telefon. Und der Hinterkopf ist eingeschlagen.«

Zera zieht ihrerseits Handschuhe an. »Darf ich …?« Sie geht in die Hocke, der Taschenlampenstrahl durchschneidet die Dunkelheit, und einen Moment später zuckt sie schaudernd zusammen. Im Lichtkegel ein Brei aus Haaren, Schädelknochen und Gehirn.

Sie kommt wieder auf die Beine und registriert die zusammengekniffenen Augen des Detective. »Sie sind neu hier.«

Sie antwortet nicht.

»Das passiert ständig, okay? Prostituierte sind ein leichtes Ziel. Die Hälfte von denen ist high, sie arbeiten im Dunkeln. Außerdem ist es für eine Prostituierte nicht ungewöhnlich – ich gehe davon aus, dass sie eine Prostituierte war …«

»Ja, Sir.«

»Es ist für eine Prostituierte nicht ungewöhnlich, die Nachtschicht mit gut gefüllter Geldbörse zu beenden.«

Zera nickt, obwohl sie sich noch erinnert, dass der Mann im Paradise House keins der Mädchen jemals mit Geld hantieren ließ. Bezahlung ausschließlich an der Haustür, Trinkgeld verboten. Sie fragt: »Haben Sie die Tatwaffe gefunden?«

Bilardellos Lächeln ist unfreundlich. »Ermitteln Sie hier?«

Zera wartet. Er wird reden, er ist ein Mann, es ist nicht möglich, dass er sich nicht rechtfertigt. Und er hat recht, wenn er ihr gegenüber misstrauisch ist – geht ihr mit ihm genauso. Er wird ihn fallen lassen, den Fall.

»Das passiert ständig«, wiederholt der Detective. Zera hat

still mitgezählt. Seine Fähigkeit, die eigene Stille auszuhalten: weniger als zehn Sekunden. »Irgendein scheißobdachloser Psychopath, okay? Ein Junkie. Sieht ein Mädchen, sieht ihre Geldbörse. Packt seinen Schraubenschlüssel. Diese Typen haben alle irgendwas – einen Schraubenschlüssel, einen Baseballschläger, ein Metallrohr. Da geht es ums Überleben, okay? Er schleicht sich von hinten an das Mädchen ran, zertrümmert ihm den Schädel. Greift sich die Geldbörse, nimmt den Schraubenschlüssel wieder mit. Und jetzt sind Sie dran. Warum behält er den Schraubenschlüssel?«

Zera tut, als würde sie nachdenken. Weiß sehr genau, wie sie das männliche Ego streicheln muss, wenn es ihr hilft. Eins, zwei drei … »Er will keine Spuren hinterlassen.«

»Er braucht seinen Schraubenschlüssel.« Ein grausames Lächeln. »Sie interpretieren zu viel hinein. Sie müssen kapieren, dass Junkies und Huren ein völlig anderes Leben leben. Die sind fast wie eine andere Spezies. Verstehen Sie, was ich meine?«

Zera verschränkt die Arme und vergräbt die Hände in den Achselhöhlen.

Sie klopft an die Tür. Erhält ein Husten zur Antwort. Sie öffnet die Tür und betritt das Zimmer. Drei Tage nach dem Tod von Emil Scott wendet Zera sich an ebenjenen Detective Bilardello. Dies ist nicht sein eigenes Büro, er ist nur wegen eines Falls hier, aber er hat bereits seine Duftmarke gesetzt: nasse Zigarettenasche und in die Sonne gelegtes Fleisch. Bilardello, inzwischen dürr wie ein Skelett, sitzt merkwürdig krumm über die Tastatur gebeugt, und als er sich zu ihr umdreht, ist ihm das unfreundliche Knurren fest in die linke Gesichtshälfte eingeschrieben. Von dem Lungenkrebs hat Zera gehört, aber offensichtlich hat er inzwischen auch noch einen Schlaganfall erlitten. Trotzdem sitzt er da, arbeitet weiter, bis er tot umfällt. Zera, die selbst keinen Grund hat, zu Hause zu bleiben, fühlt sich bestärkt. Er mag ein Mann sein, aber sie teilen dasselbe Arbeitsethos, und er wird ihr helfen, wenn er kann.

Sie hebt ihre Marke, die inzwischen wie seine an einer Gliederkette um den Hals hängt. »Zera Montenegro, Field Intelligence Officer. Mitarbeiterin der Taskforce Menschenhandel, zusammen mit Detective Fung.«

»Na, dann viel Glück.« Ein Wolfsgrinsen, aber nur mit dem halben Mund. »Wie gefällt ihm die Gummizelle?« Zera erwidert sein Lächeln nicht. Die Gummizelle ist der Ort, an den sich Polizeikarrieren zum Sterben hinverkriechen. Kurt wurde auf einen »Schreibtischposten« versetzt, nachdem er den Verlust seiner Marke und seiner Dienstwaffe hatte melden müssen. Persönlich vermisst Zera ihn nicht, trotzdem ist seine Versetzung ein operativer Rückschlag gewesen. Als Detective und leitender Sachbearbeiter hatte er Zugang zu Akten, an die sie jetzt nicht mehr rankommt. Zum Beispiel den Live-Feed von der Kamera, die Shecky Keenans Haus im Blick hatte. Dies wäre exakt die Uhrzeit, zu der sie eigentlich zusehen sollte.

»Detective Bilardello«, sagt sie. »Ich bitte Sie um Unterstützung.«

Das Wolfsgrinsen wird hässlicher. »Klar tun Sie das.« Er fixiert sie mit dem rechten Auge. Sie spürt, wie sein Blick sich über ihren Körper bewegt, über ihre verkrüppelten Hände gleitet, ihren Brustkorb, wieder zurück zu ihren Händen. »Die tote Nutte«, sagt er. »Unten auf der Dreiundsechzigsten. Die haben Sie identifiziert. Name …« Ungleiches Blinzeln. »Sveta Lvov.«

»Ja, Sir.« Sie hält ihm zwei Aktenmappen hin. »Sie ist der eine Grund, weshalb ich hier bin.«

Auch dass er sich an sie erinnert, bestärkt sie – sein Hirn funktioniert noch –, doch er reagiert nicht, als sie ihm die Akten geben will. Starrt sie nur weiter mit dem einen noch funktionierenden Auge an. »Ich habe das mit Ihrem Informanten gehört.

Ist ein harter Schlag, trotzdem müssen Sie mit dem zuständigen Sachbearbeiter sprechen.«

»Der reagiert nicht auf meine Anrufe.«

Sie starren einander an, dann sprechen sie fast gleichzeitig.

»Beide Male Gewalteinwirkung durch stumpfen Gegenstand«, sagt Zera.

»Haben wir einmal wöchentlich.«

»Gegen den Hinterkopf ...«

»Und zwar ausschließlich in Brooklyn.«

»Die Mordwaffe unauffindbar.«

»Häufige Todesursache bei Prostituierten.«

»Er war kein Prostituierter«, sagt Zera scharf. »Er hat für mich gearbeitet.«

Bilardello setzt ein Lächeln auf, das zugleich ein Leck-mich ist. »Sie sind nicht für alles die Ursache.«

Zera, selbst überrascht von ihrer emotionalen Reaktion, reißt sich am Riemen. »Der Paradise Club ist ein Menschenhandelnetzwerk, das Mädchen ins Land holt und verkauft. Sveta Lvov war eines dieser Mädchen. Emil Scott ...« Sie zögert kurz und fährt dann hastig fort: »Beide Opfer stehen mit dem Paradise Club in Verbindung, sie waren beide Informanten, und sie sind beide auf die gleiche Weise gestorben.«

»Und standen wahrscheinlich beide auf Schisch-Kebab«, sagt der Detective. »Sind sie also wegen der Schisch-Kebab gestorben?«

»Schisch-Kebab ist keine kriminelle Vereinigung«, sagt Zera. »Der Paradise Club schon.«

Das Lächeln des Detective verändert die Form. »Guter Punkt. Aber das Problem ist folgendes.« Jetzt nicht mehr ganz so voller Verachtung. »Und das wissen Sie auch – Ihr Zögern ist mir nicht entgangen.« Er hustet in ein Taschentuch. »Scott und der Paradise Club. Können Sie die Verbindung *beweisen*?«

Sie lässt ihn nicht aus den Augen. Bewegt sich nicht.

»Sie interpretieren da zu viel hinein.« Er wirft das Taschentuch weg, nimmt sich ein neues. »Wir sind alle auf der Suche nach Erklärungen. Jeder will eine Geschichte darüber, was wofür die Ursache ist. Wir wollen glauben, dass die Dinge verstanden werden und unter Kontrolle sind. Ich sag ihnen was. Die Dinge sind nicht zu verstehen. Die Dinge sind nicht unter Kontrolle.« Wieder ein Husten. »Treten Sie einen Schritt zurück. Betrachten Sie die Fälle von außen. Eine Prostituierte wird ermordet. Ein Typ mit einer Tüte Bargeld wird ermordet. Beide sind Informanten. Was sollte man denn anderes von denen erwarten? Überlegen Sie doch mal, welche Leute Informanten werden. Oder Künstler. Oder Nutten. Und da ist noch was, worüber Sie nachdenken sollten.«

Er wendet sich wieder seinem Schreibtisch zu. Nimmt einen Ordner zur Hand. »Alan Nguyen. Verdient für seine Familie die Brötchen. Niedergeschossen wegen achtzig Dollar in der Tasche.« Er legt die Akte weg, greift zu einer anderen. »Margery Omahen. Lehrerin, ermordet aus gar keinem verfickten Grund. Und sehen Sie hier. Und hier. Und hier.« Er deutet auf einen Stapel Aktenmappen. »Was glauben Sie, wie viel Zeit ich habe für ein paar Menschen, die – ich sag's, wie es ist – überhaupt keine Menschen waren?«

Am selben Abend ruft Zera im Revier an und lässt sich – mit einem Tastentrick, den sie irgendwann mal versehentlich rausgefunden hat – direkt zur Mailbox ihres Vorgesetzten durchstellen, ohne dass sein Telefon klingelt. »Hier spricht Officer Montenegro«, sagt sie. »Einsatzbericht über die heutige Tour in Zusammenhang mit der Taskforce Menschenhandel.« In Wirklichkeit war ihre Tour schon vor Stunden vorbei. Ebenfalls seit Langem vorbei: ihr Glaube an die Taskforce Menschenhandel. Aber sie macht trotzdem weiter, im Gedenken an Katja. Nicht, dass es für Katja noch Rettung gäbe – für sie war es in dem Moment vorbei, als sie ins Paradise House kam. Aber da draußen gibt es noch eine Katja und auch noch eine Sveta.

Und vielleicht auch noch eine wie mich.

Sie denkt an den Geruch in Bilardellos Büro. Sie wird ihm beweisen, dass er sich irrt.

Marke an der Brust, Waffe an der Hüfte, befragt sie an der Subway-Haltestelle Hoyt-Schermerhorn einen Stationsmitarbeiter. Sie hat Emil Scotts letzte Bewegungen nachverfolgt. Hier verlor er sich endgültig. »Gibt es blinde Flecken?«, fragt sie den Mitarbeiter. »Irgendwelche Stellen, die von den Überwachungskameras nicht erfasst werden?«

Der Mann lächelt freudlos. »Wie viel Zeit haben Sie mitgebracht?«

An den Drehkreuzen befinden sich Kameras, es gibt Kameras, die in die Kabine des Mitarbeiters hinein-, und welche, die von innen nach außen gerichtet sind. Es gibt Kameras neben den Lager- und Technikräumen. Es gibt Kameras, die die Bahnsteige in beide Richtungen überwachen, und weitere Kameras bei den Aufzügen und Notausgängen.

Die Stellen, an denen *keine* Kameras installiert sind: unzählige.

»Bei den Verkehrscops gibt es einen Witz«, sagt der Stationsmitarbeiter. »Wenn du dich hier verstecken willst, steh still oder geh weiter.«

Etwas später steht sie selbst auf dem Bahnsteig, die Arme vor der Brust verschränkt, und kämpft mit sich. Sie hat seit Tagen nicht mehr richtig geschlafen, und langsam lassen ihre Sinne sie im Stich. Trotzdem, nur ein kurzes Stück in den Tunnel hinein, entlang der Gleise, gibt es einen blinden Fleck, auf den sie ihren Lichtstrahl noch nicht gerichtet hat. Nur eine kleine Nische, ein Ort, wo Schienenarbeiter ihr Werkzeug und Ersatzteile lagern. Ein Ort, wo laut Information des Stationsmitarbeiters früher Obdachlose gehaust haben. Es ist ein Ort, an dem jemand oder etwas für längere Zeit verschwinden könnte. Zera hält die Taschenlampe in der Hand. Entweder sie leuchtet vom Bahnsteig aus hin, oder sie springt runter und geht noch ein paar Schritte weiter. Der Stationsmitarbeiter behält sie im Auge. Er wird, falls nötig, den Zug aufhalten, außerdem kommt der nächste erst in sechs Minuten. Sie geht bis ans Ende des Bahnsteigs, bis zu der Stelle, wo er auf die Tunnelwand trifft. Mit dem Daumen auf dem Knopf hebt sie die Taschenlampe.

Und zögert. Diese Nische ist der letzte Stein, den sie noch nicht umgedreht hat. Sobald sie da reingeschaut hat, hat sie nichts mehr. Abgesehen davon ist es jetzt schon vorbei: Es gibt keinen Grund, weshalb diese Nische irgendwas mit irgendwas zu tun haben sollte, keinen Grund dafür, dass Emil Scott je einen Fuß auf *diesen* Bahnsteig gesetzt hat. Aber sie setzt all ihre Hoffnung darauf, noch eine einzige allerletzte Unbekannte zu haben. Und in dem Moment, wo ihre Taschenlampe zum Leben erwacht, wird diese Hoffnung sterben.

Ihr Herz ist schwer. In dem Moment fängt die Funk-App ihres Telefons, das seit Stunden unbeteiligt vor sich hin vibriert hatte, an zu klingeln, als würde es einen Tornado ankündigen.

»Officer Montenegro, bitte kommen, Officer Montenegro.«

Sie erkennt die Stimme ihres Vorgesetzten, erkennt auch den Tonfall. Weiß, dass seine Ruhe sehr trügerisch sein kann.

Sie hebt das Telefon an den Mund. »Ich bin hier.«

»Und wo ist *hier*?«

»Sir, meine Aktion …«

»Wo sind Sie?«

»Ich habe Zeugen befragt. Ich habe mir Videomaterial angesehen, um rauszufinden, ob der mutmaßliche Raubüberfall auf meinen Informanten womöglich …«

»Sie hören mir jetzt gut zu, Officer. Ich komme zu Ihnen. Wo sind Sie? Antworten Sie!«

Zera hat das Gefühl zu taumeln. Sie spürt die Stunden, die

sie in völliger Abgeschiedenheit gearbeitet hat, außerhalb ihrer Dienstzeiten, ohne Vorgesetzten, ohne zu essen. Eine undeutliche Erinnerung drängt ans Licht, das Gefühl von Handschellen um die Gelenke. Das bringt die Entscheidung. *Das war's.* Zera sagt ihrem Vorgesetzten nicht, wo sie ist. Nennt ihm stattdessen einen würdigeren Ort, um gefeuert zu werden – und begibt sich dorthin.

Ihr schon bald ehemaliger Vorgesetzter ist ein apfelförmiger Mann, dessen dicke Arme jetzt vor seiner riesigen Brust gekreuzt sind. »Sie sind seit vier Tagen unentschuldigt nicht zum Dienst erschienen«, sagt er. »Ich habe den Disziplinarbericht bereits geschrieben.«

»Mein Informant ...«

»Geht Sie nichts mehr an.«

»Seine Ermordung ...«

»Geht Sie nichts mehr an. Hören Sie mir gut zu, Officer Montenegro. Das Nuttenprojekt, der Geldwäscherschwachsinn – das war Ihr Fall, wenn man das überhaupt so nennen kann. Wenn es überhaupt jemals einen Fall gegeben hat.«

Sie fängt an zu reden, irgendwas über den Mord, aber er hebt die Hand wie ein Stoppschild. Lässt sie sein Schweigen spüren, dann sagt er: »Das war's.«

Stunden später, im Renaissance Java. Sie war die Allererste – sie hat vor der Tür gewartet, bis der Coffeeshop aufmacht. Und jetzt sitzt sie mit einer Tasse Kaffee vor einem leeren Stuhl. Shecky Keenan ist nicht da, natürlich nicht. Weshalb sollte er auch hier sein, warum ausgerechnet heute, um fünf Uhr morgens? Und bald schon ist er auch gar nicht mehr derjenige, an den sie denkt, nicht mehr der Mensch, den sie auf dem Stuhl gegenüber vor sich sieht.

Katja, eine Neunzehnjährige mit trüben Augen, schaut Zera naserümpfend durch den Rauch ihrer Zigarette an. Ich hab dir gesagt, *Lichter aus*, sagt sie und deutet auf ihren Kopf. Das oberste Gesetz, um im Paradise House zu überleben.

Wollte ich ja, antwortet Zera in Gedanken. Es ging nicht.

Na schön, sind die Lichter eben noch an. Katja verschränkt die Arme. Dachtest du tatsächlich, es würde etwas ändern?

NEUNTER TEIL

Hinter Gottes Rücken

41

Shecky läuft zur DeKalb Avenue, dort nimmt er den B38. An der Haltestelle Fulton Street verlässt er den Bus, schlägt sich im Barnes & Noble in der Court Street eine Viertelstunde um die Ohren, dann kauft er auf dem Weg zur Subway-Haltestelle Hoyt-Schermerhorn zwei Kaffee – einen Espresso und einen kleinen Schwarzen. Erinnert sich an seine längst vergangenen Kellnerzeiten: beide Becher auf einer Hand balancierend, zieht er die MetroCard durch den Kartenleser und geht runter zum Bahnsteig. Er setzt sich auf die verschrammte Bank und sieht dem Kommen und Gehen der Züge zu. Vasya erscheint auf die Minute pünktlich, wie immer in elegantem Anzug und mit polierten Schuhen. Die Hello-Kitty-Anstecknadel am Revers.

»Perfekt«, sagt Vasya, nachdem er an seinem Espresso genippt hat. »Das hast du dir gemerkt. Hervorragender Kundenservice.«

»Wir sind stets um die Zufriedenheit unserer Kunden bemüht«, sagt Shecky. Er versucht, Vasyas Tonfall aufzugreifen, doch er hört selbst, wie künstlich es klingt. »Aber ich vermute, heute bin ich der Kunde.«

»Unsinn, das haben wir doch längst hinter uns. Das sagst du doch selbst seit Jahren.« Vasya rempelt Shecky freundschaftlich an. »Wir sind Partner.«

In Sheckys Magen hat schon den ganzen Tag die Säure geköchelt, und jetzt brodelt sie hoch. Er versucht, sich zu beruhigen, aber es lässt sich nicht leugnen: Vasya ist ihm inzwischen körperlich zuwider. Die seltsame Bahnsteigbeleuchtung wirkt plötzlich grell und deplatziert. Vasyas Stirn scheint zu leuchten, während alles augenabwärts in Schatten verschwindet. Shecky überkommt eine heftige, sehr konkrete Angst: dass Vasya ihn beißt, ihm die Nasenspitze abreißt. Sheckys Organe produzieren Fehlzündungen, vor allem sein Herz: Er kann spüren, wie sein Puls ihn von innen bewegt, kann seinen langsamen, wütenden Herzschlag hören – während er Vasya dabei erwischt, wie er ein vorbeigehendes Mädchen taxiert. Sich auf die Anstecknadel tippt.

Der Paradise Club, flüstert Dannie ihm zu – tu nicht dümmer, als du bist, du weißt, was da läuft.

»Danke, dass du gekommen bist«, sagt Shecky. Er hat um dieses Treffen gebeten, trotzdem wäre ihm lieber, es wäre bereits vorbei und vergessen, noch ehe es begonnen hat – und was das Vergessen betrifft, hat Shecky wirklich Talent. Vasya dagegen wirkt außerordentlich entspannt. Fegt sich unsichtbare Krümel von der Hose seines eleganten Anzugs und leert den Espressobecher. Räkelt sich und lächelt und sieht dem Mädchen nach, bis es verschwunden ist. Lässt dann den Blick über den Bahnsteig schweifen, um zu schauen, wer als Nächstes kommt.

»Was für ein Sommer«, sagt Vasya schließlich. »Dieser Künstler, der neulich gestorben ist – das ist so tragisch. Ich hab's in der *Post* gelesen. Wer weiß, vielleicht wird er der nächste van Gogh. Das hungernde Genie, das im Verborgenen vor sich hin arbeitet, der frühe Tod, dessen wahrer Wert erst erkannt wird, als für ihn alles zu spät ist. So eine Geschichte braucht doch jede Generation, nicht wahr?«

Shecky hat die Meldung in der *Post* ebenfalls gelesen. Es war eine Art bezahlte Anzeige, die auch in der *Daily News* und in der *Times* abgedruckt war. In einer schmuddeligen Kunstzeitschrift, von der Shecky noch nie was gehört hat, war außerdem ein einspaltiger Nachruf zu lesen – Henry hatte ein Exemplar auf dem Esstisch liegen lassen. Über die Todesursache stand dort nichts, nur dass der Künstler »plötzlich verstorben« sei. Auf Twitter und Facebook stand dasselbe, nur dass dort irgendwer einen Link zu den Anonymen Narkotikern in die Kommentare eingefügt hatte. Sheckys Familie wurde nirgendwo erwähnt, Gott sei Dank, und auch nichts von irgendwelchem verschwunden oder gefundenen Geld. Und am allerbesten, es gab auch keinerlei Hinweise auf laufende Ermittlungen. Auch wenn Henrys Freund als Kurier eine Katastrophe gewesen war, er wusste wenigstens, wie man stirbt.

Noch mehr hochkochende Magensäure. Shecky hasst es, hier unten zu sein, auf diesem grässlichen Subway-Bahnsteig zu hocken, hasst es, dass er dem Kerl einen Espresso besorgt hat. Hasst Vasyas Getue, als ob sie uralte Freunde wären, die sich schon ein Leben lang bestens verstehen. Als wären sie einander ähnlich. Ja, stimmt, es gab Zeiten, wo Shecky das selbst glaubte, aber das war, bevor der Sommer so blutig wurde. Vor diesem fürchterlichen Abendessen, bei dem die Kellnerin plötzlich davonrannte. Ich bin *nicht* wie er, will er Dannie erklären, wir sind grundverschieden. Doch plötzlich packt Shecky die unerklärliche, verrückte Angst, der nächste Zug würde halten und Dannie würde plötzlich aussteigen, ihn mit Vasya da sitzen sehen und er müsste sich vor ihr rechtfertigen.

Ich bin nicht wie er, ich bin nicht sein Partner.

Und warum nimmst du dann sein Geld?

Die Tankstelle nimmt sein Geld. Der Lebensmittelladen nimmt sein Geld. Sind die auch schuldig?

»Reden wir übers Geschäft«, sagt Shecky. Es klingt fordernder als beabsichtigt, aber er will dieses Gespräch endlich hinter sich bringen. Er muss hier raus, weg von diesem Ort, an dem kein Zug je ankommt. Wo Dannie den Mann sehen wird, mit dem er hier sitzt ...

Und den Mann, der du bist, flüstert sie.

Shecky räuspert sich. »Wir haben noch ein Problem.«

»Vom Pech verfolgt«, sagt Vasya und dreht sich mit einem Lächeln zu ihm um. »Wie heißt er?«

Shecky schüttelt verneinend den Kopf, fürchtet sich davor, den Mund aufzumachen. Noch ein Wort, und er wird sich an den Magen greifen und vor Schmerz laut aufschreien. Vasyas Gegenwart ist ihm längst mehr als nur zuwider, und am allerschlimmsten findet er seine kindliche, völlig ungekünstelte fröhliche Art zu sprechen.

Vasya lässt keinerlei Zweifel an der Freude, die er empfindet, einfach nur hier neben ihm zu sitzen, mit ihm zu sprechen, sich die Zeit zu vertreiben.

Als wären sie verwandt.

Wieder ein Mädchen, wieder der Griff zur Anstecknadel. Und Shecky schaut genauer hin – schaut zum ersten Mal wirklich richtig hin – und sieht, dass die kleine Katze eine rosarote Schleife trägt und dass in der Mitte dieser Schleife ein winziger Glaspunkt sitzt. Eine versteckte Kamera – da würde Shecky sein Leben drauf verwetten.

Alles, was er sieht, widert ihn an. Vasya, der die Mädchen beobachtet, sie heimlich fotografiert. Der Müll auf den Gleisen, die Graffiti an den Wänden, der ungewaschene Schizo, die beiden Teenager, die sich zum Spaß gegenseitig Richtung Rand rempeln. Plötzlich und unerwartet fällt ihm eine Floskel ein, die sein Onkel Samuel immer sagte: *hinter Gottes Rücken*. Bei Onkel Samuel zu Hause bedeutete das lediglich irgendwo unvorstellbar weit weg – für Shecky jedoch versteckt sich in diesen Worten Gewicht, eine gewisse Dunkelheit.

Und Vasya lächelt immer noch, und Shecky sollte das Lächeln erwidern, sollte auf seine Scherze eingehen. Ein toter Kurier, junge Mädchen auf dem Bahnsteig – zum Brüllen! Aber Shecky verspürt nicht die geringste Lust dazu. Sein Magen, sein Kopf, sie pulsieren, pulsieren im Rhythmus eines schwächelnden Herzens. In ihm geht Fürchterliches vor sich. Beide Kids sind heute nicht zum Frühstück aufgetaucht, und er sitzt hier, hinter Gottes Rücken, und trinkt mit dem Teufel Kaffee. Und ich *bin* für *seine* Sünden verantwortlich, ruft Shecky sich ins Gedächtnis. Wir sind Partner.

Shecky dreht sich zu Vasya, um ihm direkt in die Augen zu sehen und ihm zu sagen, dass es ihm reicht, dass er einen Schlussstrich zieht. Aber dann hat er wieder die drei Textnachrichten vor Augen, die er frühmorgens bekommen hat.

ICH WEISS BESCHEID.

Eine Minute später: Ich sag es ihm.

Noch eine Minute später: $$$

Die Nachrichten stammten von einer ihm unbekannten Nummer, aber Shecky hat keine Zweifel daran, wer sie geschickt hat.

»Das liegt ganz bei dir«, sagt Vasya. »Es läuft so wie beim letzten Mal. Du gibst mir einen Namen oder auch nur die Details. Aber du musst mir sagen, wo er zu finden ist.«

Shecky holt tief Luft. »Kein er.« Wieder ein tiefer Atemzug. »Und sag deinem Mann, diesmal muss er's anders machen. Es darf nicht wie beim letzten Mal aussehen.«

Spätnachmittags verlässt Shecky Keenan die Subway-Station und sucht sich eine ruhige Bank, wo er in der Sonne sitzen und seinem Magen Gelegenheit geben kann, sich zu beruhigen. Er kontrolliert sämtliche Telefone, sieht nach, ob die Kids geschrieben haben – haben sie natürlich nicht. Er beobachtet Tauben und zählt Windböen, und die Stunden vergehen, und als sich langsam die Schatten unter einem rot werdenden Himmel ausbreiten, liegt ihm der Name, den er Vasya genannt hat, noch immer faulig auf der Zunge.

42

Sein erstes Date seit einer Ewigkeit – und Andrew Xu schlägt sich nicht gut.

Während der Vorspeise bringt er irgendwie seine Scheidung ins Gespräch. Ja, erst im Frühling, noch nicht länger her, und ja, Andrew war verheiratet, und ja, er war mit einer Frau verheiratet. Sein Date, Kevin, ein großer Weißer, wurde Andrew von einer App namens BlindLove vorgeschlagen. (»Wissen, wo die Liebe hinfällt«.) Kevin gibt sich keine Mühe, sein Unbehagen zu verbergen, und als die Kellnerin ihnen ein Dessert vorschlagen will, unterbricht er sie und holt die Brieftasche raus: »Nur die Rechnung. Getrennt bitte.«

Es ist noch nicht mal neun, an einem Samstagabend, und Andrew liegt wie so oft auf der Couch und schaut sich auf dem Laptop einen Film an. Heute Abend ist es *Feuerzauber*, wieder mal einer der Lieblingsfilme seiner Frau. Meiner Ex-Frau, ruft er sich in Erinnerung. Eine Ewigkeit vergeht, ehe es endlich zehn ist, die Uhrzeit, die abzuwarten er seinem Psychiater versprochen hat. Dann, endlich, nimmt er seine Doxepin und geht ins Bett. In *mein* Bett, ermahnt er sich, zwingt sich, ihr keinen Platz zu lassen. Sich mittig hinzulegen.

Dann die Dunkelheit, chemisch induziert und vollkommen.

Etwas später: das undeutliche Bewusstsein, dass sein Schlaf gestört wird. Dass er nicht allein ist.

»Wandere wirr«, murmelt ihre Stimme, »mir abhanden gekommen.«

Er erkennt seine Patientin an ihrem Lavendelduft und weiß sofort, dass sie bereits seit einer Weile hier ist. Die Nachttischlampe ist angeknipst. Eine schöne junge Frau sitzt im gelborangen Licht seines Schlafzimmers. Sie sitzt in dem Sessel neben seinem Bett, die nackten Füße auf dem Schemel, ihre Haare werfen riesengroße Schatten. Die Augen, die in seinem Sprechzimmer immer so schnell sind, hat sie geschlossen. So hat sich Kerasha ihm noch nie gezeigt.

»Da bin ich also wieder«, sagt sie, »endlos entrollend. Auf ewig entrollt.« Eine Pause. Er spürt, wie die Schlaftablette ihn zurück nach unten ziehen will, und kommt zu dem Schluss, dass er einen Tablettentraum träumt, doch dann verändert sich ihre Stimme, und sie fragt: »Wo haben sie sich abgeschossen?«

Die neue Stimme klingt jammernd, nasal und pedantisch. Und vertraut. Sie stellt meine Fragen, wird ihm klar. Sie spielt unsere Sitzung.

»Ach, wissen Sie, hier und da«, sagt sie wieder mit ihrer eigenen Stimme. Neckisch und kokett, mit einer Leichtigkeit, die sie in seinem Sprechzimmer nie an den Tag legt. »Ich drücke überall, in der Bücherei, vor dem Fernseher, bei einem Burger, im Knast. Ich mach da keine große Sache draus – das ist wie Kaugummikauen. Ohne Sabbern, so was gibt's bei mir nicht, auch kein Rumgetorkel. Ich achte auf mich.«

Seine Desorientiertheit weicht einem Mitleid, das fast unverzüglich in Ekel untergeht. Jetzt ist sie nur noch ihre Krankheit. Er will, dass sie aus seinem Schlafzimmer verschwindet. Hasst, dass sie mit ihren nackten Füßen seinen Flitterwochenläufer berührt hat, den er und seine Frau damals in dem staubigen Basar in Kappadokien gefunden hatten.

Meine Ex-Frau.

Er braucht seine ganze Selbstbeherrschung, um Kerasha nicht aus seiner Wohnung rauszubrüllen. Um sich daran zu erinnern, dass sie seine Patientin ist und er ihr Arzt. Sie ist mehr als ihre Krankheit, coacht er sich. Die Krankheit hat sie hergebracht, Krankheit ist das, dem du dich verschrieben hast.

Und mit diesen und anderen Mantras seines Berufs beruhigt er sich wieder. Das verbliebene Doxepin tut das Seine.

»Und wie machen Sie es?«, fragt sie, wieder mit der nasalen Stimme.

Mit *meiner* nasalen Stimme, erinnert er sich.

»Ich befolge einfach die Regeln«, antwortet sie mit ihrer eigenen Stimme. »Da ist nichts weiter dabei. Da können Sie jede Zwölfjährige fragen.«

Diesmal bleibt es lange still. Er hasst sich für seinen Abscheu und die Ungeduld. Zwölf, denkt er, in dem Alter muss sie damit angefangen haben. Er versucht, sich die Krankenakte ins Gedächtnis zu rufen, die er vom Strafvollzug bekommen hat: Da war zwar von Sucht die Rede, aber war dieses Detail auch bekannt? Egal, im Grunde spielt es keine Rolle. Egal, wie alt sie damals war, sie ist seine Patientin. Sie braucht Hilfe. Er will sich aufsetzen, will nach ihrer Hand greifen, was er noch nie bei einem Patienten getan hat, was aber laut einiger Kollegen durchaus nicht immer unangemessen ist. Er will ihr näher sein, aber das hier ist sein Schlafzimmer, und es ist 2.04 Uhr, und er kann die Möglichkeit nicht ganz ausschließen, dass sie hergekommen ist, um ihm was anzutun.

»Erzählen Sie mir was von diesen Regeln«, sagt sie als er und legt auf eine Weise die Fingerspitzen zusammen, über die seine Frau – Ex-Frau – sich immer lustig machte.

»Die Regeln sind einfach«, sagt sie. »Immer in den Muskel spritzen, nie in eine Vene. Dem High nicht hinterherjagen, nicht übertreiben. Einfach nur probieren und aussitzen.«

»Das ist alles?«, fragt sie sich.

»Sieh mich nicht so an«, antwortet sie, jetzt mit einer dritten Stimme, tief und spröde. »Das ist keine große Sache, Kerry. Das ist nur Heroin.«

Die Mutter, denkt er.

»Diamorphin«, fährt sie fort. »Zu medizinischen Zwecken

entwickelt. Ein verschreibungspflichtiges Analgetikum. Ursprünglich pflanzlich, kriegt man auch in Bio.« Die Stimme der Mutter verstummt allmählich.

Kerasha sitzt zusammengekrümmt in seinem Sessel und starrt ihre Hände an. Ihr ganzer Körper – die Krümmung der Schultern, der gesenkte Kopf – zeugt von frühem, schrecklichem Leid. Langsam, leise hebt er das Laken und die leichte Decke. Setzt sich auf, schiebt die Beine über die Bettkante. Presst die Fußsohlen auf den Flitterwochenläufer und stellt sich vor sie hin.

»Faden um Faden um Faden«, sagt sie leise. Wieder sie selbst, nur kleiner.

Jetzt, denkt er in die Stille hinein. Noch ein Schritt auf dem Flitterwochenläufer – der Abstand ist gar nichts, er ist fast überrascht, wie einfach es geht – dann, als er direkt vor ihr steht, greift er nach ihrer Hand. »Ich bin froh, dass wir endlich darüber sprechen«, sagt er.

Als sie zu ihm aufsieht, liegt ein so glühender Hass in ihren Augen, dass er unwillkürlich zurückweicht. Ihr Gesicht ist uralt und hat uralte Kraft. »Ein Süchtiger ist jemand, der versucht aufzuhören«, sagt sie, als er rückwärts gegen sein Bett stolpert. »Ich bin das Überbleibsel unzähliger Tode.«

Bei diesen Worten kippt ihre Stimme, ihre Kehle gibt ein Geräusch von sich wie eine Gangschaltung, die nicht greift. Sie sackt zusammen, und ihre Knie sind schon auf seinem Flitterwochenläufer, als ihm ihre warme Kotze an die Knöchel spritzt.

43

»So wurde sie aufgefunden«, sagt Starr. »Ach, Henry, es tut mir so leid.«

Er lässt das Telefon sinken. Schaut zu dem Kellerfenster hoch, durch das Lipz immer zu ihm reingeklettert kam.

Von sehr weit weg, Starrs Stimme: »Henry? Hen?«

Das Telefon fällt ihm aus der Hand.

Wo bist du, bei wem?

Nixan.

Er geht rückwärts, bis er das Bett hinter sich spürt, dreht sich um und sieht die Schmutzkrümel auf seiner Bettwäsche.

Die Beerdigung findet in der folgenden Woche statt. Saint Thomas Aquinas – roter Backstein, frischer Anstrich – ist die Kirche von Tante Mercedes, und obwohl die Gemeinde an Lipz keinen Gedanken verschwendet hat, als sie noch am Leben war, sorgt ihr Tod für ein volles Haus. Als Henry die Kirche betritt, laufen vor ihm fröhliche Kinder rum. Er sieht Tante Mercedes neben dem Regal mit den Votivkerzen lachen, während sie den Blick triumphierend über die Schlange stehenden Trauergäste schweifen lässt. Henry bahnt sich seinen Weg zum Frauenklo im Keller, wo wie versprochen Starr auf ihn wartet.

»Schnell!«, sagt sie und zieht ihn zu sich rein – das ist in diesem Sommer schon ihr zweites Klo-Date. »Die haben offensichtlich alle Dünnpfiff. Ich muss die ganze Zeit sagen, das Klo ist kaputt.« Nachdem sie die Tür zugemacht und verriegelt hat, atmet sie auf. »Es tut mir so leid. Ich will dir helfen. Lass mich dir helfen. Ich tu, was ich kann.«

»Ich weiß. Danke.« Er berührt sie am Arm. »Also. Die Polizistin mit den Händen.« Zurück zum Geschäft. »Hast du irgendwas rausgefunden?«

»Du hast gesagt, ich soll ein bisschen wühlen.« Starr holt ihr Handy raus. »Ich habe gewühlt.« Sie tippt. »Officer Montenegro. Vorname: Zera. Tätigkeit: Field Intelligence Officer. Das wussten wir schon. Aber hier – *besonderer* Tätigkeitsbereich: Taskforce für Menschenhandel.« Sie hört auf zu lesen, lässt das Handy sinken. »Field Intelligence, Menschenhandel. Da stimmt was nicht.«

»Abgesehen von ihren Händen, meinst du?«

»Die Morde. Was hat die mit den Morden zu tun?«

Henry runzelt die Stirn. »*Menschen*handel?«

»Prostituierte«, sagt Starr. »Handel heißt normalerweise, dass sie aus Übersee ins Land geschmuggelt werden. Vietnam, Russland, Polen, Albanien. Die meisten werden unter Drogen gesetzt, reingelegt oder entführt.«

Henry runzelt die Stirn, muss an den Paradise Club denken. An ein Gerücht, das ihm vor Jahren zu Ohren gekommen ist. Irgendwas über ein verschwundenes Mädchen, und dass der Paradise Club in dem Monat mehr Geld als üblich verschieben musste.

»Apropos Menschenhandel«, sagt Starr und tippt wieder auf ihr Telefon. »Hier. Detective Fung ist Detective Kurt Fung, Marke 7229. Das ist die Nummer, nach der du mich gefragt hast.« Henry nickt, sie fährt fort: »Er *war* ebenfalls Mitglied der Taskforce, ist aber inzwischen freigestellt. Das heißt, er hat Mist gebaut.« Sie hebt den Blick vom Handy. »Gerüchte besagen, er habe seine Dienstwaffe verloren. *Und* seine Marke. Weshalb er jetzt Akten sortiert.«

»Okay. Zurück zu der Frau«, sagt Henry. »Zera Wie-auch-immer. Was hat sie mit der ganzen Sache zu tun?«

»Ich hab mich umgehört.« Wieder Tippen und Wischen. »Erstens, alle haben Angst vor ihr. Sie ist krass drauf. Arbeitet nonstop, lächelt nie. Hier.« Sie hält ihm das Handy hin und zeigt ihm den heimlichen Schnappschuss – ungünstiger Blickwinkel, grausame Beleuchtung – einer blassen, kantigen Frau. Die Frau trägt Uniform, die Haare sind raspelkurz, und vielleicht liegt es am Winkel oder am Licht, aber sie strahlt etwas Kaltes aus. Henry muss an das Atelier von Emil denken – an die Schattenzwillinge – und versucht, diese Frau mit dem zweiten Schatten in Einklang zu bringen. Möglich wäre es.

»Frage«, sagt Henry. »Dieser Fall, mit dem Emil in Verbindung stand, der auf diesem gelben Aufkleber.«

»Der I-Card-Vermerk.«

»Hat die seltsame Tussi daran gearbeitet?«

»Da müsste ich nachsehen, aber ...« Starr denkt einen Augenblick nach. »Es gibt ein Vorgangsbearbeitungs-System, aber das ist rein intern. Da kann ich nur im Revier ran, und ich bin erst Montag wieder im Dienst.«

»Okay. Aber *irgendjemand* hat jetzt Dienst.« Er sieht Onkel Shecky vor sich, der den Kopf schüttelt, nein, keine Außenstehenden mit reinziehen – aber drauf geschissen. »Gibt es keine Freundin, die du anrufen kannst?«

Starr lächelt. »Carmen.« Sie fängt an zu tippen. »Hm.« Schiebt das Handy ein. »Kein Empfang. Kommst du mit mir nach draußen?«

Henry nickt, doch dann spürt er in sich ein schmerzhaftes Ziehen. »Gib mir zehn Minuten.« Ein Seufzen. »Ich hab da oben noch was zu erledigen.«

Henry drängelt sich zu dem Sarg durch. Er wirkt klein und bedeutungslos, eine winzige Kiste vor dem pompösen Altar, weit weg von den Buntglasfenstern, die sich bis zum Glockenstuhl emporstrecken. Weihrauch und schweres Parfum steigt ihm in die Nase, und überall – überall – wird gelacht. Je näher er Lipz' Sarg kommt, desto kleiner scheint er zu werden, und jetzt steht er auch schon daneben und fragt sich, ob er den Sarg nicht einfach in die Tasche stecken kann. Lipz von diesem schrecklichen Ort wegbringen, sie für immer bei sich behalten kann. Überdosis. Im Ernst, Lipz? Das hast du getan? Scheiße! Er wird von pechschwarzer, kolossaler Trauer gepackt, und im selben Moment greift jemand nach seinem Handgelenk.

Sein Körper ist beweglich geblieben und kann auch ohne ihn kämpfen. Die Linke greift nach der Kirchenbank, verhindert, dass er zu Boden gerissen wird, die Rechte wird zur erhobenen Faust. Doch dann sieht er, wer ihn festhält, ein Fremder mit trauernden Augen. Er sitzt in der Bank.

»Hab seit Tagen nach dir gesucht. Komm her.« Der Fremde lockert den Griff um Henrys Handgelenk. Dann steht er auf, umarmt ihn, klopft ihm auf den Rücken. Er löst sich wieder von ihm, wischt sich mit einem schwarzen Stofftaschentuch die Augen und mustert Henry von Kopf bis Fuß. »Es heißt, du stellst Fragen.« Er spricht leise, mit tiefer Stimme. »Passt du auf dich auf?«

Der Mann ist schmal und trotzdem imposant, die Haare stoppelkurz, fast bis auf den Schädel getrimmt. Er trägt einen makellosen Anzug, der aussieht wie auf den kompakten Leib geschneidert. Er hat die Aura eines weisen alten Mannes, dabei schätzt Henry ihn auf maximal Ende zwanzig.

»Wer sind Sie?«, will er wissen.

Der Mann lächelt verschlagen. »Du kennst deine Leute nicht.« Er reicht ihm die Hand. »Chancellor.«

Chancellor. Henry braucht einen Moment. Chancellor *Tomlin*, der Zeichnungsberechtigte des Sint-Maarten-Kontos. Heilige Scheiße!

Nur Augenblicke später sitzt Henry auf einer steinernen Bank in der Sakristei und sieht aus verändertem Blickwinkel auf Lipz' Sarg. Direkt neben ihm hockt Red Dog, wie er leibt und lebt, und neben ihnen auf dem Steinboden spielen dessen vier Kinder mit Wachsmalkreide, Legosteinen und Polizeiautos aus Plastik.

»Was du da eben gesagt hast«, sagt Henry, »ob ich auf mich aufpasse.« Er verstummt. Auf *sich* aufpassen – Henry spürt etwas in diesen Worten, etwas Tiefgründiges, eine Möglichkeit. Und einen Schimmer Hoffnung dazu, vermischt mit Angst, es ist eines dieser wunderschönen, gefährlichen Gefühle, die ihm so vertraut sind, und es regt sich in ihm, dicht unter der Oberfläche. Und weil das so ist, fragt er Red Dog: »Wie?«

»Was, wie?«

»Wie geht das, auf mich aufpassen?«

»Für den Anfang sieh dir *das da* an.« Red Dog deutet auf den Sarg. »Das bringt einen zum Nachdenken, findest du nicht? Wer du bist, was du tust. Wenn so was passiert, wenn jemand von deinen Leuten stirbt, dann weißt du, dass es mal wieder Zeit ist, Bilanz zu ziehen.« Er dreht sich zu Henry um. Senkt die Stimme. »Verstehst du mich?«

Henry nickt.

»Vor ein paar Jahren war mir das noch scheißegal. Alles. Es ging nur ums Geschäft. Aber jetzt?« Red Dog zeigt auf seine Kinder. »Ich muss darüber nachdenken, was ich ihnen einmal hinterlasse.« Ein Kind lässt zwei Polizeiautos aneinander krachen. »Fester«, sagt Red Dog zu dem Kind, dann dreht er sich mit ernstem Gesicht wieder zu Henry um. »Du wirst sehen. Das geht dir genauso. Irgendwann wachst du morgens auf und siehst dich um und bist plötzlich sechsundzwanzig. Du hast vier Kinder, und du fragst dich: Wer zum Teufel bin ich?« Sein Blick ist wieder auf Lipz' Sarg gerichtet. »Die sagen, es war 'ne Überdosis. Ich weiß nicht, Mann. Wenn das stimmt, und es war mein Stoff – das ist heftig. Zeit, mal wieder Bilanz zu ziehen, ich sag's dir.«

Ausgiebiges Schweigen, dann ändert sich kaum merklich die Atmosphäre. Henry dreht sich um und merkt, dass Red Dog ihn beobachtet, sein Blick ist einfühlsam und durchdringend.

»Sie hat über dich gesprochen.« Red Dog beugt sich zu ihm.

»Sie hat mir Fotos gezeigt, zwei von dir, als ihr noch Kinder wart. Sie hat ziemlich krassen Scheiß erzählt.«

»Sie war manchmal ganz schön klug«, sagt Henry. »Wenn sie nicht gerade total am Rad gedreht hat.«

»Dasselbe hat sie von dir gesagt. Sie hat gesagt ...« Er versucht, sich zu erinnern, dann spricht er schnell, fast gezwungen: »Du bist klüger, als du sein willst, hat sie gesagt. Sie hat gesagt, du hast mehr Gefühl für die Dinge als andere Menschen. Du bist sensibel.«

Henry atmet auf. Er hatte die Luft angehalten, ohne es zu merken. Gedankenversunken sitzt er da und spürt, dass der Mensch, der er ist, der Mensch, der er jahrelang war, nur noch einen Atemzug und einen Wimpernschlag davon entfernt ist, sich zu transformieren.

»Sie war meine Familie«, sagt Red Dog. »Du warst ihre. Wir sind jetzt Brüder, du und ich. Wenn du was brauchst, kommst du zu mir.«

Henry sieht die Klarheit in Red Dogs Augen. Die Aufrichtigkeit. Er rückt näher an ihn ran und flüstert: »Ich muss dich wegen Tiger fragen.«

Red Dog geht sofort auf Abstand. »Nie von gehört.«

Henry macht den Mund auf, um zu reagieren, hat aber noch kein Wort herausgebracht ...

»Kreide!«

Neben ihm ist eins von den Kindern aufgetaucht, ein Mädchen. Sie hat den Kommandoblick ihres Vaters, und wedelt mit einer Handvoll Wachsmalstiften vor Henrys Gesicht herum. Auf ihrem Kleidchen, den kleinen Fingern und dem runden Gesicht prangen orangefarbene und blaue Streifen. »Kreide!«, sagt sie wieder zu Henry. »Malen!« Henry sieht zu ihr runter, und einen spannungsgeladenen und angestrengten Augenblick lang weiß er nicht, ob sie ein Kind ist oder ein Wesen aus einem verwunschenen Wald. Und ehe Red Dog sie wegscheuchen kann, hat sie Henry die warmen, klebrigen Wachsmalstifte in die Hand gedrückt.

Als sie weg ist, lässt Red Dog den Blick durch den Raum schweifen. »Du treibst ein gefährliches Spiel«, sagt er, »mir dieses Wort an den Kopf zu knallen.«

»Nichts für ungut«, sagt Henry. »Ich wollte es nur gesagt haben. Wir sind schließlich aus demselben Grund hier, oder?« Er nickt zum Sarg rüber, und Red Dog folgt seinem Blick. Als sein Gesicht wieder weich wird, sagt Henry: »Woher wusstest du, dass er ein …?«

Verräter war.

Red Dog rollt die Schultern rückwärts. Schließt die Augen, lässt den Kopf kreisen, dehnt den Nacken. »Ich bin Geschäftsmann«, sagt er. »Ich habe Unterlagen. Die hab ich durchgesehen.«

Henry gibt Red Dog die Hand und geht unter Legosteinegeschepper davon. Hinten am Portal entdeckt er Starr, sie winkt ihn zu sich.

Er schiebt und drängelt sich zu ihr durch und wird von einer Welle aus Trauergästen mit lächelnden Gesichtern mitgeschwemmt, und diese Welle trägt ihn bis zu einer Staffelei mit einem Foto von Lipz. Das Bild ist verzerrt und so grob gepixelt, dass ihr Gesicht fast nicht zu erkennen ist. Und direkt daneben steht Tante Mercedes, strahlend, umringt von Leuten, unfähig, zu verbergen, wie sehr sie die Aufmerksamkeit genießt. »Das Waschbecken war voller Haare«, ruft sie mit breitem Grinsen. »Und ich war so sauer. Ich meine, an dem Vormittag hatte ich mein Bewerbungsgespräch bei Bright Horizons, ja, und ich war sowieso schon zu spät dran.« Zuerst glaubt Henry, sie würde erzählen, wie ihr Lipz damals, mit elf, Streifen in die Kopfhaut rasiert hat – denkt, Tante Mercedes würde die Geschichte falsch erzählen. Dann merkt er, dass es um eine völlig andere

Geschichte geht, eine, die nichts mit Lipz zu tun hat. In ihm regen sich weitere, seltsame Gefühle und dazu das Empfinden von riesigem, schrecklichem Verlust. Er eilt zu Starr.

Draußen: Kühle, Stille.

»Ich habe mit Carmen telefoniert.« Starr wedelt mit dem Handy. »Gute Nachrichten. Sie ist im Dienst. Sie ist am Empfang und ist allein.« Sie verstummt, als jemand zwischen ihnen durchgeht, um die Kirche zu betreten. Dann sagt sie, mit verändertem Tonfall: »Sie will mit dir sprechen.«

Henry verzieht das Gesicht. »Sie will Geld.«

»Würdest du ihr trauen, wenn's nicht so wäre?« Starr tippt auf das Display und gibt ihm das Telefon.

Und dann ist das Telefon in seiner Hand, und auf dem Bildschirm steht die Nummer zu lesen, und Henry hört das Freizeichen tuten. Und registriert die Telefonnummer auf dem Bildschirm – 646-555-0100 – und darunter die Worte *Revier 83 Empfang.*

Henry lässt das Telefon sinken, hält es am ausgestreckten Arm von sich weg, als wollte er möglichst viel Distanz zwischen das Display und sein Gesicht bekommen. »Was. Zum *Teufel.* Ist DAS?«

Starr tritt neben ihn. »Henry, was ist denn …?«

Aus dem Telefon eine blecherne Stimme: »Revier Dreiundachtzig. Hallo?« Dann eine Pause. »Starr?«

Starr nimmt Henry das Telefon aus der Hand, ehe er es fallen lassen kann. Er wühlt nach seiner Geldbörse, fingert die zwei Visitenkarten heraus. Tritt einen Schritt zurück, um das Licht zu nutzen, das aus der Kirche fällt, und da sind sie, die zwei Karten. Leere Vorderseiten, er dreht beide um, und da, auf beiden, handschriftlich dieselbe Telefonnummer: 646-555-0144.

Starrs Stimme, tausend Meilen weit entfernt: »Henry, was ist denn los?«

Henry denkt: Was weiß denn ich, verfickt! Aber da ist Starrs

Hand auf seinem Arm, und da ist ihr besorgter Blick, und dann kommt ihm die Idee: Wen sonst sollte er fragen?

»Verwenden Bullen gefälschte Dokumente?«

Sie sieht ihn verständnislos an. »Meinst du für verdeckte Ermittlungen?«

»Für Informanten, meine ich.« Das Wort lag ihm bitter auf der Zunge, aber jetzt ist es raus und lässt sich auch nicht wieder runterschlucken. »Hast du jemals von so was gehört?«

Sie schüttelt den Kopf. »Ich weiß nicht, was das bringen sollte. Ich weiß, dass manche Informanten bezahlt werden, aber immer nur cash und immer direkt. Ich wüsste nicht, wozu …« Ihre Miene hellt sich auf. »Doch. Für das Besucherregister.«

Ihr Kopfschütteln hatte in Henry einen Funken Hoffnung geschürt. Vielleicht konnte er seinen Verdacht doch noch fallen lassen und seinen Freund endlich wieder lieben. Jetzt wird ihm schlecht. »Was für ein Besucherregister?«

»Jeder, der das Revier betritt, muss sich am Eingang registrieren«, erklärt Starr. »Ich sitze manchmal selbst dort. Da gibt es ein altmodisches Klemmbrett mit Liste, in die trägt man sich ein und weist sich aus.«

Henry versucht, die Lücken zu füllen. Es gelingt ihm nicht. »Du meinst, der Informant weist sich auf dem *Polizeirevier* mit einem gefälschten Dokument aus?«

Starr zuckt die Schultern. »Ich denke nur laut. Das Besucherregister liegt offen da. Wenn ich Informantin wäre, würde ich nicht wollen, dass jemand meinen Namen liest und sich fragt, was ich auf dem Revier zu suchen habe. Außerdem … he! Wo willst du hin?«

Henry stürzt davon, Gedanken kreisen wie im Traum. Nur ganz am Rande ist er sich bewusst, dass Starr neben ihm herläuft.

44

Beim Thirsty Bear halten sie an, und als Starr ihn anstupst, hebt er den Blick und hat Emils unvollendetes Wandbild vor sich. »Sie haben es nicht übermalt«, sagt Starr.

»Noch nicht.«

»Vielleicht lassen sie es so.«

Sie setzen sich an die Theke. Die Barfrau bringt ihnen ungefragt ihre Getränke. »Seit wann kommst du hierher?«, fragt er. »Regelmäßig, meine ich.«

»Seit Banana Krebs bekommen hat.« Sie trommelt mit den Fingern gegen das Glas. »Ich hab ihn alle paar Tage abends allein gelassen. Für ein paar Stunden. Mit Absicht. Ich musste mich drauf vorbereiten, na ja.«

»Zu überleben.« Dann fragt er: »Wurdest du schon mal hintergangen?«

Das kam aus heiterem Himmel, aber es wirft Starr nicht um. Sie lacht kurz auf, dann sagt sie: »Na klar. Schon oft.« Sie mustert ihn eingehend, dann fragt sie: »Willst du darüber reden?«

»Also ich wurde nicht in *dem* Sinne«, sagt Henry eilig. »Also nicht von einer Frau. Noch nie.«

Sie dreht das Weinglas am Stiel. »Aber von deinem Freund.«

Henry spürt ein bleischweres Gewicht in sich, das er erst beiseiteschieben muss. Schließlich hebt er die Hand und zeigt mit dem Finger auf das unvollendete Gemälde. »Er hat das da gemacht.« Aber Henry denkt nicht an das Wandbild. Er ruft sich all die kleinen Warnlichter ins Gedächtnis, die er nicht sehen wollte. Den gelben Aufkleber auf Emils Polizeibericht. Den Führerschein aus Pennsylvania. Die auf seiner Zimmertür versteckte Visitenkarte, die gleiche wie in Tigers Geldbörse. Und Tiger hatte auch einen Führerschein aus Pennsylvania, und er wurde als Verräter gelyncht, und die Telefonnummer auf den Visitenkarten war eine Nummer der Polizei.

»Er hat das Bild gemacht«, sagt Starr behutsam, »aber … aber du meinst noch was anderes, oder?«

Henry sitzt auf seinen Händen. »Ich glaube schon, aber ich weiß es nicht. Und die größte Scheiße ist – Onkel Shecky hatte recht.« Er holt tief Luft. »Emil, dieser beschissene Wichser. Ich hätte ihn nie reinbringen dürfen. Und ich Arschloch dachte tatsächlich, ich hätt's im Griff. Dabei weiß ich immer noch nichts.«

Starr tippt gegen ihr Glas. »Und du hältst es nicht aus, mit der Unsicherheit zu leben.«

»Es fühlt sich einfach nicht richtig an. Das war nicht der Typ, den ich kannte. Er hat mir Sachen beigebracht. Freiwillig, nicht nur für Geld. Es war ihm *wichtig*. Und jetzt drehe ich total am Rad. Kann nicht still sitzen, kann nicht mehr schlafen. Ich denke die ganze Zeit, es gibt sicher eine Erklärung oder einen total schrägen Zufall – irgendwas, das es wieder gut macht. Ich meine, muss es denn unbedingt der Super-GAU sein? Und weißt du, was mich wirklich verrückt macht? Ich hab da diese Ahnung. Ich könnte jetzt einfach nach Hause gehen – jetzt sofort, verstehst du? – und die Bücher aufschlagen. Und dann setze ich alle Puzzleteile zusammen und weiß endlich wieder, woran ich bin.«

Starr angelt sich Henrys Hand. »Aber wenn du es erst weißt, kannst du es nie wieder rückgängig machen.«

Henry dreht sich zu ihr um. »Er war mein Freund.«

»Okay. Er hat dir etwas bedeutet.« Sie drückt wieder seine Hand. »Aber nirgendwo steht geschrieben, dass du ihm gegenüber nur ein einziges Gefühl haben darfst. Du kannst ihn vermissen *und* wütend auf ihn sein. Niemand ist vollkommen.«

»Ja, aber das mit der Unvollkommenheit ist so …« Die Hintergrundmusik bricht kurz ab, und mitten in die zerbrechliche

Stille hinein sagt Henry: »Mängel, Fehler, alles kein Problem – aber ich muss wissen, mit wem ich zusammen bin.«

Henry ist es scheißpeinlich, Händchen haltend in dieser Abschlepperbar zu sitzen. Trotzdem ist seine Hand immer noch in ihrer, als sie sagt: »Dann finde es heraus.«

Im Arbeitszimmer im ersten Stock schließt Henry den Schreibtisch seines Onkels auf, öffnet die obere Schublade und hält inne, als er seinen Revolver sieht. Den hat er an dem Morgen nach dem Mord an Tiger in die Schublade gesperrt. Hat seitdem kaum noch daran gedacht. Jetzt nimmt er die Waffe heraus. Spürt das Gewicht, die kompakte Form. Er mustert sie, schließt die Hand um den Schaft, überprüft die Sicherung, rein, raus, raus, rein. Die Jalousien klappern im Wind: Das Fenster steht offen. Schaudernd löst er sich aus seiner Faszination und steckt den Revolver in die rechte Vordertasche seiner Jeans. Schließt das Fenster, streicht die Jalousien glatt. Wieder ein Schaudern. Die Waffe gehört hier nicht her. Heute Abend sucht er einen besseren Platz für sie. Er schaltet die Deckenlampe aus, schiebt die Waffe in der Hosentasche zurecht und geht zurück zum Schreibtisch. Macht es sich auf dem Stuhl bequem, schaltet die Schreibtischlampe an. Der Tisch ist voll mit Laptops und Mobiltelefonen. In den Schubladen liegen weitere, wie er weiß, außerdem Mitgliedsbescheinigungen für Wohltätigkeitsorganisationen, Testamente, Steuerbescheide, Vertretungsvollmachten, notarielle Urkunden, Kreditauflistungen, Notariatssiegel, beglaubigte Geschäftsberichte und Schlüssel für Bankschließfächer. Geld fließt im Dunkeln, und dieses Zimmer ist der Ort, an dem ein Großteil dieser Dunkelheit erschaffen wird. Henry hat im letzten Jahr fast so viel Zeit in diesem Arbeitszimmer verbracht wie sein Onkel. Das hier ist ihr Verkehrsknotenpunkt für den täglichen Geld- und Informationsfluss. Benebelt schiebt Henry das Kontenbuch beiseite. Stochert abwesend in den Papieren herum. Soloway Equities, die Toohey Group, die Brecher Foundation. Er fragt sich, ob die Namen absichtlich so falsch klingen oder nur auf ihn so wirken. Die Belege und Spickzettel, auf denen Henry Buch über seine Kuriere führt, Onkel Sheckys Pendants für seine Klienten – alle Unterlagen, auf denen *lebende* Personen vermerkt sind – werden vernichtet oder woanders gelagert. Bei den Familien, Non-Profits, Firmen und Fonds hier handelt es sich ausschließlich um unterstützende Transaktionsgehilfen. Wie Emil, denkt Henry verbittert. Wie ich.

Als die Schubladen wieder zu und die Computer wieder gesperrt oder ausgeschaltet sind, tastet er geistesabwesend nach der Pistole und stößt dabei auf etwas Kleines, Halbweiches, es fühlt sich an wie eine Warmwachspatrone. Verwundert pult er das Ding aus seiner Hosentasche – es ist ein schwarzes Stück Wachsmalkreide. Er holt das nächste Stück raus, violett diesmal, und das Mädchen auf Lipz' Beerdigung fällt ihm wieder ein. Das kleine Mädchen, das ihm die Malstifte brachte, als er sich mit Red Dog unterhielt. Das war in einem anderen Leben, denkt er. Das war vor nicht mal zwölf Stunden. Abgesehen davon steckt der Revolver in seiner *rechten* Hosentasche.

Henry legt die Wachsmalstummel auf den Tisch, legt den Revolver daneben und sieht auf die Uhr: 3.16 Uhr. Er zieht die Schuhe aus und schleicht barfuß rüber ins Schlafzimmer seines Onkels. Will ihn nicht wecken. Hat den heimlichen Wunsch, mit ihm zu sprechen. Doch Onkel Sheckys Zimmer ist leer, das Bett ungemacht. Feste Zeiten hat niemand unter diesem Dach, aber so spät ist sein Onkel nur äußerst selten unterwegs. Henry ertappt sich dabei, erleichtert zu sein. Warum? Er verdrängt das Gefühl, strafft sich und geht zurück ins Arbeitszimmer. Die Waffe verschwindet wieder in seiner Hosentasche, er setzt sich erneut an den Tisch, nimmt ein Blatt Papier und bearbeitet es mit den Wachsfarben, Schwarz und Violett. Er sieht kaum hin, achtet nicht auf das, was seine Hand vollführt. Hält den Blick stattdessen auf die Wand hinter dem Schreibtisch gerichtet, die mit gerahmten Programmheften der Theaterstücke seines Onkels geschmückt ist. Obwohl Henry schon vor Jahren aufgehört hat hinzugehen, erinnert er sich noch gut an die Mischung aus Aufregung und Unbehagen, die ihn beschlich, wenn er seinen Onkel auf der Bühne erlebte. Wer *war* dieser Mann, und wer hätte gedacht, das er *so was* in sich hat? Die Inszenierungen waren simpel, ja primitiv, trotzdem gab sein Onkel immer alles. Er war der brüllende Anwalt in *Ein Blick von der Brücke*, der Selbstmord begehende Vater in *Im August in Osage County*, der bescheuerte Lehrer in *Die Möwe*. Die unterschiedlichen Rollen, die Akzente, die Art, sich zu bewegen. Die Fremden, in die er sich verwandeln konnte, wenn er wollte. Vielleicht war Emil ja auch ein bisschen so gewesen.

Henrys Wachsstifte arbeiten weiter. Er schaut immer noch kaum hin. Die Programme, vor denen er schon hundertmal gesessen hat, üben plötzlich eine neue, unerwartete Faszination auf ihn aus. Als wären sie bis jetzt hinter einem Vorhang versteckt gewesen. Sie lassen sich nicht mit den Hochglanzbroschüren der Broadway-Shows vergleichen, die er vor Jahren mit seinem Onkel besuchte. Das hier sind billige Computerausdrucke, von Hand gefaltet und getackert. Und hängen trotzdem in echten Glasrahmen.

Er hört ein Geräusch, und seine Gedanken sind wie weggeblasen. Er schaut auf das Blatt, sieht, was seine Wachsmalstifte veranstaltet haben und erkennt das Gesicht seines Onkels, hager und mit angstvollen Augen. Lächelt unglücklich, als er die krumme Linie betrachtet, mit der er den Mund seines Onkels angedeutet hat. »Du kennst einen Menschen erst«, sagt er an seiner Stelle, »wenn du deine Nase in seine Kohle gesteckt hast.«

So, Emil, jetzt bist du dran. Was hast du für mich?

Henry nimmt sich ein Blatt Schmierpapier, einen Stift dazu. Er blättert in dem Kontenbuch rückwärts, zurück zum Sommer, zurück zu dem Tag von Emils erstem Auftrag. Er konzentriert sich auf die linken Spalten in dem aufgeschlagenen Buch: die Kurierprotokolle. Da steht alles geschrieben, in schwarzer Tinte, und zwar in Henrys Handschrift. Henrys Stift bewegt sich flüssig über das Papier. Er kopiert Daten und Zahlen und hat in nicht mal einer Viertelstunde einen vollständigen Terminplan sämtlicher Abholungen und Abgaben von Emil erstellt. Diese Transaktionen werden immer dokumentiert, aber sie wurden noch nie so aufgeschlüsselt – Emils gesamte Arbeit für die Familie auf einem Blatt Papier, auf einer einzigen Zeitachse, die ihn betreffenden Einträge nicht mit den Aufträgen anderer Kuriere vermischt. Henry betrachtet Emils Liste. Hier 4998 Dollar von Benny dem Dachdecker und da eine Eingangsbestätigung über 4998 Dollar bei MoneyGram. Hier 813 Dollar von Chabad House und da der Beleg über eine Überweisung von 813 Dollar, getätigt von einer gewissen Duane Reade in Williamsburg. Und so weiter. Emils ganze kurze Karriere als Kurier, und nie hat er auch nur einen Dollar abgegriffen.

Es ist getan, Henry hat es nachgeprüft, trotzdem sieht er sich den erstellten Terminplan noch mal an. Rechts ist noch Platz für eine Spalte. Da fehlt noch was. Er hat zwar das Geld nachverfolgt, das *durch Emil durchlief* – aber nicht überprüft, ob das Geld auch zu den Kunden zurückfand. Hat sich die Posten auf den Transaktionskonten der Familie nicht angesehen. Das ist Onkel Sheckys Seite des Geschäfts, aber Henry hat ihm schon geholfen und weiß wie es funktioniert. Das Geld durchläuft die Konten – normalerweise mindestens zwei verschiedene –, ehe es zum Kunden zurückkehrt. Henry blättert ein paar Seiten vor. Konzentriert sich diesmal auf die rechten Spalten. Hier ist die Tinte blau statt schwarz, und es ist auch nicht seine Handschrift, sondern die seines Onkels. Henry macht jetzt vorsichtiger weiter. Weil es sich um die Arbeit seines Onkels handelt, kann er nicht alles sofort entziffern. Immer wieder fragt er sich, ob er sich womöglich irrt. Er glaubt, dass er sich irrt, es ist gut möglich, dass er sich irrt, aber …

Er irrt sich nicht. Es gibt ein Muster.

Emil hat nichts unterschlagen. Irgendwann fangen die meisten Kuriere damit an, jammern Henry was vor, behaupten, in der 500-Dollar-Tüte wären nur 450 Dollar gewesen. Oder schieben es anderen in die Schuhe, der rothaarigen Kassiererin bei Payomatic: Die mit den flinken Fingern, die schnell mal was runterfallen lässt, über die weiß doch nun wirklich *jeder* Bescheid. Henry hat schon jede lahme Ausrede irgendwann mal gehört. Seine Fäuste wissen, was in dem Fall zu tun ist. Aber so was hat Emil nicht gemacht. Ob telegrafische Anweisung, Postanweisung oder die gute alte Bareinzahlung, das Geld, das er abgeholt hat, landete immer vollständig im System. Alles, jedes Mal. Emil war wirklich anders, genau wie Henry Onkel Shecky versichert hatte. Emil hat seinen Job gemacht.

Aber nicht nur. Interne Überprüfung, abgelehnte Überweisung, Kontosperrung – seit Anfang dieses Sommers, jeweils zwei bis vier Wochen nach fast jeder Transaktion, bei der Emil die Finger im Spiel hatte, passierte irgendwas mit einem der Familienkonten. Zwangsvorladung. Gerichtsbeschluss. Einsatz der Strafverfolgungsbehörden. Es kann eigentlich keinen Zweifel mehr geben.

Komm schon, Junge, gib's endlich zu! Daran gibt es schon seit einiger Zeit keinen wirklichen Zweifel mehr. Dein Typ wurde nicht von der Polizei beobachtet. Er wurde von der Polizei gelenkt.

»Du beschissene Marionette!«, sagt er laut. Dabei gilt mindestens die Hälfte seiner Wut sich selbst. Wenn Emil eine Marionette war, war Henry einer seiner Strippenzieher. Henry hatte versprochen, zu seinem Onkel zu gehen, sobald er rausgefunden hat, was da los war. Und jetzt ist es so weit, er hat es rausgefunden: Sein Freund war ein Spitzel. Und Henry hat ihn mit einen Haufen Cash losgeschickt, ihn in ein bewegliches Ziel verwandelt, ihn in den Tod geschickt und damit die ganze Familie in Gefahr gebracht.

Henry reißt das Fenster auf. Atmet die Nachtluft ein, geht zurück an den Schreibtisch. Eine Minute vergeht.

Dann weht eine nächtliche Sommerbrise durchs Fenster und blättert wie mit Geisterhand das Kontenbuch um. Schlägt eine Seite mit einem losen Blatt Papier auf.

Henry nimmt es zur Hand. Blaue Tinte, nichts durchgestrichen, keine Korrekturen. Jede Sieben hat einen Querstrich, jede Null ein Schwänzchen, und nirgendwo ein einziges Dollarzeichen. Onkel Sheckys Handschrift.

Und die Zahlen gleichen denen auf Henrys Zettel.

Seine Hände zittern. Henry legt Onkel Sheckys Tabelle neben seine. Die Beträge stimmen überein, sogar das beschissene Tabellenraster stimmt überein. Und wie sollte es auch anders sein? Onkel Shecky hat Henry schließlich gezeigt, wie so was geht. Onkel Shecky, der die Unterlagen als Erster unter die Lupe genommen hat und erkannte, was Emil für die Familie bedeutete.

Gift.

Und in Henry erwacht eine neue Form von Wut, ein blutrünstiger Furor, schon ist er auf den Füßen und zerreißt mit zitternden Fingern die beiden Blätter. Zerfetzt die Zeit, zerfetzt die Fehler, zerfetzt nicht nur den toten Verräter in der Luft, sondern auch den Mann, der ihn ermorden ließ. Onkel Sheckys Gesicht fällt ihm ein, dieser schuldbewusste überraschte Ausdruck, als die Scheine aus dem Aktenkoffer quollen. Und die Treffen seines Onkels mit Vasya, plötzlich ist alles ganz klar – wie hatte er das übersehen können? –, es gab nie ein Darlehen vom Paradise Club, nur eine Rückgabe. War schön, mit dir Geschäfte zu machen, hier das Geld von dem Typen, den wir für dich umgelegt haben. Applaus, Applaus für den vertrauenswürdigen Partner und fetten Respekt für Onkel Shecky. Der alte Mann entsorgt lästiges Gerümpel mit links.

Pass auf, was du lehrst, alter Mann.

Henry zieht den Revolver aus der Hosentasche.

45

Fünf Abende zuvor. Shecky spürt immer noch Vasyas fettigen Verabschiedungshandschlag, als er endlich einsieht, dass er vor seiner Verantwortung nicht länger die Augen verschließen kann. Er wird nicht aufhalten, was bereits am Laufen ist, aber wenigstens wird er das, was er tut, erhobenen Hauptes und bewusst tun. Immer noch in der Abenddämmerung, immer noch auf der Parkbank bei den Tauben, nimmt er ein neues Wegwerfhandy aus der Tasche und ruft Vasya an. »Sag deinem Mann, wir treffen uns im Maria-Hernandez-Park«, sagt er. »Ich werde ihn persönlich zu unserem ›Problem‹ bringen.«

»Was? Du bist vor Ort?«, stößt Vasya hervor. »Das ist ein verdammtes Risiko. Was, wenn …«

»Meine Anwesenheit eliminiert jedes Risiko«, erwidert Shecky. Es ist nicht gut, dass sie sich so gar nicht mehr an die vereinbarten Codes halten. Aber es gibt Situationen, in denen Missverständnisse gefährlicher sind als Wanzen. »Was, wenn dein Mann sie verwechselt? Ich sorge dafür, dass das nicht passiert. Und keine Angst – falls sie mich sieht, passiert auch nichts weiter. Sie wird denken, ich hätte ihr Geld dabei. Außerdem …«

»Genug, genug!« Vasyas Stimme, die normalerweise so glatt ist wie seine Hand fettig, ist das reinste Quieken. In der gellenden Stille, die darauf folgt, kommt Shecky wieder zu Atem, und sein Partner wahrscheinlich auch. »Du hast recht«, sagt Vasya schließlich. »Du vertraust mir, ich vertraue dem Auftragnehmer, und jetzt vertraue ich euch beiden.«

Nachdem Shecky das neue Telefon plattgemacht und entsorgt hat, steht er auf, macht bei Hava Java halt, macht sich im Waschraum frisch und holt sich einen Americano to go. Er nimmt sein altes Telefon aus der Tasche und antwortet auf die Nachrichten, die er morgens bekommen hat.

Wir treffen uns heute Abend, schreibt er. Ich hab mich darum gekümmert.

Wird auch Zeit, blafft sie zurück.

Er schickt ihr Ort und Zeit. Sie ist sofort einverstanden und offensichtlich nicht misstrauisch. Lustig, wie der Verstand funktioniert. Sie ist ein kluges Kind, das steht fest – sie ist ihm draufgekommen. Im Gegensatz zu Henry und Kerasha, aber die haben aus Liebe zu ihm blinde Flecken. Aber für sie steht *ihre* Liebe – ihr Name – auf dem Spiel, und das ist ihr blinder Fleck. Wahrscheinlich glaubt sie, dies wäre der Beginn einer Partnerschaft auf Augenhöhe.

Und dann ist es Nacht. Er schaut nach, ob die Kids geschrieben haben: Nein und noch mal Nein – Überraschung! Dann macht Shecky Keenan sich auf den Weg, um einen Mord zu beobachten.

In einem Kiosk am südöstlichen Eingang des Maria-Hernandez-Park versorgt Shecky sich mit Snacks und Zeitschriften. Mit einer Tüte Salzgebäck, zwei Flaschen Granatapfelschorle, einem Beutel Tabak und Zigarettenpapier – drauf geschissen, warum nicht –, alles verstaut in einer schwarzen Plastiktüte, macht er sich auf zu einer langsamen Runde durch den Park. Und dann, zu guter Letzt, das Rendezvous.

Eine Marihuanawolke und ein gemurmeltes »verfickter Schwanzlutscher« locken ihn zu einem abgeschiedenen Pavillon. Die Marmorsäulen erinnern an einen griechischen Tempel – eine Opferstätte, wie passend –, und er versucht, sich an einige Zeilen aus *Antigone* zu erinnern, aber dieser Teil seines Gehirns ist abgeriegelt.

Er geht näher, bis er Lipz auf einer Bank sitzen sieht, sie raucht und spielt an ihrem Telefon herum. Er sucht sich eine Bank in der Nähe – aber versteckt – und schreibt dem Auftragnehmer eine Textnachricht: *Ankunft.*

Er dreht sich eine Zigarette und zündet sie gleich mit dem ersten Streichholz an, trotz Wind und obwohl er aus der Übung ist. Er hält sie in der Hand und lässt sie langsam verglühen. Seine Bank ist, anders als die Steinbänke in dem Pavillon, aus knarzendem alten Holz, und er hat das Gefühl, jede noch so kleine Gewichtsverlagerung würde ihn an die Nacht verraten. Er fragt sich, wie viele einsame Stunden er damit verbracht hat, so im Stillen zu warten – er, der ein stilles Haus mehr fürchtet als alles andere. Er zieht an der Zigarette und wird zwölf Jahre zurückversetzt.

Es ist der Sommer der Hoffnung, in weniger als sechsunddreißig Stunden wird Henry bei ihm einziehen. Shecky Keenan putzt das Haus, schrubbt es vom Dachstuhl bis zum Keller mit Essigreiniger. Er bearbeitet Ecken und Flächen und Fenster mit dem Putzlumpen und macht selbst vor den Lamellen der Jalousien nicht halt. Noch vor vier Uhr morgens – seine Aufregung ist zu groß für geschlossene vier Wände – eilt er hinaus in den schwarzen Morgen. Regelrecht im Dauerlauf. Sechsundvierzig Jahre alt, knochig und atemlos, hüpft er trotz zertrümmerter Knöchel unter den Straßenlaternen auf und ab. Kommt an zusammengesunkenen Junkies vorbei, an bewusstlosen Alkies – Brooklyns Gartenmöbel, pflegte Dannie sie zu nennen. An diesem Morgen ist sie ein glücklicher Geist. Am Park angekommen, steigt er einen kleinen Hügel hinauf, und als die Sonne aufgeht, liegt die Welt ihm zu Füßen.

Am nordwestlichen Eingang zum Park trifft er auf Betriebsamkeit und Licht. Drei Lieferwagen sind bereits da, ein vierter fährt gerade vor. Zwei Frauen kauern auf dem Asphalt und stellen dicke Pfosten auf. Es wird justiert und verstellt und wieder justiert, und dann befestigen sie die Steckverbindungen. Mit Seilen wird das Gestell mit wasserfesten Planen überzogen. Männer tauchen auf, und zu fünft ziehen und sichern sie in sämtliche Richtungen. Dann steht das erste Verkaufszelt des Morgens: Bushwicks Wochenbauernmarkt erwacht zum Leben. Der Bäcker stapelt Brotlaibe, während seine Partnerin mit dickem Filzstift die Preise auf kleine Kärtchen schreibt. Teams, die meisten aus unrasierten Männern und Frauen mit Kurzhaarschnitt, öffnen Kisten. Shecky geht zwischen ihnen herum, inspiziert die Gurken, die Tomaten. Die Pfirsiche sind zu Pyramiden aufgehäuft. Direkt gegenüber steht Katti, die Fischfrau – Jahre später wird er sich mit ihr zusammentun und ihr dabei helfen, am Howard Place einen Laden zu eröffnen –, und schüttet Crush-Eis über rosarote, graue und gelbliche Fischfilets. Es ist inzwischen hell geworden. Er erkennt Seehecht, Schwertfisch und Kabeljau. Katti schließt die Kühltruhe, die sie eben geleert hat, und öffnet die nächste. Rauf auf den Tisch die Jakobsmuscheln, rauf auf den Tisch der Blaufisch, ausgenommen und gesäubert, aber ansonsten ganz. Die Augen noch da, wo sie sein sollen.

»Zu früh für Kundschaft?«, fragt Shecky.

»Für ein paar Dollar ist es nie zu früh«, sagt Kattie und wechselt die Latexhandschuhe. Sie ist eine junge Frau mit lässigem Lächeln und harten Händleraugen. »Was darf's sein?«

Er zeigt auf ein paar lachsfarbene Fische, breit und dick. »Haben die auch einen Namen?« Wie die Blaubarsche sind auch diese Exemplare ausgenommen, aber ganz.

»Meerbrasse. Gutes Auge, das Beste, was ich heute habe. Nun schaut euch das an«, sagt sie, als würde sie mit den Fischen sprechen, »geht über die Theke, noch ehe der Markt aufmacht.«

»Schwer zuzubereiten?«

»Können Sie einen Herd einschalten?«

Shecky lächelt. »Hab erst letzten Monat rausgefunden, wie das geht.« Und er hat Kochbücher gelesen, zum ersten Mal im

Leben. Hat Rezepte ausprobiert, ist sogar nach Manhattan gefahren, um einen Kochkurs zu besuchen. Er kocht ab jetzt für zwei, und er möchte es richtig machen.

»Also. So mache ich das.« Kattie beugt sich zu ihm und senkt die Stimme, als würde sie ihm ein Geheimnis verraten. »Es gibt ungefähr achthundert Methoden, das Ding zuzubereiten, aber ich sag immer, möglichst einfach. Meerbrasse gehört nicht zu den Fischen, die man unter einem Haufen Gewürze verstecken muss. Nur Salz und Pfeffer.«

»Butter?«

»Na klar. Bei hundertachtzig Grad in den Backofen. Nach zehn Minuten den Gabeltest. Wenn er weich ist, ist er durch.«

»Sie *backen* den?«

»Der Ofen übernimmt das Backen. Ich trinke inzwischen ein Glas Wein.«

Shecky findet, die Meerbrasse ist das Schönste, was er je gesehen hat. »Na dann«, sagt er. Dieser Fisch mit den großen Augen wird seinen Neffen willkommen heißen. Und als der Fisch in eine Tüte und dann in noch eine Tüte gepackt wird, spürt er plötzlich das ganze Gewicht auf sich. Sein Neffe wird bei ihm *leben* – ein Junge, ihm anvertraut, wird Tisch und Dach mit ihm teilen. Wird dafür sorgen, dass in seinem Leben ab jetzt jemand ist und dass sein Haus nie wieder still sein wird. Shecky hat das Gefühl, als habe er bislang geschlafen und sei nun endlich erwacht. Endlich vorbei die Kämpfe mit dem städtischen Jugendamt – einer von falsch verdrahteten Robotern erschaffenen und geführten Behörde. Endlich vorbei der Streit mit Henrys Tanten aus Florida, die den Jungen zwar nie wollten, aber durchaus einen Teil von Alessandros und Mollys winzigem Sparbuch. All die Intrigen und Dramen sind jetzt nicht mehr wichtig. Hör her, Brooklyn, sieh dir diesen verfluchten Fisch an.

Ich habe eine Familie.

Mehr als zehn Jahre sind vergangen, seit Henry diesen Fisch nach Hause brachte. Jahre, seit er den Jungen, der nicht allein schlafen konnte, zuletzt sah, oder auch den eifrigen Jugendlichen, den Shecky in sein Geschäft einführte. Und jetzt sitzt Shecky hier, um zwei Uhr morgens auf einer Parkbank, und schlägt sich wieder mal eine Nacht um die Ohren für den Jungen – der nicht mal weiß, der niemals erfahren darf, was heute hier für ihn getan wird.

Sheckys Zigarette glüht vergessen in seiner Hand vor sich hin. Seine Gedanken schweifen durch die Straßen, die den Park umgeben, und er versucht, sich den grauen, unbestimmten Umriss des Mannes vorzustellen, auf den er wartet. Hat er auf dem Weg hierher noch schnell am Geldautomaten haltgemacht, wie ein ganz normaler Mensch auf dem Weg zur Arbeit, vielleicht bei der Bank of America auf der Knickerbocker Avenue?

Die Bank of America auf der Knickerbocker Avenue.

In dieser Filiale, fällt Shecky mit bangem Herzen ein, hat sich das Glück zum ersten Mal gegen die Familie gewendet. Die Bankbenachrichtigungen fallen ihm ein. Die Kopfschmerzen, die nächtlichen Schweißausbrüche und die *Verluste,* die er in Kauf nehmen musste, um neue Kanäle für das Geld seiner Klienten einzurichten. Und jetzt erinnert sich Shecky, vornübergebeugt auf seiner Parkbank, eine Hand an den Kopf gelegt, an diese schreckliche Nacht, als er sich in seinem Arbeitszimmer verschanzt und über seinem Kontenbuch gebrütet hatte. Die abgelehnten Überweisungen und Sperrungen seiner Konten in zeitlichen Zusammenhang brachte, um dann herauszufinden, dass der Anfangspunkt, der Vorfall, mit dem alles begonnen hatte, eine Bareinzahlung auf das Konto der Bank of America auf der Knickerbocker Avenue gewesen war. Und wer hatte diese Einzahlung getätigt? Shecky hatte seine Aufzeichnungen eins zu eins mit denen von Henry verglichen. Es war offensichtlich. Ein bestimmter Kurier, er und kein anderer, hatte mit jedem einzelnen der betroffenen Konten zu tun gehabt. Shecky lehnte sich zurück, verschränkte die Arme und lächelte. Er hatte das Gefühl gehabt, ein mächtiger, reinigender Wind wäre durch sein Leben gefegt und hätte sämtliche Zweifel und Sorgen mit sich genommen. Jetzt war alles klar: Die Banken gingen wegen der Bullen auf Abstand, und die Bullen waren ihm wegen des Kuriers auf den Fersen.

Er hatte zum Telefon gegriffen.

Er hatte es wieder weggelegt.

In seinem Kopf hatte eine Alarmglocke geschrillt. Er hatte sie schon eine ganze Weile gehört, schon ehe er mit seiner Zeitleiste fertig gewesen war. Warum musste es von allen Kurieren, von allen Leuten, die es hätten sein können, ausgerechnet dieser sein? »Er ist Künstler«, hatte Henry gesagt und dabei leise, fast peinlich berührt gelächelt, als er Shecky zum ersten Mal von Emil Scott erzählte. Wie zögerlich Henry gewirkt hatte, wie verletzlich. »Meinst du, er könnte … irgendwann mal … zum Abendessen kommen?«

Und dann hatte Shecky das Telefon doch wieder in der Hand gehabt. Er hatte diesen Anruf tätigen müssen. Es war alternativlos, und trotzdem hatte er gezögert.

Einen Moment lang.

»Wir haben ein Personalproblem«, hatte er zu Vasya gesagt. In seiner Brust war etwas Hartes, Totenstilles gefroren. »Nur eine Person.«

Und binnen vierundzwanzig Stunden war das Problem beseitigt gewesen.

Undeutlich, als würde er aus einem Traum erwachen, wird Shecky sich näher kommender Schritte bewusst. Er wirft die Kippe weg. Steht auf und schüttelt den Handschuh, der sich ihm entgegenstreckt.

»Wo ist er?«, fragt der Mann.

»*Sie*«, sagt Shecky. »Sitzt da drüben im Pavillon.«

Die Überraschung steht dem Mann ins Gesicht geschrieben. Der Auftragnehmer ist gekommen, um einen Mann zu töten. Also hat Shecky mit dem Vorwand für seine Anwesenheit tatsächlich ins Schwarze getroffen. Wäre er jetzt nicht hier, würde der Mann losziehen und wer weiß wen umbringen. Shecky zwingt sich, den Typen genauer zu mustern, ein großer, seltsamer Kerl, der ihn seinerseits offenbar ebenfalls mustert. Er hat sich einen Rucksack über die Schulter geworfen. Shecky glaubt, trotz der wenigen Worte einen osteuropäischen Akzent erkannt zu haben.

Ein Hauch Pomade verpasst Shecky den zweiten Schrecken dieser Nacht: Er kennt den Mann. Es ist der Friseur namens Matt.

»Na dann«, sagt Shecky. »Ich würde sagen ...« Er nickt in Richtung Pavillon.

Matt lächelt und zeigt seine großen Zähne. »Sie wird nichts davon merken.« Während er eine Seitentasche seines Rucksacks öffnet, geht er auf den Pavillon zu, ohne Eile, aber auf direktem Weg.

Es reicht, sagt Dannie – seine große Schwester, die ihn aus dem Sünderkasten geholt hat. Die sich immer um ihn gekümmert hat. Ja, du hast mich das zu den Schauspielern sagen hören. Aber es stimmt nicht: Du musst dir nicht das Herz rausreißen. Du hast dich deiner Tat gestellt. Du hast die Verantwortung dafür übernommen. Und jetzt hau ab.

Aber Shecky zittern die Hände, er schafft es nicht, die zweite Zigarette zu rollen. Dann zündet das Streichholz nicht, und dann, Scheiße, Herrgott noch mal, das geht doch nicht, er kann doch nicht einfach ...

Shecky sprintet auf den Pavillon zu, und als er ankommt, sieht er Lipz auf der Bank sitzen, im Schein der Straßenlaternen, sie sieht sich erwartungsvoll um – sucht nach *ihm.* Und hinter ihr, direkt über ihr, steht der Friseur namens Matt, eine kleine Spritze in der erhobenen Hand, als wäre es ein Dolch.

»Warte«, sagt Shecky, auch wenn er hinterher nicht mehr weiß, ob er es laut genug sagte oder ob überhaupt.

Matt rammt dem Mädchen die Spritze in den Arm und drückt mit der anderen Handfläche im selben Augenblick den Kolben runter. Sie stößt ein Quieken aus, dann einen Schrei, und der Mann weicht zurück. Die Spritze kreiselt auf dem Steinboden, aus ihrem Schrei wird ein Brüllen, ihr Körper verkrampft, sie tritt um sich, fliegt von der Bank und knallt mit einem schrecklichen Geräusch auf den harten Untergrund. Und schreit dabei weiter, und Shecky wendet sich ab, zwingt sich, wieder zu ihr hinzusehen, sie krümmt und windet sich so heftig, dass es aussieht, als würde ihr Körper von dem Steinboden zurückfedern. Matt hingegen lächelt. Er bückt sich, hebt die Spritze auf, steckt sie wieder ein. Sein breites, flaches Gesicht zeigt verwirrte, wenn auch nicht sonderlich starke Überraschung, während das tobende, schreiende Mädchen sich immer wieder gegen den Boden wirft, den Rücken durchbiegt, die Füße nach oben schlägt, sich dreht und windet, Hals über Kopf. Sie sieht aus, als stünde ihr Fleisch in Flammen, sie schlägt und tritt um sich, und dann – und das entsetzt Shecky mehr als alles, was er bis jetzt gesehen hat – sitzt sie plötzlich aufrecht da. Sinkt friedlich in sich zusammen. Sie hat Shecky den Rücken zugedreht, er kann nicht sehen, welcher Ausdruck auf ihrem Gesicht liegt oder wohin sie schaut, aber ein paar Sekunden lang ist sie ganz still, und dann kippt ihr Körper nach vorn und rührt sich nicht mehr. Eine halbe Minute vergeht.

Shecky ist fassungslos, wie vulgär das alles ist. Eine simulierte Überdosis – das kann doch nicht der ganze Plan gewesen sein? Der Paradise Club – mit seinen frischen Scheinen und den polierten Schuhen – muss doch noch einen finalen Geniestreich auf Lager haben? Und zwar dringend, weil Detective 7229 sonst nämlich eins und eins zusammenzählt. Der glaubt doch niemals, dass zwei Tote, die beide mit der Familie in Verbindung stehen, reiner Zufall sind.

Doch dann sieht Shecky das ruhige, selbstzufriedene Gesicht von Matt, der ihm lässig zuwinkt, sich umdreht und davongeht. Und Shecky fällt wieder ein, dass er hier in Brooklyn ist, wo die Polizei niemals tiefer gräbt, als sie muss. Haben sie bei Dannie jedenfalls nicht getan. Shecky erinnert sich nur zu gut an den beschissenen Umfang der Ermittlungen damals: an ein paar Türen geklopft, mit ein paar Schultern gezuckt und dann ab damit ins Archiv.

Und deshalb lautet die für Shecky sehr bequeme Wahrheit über Detective 7229: Der zählt einen Scheißdreck zusammen. Der nimmt, was man ihm unter die Nase reibt.

Und jetzt sieht Shecky auch schon die komplette Ermittlung vor sich. Eine Drogensüchtige wird mit irgendeiner Substanz im Blut tot aufgefunden – die nächste Überdosis, oberflächliche Untersuchung, Ende der Geschichte. Kann schon sein, dass Sheckys Partner primitiv agieren, aber er bewegt sich nun mal in einer Welt, wo primitiv absolut ausreichend ist.

Shecky steht lange über das tote Mädchen gebeugt da und betrachtet das Ergebnis seiner Tat.

»Es tut mir so leid«, sagt er. Und einen Moment lang ist das die Wahrheit.

46

Drei Menschen würde Henry jetzt am liebsten sofort und auf der Stelle umbringen. Der erste ist bereits tot, der zweite ist es jeden Moment. Und der dritte sitzt hier am Schreibtisch seines Onkels, das Herz bleischwer vor Zweifeln und Schmerz.

Von unten ertönt ein Geräusch.

Henry Vek schließt das Kontenbuch, steht mit dem Revolver in der Hand auf und geht zur Tür. Lauscht. Das nächste Geräusch treibt ihn nach draußen auf den Flur.

Sein Körper ist heiß und kalt zugleich, sein Verstand ganz klar, als er auf die Stimme seines Onkels wartet. Er sieht das kleine, nervöse Gesicht fast schon am Fuß der Treppe zu sich raufspähen.

Mit zitternden Händen hebt Henry den Revolver.

Die Treppe ist leer.

Gott sei Dank!

Nein, nein, bleib jetzt stark. Zwei Schüsse – einen nach außen, einen nach innen, genau wie beim Atmen –, dann ist es vorbei.

Henry nimmt die Waffe von der rechten in die linke Hand. Er stampft fest auf, um sich bemerkbar zu machen. Löst die Arretierung und legt den Finger an den Abzug. Irgendwas stimmt mit seinen Augen nicht – scheiße, wieso heult er jetzt? –, aber gleichzeitig fühlt er sich ganz leicht und frei. Siehst du, Onkel Shecky? Ich hab das Problem bei den Hörnern gepackt. Ich hab's ganz allein rausgefunden – genau wie du –, und jetzt kümmere ich mich um die Lösung. Dann geht er – stampf, stampf – die Treppe runter, und dann, endlich, fällt ein Schatten auf die unterste Stufe. Sein Zeigefinger krümmt sich um den Abzug. Krümmt sich noch etwas mehr, der Handballen gräbt sich in den Schaft, aber es reicht noch nicht, der Abzug bewegt sich zwar, greift aber nicht, bis ...

Henry hat die unterste Stufe erreicht. Er hat den Schatten eingeholt und sieht, dass es sein eigener ist.

Bitte, lieber Gott, mach, dass er nicht zu Hause ist.

Er biegt um die Ecke, wechselt wieder die Hand, wischt sich die schweißnasse Linke an der Hose ab und will mit frisch getrockneter Hand den Schaft neu umfassen, als sein Blick auf den Esstisch fällt. Er ist für ein vollständiges Familienfrühstück gedeckt.

Die Waffe sinkt bodenwärts.

Vor Henry stehen drei Teller, drei Kaffeebecher, dazu dreimal Besteck auf Stoffservietten. Auf Platten und in Schalen befindet sich Rührei und Toast, Speck und Obst. Henry berührt das Toastbrot: Es ist noch warm.

Onkel Shecky muss eben erst das Zimmer verlassen haben, denkt Henry. Ich hab tagelang woanders gepennt, Kerasha ist seit einer halben Ewigkeit abgetaucht – und hier ist unser Frühstück, genau so, wie wir es mögen. Die Tabasco-Flasche steht neben Kerashas Teller, das Glas mit der Rhabarbermarmelade steht näher bei meinem. Egal, dass Onkel Shecky mitten in der Nacht sturzbesoffen nach Hause gekommen sein muss, um zu dieser bescheuerten Uhrzeit ein solches Mahl aufzutischen. Er lässt uns nie – niemals – im Stich. Sogar nach der ganzen Scheiße, die passiert ist, will er uns spüren lassen, dass wir hier immer einen Platz haben werden, wenn wir zur Haustür reinkommen.

Unser Zuhause. Henry wischt sich über die Augen. Er hat nur auf uns aufgepasst.

So, wie er es immer getan hat.

Henry legt den Revolver auf den Tisch und geht zur Haustür hinaus.

ZEHNTER TEIL

Die Lebenden

47

Eine Stunde zuvor, während Henry still und regungslos oben im Arbeitszimmer sitzt und wartet, stiehlt Kerasha sich ins Haus.

Mit ihrem Netz stimmt was nicht. Henrys Bett ist gemacht, was bedeutet, dass er schon länger nicht mehr zu Hause war und Onkel Shecky es mal wieder nicht lassen konnte. Onkel Sheckys Bett dagegen ist zerwühlt, wie von wütenden, angsterfüllten Fäusten traktiert. Im Kühlschrank ist kein Guinness mehr, im Hof stapeln sich die Recyclingtüten, der Sommerabfall stinkt. Offensichtlich hat Onkel Shecky die Müllabfuhr verpasst. Aber nichts von alledem verunsichert Kerasha so sehr wie die Stille. Dies ist ein Geisterhaus, denkt sie. Dies ist kein Haus für die Lebenden.

Verfickte Scheiße, nein, alles, nur nicht *mein* Netz.

Als die Übelkeit nachlässt, macht sie sich an die Arbeit. Den stinkenden Müll und die Recyclingtüten schafft sie rüber zu Lacey Atkinson – bei ihrem Block kommt morgen die Müllabfuhr. Nachdem sie sich die Hände gewaschen hat, macht sie das Bett ihres Onkels und zerwühlt das von Henry. Mit lautlosen Bewegungen, sie kommt sich vor wie eine Einbrecherin. Dabei liegt es an dem Haus, mit dem Haus stimmt was nicht. Wie kriegen wir das wieder hin? Zurück im Erdgeschoss, fängt sie an zu wischen, mit Essig und Wasser, so wie ihr Onkel es immer macht. Sie setzt eine frische Mischung an, tunkt einen Lappen ins Wasser und wischt erst die Küche und dann das Esszimmer, das Zentrum ihres Netzes: Die Fäden hier halten das ganze Gebilde zusammen.

Sie schnuppert, sie schaut, sie lauscht. Hier ist nichts, was hier nicht sein soll, denkt sie, als sie mit der Suche nach Wanzen fertig ist, lebendigen wie elektronischen. Hier stimmt was nicht, weil etwas fehlt. Sie geht in die Küche. Sucht Eier, einen halben Block Butter, eine Dose Kaffee, einen gefrorenen Laib Vollkornbrot, eine Flasche Tabasco und ein paar schmutzige Zwiebeln und Kartoffeln zusammen, die sich gesäubert als absolut bratbar erweisen. Ganz hinten im Kühlschrank findet sie Würstchen und Speck – beides besteht den Riechtest, also ab damit in die Pfanne. Sie holt eine zweite Pfanne aus dem Schrank und die elektrische Kaffeekanne. Stellt das Gas an und misst Kaffee und Wasser ab. Hackt die Zwiebeln und schneidet die Tomaten, gibt ein Stück Butter in die Pfanne und schiebt mit dem Gemüsemesser die Kartoffeln und Zwiebeln hinterher. Sie hält die Pfanne schief und hebt alles mit einem großen Kochlöffel unter die Butter. Als die Kartoffeln knusprig braun werden, schlägt sie die Eier darüber, dann sieht sie nach Speck und Würstchen – sie zischen und brutzeln vor sich hin. Und so wird Kerasha in ihren Bewegungen, in der Art und Weise, wie sie abwesend vor sich hin pfeift, zu ihrem Onkel: Dies ist seine ganz persönliche tägliche Frühstücksroutine, die sie vom ersten Tag an erstaunt und geängstigt und ihr das Herz gewärmt hat.

Die elektrische Kaffeekanne wackelt, und jetzt riecht es im Haus, wie es riechen soll. Sie deckt den Tisch, drei Teller, drei Tassen, dreimal Besteck, und sie poliert die Zinken einer nicht ganz so sauberen Gabel mit dem Saum ihres nicht ganz so sauberen T-Shirts. Als Nächstes ruft Kerasha ihre innere Barista herbei: schwarz für Onkel Shecky, Sahne und Zucker für sie, nur Sahne für Henry. *Danke dafür, dass ihr bei mir seid, danke dafür, dass ihr meine Familie seid.* Frühstück für drei, und niemand da, um zu frühstücken.

Die Uhr sagt ihr, dass es drei Uhr morgens ist. Ihr Körper rebelliert, die Haut juckt, und die Übelkeit brandet in ihr auf wie ein sturmgepeitschter Ozean.

Sie geht in ihr Zimmer. Stolpert gegen ein Bücherregal, aber es hält – dafür hat Henry gesorgt. Obwohl sie schwitzt, legt sie sich unter eine dicke Decke. Heiß und kalt, sie riecht die Ausdünstungen ihres Körpers, hört das Zähneklappern. Das geht vorbei, sagt sie streng zu sich selbst. Alles, was ich bin, ist jetzt hier.

Heilige Scheiße, sagt ihr innerer Onkel Shecky, wann hast du dich denn in Nicole verwandelt?

Aber ich *bin* jetzt hier. Und dieses Jetzt besitzt Kraft. Vorbei Dr. Xus Wohnung oder das Taxi, in das er sie gesetzt hat. Das Jetzt löscht all das aus. Die Vergangenheit ist geschehen, sagt das Jetzt, das hier ist was Neues.

Nebel im Kopf. Sankt Augustinus kriecht zu ihr unter die Decke. Seine lüsternen Hände tasten nach ihr, finden die Stelle an ihrem Arm, wo die Nadel eindrang.

»Hör mir zu«, sagt er. »Hör zu, als hinge dein nächster Hafturlaub davon ab.« Er riecht nach Malz, und seine Stimme ist die Stimme des Monsters, des schlimmsten und letzten Freunds, der ihr das mit dem *Danach* erklärt hat. »Die Philister fragen mich: ›Was hat dein sogenannter Gott getan, bevor er das Universum erschuf? Warum hat er so viel Zeit verschwendet?‹ Ich aber sage ihnen, die Zeit ist Teil des Universums, das Gott erschaffen hat. Es gibt kein Vorher. Und jetzt, junges Fräulein« – er drückt Kerashas Hand –, »merke dir dies für dein Leben. Dein Gott. Dein erster wahrhaftiger Augenblick ist jetzt. Gott hat dir ein neues Leben geschenkt. Deine Zeit hat soeben erst begonnen.« Er streichelt ihre Wange, und seine Augen sind Mamas Augen, und seine Stimme ist so zärtlich, wie ihre es war. »Verstehst du mich?«

Sie tut es, und sie tut es nicht. Zehn Stunden später findet sie sich vor einem Goldfischglas mit Murmeln wieder und fragt sich, wie es sein kann, dass es ein Vorher nicht gibt, wenn sie die letzte Nacht als Mal auf ihrem Arm trägt.

»Tja. Ich gehe mal davon aus, dass das mit gestern Nacht Einfluss auf mein Gutachten hat«, sagt sie. Wobei das, fügt sie in Gedanken hinzu, letzte Nacht, rein technisch betrachtet, ja keine Sitzung war.

»Über das Gutachten reden wir noch«, sagt Dr. Xu. Seine Hände streichen übereinander, finden irgendwie nicht zum Ball zusammen. »Wie fühlen Sie sich?«

Supidupi, denkt Kerasha. Keine Schweißausbrüche, nur ein bisschen trockener Mund. Sie war eine Ewigkeit clean, bis letzte Nacht, aber sie weiß noch, wie es geht. Man gebe ihr eine Flasche Ginger Ale und eine Portion Dragon Fried Rice, und sie wird zur frechsten kleinen Spinne in Brooklyn.

Wir tragen die Maske, die grinst und lügt.

»Na ja.« Sie zuckt die Schultern. »Nicht schlecht für einen Rückfall.«

»Aber ...« Dr. Xus Mund ist geöffnet, sein Blick erst erwartungsvoll, dann verletzt. Es ist schwer, ihn so zu erleben, so menschlich. Schließlich fragt er: »Was ist diesmal anders?«

»Ich habe mich geschämt.« Es dauert einen Moment, bis sie akzeptiert, dass diese Worte tatsächlich aus ihrem Mund gekommen sind, dass der Pferdeschwanz nicht irgendeinen miesen Bauchrednertrick abgezogen hat. Und noch einen weiteren Moment, bis sie akzeptiert, dass dies nicht nur ihre Worte waren, sondern dass sie wahr sind. Bis gestern Nacht war noch nie jemand dabei, wenn die Kotzerei losging.

»Also, was hat sich verändert?« Die Art, wie er sich windet, in Verbindung mit dem Feingefühl in seiner Stimme bringt sie aus dem Konzept. »Wieso haben Sie es diesmal«, hakt er nach, als sie nicht antwortet, »nicht allein getan?«

Sie riskiert einen Blick und stellt überrascht fest, dass seine Augen freundlich sind. Was zum Teufel, fragt ihr innerer Henry. Wo ist die Herablassung geblieben? Dann trifft sie die offensichtliche Antwort wie ein Schlag. Sie hat letzte Nacht eine Grenze überschritten, und das lässt sich nicht wieder rückgängig machen. Sie ist bei ihm zu Hause eingestiegen, Scheiße noch mal, hat auf seinen Bettvorleger gekotzt. Er kann sich problemlos wie ein Mensch benehmen, weil ihre Wege sich heute trennen werden.

»Und? Wie heißt mein neuer Seelenklempner?« Ja genau, Arschloch, dir heult diese Spinne garantiert keine Träne nach – *ich* servier *dich* ab.

»Wollen Sie denn einen neuen Psychiater?«, fragt er.

»Logo.« Da wären wir wieder, Doktor Pferdeschwanz, du und dein beschissenes Wollen. Nur dass das Wollen ihr diesmal die passende Antwort auf die Frage liefert, die sie umtreibt. Klar will sie ihn loswerden – warum sonst wäre sie vollgepumpt in seiner Wohnung aufgekreuzt?

Dr. Xu legt die Fingerspitzen aneinander und formt mit den Händen einen Ball. Wird auch Zeit, denkt sie. Schluss mit der Empathienummer, Dr. Xu. Endlich zeigen Sie wieder Ihr wahres Selbst: ein menschenförmiger Batzen Herablassung.

Aber dann kommt ihr ein Gedanke, der absolut neu ist: Sie fragt sich, ob diese Ball-Geste vielleicht gar keine im Fernsehen aufgeschnappte Psycho-Geste ist. Vielleicht dient sie ihm dazu, die Geduld zu wahren, vielleicht muss er das tun, um nicht auf den Tisch zu springen und laut loszubrüllen.

Er fragt: »Also. Wie sollen wir das Heroinproblem angehen?«

Die Direktheit seiner Frage lässt sie frösteln.

»Es gibt kein Heroinproblem«, sagt sie. Wie wär's, wenn wir über die Heroin*lösung* sprechen. Im Ernst, die Betonung liegt auf *nehmen – nehmen* hat immer die Wahl beinhaltet, war immer etwas, dass sie kontrollieren konnte. Die Regeln sind einfach. Immer in den Muskel spritzen, nie in eine Vene. Dem High nicht hinterherjagen, nicht übertreiben. Einfach nur probieren und aussitzen und niemals die Dosis erhöhen. Sorg dafür, dass du einen klaren Kopf behältst, und sperr dich nie wieder in Abstellkammern ein. Lass dich nie wieder erwischen.

»Was ist dann letzte Nacht passiert?«

Das Heroin war billig und schmutzig, denkt sie. Ich hab mich nicht an die Regeln gehalten. Ich war zu lange weg von der Nadel und hab mit der alten Dosis wieder angefangen, und außerdem war das Zeug unrein.

»Sehen Sie mich nicht so an, verdammt!«, sagt sie.

Sein wissendes Nicken, das winzige Beben der Nasenflügel, die tanzenden Fingerspitzen – es ist nicht auszuhalten. Sie steht auf und packt, ohne zu wissen warum, eine Handvoll Murmeln. Ein paar davon kullern über den Tisch und von dort auf den Boden. »Sehen Sie mich verdammt noch mal nicht so an!« Wieder springen ein paar lose Murmeln vom Tisch. Und ein paar weitere rutschen ihr durch die Finger und prasseln auf den Fußboden.

»Wie sehe ich Sie denn an?«

»Wie man eine Fixerin ansieht, die die Wahrheit leugnet.«

Dr. Xu sagt nichts.

»Finden Sie, ich leugne die Wahrheit?« Sie hasst das klägliche Kratzen in ihrer Stimme.

»Das sind die richtigen Fragen«, sagt er und sieht auf seine nicht vorhandene Uhr. »Und wir haben noch Zeit. Allerdings ist mir wichtig, dass Sie die Möglichkeit haben, über das zu sprechen, was Sie heute mitgebracht haben.«

»Was ich *mitgebracht* habe?«

Genau wie in alten Zeiten, denkt sie, meine gute alte Frage-Gegenfrage-Strategie. Wo bin ich hier? In Woche eins? Himmelherrgott, Kerry, du warst gestern in seinem Schlafzimmer. Du hast ihm auf den Teppich gekotzt, und er hat dir die Hand auf den Rücken gelegt. Er fragt dich, was du *mitgebrach*t hast, Kerry, und das mit Recht.

Im Schleier ihrer Wut hat sie den Eimer völlig vergessen.

Sie lässt sich auf die Couch sinken. Scham – wie überrascht

sie eben gewesen war, als sie ihm gegenüber ihre Scham erwähnt hat, und wie schnell sie sie wieder verdrängt hat. Jetzt schämt sie sich wieder. Er will wissen, was du mitgebracht hast, sagt sie zu sich, und es gibt einen Grund, weshalb du das getan hast. Widerstrebend, mit Bewegungen, als wären alle Muskeln in ihrem Körper gezerrt oder gerissen, greift sie unter den Couchtisch und zieht den Eimer heraus. Von wegen leugnen, du Arschloch, sagt sie zu sich, und sie senkt den Blick und zwingt sich, die Spritzen anzusehen.

»Das sind meine Erkennungsmarken«, sagt sie schließlich.

»Können Sie das erklären?«

»Wenn jemand mich findet«, sagt sie, »weiß er, zu wem ich gehöre.«

Sein Lächeln ist, wenn überhaupt, winzig. Jetzt mach schon, denkt er wahrscheinlich. Zeig ihn mir. Und warum auch nicht? Er weiß es doch sowieso schon. Ihre Hände zittern, und die Nadeln klimpern leise, als sie den Eimer zu ihm rüberschiebt. Er schabt quer über den Tisch und hinterlässt eine Schramme aus Rost. Diese Schramme auf dem Couchtisch beschämt sie noch tiefer als das, was letzte Nacht passiert ist.

Dann steht der Eimer vor Dr. Xu. Er nimmt ihn fast beiläufig vom Tisch wie um zu demonstrieren, dass es sich nur um ein schmutziges Metallteil handelt, das keine Macht besitzt. Aber kaum hat er einen Blick hineingeworfen, gibt er ein Geräusch von sich, stößt den Eimer zurück zu ihr und hätte dabei ums Haar die Nadeln ausgekippt. Ein paar schreckliche Sekunden lang liegen seine Angst und sein Ekel nackt vor ihr. Und als er sich wieder gefangen hat, kommt Kerasha zu dem Schluss, dass seine Entgleisung ihn sympathischer gemacht hat.

»Sprechen wir darüber, weshalb Sie das mit sich herumtragen«, sagt Dr. Xu, weicht in seinem Sessel ein Stück zurück und wischt sich die Hände an der Hose ab. »Versuchen Sie, das, was in dem Eimer ist, in Besitz zu nehmen?«

»Ich weiß nicht, wer wen besitzt«, sagt sie. »Es hilft mir, mich zu erinnern.« Sie wirft einen Blick auf ihre eigene eingebildete Uhr. »Ist es Zeit?«

Er schaut sie an, als wollte er ihr eine Frage stellen – *wollen* Sie, dass es Zeit ist? –, aber er reißt sich zusammen. Sein Ausdruck verändert sich, sein Mund wird schmal, er rutscht unbehaglich auf seinem Sessel herum und sagt, den Blick auf die Hände gerichtet: »Ich habe die nächste Stunde abgesagt.«

Kerasha stockt der Atem.

»Wir benötigen Zeit«, fährt er fort, »um über Ihr Gutachten zu sprechen.«

Eine tosende Woge der Übelkeit. Schwarze und violette Punkte. Das Geräusch einer über Betonfußboden schrappenden Zellentür. Der Geruch der schimmligen Matratze, das Klopfen der Heizungsrohre im Winter, das kaputte Klo, das beim Spülen den Zellenboden überschwemmt. Arschloch, denkt sie. Dr. Pferdeschwanz hat mich zur Tür gebracht, meine Kotze aufgewischt und dann im Franklin angerufen, um einen Platz für mich klarzumachen. *Natürlich* hat er ihr Gutachten verfasst. So läuft das eben: Das Urteil wird gefällt im Augenblick der Verfehlung.

Das Zimmer bebt sanft. Wahrscheinlich nur der J-Train, denkt sie, und ihr Blick verschwimmt an den Rändern. Der einzig scharfe Punkt ist die zusammengekniffene Falte über seiner Nase, direkt zwischen den Augen.

»Ich glaube nicht, dass ich das kann.« Sie hasst ihre klitzekleine Kleinmädchenstimme, hasst ihre Kleinmädchenschwäche. Erst seit einem Monat aus der Reha raus – wie bin ich so weich geworden? Weich gespülte Laken mit Lavendelduft, fettes Frühstück mit echtem Speck, Bohnenkaffee mit Sahne und Zucker, Onkel Shecky und seine Durchhaltetextnachrichten, der große Henry mit seinen Mädchen und seinen Wutanfällen. Das dämliche, dreckige Brooklyn, das sie im Laufe dieses Monats so gründlich studiert hat, in das sie sich verliebt hat mit seinen Dächern und Schatten.

Dr. Xu geht zu seinem Schreibtisch, schließt eine Schublade auf und holt bedruckte Blätter heraus, ein dünnes, zusammengeheftetes Bündel. Er platziert das Gutachten auf dem Couchtisch.

Kerasha kann nicht hinsehen. Ihr Blick bleibt an dem kleinen Häkchen hängen, mit dem der Henkel am Blech ihres Eimers hängt.

»Sie müssen es nicht lesen«, sagt Dr. Xu. »In diesem Zimmer haben Sie die Kontrolle.«

Bring's hinter dich, Kerry, sagt sie zu sich, du hast schon Schlimmeres durchgemacht.

Durchgemacht? Ihre innere Mama rüttelt den Eimer. Du hast dir Schlimmeres *angetan*, als hässliche Sachen über dich zu lesen. Dieses Gutachten ist nur Papier, und Worte können nichts gegen einen Eimer voller Nadeln ausrichten. Denen du selbst *gestern Nacht* eine hinzugefügt hast.

Ihre Hände zittern beim Lesen. Kerasha war immer schon eine schnelle Leserin, sie besitzt ein gutes Gedächtnis und eine schnelle Auffassungsgabe – trotzdem muss sie jeden Absatz mehrmals wiederholen, bis sie kapiert, was da steht. Hier und da blitzen einzelne Worte auf: *Renitent. Aggressiv. Streitsüchtig.* Worte, Phrasen: *Sieht vorsätzlich über dokumentierte Tatsachen hinweg. Mauert. Verweigert sich der Realität. Selbstzerstörerische Verhaltensmuster, darunter …*

Und schließlich ist sie auf der letzten Seite angelangt, und erst hier liest sie die Worte, die die Luft erhitzen und zum Flirren bringen: »Die Patientin lässt bemerkenswerte Fortschritte erkennen. Es ist zu erwarten, dass eine Fortsetzung der ambulanten Therapie die Resozialisierung und den Genesungsprozess der Patientin begünstigt.«

Minuten vergehen. Irgendwann legt Kerasha das Gutachten

auf den Couchtisch. Verdeckt damit, ohne es zu merken, den rostigen Kratzer, den ihr Eimer dort hinterlassen hat. Den Blick fest auf das Goldfischglas mit Murmeln fixiert, sagt sie: »Sie haben die Kotzerei nicht erwähnt.«

Im Zimmer herrscht Schweigen, bis sie den Blick hebt. »Manchmal«, sagt Dr. Xu, »existiert ein schmaler Grat zwischen den Erfordernissen des Gerichts und jenen des Patienten.«

Sie mustert die Stelle direkt über seiner Nase. Studiert den zurückweichenden Haaransatz, die schlanken Finger, den winzigen Mund. Er strahlt keinerlei Wärme aus, doch zum ersten Mal liest sie seine Zurückhaltung als Form von Freundlichkeit. Sie fragt: »Dann gehe ich nicht zurück in den Knast?«

»Ich empfehle es nicht.«

Sie nimmt das Gutachten wieder vom Tisch, blättert darin herum, liest aber nichts außer dem letzten Satz. Sie spürt wieder das Brennen auf ihrem Kinn. Das ist ein Entwurf, ermahnt sie sich. Das Gutachten ist erst nächsten Monat fällig. Kein Grund, Hurra zu schreien, sie hat noch mehr als genug Zeit, es zu verkacken. Dabei hat sie wieder diese Gänsehaut, ist fast übernatürlich sensibel für den Stoff der Couch, auf der sie sitzt, seine Weichheit, für den Untergrund unter ihren Schuhen, den weichen Widerstand des Teppichs und für den harten Boden darunter. Und deutlicher denn je erlebt sie sich als *räumlich* empfindsam, sie fühlt sich körperlich verbunden mit ihrem Platz auf der Welt. Sie ist hier, im obersten Stockwerk eines dreistöckigen Geschäftshauses aus Beton und Glas, und darunter ist das Fundament aus Stein und Beton und Stahl, und darunter, unter klein gemahlenem Schutt, vermischt mit menschengemachtem Abfall – unter alldem ist die Erde. Ihre Erde, dieselbe Erde wie Mamas und Onkel Sheckys und der des kleinen Mannes – sie ist hier, sie war immer schon hier und war immer, die ganze Zeit, mit ihr in Berührung. Sie wird von einem Scheißplaneten an ihrem Platz gehalten. Und ganz egal, welche Fehler sie gemacht hat und noch machen wird, egal, welche Mängel sie korrigieren oder welchen Mängeln sie erliegen wird, ihr kleines Leben wird immer seinen Platz haben.

»Sind Sie überrascht?«, fragt Dr. Xu. Kerasha braucht einen Moment, um zu verstehen, dass er immer noch über das Gutachten spricht, dass er in ihre hochtrabenden Erkenntnisse nicht eingeweiht ist. Keinen Anteil an ihren Gedanken hat, die ihr bereits peinlich sind und über die sie niemals auch nur ein einziges Wort verlieren wird. »Hatten Sie von dieser Sitzung etwas anderes erwartet?« Ein Lächeln umspielt sein reizloses, schmales Gesicht.

Kerasha kann in dieser ganzen Sache nichts Witziges erkennen, auch nicht in der Gnade, die er ihr gegenüber an den Tag gelegt hat. »Gestern Nacht habe ich mir Heroin gespritzt und bin ihn Ihre Wohnung eingebrochen«, sagt sie. »Ich war nicht davon ausgegangen, dass es heute um Hoffnung geht.«

»Der Rückfall ist Teil des Genesungsprozesses.« Zurück im Korinthenkackermodus, dann wieder milder: »Aber es ist nicht der einzige Teil.« Ein letzter Blick auf das uhrlose Handgelenk, dann sagt er: »Jetzt ist es Zeit. Aber um Ihren Punkt noch einmal aufzugreifen«, fährt er fort, hebt den Blick, und sein Lächeln ist warm und herzlich, »natürlich besteht Hoffnung. Ich würde nicht hier sitzen, wenn ich nicht an Ihre Genesung glauben würde.«

Ich auch nicht.

Scheiße! Bin ich tatsächlich hier, weil ich an Therapie glaube?

Nein, kein Glaube. Hoffnung. Und in der Erkenntnis, dass es immer noch Hoffnung gibt, liegen Wunder und Freude.

Sie verlässt die Praxis durch den Haupteingang und nimmt den Bus wie ein ganz normaler Mensch. Sie spaziert im Sonnenschein durch die Stadt und trinkt im Laufe des Tages sechs Flaschen Ginger Ale, bis ihr Magen wieder in Ordnung ist und ihr Kopf zwar müde, aber klar. Unter einem roten Abendhimmel läuft sie zurück zum Haus ihres Onkels, wo sie nicht mehr gewesen ist, seit sie mitten in der Nacht den Frühstückstisch gedeckt hat. Es fühlt sich richtig an, jetzt nach Hause zu kommen. Heute Abend gibt es ein richtiges Abendessen, und ihre Bettwäsche wird sauber sein und nach Lavendel duften. Im Vorbeigehen steigt ihr Grillgeruch in die Nase, zwei Kinder jagen einem dritten auf Fahrrädern hinterher, ein schwitzendes Paar lackiert einen uralten Lieferwagen – meine Stadt, denkt sie, mein Netz. Sie überquert die Straße, biegt um eine Ecke und lächelt beim Anblick von Onkel Sheckys Haus. Oben, in dem Regal, das Henry für sie gebaut hat, liegt ihre Ausgabe von June Jordans *Directed by Desire,* und ihr Kopf ist jetzt schon davon erfüllt: dem Geruch des Papiers, der Seite mit dem Eselsohr, wo das »Gedicht über meine Rechte« beginnt, der Struktur des Textes auf der Seite:

Ich bin nicht falsch. Falsch ist nicht mein Name.

Nach einem guten Abendessen wird sie mit diesem Buch einschlafen, und als sie die rissigen Verandastufen hochsteigt, lächelt sie, müde, aber im Frieden damit, wie die Dinge sind.

Sie ist noch nicht ganz an der Haustür, als sich das Jucken in ihr meldet.

Es ist Mitternacht, und Kerasha läuft seit Stunden. Dem zweiten Rückfall immer ein paar Schritte voraus – diesmal nicht, Wichser. Was? Du kennst die Spinne nicht? Ich laufe davon, ich verstecke mich, ich kenne jeden Winkel und Schatten. Ich lass nicht noch mal zu, dass du mich kriegst, diesmal nicht, ich habe Familie. Ich bin *mehr* als die Geschichte der Ablehnung der Frau, die …

Hupend ballert ihr ein Pritschenwagen gelbes Licht entgegen und fährt sie fast über den Haufen. Staub hustend rettet sie sich auf den Gehsteig, überprüft, ob sie verletzt ist: aufgeschürfte Knie unter den schmutzigen Shorts. Die Stelle am Arm immer noch wund von letzter Nacht.

Kerasha kommt wieder zu sich. Sie hält einen Eimer in der Hand, und sie ist nicht, wo sie sein sollte.

Die Ecke Himrod Street und Cypress Avenue ist fast eine Meile vom Haus ihres Onkels entfernt, aber nur vier Häuserblocks von den Moses-Hochhäusern. Was soll das hier, denkt sie, ein Test? Habe ich nicht schon genug versagt? Sie schaut auf ihren Eimer runter. Die nächste Straßenlaterne ist eine blinkende Funzel, das Licht reicht nicht, um die Nadeln zu erkennen, aber sie weiß, dass die Dinger da drin sind, weiß, dass sie mit ihrem Blut verdreckt sind. Und ich stehe hier, vier Blocks hinter den Moses-Hochhäusern – was hat eine Altjunkie hier verloren, außer um sich den nächsten Schuss zu besorgen?

Unerwartet springt ihr Klein Kerry zur Seite, beschwichtigend. Sehr bestimmt bringt die in Kerashas Kopf noch immer quicklebendige Kinderdiebin ihre Argumente vor: Ja, du bist fast eine Meile weit von Onkel Sheckys Haus entfernt, aber auch vier Blocks *hinter* den Moses-Hochhäusern. Völlig durch den Wind bist du den Zaun der Moses-Blocks entlanggelaufen, direkt an den Hochhäusern vorbei, und hast dann eine Viertelmeile zwischen dich und die ganzen Basketball-Kids und Junkies und Dealer gebracht. Sieh hin. Da, die Reinigung, und da, die verrammelte Tankstelle, du kennst dich doch aus hier. Du bist deinem zweiten Rückfall davongerannt, und deine Füße haben dich direkt zu den Barmherzigen Schwestern getragen.

Wie seltsam!

Sie hat an das Rehazentrum keine schönen Erinnerungen. Endlose Tage mit der Lektüre von Sankt Augustinus und dem Schwänzen von Gruppentreffen. Sie hat, seit sie da raus ist, so gut wie keinen Gedanken mehr an den Ort verschwendet, und am deutlichsten in Erinnerung ist ihr der Gestank unbehandelter Hautkrankheiten. Ihr Platz in der Kapelle, die breiigen Rühreier, die Sägemehlkekse. Das fast vollkommene Schweigen, das sie einhielt, ohne dass es groß jemandem aufgefallen wäre.

Und trotzdem hat sich diese Kirche mit den losen Backsteinen offensichtlich insgeheim irgendwo in ihrem Herzen einen verstaubten Platz gesichert und jetzt die Kontrolle über ihre Füße übernommen. Warum hat sie Kerasha zu sich gerufen?

Vor dem Haupteingang steht ein Grüppchen Raucherinnen versammelt – die Methadonclique, erinnert sich Kerasha. Sie hatten im Knast immer wieder den echten Stoff konsumiert, genau wie sie selbst, müssen ihn jetzt mit diesem Quacksalberzeug wieder aus sich rauszittern und können nicht mehr schlafen. Obwohl Kerasha nie Teil dieser Clique war, hatte auch sie genug schlaflose Nächte, und sie weiß noch, wie sie die Raucherinnen von ihrem Schlafsaalfenster aus beobachtete. Die winzigen Lichtpunkte und Rauchwölkchen zählte, um die Zeit totzuschlagen. Die Aufpasserin an diesem Morgen ist eine Weiße, Schwester Kimberley, und Kerasha ist überrascht, sie ebenfalls mit einer Zigarette zu sehen. Schön für dich, denkt sie, begib dich mitten unter die Sünderinnen. Dann kommt ihr der Gedanke, dass jede der Schwestern vielleicht früher selbst mal eine Bewohnerin war.

Als Schwester Kimberly ihre Kippe in eine Ecke schnippt, merkt Kerasha, dass es langsam hell wird, und von irgendwoher hört sie Sophokles flüstern. *Was auch immer der Nacht entrinnen mag*, raunt er ihr ins Ohr, *des Tages Licht wird es verheeren*. Das Zitat stammt aus einem der Theaterstücke, die sie im Haus ihres Onkels gelesen hat, sie weiß nicht mehr, aus welchem – jede Zeile eines Stücks hätte ausgeschnitten und in ein anderes eingefügt worden sein können, doch jetzt findet das Zitat besonderen Nachhall in ihr, und sie begreift es als Warnung. Letzte Nacht hat sie ihr juckendes Verlangen wie durch ein Wunder direkt an den Moses-Blocks vorbeigetragen. Der Sonnenaufgang steht unmittelbar bevor, die Abrechnung ist überfällig, es ist Zeit, Zuflucht zu suchen.

Sie weiß noch, dass die Eingangstür zu den Barmherzigen

Schwestern mit zwei Schlössern gesichert ist, von denen nur eines in Gebrauch ist. Aber dieses Schloss ist ein altes italienisches Modell, und dafür braucht sie einen Bohrer. Sie würde warten müssen, bis die Raucherinnen wieder weg sind, und das kann sie nicht riskieren, nicht mit Sophokles' Warnung im Nacken. Die Stunde der Not ist jetzt.

Der Spinneninstinkt übernimmt die Führung, Kerasha lässt den Eimer los, den sie bis hierher mitgeschleppt hat. Bemerkt kaum das leise Klimpern der Nadeln.

Vom Zaun zum Sims, vom Sims zur Regenrinne – die sich unter ihrem Gewicht durchbiegt –, von der Rinne aufs Dach, vom Dach zum Lüftungsfenster, das niemand je verriegelt und das kaum breit genug für ihren Hintern ist. Runter auf den Kapellenboden, und hier, zwischen Kirchenbänken und Bibelstapeln, trifft Kerasha wie ein Schlag der alte Rehageruch. Hier hausen die Verlorenen und die Elenden, die Verlassenen und die Gebrochenen.

Meine Leute.

Direkt vor der Kapelle befindet sich der Korridor zu den Schlafsälen. Murmelnd streift eine Frau an ihr vorbei, nimmt Form an und löst sich ebenso schnell wieder in stinkende Luft auf. Theoretisch ist diese Frau *übergangsweise* hier, wie die Behörden es nennen, aber wozu genau geht diese Frau über? Es ist ein fauler Witz, aber dasselbe könnte man von einer Karrierediebin sagen, die gleichzeitig eine ewige Junkie ist.

Kerasha eilt durch den stummen Korridor und kommt an die Tür zu dem überfüllten Zimmer mit dem durchhängenden Fußboden, in dem sie gewohnt hat, als sie selbst übergangsweise hier lebte. Sie hält inne. Ihre linke Hand fühlt sich leer an. Sie schaut sie an, und der weggestellte Eimer fällt ihr ein.

Die Tür zu ihrem alten Zimmer ist zugeschlossen, so lautet die Vorschrift – zu viele Rendezvous und Prügeleien zwischen den *Pilgerinnen*, wie Schwester Xenia sie nannte –, aber das

Schloss hält nicht stand. Wer wohl heute Nacht in meinem Bett liegt, fragt Kerasha sich und öffnet die Tür. Wer ist das neue Ich, und wovor rennt sie davon? Auf leisen Sohlen betritt sie das Zimmer. Rot fällt der Morgen durch das vergitterte, vorhanglose Fenster. In dem Zimmer stehen vier Doppelbetten, und das einzig freie, erkennt sie auf den ersten Blick, ist ihres.

War meins, ermahnt Kerasha sich. Doch dann raunt Sankt Augustinus was über Gott, der ein neues Jetzt erschafft, und Nicole sagt ihr, sie soll auf ihren Körper hören, und in diesem Moment – in diesem Jetzt – ist ihr Körper müde.

Die Matratze hat eine Kuhle in der linken Seite, genau an derselben Stelle wie damals. Diese Kuhle erinnert sie an alles, was sie hier unglücklich machte. Kerasha schließt die Augen, weiß, dass sie hier wieder unglücklich sein wird, und als sie einschläft, hat sie den Geschmack des Frühstücks auf der Zunge, das sie einem hier kredenzen: das breiige Rührei, die Sägemehlkekse. Der Kaffee ist angebrannt, das weiß sie, weil nichts hier mit Liebe gemacht wird.

Die musst du in dir selbst finden.

48

»Überleg doch mal, was du da tust«, sagte Dannie irgendwann zu einem Schauspieler, als sie ihn nach einem selbst für Laiengruppenstandards unterirdischen Totalflop tröstete. »Du stehst in geliehenen Klamotten da. Du sprichst mit erfundener Stimme erfundene Dialoge. Was spielt es da für eine Rolle, dass das Theater halb leer ist? Das ist ein wahnsinniger Traum, der da in Erfüllung geht. Jeder einzelne Kartenabriss ist ein Segen.«

Kerashas tägliche Anrufe, meistens gegen fünf Uhr nachmittags, sind mehr als Kartenabrisse. Sie sind mehr, als er von ihr hatte, als sie noch unter seinem Dach lebte, und definitiv mehr, als er von Henry bekommt. Aber es ist hart, jeden Schnipsel als Segen zu betrachten, wenn die Wahrheit lautet, dass Shecky wieder allein ist.

»Gib ihnen Zeit«, bekommt er von Fat Boris zu hören, mit dem er regelmäßig Kaffee trinkt. »Die kommen wieder zurück zu dir.«

»Dein Wort in Gottes Ohr.« Shecky lächelt, als hätte er einen Witz gemacht.

Jeden Nachmittag um fünf geht's ums Essen. »Was isst du?«, fragt Kerasha. »Wie hast du's gekocht?« »In welchem Topf hast du die Soße gemacht?« Das Essen im Rehazentrum besteht offensichtlich aus Kakerlakenbrei, und bis jetzt sind all seine Care-Pakete zurückgekommen. Die Nonnen und ihre Regeln. »Was hast du auf dem Herd?«, fragt sie, wenn sie mal früher dran ist. Am Anfang hat er sich jedes Mal was ausgedacht. Seine Nichte befindet sich auf Entzug, hat er erfahren, sie braucht nicht zu wissen, dass er sich von Guinness ernährt. Aber schon nach einer Woche Rumgelüge über Hammelfleisch und Bohnen, Seehecht und Pommes frites, Kohleintopf und Currysteak macht er sich auf den Weg zu Kattie der Fischfrau. Bestückt Kühlschrank und Speisekammer neu.

Er organisiert seine Termine rund um die Fünf-Uhr-Telefonate herum. Er stellt sie auf Lautsprecher, legt das Telefon in die Esstischmitte und lässt, während er isst, den Worten freien Lauf. Es ist, als würden sie wieder gemeinsam zu Abend essen. Was würde er für ein Lautsprechertelefonat mit Henry geben.

»Was hast du auf dem Teller?«, wird Kerashas Leitfrage in ihrer neuen Routine.

Auch seine Schlussfrage ist immer dieselbe. »Wann kommst du nach Hause?«

»Heute nicht«, sagt sie. »Es tut mir leid, Onkel Shecky.« Einmal sagt sie ihm, sie lasse den Dingen »Atemzug für Atemzug« ihren Lauf. Er prustet los, hält es für einen Witz, glaubt, sie würde sich über das Zwölf-Schritte-Programm lustig machen. Aber dann erzählt sie ihm was von einer Frau namens Nicole, und Shecky verliert den Faden.

»Und wie sind die Nonnen?«, fragt er. »Immer noch verrückt nach Jesus?«

»Sie wollen nur, dass ich mir alle Möglichkeiten offenhalte«, sagt sie. Ihr Tonfall klingt erstaunlich respektvoll.

Die Wochenenden sind volle Arbeitstage, aber dienstags und mittwochs ist wenig los, und Shecky trifft sich jetzt öfter auf einen Drink mit seiner Hinterhofnachbarin Lacey, die ihn seit Neustem mit ihrem längst verstorbenen Schwager verwechselt. Was die Ablehnung ihrer Kinder und ihre Entfremdung von ihnen betrifft, ist ihr Verstand jedoch glasklar, und beim Thema Henry läuft sie zur Hochform auf.

»Ruft nie an? Komm.«

»Nie.«

»Einmal im Monat?«

»Er ist Knall auf Fall verschwunden. Aber Freunde von mir sehen ihn ab und zu in der Gegend«, sagt er schnell, als er ihr erschrockenes Gesicht sieht. »Ihm ist nichts Schlimmes passiert – er sitzt nicht im Knast oder so.« Das Schlimme ist mir passiert, fügt Shecky in Gedanken hinzu.

»Er ist undankbar, das ist sein Problem«, sagt Lacey und verschüttet beim Nachschenken ein bisschen Wein. »Du hast ihm ein Zuhause gegeben. Ein *Leben.*« Shecky versucht abzuwinken, aber Lacey ist nicht zu bremsen: »Du hast ihn in deine Geschäfte eingeführt, und du hast ein Auge zugedrückt, wenn er diese kaputten Mädchen mit nach Hause gebracht hat.« Sie klingt heute zehn Jahre jünger, und Shecky fühlt sich unwohl mit der Wirkung, die ihre Worte auf ihn haben. Mit dem verletzten Stolz und der Empörung, die in ihm aufwallen. »Du hast ihm alles gegeben, und er haut einfach ab. Hör mir zu, David, vielleicht solltest du das als Segen begreifen.«

Er bedankt sich mit einem herzlichen Schütteln beider Hände und fragt sich, wer David sein mag, aber er sieht auch das echte Feuer und die Loyalität in Laceys tränenden Augen.

Die Zeiten von Impalas und Mustangs sind vorbei, die ganze Überwachungsnummer ist Vergangenheit und wird, seltsamerweise, ein wenig vermisst. Abends sinkt er in Kerashas Sessel, trinkt irischen Whiskey und liest in einer Investment-Zeitschrift, bis er darüber eindöst. Nach den Zweiundzwanzig-Uhr-Nachrichten, in denen seit drei Wochen in Folge nichts über die Morde dieses Sommers kommt, geht er die knarrende Treppe hinauf, bleibt alle paar Stufen stehen und lauscht, ohne es zu merken, auf Schritte, ein Auto, irgendeinen Hinweis darauf, dass eins der Kids nach Hause kommt.

Auf dem Weg in sein Schlafzimmer bleibt er bei dem von Kerasha stehen, das so viele Jahre Henrys Zimmer war. Ein gefährlicher Abstecher, das weiß er, aber er kann nicht anders. Auf dem Korbschaukelstuhl, der einst Henrys Mutter gehörte, liegt das graue Kapuzensweatshirt, in dem Kerasha hier ankam. Der Schreibtisch ist mit Einkerbungen übersät – Henrys Taschenmessergraffiti –, Atompilzwolken und Kaninchen mit Genickbruch und gekreuzte Schwerter. Auf dem Bücherbord schmale Gedichtbände, gestützt von im Dunkel leuchtenden Totenköpfen, die Shecky Henry an dem Tag – natürlich, wie auch sonst? – mitgebracht hatte, als der Junge Halloween als »voll Scheiße« bezeichnete. Shecky setzt sich aufs Bett, aber er kommt sich wie ein Einbrecher vor. Dieses Zimmer ist die Heimat seiner Hoffnung, dass die Kids in diesem Haus tatsächlich eine Art von Zuhause hatten, dass sie gelernt haben, was Familie ist, durch ihn und durch sie beide, und dass sie hin und wieder doch das Gefühl haben, es gäbe etwas, wofür es sich lohnt zurückzukommen. Es ist eine zerbrechliche Hoffnung, ein Seufzer würde reichen, sie zu zerstören. Sanft zieht er die Tür hinter sich zu.

»Weißt du, das mit den Kindern ist so«, hat Lacey Atkinson gesagt. Zu dem Zeitpunkt hatten sie die Flasche schon beinahe geleert, und der Großteil ihrer Wut war wieder verraucht. »Du hast sie genug geliebt, um ihnen ein Zuhause zu schenken. Und du hast geglaubt, das sei der schwere Part gewesen. Aber eins darfst du einer alten Frau glauben. Ich hatte drei kleine Arschlöcher, die sich zu großen Arschlöchern entwickelt haben, und ich kann dir sagen, *das war nicht der schwere Part.*« Sie fixierte ihn mit ihren tränenden Augen, beugte sich auf ihrem Gartenstuhl zu ihm vor, als wollte sie seinem Gesicht entnehmen, dass er ihr auch wirklich zuhörte, dass er sie auch wirklich verstand. »Sie *hier* zu lieben, ist ein Klacks.«

Der schwere Part, das muss sie nicht aussprechen, besteht darin, sie zu lieben, nachdem sie weggegangen sind.

Shecky schließt sich in seinem Zimmer ein, steht in seinem leeren Haus allein im Dunkeln und schickt ein Stoßgebet an wen auch immer. Nur ab und zu, denkt er, nur ab und zu – bitte, mach, dass sie …

Das Telefon.

Raus zur Tür, quer durch den Flur, die Treppe runter, rein ins Esszimmer. Und dann hat er endlich das Telefon am Ohr, und die Stille direkt vor den Worten ist ein wunderschöner Schrecken.

»Henry?«

Aber es ist nicht Henry, es ist Fat Boris, der anruft, um zu fragen, ob Shecky das mit Vasya schon gehört habe.

Shecky kommt wieder zu Atem. »Was ist mit Vasya?«

»Die haben ihn also gefunden. Unten neben den Gleisen, in dieser Scheißnische.« Fat Boris betont es wie eine Frage. »Jemand hat ihn mit Handschellen an einen Pfeiler gefesselt. Er hat sich beim Versuch, sich zu befreien, die Handgelenke gebrochen. Hat's aber nicht geschafft, und sie haben ihn erst nach fünf Tagen gefunden. War dehydriert wie ein Schiffbrüchiger. Die Handgelenke von den Handschellen total aufgeschnitten. Entzündet wie die Hölle. Weißt du, was die tun mussten? Ich meine, da bekommt ›freihändig‹ gleich eine ganz andere Bedeutung. Wirklich krass.«

Und als Shecky wissen will, wer das war, stößt Fat Boris ein Grunzen aus, das sich wie Lachen anhört. »Glaubst du, darüber redet der? Sie haben ihn drüben im Bellvue in ein weißes Zimmer gesteckt. Aber der Bulle, mit dem ich mich unterhalten habe, meinte, wer immer das war – keine einzige Spur. Ein absoluter Profi.«

49

Zera behält ihren Posten auf dem Revier nicht mal mehr eine Woche, nachdem Nadina Villa Lobos offiziell als das Opfer einer Überdosis zu den Akten gelegt und Zeras kleiner Aufgabenbereich in der Taskforce Menschenhandel ersatzlos gestrichen wurde. Ihrem Antrag auf Versetzung wird mit verdächtiger Geschwindigkeit stattgegeben. Als hätte jemand nur darauf gewartet.

Sie lässt sich ins Archiv versetzen, dort werden ihr keine langfristigen Projekte zugewiesen, und die Kurzzeitprojekte nehmen jeweils nur wenige Stunden in Anspruch. Tag für Tag erscheint sie wenige Minuten vor Schichtbeginn zum Dienst und stempelt Sekunden nach Schichtende aus. Die Stunden ihres Lebens außerhalb der Arbeit sind endlos und still. Sie schläft von Sonnenuntergang bis Sonnenaufgang, vielmehr, sie liegt regungslos auf dem Bett. Sie wird nicht von Erinnerungen heimgesucht. Ihr Blut fließt ruhig und kühl durch ihre Adern.

Doch ihre Lichter sind immer noch an, und unter dieser dunklen, sanften Stille stellt ihre Seele immer noch Fragen.

Gibt es eine Möglichkeit, Katja trotz allem die Treue zu halten? Könnte sie, anstatt die Männer zu jagen, den Mädchen helfen?

Zera wurde aus dem Bösen geboren und kennt das Böse schon ihr Leben lang. Sie entfloh dem Bösen, und dann machte sie kehrt und stellte sich dem Bösen aufs Neue. Doch das ist nicht ihre ganze Geschichte, ermahnt sie sich jetzt. Wie grausam ihre ersten Jahre auch waren, wie ruhig und kühl ihr Blut jetzt auch fließen mag, sie hat auch Güte erfahren. Von der NGO zum Beispiel, die sie aus Montenegro rausholte: Vielleicht schuldet sie denen ihre Hilfe mehr, als sie den Paradise-Männern Rache schuldet.

Ende September reicht Zera ihre Kündigung ein. Es folgen Entlassungsgespräche und Papierkram, aber niemand will wissen, weder offiziell noch unter Kollegen, warum sie die Polizei verlässt. Sie räumt ihren Spind aus, Ersatzklamotten, ein Stück Seife, Zahnbürste und Zahnpasta. Eine gesprungene Hello-Kitty-Anstecknadel. An einem kühlen Herbstabend – am Himmel hängt noch ein bisschen Blau – verlässt sie zum letzten Mal das One Police Plaza. Sie hat keine Marke mehr, keine Uniform, keine Waffe und keinen Vorgesetzten. Sie hat auch keinen Terminplan mehr. Überall vergessen, nirgendwo erwartet, in gewisser Weise einfach verschwunden, dabei ist Zera bei sich selbst gerade erst angekommen.

Sie steigt aus der U-Bahn, und auf dem langen Weg zurück zu ihrer Wohnung in Greenpoint berechnet sie im Kopf ein Budget. Sie hat sparsam gelebt und über Jahre den größten Teil ihres Gehalts als Polizistin gespart. Davon kann sie ein ganzes Jahr lang leben, vielleicht auch länger. Sie kann sich sogar als Freiwillige bei einer wirklich wohltätigen Wohltätigkeitsorganisation engagieren.

Während sie an einer Kreuzung steht und auf eine Lücke im Verkehr wartet, formuliert sie in Gedanken ein Bewerbungsschreiben, aber sie zögert. Worte und Sätze kommen schnell und werden genauso schnell wieder verworfen. Wer ist dieses *Ich,* das ich hier präsentiere? Ehemalige Nutznießerin, nein. Opfer, nein. Zera Montenegro – auch nein.

Wer werde ich sein – und zum ersten Mal stellt sie sich die ganze Frage –, wer werde ich sein, wenn ich mehr bin als die Summe dessen, was mir angetan wurde?

Zera bleibt wie angewurzelt stehen. Vor ihr das Sweet n' Bitty, der Kuchenladen, an dem sie seit Jahren vorbeiläuft. Eine Einladung: der Duft von Zimt, von Honig und gerösteten Nüssen, von mit braunem Zucker gebackenen Früchten. Sie beobachtet, wie ihr Spiegelbild im Glas der Eingangstür immer größer wird, dann ist sie drin.

In dem Laden wird mehr als nur Kuchen verkauft, stellt sie fest. Auf einem Hocker mit Blick in die Backstube sieht sie einem der Bäcker dabei zu, wie er mit dem Daumen Avocado aus der Schale kratzt. »Rhabarberapfelkuchen«, sagt sie, als die Kellnerin erscheint, *Rhabarber* ein ganz neues Wort, »und Kaffee.«

An der Wand ein Fernseher. Ein Film, fast stumm: ein Mann mit einem Muttermal. Ein Lebensmittelgeschäft. Eine Kreditkarte. Zuerst sieht sie abwesend hin, dann macht die Verwirrung sie aufmerksamer, und schließlich, unbeabsichtigt, sieht sie völlig selbstvergessen zu.

Was da läuft, ist eine Folge *Mr. Bean*, wie sie später erfahren wird.

Zera sitzt im Sweet n' Bitty auf einem Hocker und ist mit ihrem ganzen Wesen in eine Folge *Mr. Bean* versunken, bis sie plötzlich von einem lauten Geräusch aus ihrer Trance gerissen wird, ein schnarchendes Glucksen, so laut und seltsam, dass sie mit ihrem Hocker unwillkürlich nach hinten kippelt. Was war *das* denn? Das Geräusch war so nah, dass sie es beinahe spüren konnte. Und sie sieht sich um, und die Kellnerin lächelt ihr zu, und die Frau auf dem Hocker neben ihr tut es auch. Und Zera wird klar, dass dieses seltsame Geräusch aus ihr gekommen ist.

Das war ich. Ich habe gelacht.

Als die Kellnerin Kaffee und Kuchen serviert, ist Zera innerlich immer noch warm von ihrem Lachen. Als sie zur Gabel greift, zittert ihre Hand. Das war ich, sagt sie sich wieder. Diesmal bestimmter: Das war ich. Das *bin* ich.

Meine Lichter brennen noch, und so höre ich mich an.

50

Kurz nachdem er dem kleinen Haus in der Hart Street endgültig den Rücken gekehrt hat, begibt Henry sich in eine bequeme und häufig unbekleidete Wohngemeinschaft mit Starr. Ihre Lieblingsstellungen – und sie zeigt ihm mehr als eine – haben alle damit zu tun, dass sie mit dem Gesicht zum Spiegel ist. »Ich sehe mich am liebsten glücklich«, sagt sie ihm einmal im oxytocingeschwängerten Hinterher.

Ein ehemaliger Klient verschafft Henry einen Job in einem T-Mobile-Laden. Die Arbeit gefällt ihm, und er macht sich schnell einen Ruf als Zauberkünstler in Sachen Wegwerftelefone. Zu der neuen Klientel der Filiale gehören Dealer, Gangster, Ehebrecher, Anwälte und Politiker. Der Inhaber registriert die Umsatzsteigerungen, freut sich über das viele Bargeld und befördert Henry zum Nachtmanager.

»Das ist echt gut«, sagt Starr eines Morgens zu Henry. Sie ist mit ihrer Kaffeetasse am Küchentisch stehen geblieben, wo Henry sitzt und mit Kohlestiften und Wachsmalkreide arbeitet. Auf einem Stück Wurstpapier Hände, Augen, Gesichter skizziert.

Henry hält inne. Steigt von seiner Wolke runter und unterzieht sein Werk einem kritischen Blick. Für ihn sieht alles auf dem Papier leblos und zu schematisch aus, aber drauf geschissen. Er hat es aufgegeben, etwas Gutes zustande bringen zu müssen, und genießt die Freiheit – wie Emil es ihm immer prophezeit hat –, kreativ zu sein, ohne sich einen Kopf zu machen. Jetzt sieht Henry auf. Starr schaut ihn merkwürdig an, und er weiß nicht sofort, was er davon halten soll. Sie verlagert das Gewicht von einem Bein aufs andere, und er versteht, dass sie ihm dringend was sagen will.

»Ich bin am Pauper's Palette vorbeigekommen«, sagt sie und erzählt ihm dann, dass der Laden für Künstlerbedarf endlich im oberen Stockwerk einen Ausstellungsraum eröffnet. Die erste Veranstaltung wird »New Hands« heißen und Kunst von unbekannten Künstlern zeigen, die noch nie irgendwo etwas verkauft haben. Die versuchen, etwas auszudrücken, etwas in die Welt zu bringen, sich einen Namen zu machen. »Bewirb dich da.«

Am Abend bearbeitet Henry mal wieder das verstopfte Klo mit der Spirale. »Fick dich, Louis«, sagt er und meint damit ihren größten und widerlichsten Mitbewohner. »Fick dich, Louis«, sagt er noch mal, als sie auf dem Flur aneinander vorbeigehen. Und noch mal in der Küche, als Henry sich einen Drink mixt, einen Haschkeks knabbert und sich an sein Laptop setzt, um die Online-Bewerbung auszufüllen.

Die Ablehnung kommt am nächsten Morgen.

Henry schmollt und verschweigt Starr die Bewerbung. Eine Woche vergeht, und just in dem Moment, als Henry die Sache mit Pauper's Palette wieder vergessen hat, kommt eine zweite E-Mail. »Lieber Henry«, liest er, »auch wenn wir leider in unserer Eröffnungsausstellung ›New Hands‹ für deine Arbeit keinen Platz mehr haben, hast du unsere Jury mit deiner Selbstbeschreibung beeindruckt.« Henry liest weiter und stellt erstaunt fest, dass der Schwachsinn, den er sich hinsichtlich »Inhalt und Aussage« seiner Kunst aus den Fingern gesaugt hat, ihm die Einladung eingebracht hat, zu der Ausstellung »Inhaltliches beizusteuern«. Das klingt fast, als würden sie seine Kunst doch haben wollen, aber im Verlauf weiterer E-Mails stellt sich raus, dass sie ihn bitten, die Ausstellungsbroschüre zu gestalten. Diese soll Zusammenfassungen von »Inhalt und Aussage« der ausgestellten Kunstwerke und Kurzbios der ausgewählten Künstler beinhalten. Henry selbst gehört nicht zu den Auserwählten, natürlich nicht.

»Die haben Nerven«, sagt Henry und holt mit Backofenhandschuhen die Salami-Funghi-Pizza aus dem Ofen.

»Aber du hast dich beworben! Das ist doch toll!« Starr eilt zu ihm, um ihn zu küssen.

»Vorsicht! Heiß.«

»Ich bin so stolz auf dich.«

»Aber was die da von mir verlangen!« Er stellt die Pizza ab und zieht die Handschuhe aus. »Das ist doch Scheiße, oder?«

»Es ist ein Türöffner.« Strahlend kehrt sie zu ihrem Platz zurück. »Darf ich lesen, was du geschrieben hast?«

Die Vernissage von »New Hands« beginnt um neun Uhr abends, was bedeutet, dass vor zehn niemand auftaucht. Henry packt Starr an der Hand und zwängt sich mit ihr durch die Wartenden. Sobald sie drinnen sind, macht sie sich los. »Das war zu fest!«

»Sorry. Bin hibbelig.«

»Hibbelig ist okay. Händequetschen? Eher nicht.«

Er geht von Exponat zu Exponat, nimmt jedes Gemälde und jede Skulptur Zentimeter für Zentimeter unter die Lupe, sucht nach Erklärungen. Warum dieses, warum das da – seine aber nicht? Natürlich hat er diese Übung bereits beim Formulieren der Broschüre praktiziert. Aber jetzt sieht er viele der Werke zum ersten Mal live. Der kaputte Zauberwürfel, der Farbspritzer auf verdrecktem Pappkarton. Alle paar Schritte wechseln seine Gefühle – zwischen Wut darüber, noch schlechter als dieser Müll eingestuft worden zu sein, und echter Bewunderung. Hier und da erkennt er echtes Talent.

»Wo sind deine Broschüren?«, fragt Starr.

Henry löst sich von einem wahrhaft staunenswerten, abstrakten Ölgemälde. Seine Broschüren? An die hatte er gar nicht mehr gedacht.

Irgendwann später kündigt Starr ihm mit einem Kuss an, mal aufs Klo zu gehen. Er sieht ihr nach und fühlt etwas Warmes in sich aufsteigen, während er weiter durch die Ausstellung schlendert. Vor einer Staffelei, die er noch nicht gesehen hatte, bleibt er abrupt stehen. Was zum Teufel? Das Bild war eben noch nicht da, daran hätte er unmöglich vorbeilaufen können, ohne es zu bemerken. Dieses Bild dürfte nicht hier sein. Dieses Scheißbild – ist von ihm.

Starlight Friend, das unvollendete Porträt von Lipz, das er an der Highschool begonnen hatte. Das Bild, das Kerasha immer so gern mochte.

»Hey!« Eine vertraute Stimme, relativ tief für eine Frau. Er dreht sich um, und da ist sie.

»Du hast mein Bild in die Ausstellung *rein*geklaut?«

Da ist es wieder, ihr winziges Lächeln, und Henry ist so gerührt, dass ihm fast die Tränen kommen. Kerasha nickt zu einem Notausgang hinüber. »Hast du eine Minute?«

Eine Feuertreppe, Henry und Kerasha allein auf einem Absatz.

»Ich hab deine Einladung zu der Vernissage bekommen«, sagt sie. »Wie man sieht.«

»Und, bist du …?«

»Clean. Seit acht Wochen.« Ein breites Grinsen. »Danke für die Bücher. Und danke, danke, danke für deine Anrufe.«

»Und dieses Heim?«, fragt er. »Bist du *raus* raus?«

»Nur für ein paar Stunden.« Sie mustert ihn. »Wie geht es dir? Knapp am Überleben?«

»Besser als das, aber …« Er macht zwei, drei Schritte, lehnt sich dann mit dem Rücken ans Geländer und verschränkt die Arme vor der Brust. »Es gibt ein Mädchen, sie ist toll, und einen Job, ist voll okay. Aber ich hab immer noch das Gefühl, als – als ob ich ein Niemand wär. Und dass das anders wäre, wenn ich die richtigen Worte hätte. Oder es malen könnte. Oder es sonst irgendwie ausdrücken könnte.«

»Echt?« Sie geht zu ihm. Stellt sich ebenfalls mit dem Rücken zum Geländer, sodass sie nahe zusammenstehen, ohne sich ansehen zu müssen. »Glaubst du, wenn du nicht malst oder etwas mit Worten nicht ausdrückst, bist du nicht wichtig?« Er wendet den Kopf und sieht sie an, und sie senkt die Stimme, und er lässt sie nicht aus den Augen. »Ich habe die Menschen beobachtet«, sagt sie. »Und dich habe ich auch beobachtet, und ich sage dir jetzt was, das du vielleicht nicht über dich weißt. Du kümmerst dich immer um die Menschen, die dir wichtig sind. Wirklich. Immer. Also hör zu. Deine Gefühle? Die kannst du ausdrücken, und zwar laut und deutlich. Und für die Menschen in deinem Leben? Für mich?« Sie stößt ihm den Ellbogen in die Seite. »Bist du absolut wichtig.«

Henry schaut weg. Das ist zu viel. Und obwohl er es auf sich wirken lassen will, weicht er innerlich zurück. Versucht es noch mal. Ich bin wichtig. Kann das sein? Es ist viel, es ist verlockend, es ist unmöglich ...

Und es ist Familie.

Henry zwingt sich, sie anzusehen. »Wir sind eine Familie«, sagt er. »Was den Rest betrifft. Wo immer du warst, was immer du tust ...« Er hebt eine geöffnete Hand. »Du bist nicht allein.«

Schweigen breitet sich aus. Ihr Blick liegt auf seiner Hand, auf ihm, wieder auf seiner Hand. Sie hat Angst. Und einen Moment lang kann Henry ein Stück ihrer Vergangenheit, von der er so wenig weiß, fast körperlich spüren. Und sieht plötzlich, wie Kerasha sich davon löst.

Sie richtet sich auf und nimmt seine Hand. »Ich bin nicht allein.« Und obwohl ihr Lächeln unsicher ist, ist ihr Griff fest.

In der Nacht sitzt Henry stundenlang in der Küche. Das Gespräch mit Kerasha hat etwas in ihm gelöst, und er denkt an Starr, die in dem Bett schläft, das sie teilen. Er denkt an Kerasha, die wahrscheinlich auch wach liegt, mit einem ihrer Bücher. Und dann denkt er an das kleine Haus in der Hart Street und an den Mann, der darin lebt. Und daran, welche Angst dieser Mann gehabt haben musste, als Henry in sein Leben trat. Ein kleiner Junge – wie soll man den beschützen, wenn man mit dem Teufel per Du ist und für ihn die Bücher führt? Henry kann sich nicht wirklich vorstellen, was sein Onkel damals fühlte, aber er versucht es.

Fragen über Fragen, und Henry sitzt am Küchentisch, das Telefon in der Hand.

DANKSAGUNG

Mein Dank gilt
meiner Mutter, die mich das Lesen lehrte,
meinem Vater, der mir Geschichten erzählte,
meinem Bruder, der mich dazu brachte,
die meine aufzuschreiben,
und Jen, Max und Faye, die das Herz aufweckten,
aus dem heraus ich schreibe

Viele Menschen haben dazu beigetragen, aus dieser Geschichte ein Buch zu machen. Die Autorinnen Abigail Beshkin und Victoria Fullards waren mir wahre kreative Partnerinnen. Anne Stameshkin engagierte sich bereits für die Geschichte, ehe sie sie gelesen hatte. Jenni Ferrari-Adler ist die wagemutigste Agentin, die man sich vorstellen kann: Sie rettete das Buch vor einem Irren (vor mir), begleitete es mit sicherer Hand auf einer gefahrvollen Reise (dem Reifungsprozess) und lieferte es schließlich in beste Hände (nämlich Daphnes). Außerdem verhalf Jenni dem Buch zu seinem Titel. Daphne Durham ist eine so unglaublich großartige Lektorin, dass ich anfangs glaubte, sie sei nicht echt. Ich habe immer noch ab und zu meine Zweifel, denn Daphnes Eingriffe und Einsichten sind grundsätzlich *jenseits von allem*. Mein Dank gilt außerdem Jennis Team bei Union Literary,

Taylor Curtin, Shaun Dolan und Sally Wofford-Girand sowie Daphnes Team bei MCD/Farrar, Straus and Giroux, inklusive der großmächtigen Lydia Zoells, Sara Birmingham, Janine Barlow, Tyler Comrie, Rodrigo Corral, Abby Kagan, Maureen Klier, Sean McDonald, Alex Merto, Lauren Roberts und Jeff Serory. Jiah Shin bei der Creative Artists Agency danke ich für das Engagement, diese Geschichte beim Fernsehen unterzubringen.

Den Schaffensprozess mit Rat und Tat, mit früher Lektüre und allgemeiner Unterstützung begleitet haben außerdem Mike Attebery, Mikael Awae, Mike Brecher, Katrina Carrasco, Harlan Coben, Jay Dyer, Rob Hart, Liz Keenan, Josh Kendall, Karyn Marcus, Kimberly McCreight, Jenny Milchman, Madeline Miller, Gigi Pandian, Katie Petrachonis, Alex Rehm, John Scopelleti, Jeff Soloway, Clare Toohey, Patricia Voda, Gret Wands und Ruiyan Xu.

Weitere, lebenserhaltende Maßnahmen während der Arbeit an diesem Buch kamen von folgenden Menschen und oft von deren ganzen Familien: Mike Strausz und den Seinen – Seth Kessler, Aaron Kobernick, David Parzen, Matt Rochkind und Dan Zimmerman. Den LaSpinas und den Chiofalos. Merdith, Z., O. und E. Selfon, den Hirshensons, Leon Sompolinksy & Lauren Leimbach, Barbara Michalak Reilly, John Paul Reilly, John Michael Reilly, Jill, J. und C. Reilly und Familie Sloane. Chad Benson & Sarah Robb, Emily Bradford, Angel LaPorte, Osaretin Omoigui, Karla Nappi, Ben Ross, Willie Schaeffer, Felice Sontupe, Paul Strocko, Laura Utrata und Bill Vasilopoulos, John Weber und Meredith Weil.

Diese Listen sind unvollständig. Verzeiht mir.

Die Originalausgabe erschien 2020 unter dem Titel
The Nightworkers bei MCD, Farrar, Straus and Giroux, New York.

Das Hörbuch *Nachtarbeiter* erscheint bei GOYALiT.
Dieses Buch ist auch als E-Book erhältlich.
Besuchen Sie uns im Internet: www.goyaverlag.de

Aus Verantwortung für die Umwelt hat sich
der Verlag GOYA dazu entschieden, keine Plastikfolie zum
Einschweißen der Bücher zu verwenden.

Klimaneutral
Druckprodukt
ClimatePartner.com/18495-2202-1001

Auszüge aus Gedichten von June Jordan, Abdruck mit
freundlicher Genehmigung. Grateful acknowledgment is made for
permission to reprint an excerpt from June Jordan, *The Essential June Jordan*,
edited by Jan Heller Levi and Christoph Keller, Copper Canyon Press 2021
© 2005, 2021 June M. Jordan Literary Estate Trust.
Used by permission. www.junejordan.com

MIX
Papier aus verantwortungsvollen Quellen
FSC www.fsc.org
FSC® C083411

1. Auflage 2022
Deutsche Erstausgabe
Verlag GOYA © 2022 JUMBO Neue Medien & Verlag GmbH, Hamburg
© der Originalausgabe 2020 Brian Selfon
Alle Rechte vorbehalten
Lektorat: Heiko Arntz
Umschlaggestaltung: Hanna Wienberg
Umschlagabbildung: © zxvisual/iStockphoto.com, svetamart/stock.adobe.com
Satz: Greiner & Reichel, Köln
Gesetzt aus der Warnock Pro
Druck und Bindearbeiten: CPI books GmbH, Leck
Printed in Germany
ISBN 978-3-8337-4425-9